LE RAVIN ROUGE

Du même auteur :

— *Le vieux Bordeaux*, Ediserv, 1979
— *Sauveterre*, Ediserv, 1981

A paraître :

— *Brec' Hellien* (légende celtique)
— *Contes de ma province sanglante* (nouvelles)
— *Le prince du pays perdu* (roman)

En couverture : illustration de CHRISS

ISBN : 2-7384-2468-6

Anne CAZAL

LE RAVIN ROUGE

Préface de Jeanine de la Hogue

Deuxième édition

Éditions L'Harmattan
5-7, rue de l'École-Polytechnique
75005 Paris

PRÉFACE

Il est toujours difficile de présenter un livre. Ce n'est pas un acte innocent. Il reste parfois un doute : a-t-on bien compris la pensée de l'auteur, ne va-t-on pas trahir ses intentions ? Pour le Ravin rouge, il me semble pourtant pouvoir évoquer sans difficulté les personnages qui traversent le récit car ils sont profondément authentiques. Ils ont existé, ont vécu, ont connu le malheur, les difficultés et les joies. Et si l'on a une certaine pudeur à les évoquer, on ne peut s'empêcher d'avoir pour eux de l'attention et même de l'amitié. Adrien de Courtenay, le héros de cette histoire, est un être de chair et de sang.mais il est aussi un mythe, un exemple, une sorte de prototype de tous ceux qui sont venus en Algérie, certains par hasard, beaucoup par nécessité, et qui se sont attachés au pays au point de s'identifier à lui, d'en devenir le symbole. D'en devenir, comme dans le récit d'Anne Cazal, la mémoire.

Sous une forme romancée, c'est la somme de plusieurs tragédies, authentiques témoignages du destin douloureux de ceux qui avaient cru bâtir en Algérie pour l'éternité. Il est bon de leur rendre hommage, de faire connaître la réalité de leur vie.

Et pour cela, il faut écrire, écrire pour vaincre l'oubli. Il est une formule que j'aime beaucoup employer car elle me paraît essentielle : la mémoire passe par l'écriture. C'est la démarche de ce récit, de ce témoignage écrit avec passion, avec respect aussi pour les acteurs, races, religions, milieux sociaux, confondus dans la plus grande tourmente de leur vie.

Les Pieds-Noirs sont orphelins de leur terre. Ils l'ont pleurée avec désespoir. Certains l'ont fait avec violence, d'autres ont transformé leur désespoir en nostalgie, d'autres encore ont tenté de se faire entendre à travers l'écriture.

Et quand on dit entendre, c'est plutôt comprendre qu'il faudrait dire. Rien n'est pire que de se sentir incompris, parfois même injustement jugé et, dans tous les cas, mal aimé.

Il est important d'écrire des récits comme celui-ci. Ils portent témoignage, ils ajoutent leur pierre à la maison-Histoire qui, depuis quelques années, se construit patiemment, avec amour, avec maladresse parfois, mais toujours avec une sincérité évidente. L'écriture est la seule arme qui reste aux Pieds-Noirs, une arme pacifique, jamais neutre, bien souvent efficace. Il faut écrire, écrire beaucoup, écrire toujours pour vaincre l'oubli de ceux qui ont construit une œuvre injustement décriée, qu'il faut défendre et faire connaître, avec lucidité, avec objectivité et sans omettre les erreurs.

Il n'est pas souhaitable d'être polémique, il faut seulement raconter. Dire tout simplement la vie, et à la lecture se feront comprendre les peines, les difficultés, les drames. Le héros de ce récit, venu en Algérie à la suite d'un deuil, d'un désarroi, y trouvera, grâce à son travail, à sa ténacité, une certaine réussite matérielle. Il y sera aidé par un camarade de guerre, Kader Kouïder, qui habite la mechta voisine, par la femme qu'il aimera et qu'il épousera, Elise Cortès. On notera, à travers les peines et les drames dont sa vie et celle de sa famille seront accablées, un fil conducteur, foi et espoir. La personnalité de cet homme exceptionnel marque fortement tout le récit. Et si les derniers chapitres sont tragiques, c'est qu'ils sont, malheureusement, la réalité des derniers mois vécus en Algérie avant l'exil douloureux.

Anne Cazal, dans ce livre-mémoire, ouvre son cœur, délivre un message où se devinent d'inguérissables blessures.

Jeanine de la Hogue

Journaliste et Écrivain
Vice-présidente du Centre de Documentation
Historique sur l'Algérie
(CDHA)

Toute ressemblance avec des personnages existant ou ayant existé ne serait ni fortuite ni involontaire.

INTRODUCTION

Fatigué, Arnaud de Courtenay actionna le bouton poussoir de son ordinateur, sortit la disquette, la plaça dans son étui et éteignit l'appareil.

Il venait de mettre le point final à l'ouvrage qu'il portait en lui, depuis trente ans, sans trouver la force de l'exprimer.

Soulever ainsi le suaire de pudeur qui recouvrait, depuis l'exode, ses souvenirs ensevelis, lui avait demandé un effort épuisant.

Pendant des années, il avait imploré les mots et les mots avaient enfin répondu, faisant resurgir le passé, la vie de tous les siens et remontant le temps.

A chaque minute, sous ce temps retrouvé, il avait progressé en sens inverse. Il était retourné chez lui, il avait fait empiéter le passé sur le présent, retrouvant intacts et vivants ses êtres chers.

Il était né à nouveau dans un frémissement de bonheur. La dure loi de la nature s'était trouvée suspendue, neutralisée par l'expédient merveilleux du souvenir.

Son père, Adrien, l'avait quitté en 1981, usé par la vie. En lui fermant les yeux, il s'était juré de lui rendre une existence nouvelle en l'affranchissant de l'inexorable.

Les dernières paroles d'Adrien avaient évoqué une rive, de l'autre côté d'un cours d'eau, où elles l'attendaient et lui tendaient les bras, toutes les trois.

Cent fois, Arnaud s'était installé devant son écran noir, cent fois sa pensée les avait appelés à l'aide, mais cent fois, noyé dans le fleuve de l'oubli, il avait renoncé.

Et brusquement, trente ans après la déchirure, l'homme blessé s'était remis à marcher sur la route d'Imphy, la vraie vie s'était découverte, éclaircie et le clavier avait crépité sans relâche.

Il n'avait plus compté les jours. Il était dans un autre monde, dans une illusion du monde, poétique, joyeuse, sentimentale, dramatique, lugubre et sale, mais cette illusion était aussi l'immuable vérité.

Elle était là, enfin, sa vie a contrario, la seule qui vaille vraiment la peine d'être vécue ! Ils étaient tous là autour de lui ! Le Ravin rouge s'illuminait encore des rayons du couchant, la brise transportait encore les senteurs embaumées des fleurs de la montagne, sa famille pouvait encore s'endormir dans la paix.

Avec un soupir de soulagement, il saisit à pleines mains les roues de son fauteuil d'infirme et, les manœuvrant avec dextérité, il quitta la pièce.

LES HEURES BLEUES

Si tu veux que ton sillon soit droit,
Accroche ta charrue aux étoiles

Proverbe arabe

CHAPITRE I

L'ambulance militaire l'avait déposé à Imphy et il avait été déçu de ne pas voir, à proximité, la charrette de son père qui aurait dû l'attendre, comme il l'avait demandé dans sa lettre.

Mais il était jeune et courageux, bien qu'encore étourdi par ces trois mois d'hôpital et l'affreuse blessure, zébrant son visage, qui lui avait coûté son œil droit. Il se mit en marche, avec entrain, vers Chevenon et la ferme familiale.

Il traversa le bourg d'un pas assuré. La rue principale était déserte ; il ne rencontra personne de connaissance et en fut heureux, complexé qu'il était par cette coquille noire le faisant ressembler à un corsaire de mascarade.

En approchant du but, une soudaine ivresse s'empara de lui. Il se souvint de la douce chanson des blés houlant sous le vent ; son âme se remplit d'un amour infini et, dans le matin bleu, il se mit à chanter d'une voix de stentor, comme il le faisait, autrefois, quand il était heureux, simplement pour exprimer sa joie dans une curieuse mélopée de son cru :

-"O Mort, lorsque l'obus m'a atteint, j'ai cru que tu ne me laisserais plus revoir ma terre.

Mais la nature reprend ses droits et je suis à nouveau chez moi.

Aujourd'hui, et à jamais, les champs de houblon remplacent le champ d'honneur.

Bientôt la mère va m'ouvrir ses bras et m'embrasser.

Le père, courbé sur la faux, brûlé de sueur, travaillant comme un jeune, ne m'entendra pas venir et sursautera de joie.

Pour cacher son émotion, il prendra son air bourru en criant :

-C'est maintenant que tu arrives, mon gars, après la moisson ?

Fichtre ! Tu as bien tardé à revenir de la guerre ! "

Il rit sous cape. Il fallait bien connaître le père et le cœur d'or caché dans sa poitrine creuse comme une châtaigne dans sa bogue épineuse pour comprendre les mots d'amour dissimulés sous les reproches tonitruants et farfelus.

La mère pleurera, c'est sûr, devant la balafre et le bandeau. Il ne faudra pas qu'il l'enlève... Adrien redoutait cet instant où la mère découvrirait sa paupière close et vide.

Pour cette seule raison, il aurait préféré qu'on place tout de suite la prothèse promise sur les chairs tuméfiées et le chirurgien s'était mépris sur les raisons de sa hâte : Crains-tu que ta petite amie t'abandonne ? avait-il plaisanté... Non, les filles du pays auraient encore des regards enjôleurs pour cet athlète blond au corps musclé, mais la mère, et elle seule, mesurerait douloureusement sa souffrance.

La mère !... Une bouffée de tendresse l'envahit ! Elle ne lui avait pourtant pas donné la vie mais un amour maternel sincère et profond faisant oublier à l'enfant qu'elle était seulement une nourrice entre les bras de laquelle une demoiselle de bonne famille l'avait abandonné comme un fardeau dérangeant.

Au début, la mère l'avait nourri et soigné honnêtement, en même temps que sa fille Adèle, en évitant de s'attacher à son petit pensionnaire.

Elle pensait qu'on le lui reprendrait un jour et ne voulait pas souffrir de son départ. Puis, Isabelle de Courtenay fit un beau mariage, partit vivre ailleurs et abandonna complètement l'enfant secret auquel elle avait donné la vie et son nom pour tout héritage.

Depuis ce jour, la mère l'aima d'un amour possessif et le père, réticent tout d'abord, se laissa aussi gagner par la tendresse de l'enfant blond venu d'ailleurs.

Pour tous, Adrien de Courtenay était l'enfant des Bouisson de la Ribaudière et l'adoption de cœur, dont il avait bénéficié, lui permit de vivre une enfance heureuse, pleine de joie et d'affection.

Les parents l'avaient envoyé à l'école de Chevenon jusqu'au certificat d'études. Il aimait l'école, avait de bonnes notes et une soif avide d'instruction.

Pourtant ses souvenirs scolaires n'étaient pas tous très heureux. A l'école, ses compagnons de classe s'étaient chargés de lui rappeler qu'il demeurait un enfant abandonné. Quand ils parlaient de lui, hors de sa présence, ils le surnommaient *Adriou, lou bastardou*. Mais ils se gardaient bien de prononcer ce sobriquet en sa présence car ses colères et sa force étaient redoutées de tous les autres bambins.

Il n'avait pas été le seul à souffrir des quolibets de ses camarades. Adèle, que l'on ne craignait pas, qui n'impressionnait personne tant elle était petite, noiraude et menue, s'insurgeait davantage que lui de ces médisances. Rouge de fureur, elle criait : "Vous n'avez pas le droit de dire des choses pareilles ! Adriou, c'est mon frère pour de vrai !" Puis, sentant la vanité de ses affirmations, elle se mettait à pleurer jusqu'à ce qu'Adrien intervienne avec des arguments plus frappants : ses poings.

Pourtant, d'autres souvenirs étaient plus agréables : les excursions en famille dans la forêt curieusement appelée *Bois du beau-frère* à la recherche de champignons dont la mère faisait une plantureuse omelette ou les grandes balades avec les galopins du voisinage jusqu'au château de Rozemont.

Par jeu, on s'engageait dans l'allée centrale et le plus courageux était celui qui s'approchait le plus de la haute bâtisse.

Parfois, la vieille châtelaine les surprenait et s'avançait vers eux. Alors, les gamins s'enfuyaient avec des piaillements d'oiseaux et couraient à perdre haleine jusqu'au champ voisin où ils s'affalaient dans l'épaisse luzerne pour calmer à la fois leur fou rire et la peur délicieuse qui leur serrait le ventre.

A onze ans, il avait quitté l'école pour aider le père à la ferme. Il était intelligent, courageux et actif. Il apprit vite et, très tôt, aima ce métier de paysan, s'attacha aux animaux de la ferme et surtout à la terre nivernaise, fine et grasse, qui rendait au centuple l'amour qu'on lui prodiguait.

Il aimait le semoir, la herse, l'aiguillon. Il aimait voir lever le blé et le contempler, avant la moisson, pareil à un ruisseau d'or vivant. Il aimait entendre le sifflement des faux dans les champs éclatants. Il aimait sa brouette trop grande et sa bêche trop lourde. Les forêts, les prés, les animaux emplissaient sa tête et il en oubliait les imperfections des hommes.

Très jeune, il put décharger ses parents adoptifs de multiples travaux. Mais il aimait aussi les hautes neiges de février, quand la nature s'endort et que tout se ferme dans le silence. L'étable couvait une odeur de laine mouillée et dans la cuisine se répandait un parfum de chou et de fagots trop vite brûlés qui ne réchauffaient que le bord de l'âtre où il se blottissait pour lire à son aise.

Après le repas du soir, il lisait ainsi longtemps, à la faible flamme d'une bougie, les livres que lui prêtait le curé de Chevenon. Il faisait une telle consommation de chandelles que le père prétendait être obligé de consacrer le bénéfice d'un boisseau de blé à cet usage, mais jamais il n'avait refusé de lui en fournir.

Au temps de l'adolescence, sa sœur sortait beaucoup dans les bals et les fêtes alentour tandis qu'il préférait rester près du feu ou sous sa couette, cherchant à s'instruire par ses lectures.

Adèle trouva bientôt une place de serveuse à l'hôtel du Centre de Chevenon ; elle ne rentrait pas souvent et Adrien se retrouva seul avec les parents.

Pourtant, grâce à un labeur acharné, les récoltes étaient bonnes et le père avait l'intention d'agrandir l'étable pour y faire davantage d'élevage. " Tu prendras femme, un jour, mon fils, disait-il, et la ferme, dans l'état, ne pourra pas nous nourrir tous ".

La guerre s'était chargée de mettre un terme à ce beau projet quand, en 1914, Adrien, âgé de dix-neuf ans et plein d'ardeur patriotique, lui avait fait part de son intention de s'engager.

-"Si c'est ton idée, mon gars, avait dit le père d'une voix toute troublée, je ne peux point aller contre ton gré, mais tu es bien jeune et tu n'as pas d'obligation."

Mais Adrien sentait s'affermir en lui une passion qui, par son amplitude et sa capacité, dominait sa vie au point d'être ressentie comme un élément inéluctable de sa destinée. Ses lectures ne lui avaient-elles pas appris que :

Mourir pour sa patrie est le sort le plus beau,
Le plus digne d'envie...

Deux ans après, c'était un autre homme qui marchait sur la route poudreuse. Un homme blessé qui avait vu la mort en face et l'avait probablement donnée en servant un canon lors de la bataille de la Marne. Il se souvenait des corps ennemis, soulevés par l'explosion flamboyante, retombant inertes et disloqués sur le sol... Inertes et disloqués comme le Bourguignon Charmeil, son meilleur ami, transformé lors de l'explosion de l'obus en un amas sanglant !

L'obus avait frappé Charmeil de plein fouet alors que seul un éclat atteignait Adrien, à deux mètres de là, perforant son œil droit qui s'était vidé et creusant une large entaille de l'arcade sourcilière à la pommette, mais il gardait en sa mémoire des visions d'épouvante inoubliables, autrement plus graves que ses lésions physiques personnelles.

Jamais Adrien ne pourrait oublier l'horreur des tranchées, immondes cloaques dans lesquels il avait si longtemps pataugé... Toute marche dans la boue molle et nauséabonde, sous le feu ennemi, était une prouesse. Ses jambes s'enfonçaient dans la fange, comme aspirées par ce bourbier ignoble et lui donnaient, à chaque pas, l'impression d'être cramponné et paralysé par un adversaire plus implacable que l'autre... L'odeur de la mort flottait partout car, pendant l'hiver, les tués ou leurs restes avaient été sommairement enterrés derrière la tranchée... Une vision d'effroi s'offrit comme un cliché à sa mémoire : en secouant un jour la boue glaciale qui pesait sur ses bras et ses gants, il avait, involontairement, causé un éboulement faisant apparaître une main verdâtre...

Il s'était alors roulé dans cette bourbe innommable, convulsé, vomissant, dans l'odeur horrible du charnier découvert, communiant directement avec les défunts de l'hiver, embrassant le spectre hideux de la mort.

Il s'efforça de détourner son esprit du cauchemar qu'il venait de vivre en observant le paysage familier. Déjà, à un détour de la route, c'était le verger du Clavet ; les branches se courbaient sous le poids des fruits rougeoyants et l'air était soudain imprégné d'une odeur acidulée qui lui fit penser que la mère avait peut-être préparé une tarte aux pommes en son honneur.

Adèle serait sûrement absente. Depuis qu'elle avait épousé, peu avant la déclaration de guerre, un marchand de bestiaux de Fourchambault, elle venait rarement à la ferme et la mère en parlait peu dans les lettres maladroites mais pleines de tendresse qu'il avait reçues d'elle.

C'était à cause du père que sa sœur ne leur rendait pas souvent visite. Le père n'avait pas apprécié de voir partir ainsi sa fille toute jeunette et fragile au bras du gros et grand Gérard... Il l'avait montré et cela avait déplu au gendre.

Dans quel état trouverait-il la ferme ? Le père avait-il continué les mêmes cultures de blé et de seigle ? Le petit sentier blanc serait-il toujours bordé de bruyère ? Son cœur se délectait et s'enivrait tout à la fois dans la précision du souvenir.

Encore deux kilomètres et il verrait le toit de la maison, la cour en terre battue et les géraniums, fierté de la mère, qui devaient être encore fleuris.

Dans les tranchées, on l'avait surnommé *le Nivernais* par rapport à sa province, comme d'autres *l'Auvergnat* ou *le Breton*. Il avait même côtoyé ceux qu'on appelait les Africains, venant d'Algérie et combattant avec un grand courage.

Parmi eux, des Arabes, *les Turcos*, qui parlaient dans un langage petit-nègre mais avec un immense respect de *Madame la France*.

Cela lui remémora le blessé placé près de lui à l'hôpital de Châlons avec lequel, quand les premières souffrances furent atténuées, il avait discuté et sympathisé. C'était un turco du troisième zouaves tirailleurs, Kader Kouïder.

Blessé au ventre, à la hanche et à la jambe, celui-ci avait longtemps déliré avant de reprendre conscience et dans son délire, au milieu de phrases en arabe comme : *Yaouilli, Yaouilli ! Yallah Illallah ! Mohamed rassoul Allah !* revenait souvent *Madame la France*.

Il se demanda, un instant, quel serait le sort de ces pauvres bougres, blessés et estropiés, à leur retour dans le pays désertique qui était le leur, puis il pressa le pas car le dernier tournant était tout proche et bientôt apparaîtrait la maison paternelle.

Il s'étonna de ne pas découvrir la fumée de la cheminée qui, d'ordinaire, s'élevait haut dans le ciel par un temps aussi clair, puis il vit enfin la maison aux volets de bois brun étrangement fermés... Seule, la fenêtre de la cuisine était ouverte et les rideaux à carreaux rouges et blancs frémirent comme s'il était observé...

Inquiet, il parcourut à grandes enjambées les derniers mètres, la porte s'ouvrit avant qu'il ne frappe et Adèle s'avança vers lui, toute de noir vêtue, les yeux rougis, le teint pâle.

-"Adrien ! Te revoilà, petit frère ! Les parents... Hélas !... Les parents..."

Elle suffoqua, se jeta dans ses bras et, tout en sanglotant contre l'épaule fraternelle, elle reprit dans un souffle : " Ils sont morts, Adrien ! Tous les deux... La typhoïde !..."

CHAPITRE II

Adrien entra, se laissa choir près de l'âtre éteint et cacha son visage dans ses mains... Depuis toujours, cet être pudique dissimulait son extrême sensibilité sous un masque impersonnel et statique car il avait la faculté singulière de s'observer, se juger et se prendre lui-même en flagrant délit, comme si sa noble hérédité, l'accompagnant partout, lui interdisait tout débordement.

Pourtant, il était foudroyé !... Les parents morts ! Cela lui semblait impossible tant il les portait en son cœur, vivants, chaleureux et accueillants...

Volubile, Adèle parlait maintenant, ayant posé sur la tête de son frère une main tremblante ; elle expliquait... Elle était venue les voir pour Pâques. Tout allait bien à ce moment-là, le père s'épuisait bien un peu mais la moisson s'annonçait bonne et il y avait encore deux vaches qui fournissaient tout leur content de lait et de fromage...

Depuis, elle n'avait pu revenir à cause du travail de son mari et des risques à circuler en temps de guerre. Ils avaient dû tomber malades, seuls dans leur ferme, une semaine avant que le père Clavet, venant offrir quelques pommes, ne les découvre, couchés, brûlants de fièvre, dans un état lamentable.

Il avait aussitôt alerté le docteur Guérigny et celui-ci les avait transportés à l'hospice d'Imphy. Mais il était trop tard, le mal était trop avancé et le père s'éteignit le premier vendredi de septembre. La mère le rejoignit, silencieusement, le dimanche et, le mercredi suivant, ils étaient enterrés tous les deux, unis dans la mort comme ils l'avaient été dans la vie.

Adèle se tordait les mains, se culpabilisait... Elle avait été à Imphy, mais la mère délirait et ne l'avait pas reconnue. Le père, oui... Il avait serré sa main et demandé Adrien.

Celui-ci sursauta... Ainsi le père, jusqu'à ses dernières secondes, continuait à prodiguer son amour paternel à l'enfant recueilli comme à son propre fils... Il sentit quelque chose se déchirer dans sa poitrine, comme un linge usé qui cède sous la pression de l'essorage, et dut lutter contre la perte de connaissance.

Le malaise passé, il regarda sa sœur, petit visage brun tuméfié par les larmes et s'aperçut que son champ de vision rétréci, limité à droite par l'arête du nez, transformait l'aspect de toutes choses, même celui d'Adèle.

Ce fut elle qui découvrit la paupière vide, passa un doigt léger sur la cicatrice encore boursouflée, assura, sans le convaincre, qu'elle ne l'enlaidissait pas, mais Adrien se moquait bien de sa blessure... Il venait d'en recevoir une autre, infiniment plus grave, dont, malgré sa pudeur et sa force, il assumait mal le choc.

Adèle le força à prendre du repos et quelque nourriture, l'entoura d'une tendresse qui n'était pas feinte car elle aimait sincèrement ce frère de lait, bien que son affection soit un peu ternie, depuis l'enfance, par une infime jalousie due à l'attachement des parents pour ce garçon qui n'était pas le leur.

Le mari d'Adèle devait venir le dimanche et Adrien eut la bizarre impression qu'elle redoutait un peu les décisions à prendre au sujet de la petite propriété des Bouisson, impression qui se changea bien vite en certitude lorsqu'Adèle lui avoua l'intention de son époux de vendre la Ribaudière.

Adrien, d'abord abasourdi, réfléchit... Le père lui avait confié un secret, connu de lui seul, lui faisant promettre de ne pas le révéler. La mort du vieil homme, qui lui avait donné la chaleur d'un foyer, le déliait de sa parole et il devait dévoiler à Adèle l'arcane paternel dont elle devenait légitimement seule détentrice.

Il prit sa sœur par la main, l'amena près de la cheminée, sortit son couteau et entreprit de desceller une brique noircie révélant une cache d'où il sortit une grosse bourse de cuir rouge marquée d'un "R" doré.

-"Adèle, voici, je suppose, les économies du père. Un trésor de famille commencé certainement depuis des générations et augmenté par le père durant toute une vie de labeur et de privations. Il est à toi, maintenant, tu es sa fille et tu dois, comme l'a fait le père, conserver ce magot et le faire prospérer."

Hébétée, Adèle regardait la centaine de louis d'or qu'Adrien versait entre ses mains, puis elle éclata en sanglots.

-"Non, dit-elle, j'étais au courant, cet or est à toi... Si, si, je t'assure, il t'appartient. Le père me l'a dit mais je ne peux rien ajouter de plus. Adrien, je t'en prie, nous devons respecter la volonté des parents. Prends ces pièces et que ce secret demeure à jamais, entre nous deux."

Adrien tenta de refuser, mais il sentait bien qu'Adèle avait raison et qu'elle ne pouvait accepter cette aubaine si le père lui avait fait promettre de la lui remettre, ne voulant pas laisser complètement démuni le fils adoptif qu'il chérissait comme le sien propre.

Le vieux paysan au noble cœur, Adrien eut soudain l'impression de le voir près de lui ainsi que la mère et tous deux, d'un geste engageant, lui tendaient l'escarcelle en disant : "Prends, mon fils, et montre-toi digne de nous dans la vie."

Adrien la prit et dit à voix haute sur le ton du serment : "Merci, j'en ferai bon usage." Adèle, à ce moment-là, aurait juré qu'il ne s'adressait pas à elle mais à une présence invisible, perçue de lui seul. Impressionnée, elle fit silencieusement serment de ne jamais parler de ceci à quiconque.

La brique de l'âtre replacée, les deux jeunes gens gardèrent un moment le silence, puis Adèle se remit à pleurer et, comme au temps de leur enfance, elle s'approcha d'Adrien dans la sollicitation muette d'une consolation dont il se sentait incapable, trop anéanti lui-même par l'épreuve.

En l'observant, pourtant, frêle et désolée, il comprit qu'elle éprouvait un grand chagrin à son égard, car elle connaissait bien l'attachement de son frère pour la Ribaudière et se culpabilisait de l'en chasser.

-"Que vas-tu devenir, Adriou, quand la ferme sera vendue ? Gérard et moi pouvons te prendre avec nous, mais je dois t'avertir qu'il n'a pas un caractère bien facile... La vie n'est pas toujours rose avec lui, il ne voit trop souvent que son intérêt. "

Lorsque vint Gérard, gras, moustachu et tonitruant comme à l'accoutumée, il expliqua que, ses affaires périclitant, la rentrée d'argent provenant de la vente de la Ribaudière pourrait heureusement les renflouer.

C'est à peine si Adèle osa protester : "Mais... mon frère ?" Pas de problème pour Adrien, son généreux beau-frère acceptait de le recevoir et de lui procurer un travail dans son entreprise.

Sur ces bonnes paroles, Gérard installa sur le vieux chêne de l'entrée un grand panneau *A vendre* puis il repartit, accompagné de son épouse.

Adrien se sentait accablé par la pensée de devoir quitter la Ribaudière. Il en avait mauvaise conscience... Les parents étaient tellement attachés à cette terre transmise de père en fils chez les Bouisson comme une forme de pérennité qu'il lui semblait les trahir en l'abandonnant à de nouveaux venus.

Il allait de l'étable à la cuisine, comme une âme en peine, bouchonnait les deux chevaux, donnait leur ration de fourrage aux deux vaches, puis il s'asseyait près de l'âtre, pensif, en contemplant les flammes d'un feu qui ne lui réchauffait pas le cœur. Plus de crémaillère ni de marmite de soupe odorante. Il regardait tristement le grand bahut vide et la huche ne contenant plus les galettes de seigle de la mère.

Puis, le soir tombant, il s'installait sur un coin de table avec un quignon de pain et un morceau de fromage et seul, désespérément seul, il mesurait l'étendue de sa détresse, doublement orphelin, déserté comme la terre, comme les bêtes, comme la Ribaudière tout entière qui criait à l'abandon.

Il ouvrait sa bourse et il lui venait l'idée insensée d'aller trouver son beau-frère, de la lui remettre et de lui dire : "Je travaillerai pour payer ce qui manque, mais laissez-moi la ferme, ne la mettez pas dans des mains étrangères, les âmes du père et de la mère y sont encore."

Mais il se rendait vite compte de l'impossibilité d'agir ainsi. Gérard n'aurait pas manqué de lui demander la provenance de ses pièces et, comme elles venaient des parents, il en aurait vite exigé la restitution. De plus, Adèle lui avait fait jurer le secret et pour rien au monde il n'aurait trahi sa sœur.

Alors, à haute voix, comme si les disparus l'écoutaient, il expliquait qu'il devait partir et, le cœur déchiré, il disait adieu à la seule famille qu'il ait connue.

Un jour de grande solitude, quatre vers d'une poésie de Sully Prud'homme, lue et relue dans son adolescence, lui revinrent à l'esprit et il en apprécia le sens profond :

C'est au premier regard porté,
En famille, autour de la table,
Sur les sièges plus écartés,
Que se fait l'adieu véritable.

Adrien refusa l'offre de travail faite du bout des lèvres par son beau-frère : "Excusez-moi, je suis un paysan et je ne sais que travailler la terre, je vous encombrerais plutôt dans le commerce." Et l'autre se sentit soulagé par ce refus car il avait toujours considéré le jeune homme comme un intrus.

Ne pouvant rien faire pour empêcher Adèle et son époux de vendre un bien dont ils étaient les seuls héritiers, il reçut aimablement le père Clavet qui se porta acquéreur, se mit d'accord avec Gérard sur le prix de la vente et l'affaire fut rondement menée devant notaire... La ferme des Bouisson appartint bientôt aux Clavet et le cours des événements devint irréversible.

Le père Clavet lui laissa pendant quelque temps l'usage de la maison paternelle. Un blessé de guerre, encore convalescent, ne pouvait ainsi être mis à la porte... Adrien se creusait la tête pour trouver une solution lui permettant de libérer les lieux mais il ne pouvait se résoudre à offrir ses services aux voisins proches car rester à Chevenon, c'était un peu refuser la guérison de ses blessures, toutes ses blessures, celles de la guerre qui le marquaient dans son corps et celle, plus douloureuse, de la perte de ses chers parents qui altérait son âme.

Il voyait, peu à peu, la maison se vider. Le beau-frère venait souvent pour emporter le modeste mobilier, les chers souvenirs, mais lorsqu'il vendit les deux braves chevaux qui avaient si longtemps et si vaillamment tiré la batteuse, ce fut comme si leur départ arrachait des lambeaux de la propre chair de *l'Adriou des Bouisson.*

Adèle lui avait dit un jour, bravant le regard furieux de son mari : "Veux-tu garder un souvenir des parents ?" Il avait acquiescé d'un hochement de tête et sans mot dire avait décroché le cadre ovale où tous deux souriaient... Cette photo, il s'en souvenait, avait été prise à la foire d'Imphy, sur sa demande, alors qu'il avait environ douze ans et la mère avait ensuite acheté le cadre doré ornant depuis déjà dix ans le mur de sa chambre.

A la mine d'Adèle, il comprit qu'elle s'en voulait d'avoir dédaigné ce modeste souvenir ne s'attachant, dans l'ombre de son époux, qu'à la valeur des choses.

Après l'armistice, le garde-champêtre vint dire à Adrien de passer à la mairie pour retirer son dossier militaire. Il s'y rendit en fin de mois, mal remis, toujours préoccupé par un départ hypothétique vers d'autres contrées et découvrit en ces lieux une affiche qui le fit rêver.

L'assistance publique de la Seine recherche pour son domaine en Algérie fermiers céréaliers expérimentés. Ecrire à Paris...

L'Algérie ! Une contrée de sauvages pour certains, un jardin d'Eden pour d'autres. Mais c'était loin, c'était l'Afrique, l'aventure et l'oubli, et Adrien avait tant de choses à oublier !

De retour dans la maison paternelle, il prit sa plus belle plume et la laissa courir sur le papier pour exprimer son désir de s'expatrier... Il expliqua tout, sa condition d'enfant recueilli, son expérience des travaux agricoles, la guerre, son infirmité et surtout la mort de ses parents adoptifs qui le projetait, seul, devant un avenir sans attache.

Aucune réponse ne lui parvint. Désespéré, il considéra que sa candidature était refusée et se plaça, comme homme de main, dans un grand domaine normand où il découvrit une nouvelle forme d'agriculture mécanisée qu'il ignorait totalement.

Travailleur, tenace, Adrien fut vite apprécié par son employeur. Malgré sa cicatrice et la prothèse oculaire qu'il portait depuis peu, la fille de son patron lui fit ouvertement des avances mais il n'y répondit pas, considérant cette place comme un tremplin qui lui permettrait d'aller plus loin, il ne savait pas où, mais plus loin.

C'est dans cet état d'esprit que lui parvint enfin, en avril 1919, alors qu'il ne l'attendait plus, une réponse positive de l'assistance publique de la Seine lui proposant trente hectares en fermage à Ben-Chicao, en Algérie.

A vingt-trois ans, mûri par la guerre et les épreuves qu'il avait traversées, Adrien en paraissait trente. Peut-être était-ce aussi à cause de son œil de verre qui donnait une étrange fixité à son regard bleu. Il se rendit à Paris pour répondre à la convocation reçue et fit bonne impression puisqu'il signa sans problème son contrat de fermage.

On lui expliqua qu'il s'agissait de mettre en valeur les terres encore vierges d'un domaine appartenant à l'assistance publique sur lequel on avait construit cinq habitations avec chacune leurs dépendances et leur étable, regroupées autour d'un bassin lavoir alimenté par la canalisation d'une source de montagne assurant aux fermiers un large débit d'eau potable.

-"Un seul point négatif dans votre cas, Monsieur de Courtenay, vous êtes célibataire et nous recherchions des couples. Mais, qui sait ? Peut-être trouverez-vous une petite *moukère* à votre goût ?"

En riant de sa stupide plaisanterie, le fonctionnaire, comme le peuple français tout entier, bien occupé à relever les ruines amoncelées pendant les quatre années terribles de la guerre, avait déjà oublié les soldats d'Afrique, acclamés frénétiquement sur leur passage parce qu'ils venaient de donner à la France la plus belle des preuves d'amour, celle de la vie offerte et du sang versé sans compter.

Pour le commun des mortels, l'Algérie était redevenue un pays de sauvages, sur lesquels régnaient en maîtres d'affreux colonialistes, mais Adrien se souvenait des paroles de Kader évoquant un pays béni au goût de miel et l'aventure le tentait... Il avait besoin de tourner des pages, celles des quatre années d'une horreur interminable pendant lesquelles le sang humain avait coulé à flots et celle du cimetière ayant englouti sa famille adoptive.

Le 7 mai 1919, Adrien de Courtenay embarquait sur le Charles Roux pour Alger, rempli de courage et d'allant et prêt pour une nouvelle vie qu'il espérait passionnante.

CHAPITRE III

Le voyage fut aussi agréable qu'une croisière de vacances. Au printemps, la Méditerranée sait se faire tendre et douce, et les vagues venant se briser sur la coque du bateau lui imprimaient un balancement délicat qu'Adrien compara au bercement d'une mère endormant son enfant. Une brise légère s'étant levée, les marins atténuèrent la vapeur et mirent les voiles, bientôt gonflées par un doux alizé.

Le temps était superbe. Un ciel sans nuages d'un bleu qui semblait de plus en plus lumineux en approchant du but... Adrien espérait que cette terre africaine se révèlerait hospitalière et cicatriserait ses multiples blessures, celle de son abandon qu'il vivait mal depuis l'enfance et celle, toute fraîche, qui le laissait doublement orphelin.

Il était, malgré tout, inquiet et préoccupé par son futur travail et se posait des questions sur le climat *tropical* peu favorable aux cultures céréalières, mais sa jeunesse et sa force de caractère reprirent vite le dessus.

Il avait lié connaissance avec un couple rentrant de Paris pour reprendre à Alger un atelier de gravure.

Ces gens-là, nés en Algérie, avaient loué leur entreprise, pour rejoindre à Paris des membres de leur famille qui leur conseillaient de venir s'y installer... Il n'avaient pu supporter la vie parisienne, la grisaille du ciel et le temps souvent trop froid.

Pourtant, de prime abord, Adrien ne les avait pas jugés différents de lui ; la femme blonde à la quarantaine joviale et florissante, l'homme un peu plus âgé, aux yeux d'un bleu limpide et leurs trois fillettes représentaient une famille française typique et pourtant ils disaient n'avoir pu s'habituer à la France et ils *rentraient chez eux*.

Il resta, le plus souvent, sur le pont, admirant de nuit un ciel d'encre où brillaient intensément des milliards d'étoiles qui lui semblaient plus proches qu'à Chevenon.

Le samedi matin, à l'animation soudaine autour de lui, il comprit qu'on approchait d'Alger et s'accouda au bastingage pour mieux découvrir cette terre qu'il voulait faire sienne et sur laquelle il avait entendu tant de propos différents.

Ce fut d'abord une masse confuse, opaque, étagée, semblait-il, puis il la vit enfin, dans un halo étincelant, la ville blanche qui croulait, comme une cascade voluptueuse et concupiscente, vers le port où le bateau entrait.

Elle semblait sertie dans un écrin d'azur comme si le ciel et la mer se rejoignaient autour de ce joyau... Adrien était pétrifié par la beauté et la luminosité du paysage et, près de lui, l'épouse du graveur versait des larmes d'émotion.

Alger s'ouvrait à lui, s'offrait à lui. Venant des froides contrées aux arbres dépouillés, il découvrait, sous une lumière incomparable, de longues plages devant lesquelles éclataient, en une dentelle mousseuse et immaculée, des vagues d'un bleu intense et, semblable à un amphithéâtre au décor somptueux, la ville dont les maisons grimpaient sur les coteaux d'El-Biar et de Mustapha, vers les vergers d'orangers, de mandariniers et d'amandiers inondés de soleil.

Débarquement, formalités, tout se passa comme dans un rêve et Adrien, sortant de l'ascenseur qui reliait le port au boulevard de la République, se trouva bientôt devant un parc, planté de superbes palmiers, au milieu duquel trônait un kiosque à musique : le square Bresson. Quelques vieux se chauffaient déjà au soleil, sur les bancs et rien ne les différenciait de ceux qui, le dimanche après la messe, s'installaient dans le jardin public de Chevenon pour discuter à l'aise.

Il vit bientôt arriver des indigènes, vêtus de pantalons bizarres et froncés, coiffés de chéchias rouges, convoyant une charrette traînée par deux petits ânes. D'autres, sellés et bridés suivaient paisiblement... Adrien s'assit, observa le manège et compris vite à quel usage les ânes étaient destinés : des mères de famille arrivaient, flanquées de leur marmaille et tout ce petit monde se précipitait vers les âniers.

Une femme rattrapa son enfant, déjà à califourchon sur le plus grand des ânes : "Monte dans la charrette, Popaul, tu es trop petit, tu vas tomber de l'âne et si tu tombes, ta mère elle te tue. Ah ! ç'ui-là ! Il m'en fait voir des vertes et des pas mûres ! "

Adrien sourit. Quel langage imagé et excessif et quelle drôle de façon de s'exprimer en avalant certaines syllabes et en appuyant sur d'autres ! Mais c'était du français et il le comprenait.

-"Ya Sidi, rigade cit occasion !...Oualà on peau comme ti vox...Jamis ti troves çà dans li magasens... C'it on peau di lion... Di vri lion... mime que c'it moi qui ji li touilli..."

Cette fois, Adrien ne comprenait plus rien du tout et regardait avec stupeur le marchand de tapis jovial voulant absolument lui vendre une peau qui ressemblait davantage à celle d'une chèvre qu'à celle d'un lion.

Il pensa s'en débarrasser courtoisement en demandant un renseignement sur la mairie où il devait se rendre.

Serviable, l'indigène s'évertua à expliquer : "Ti voir là... ti marches la rote tot droit, ti voir on brimier roue qui torne bor la droite".

-"Ah ! c'est là ? "

-"C'it bas là... ti marches... ti voir on aute di roue vic di z'arabes..."

-"Des Arabes ?"

-"Ji dis bas di z'Aarabes... ji dis z'arabes ! ça qui bousse...qu'y en a des fouilles..."

Et il joignit le geste à la parole en montrant une rue montante plantée d'arbres.

-"Des arbres ! C'est là ?"

-"C'it bas là. Ti basses, ti marches et ti voir des blanches vic di grandes l'affiches, C'it là."

Adrien pensa s'être réjoui trop vite sur sa faculté de comprendre le langage algérien sans se douter qu'il venait d'entendre pour la première fois le truculent *sabir*. Pourtant, il se fia au sourire obligeant de son interlocuteur et à la direction indiquée et se retrouva bientôt, non pas à la mairie mais place du Gouvernement où, après avoir admiré la statue du duc d'Orléans, il découvrit la mosquée de la pêcherie et, en contrebas, de pittoresques petits restaurants dans l'un desquels il décida de déjeuner.

Là, en lui servant une délicieuse friture de rougets au goût iodé, on lui donna toutes les explications voulues et on lui indiqua aussi que le service auquel il devait se présenter était fermé le samedi.

Adrien revint sur ses pas et s'engagea dans la rue Dumont-d'Urville, non sans avoir admiré, au passage, le théâtre somptueux... Il s'extasiait devant la largeur des rues actives et propres, les arbres feuillus et les passants qui avaient tous l'air d'être en promenade... des femmes indigènes littéralement enveloppées dans des voiles blancs, qui ne laissaient voir que leurs yeux, évoluaient avec nonchalance parmi d'élégantes européennes vêtues à la dernière mode parisienne.

Il obliqua ensuite vers la rue Henri Martin, découvrit un petit hôtel modeste mais propret et prit une chambre où il fut heureux de pouvoir déposer sa valise qui commençait à devenir pesante... Le propriétaire était un Alsacien qui ne regrettait pas d'avoir quitté Strasbourg pour Alger.

Après avoir pris quelque repos, Adrien crut pouvoir découvrir la ville, ce qui était un leurre. Il prit un tramway qui le laissa en haut de la rue Michelet et redescendit à pied, après s'être promené dans le parc de Galland... Ce continent perdu, ce pays de sauvages, cette ville barbare !... Combien de fausses descriptions et de qualificatifs sans aucun rapport avec ce qu'il voyait, avait-il entendus ! Alger était bien plus qu'une ville moderne et animée car son air limpide et pur semblait chargé de l'amour que lui portaient ses habitants et elle s'étalait, luxuriante et heureuse d'être ainsi choyée par ceux qui l'avaient créée et s'évertuaient encore à l'embellir.

Il fut également surpris de voir à quel point les gens étaient ouverts et accueillants, mis à part leur accent très particulier qui ne ressemblait à aucun de ceux des provinces métropolitaines mais où se mélangeaient des intonations alsaciennes, provençales, espagnoles et arabes, ce qui le rendait à la fois chantant et guttural.

Le peuple français d'Algérie était la fusion harmonieuse de toutes les régions de France et des autres pays de l'Europe méridionale mais tous étaient nés et avaient grandi sous le même drapeau, les mêmes lois, le même enseignement et le même attachement pour cette France lointaine qu'ils appelaient leur Mère-Patrie.

Adrien ignorait encore le lourd tribut payé par les Français d'Algérie et de nombreux musulmans pour défendre cette patrie, tant aimée et menacée. Plus de soixante mille d'entre eux ne rentreraient jamais au pays et la guerre avait laissé ici aussi l'empreinte des souffrances endurées

Pour l'instant, la découverte de cette ville l'émerveillait et l'enthousiasmait, mais il avait hâte de connaître son lieu et ses conditions de travail... Pourrait-il arriver à produire, à faire face ? Insidieuse et sournoise, l'angoisse vint le tenailler un bref instant, mais il fit, comme toujours, appel à son énergie et à sa ténacité pour la surmonter.

Il mit son dimanche à profit pour visiter d'autres lieux dont le jardin d'Essai qui le laissa béat d'admiration tant à cause de la variété des espèces cultivées que du site exceptionnel s'ouvrant vers une mer aux reflets irisés... Et, sans en être tout à fait conscient, Adrien se laissa prendre au charme d'Alger, la blanche ensorceleuse.

Le lundi suivant, il se présenta au service social de la mairie où il était attendu, puis muni d'indications précises sur les démarches à effectuer, il entreprit le voyage en train jusqu'à Médéa où devait l'attendre un fonctionnaire.

Il devait changer de train à Blida et s'installa confortablement dans un wagon presque libre, près d'une fenêtre qui lui permettrait de contempler tout à loisir le paysage... Peu après, montèrent dans ce wagon une mère de famille accompagnée d'une marmaille chahutante ; Il observa la femme, un peu rouge, chapeautée de travers, qui s'appliquait à faire régner l'ordre dans sa petite famille.

Ce voisinage, un peu encombrant, dissuada les autres voyageurs qui, jetant un coup d'œil au wagon, allaient chercher ailleurs une place plus paisible, et le train s'ébranla, quittant bientôt Alger pour l'intérieur du pays.

Sous le regard émerveillé d'Adrien s'étendait maintenant la plaine de la Mitidja, verdoyante et embaumée d'un parfum subtil où se mêlaient la senteur des blés, l'odeur âcre du tabac et l'atmosphère délicate des bois d'orangers.

Il lia conversation avec sa voisine qui se fit une joie de lui donner des renseignements sur ces lieux paradisiaques... Lorsque les premiers colons étaient arrivés dans la Mitidja, ils n'avaient trouvé que des terres marécageuses et incultes, infestées de moustiques porteurs de paludisme. Ils avaient courageusement résisté au climat meurtrier car de leur ténacité dépendait leur survie.

Ces colons avaient été décimés et, malgré les épreuves, enterrant chaque jour silencieusement leurs morts dans cette terre ingrate, ils s'y étaient attachés. Progressivement, opiniâtrement, ils avaient asséché les marais... La femme semblait fière des réalisations remarquables dues au courage de ses ancêtres comme s'il s'agissait des siennes propres... -"Mon grand-père, mon bon Monsieur, est arrivé d'Ariège en 1840. Il devait veiller sans cesse, de jour comme de nuit, ainsi que tous les autres cultivateurs et, au besoin, faire le coup de feu contre les pillards... Ma grand-mère me racontait qu'il défrichait et labourait, le fusil au dos... "

Adrien comprit parfaitement l'attachement charnel et spirituel de cette femme pour cette terre domptée et apprivoisée par ses aïeux. Il avait trop souffert de quitter la Ribaudière au sol brun, abreuvé de sa sueur et de celle du père Bouisson, pour ne pas comprendre les sentiments de sa voisine.

Ce fut bientôt Boufarik, puis Blida où le wagon se vida... Il fallait changer de train et il eut tout juste le temps de jeter un coup d'œil très bref à la ville pimpante et, au-dessus, à l'énorme masse de l'Atlas tellien, verte à la base et couronnée au sommet d'une neige nuageuse, comme fraîchement tombée.

Le tortillard qu'il prit ensuite marchait au charbon et il ne put distinguer si le conducteur était européen ou arabe ; Il ne vit que deux visages de ramoneurs et monta rapidement, cherchant une place dans des wagons occupés, en majeure partie, par des indigènes en burnous de laine rêche dont l'odeur rappelait vaguement celle de l'étable de la Ribaudière en hiver. Il s'assit, en silence, gardant sa valise près de lui.

-"*Slama, Ya Sidi...*" (Bonjour, Monsieur) lui dit son voisin. Il répondit par un hochement de tête et s'absorba dans la contemplation du paysage.

Quiconque a visité les gorges de la Chiffa au printemps, peut attester de la beauté de ces lieux, arides, sauvages, mais grandioses à couper le souffle.

- "*Chof, chof, Ya Sidi...*" (Regarde, regarde, Monsieur) dit l'Arabe en lui montrant les singes descendant la montagne. Adrien se demanda s'il y en aurait aussi à Ben-Chicao mais, dans l'ignorance de la langue arabe, il s'abstint de tout commentaire.

On arriva enfin à Médéa où l'attendait M. Duprez, directeur du domaine de l'assistance publique dont une partie seulement avait été mise en fermage.

Ce domaine provenait d'une donation et Adrien pensa que les bénéficiaires avaient dû être bien embarrassés par ce legs trop lointain et trop important à la fois.

La fin du voyage, dix-sept kilomètres, se fit en voiture et Adrien eut à peine le temps d'entrevoir un jardin ombragé, une grande place et trois minarets dont un, surmonté d'une croix, lui laissa supposer qu'il s'agissait d'une ancienne mosquée transformée en église.

Chemin faisant, M. Duprez lui expliqua que deux fermiers étaient déjà en place, un Alsacien, Heilligenstein et un Ariégeois, Fraguier, avec lesquels il espérait qu'Adrien s'entendrait bien, les habitations étant regroupées près du lavoir pour des raisons de commodité et de sécurité contre les pillards.

On dépassa Loverdo, un petit village propret avec quelques maisons fleuries de rosiers grimpants, des champs de blé, de la vigne, beaucoup de parcelles encore incultes et caillouteuses et, soudain, la voiture vira sur un chemin de terre à flanc de coteau.

Encore quelques minutes de trajet, puis apparurent les cinq petites maisons, absolument identiques, sur le fond de velours rose et froissé du Titteri qui se détachait, face à eux, d'un ciel sans nuages : Adrien touchait au but de son long voyage.

CHAPITRE IV

-"Bonjour, Monsieur de Courtenay, soyez le bienvenu."

C'est une petite femme accorte et mince, aux yeux vifs et à l'air espiègle malgré son lourd chignon d'un blond vénitien, qui lui tend une main franche avec un chaleureux sourire.

-"Je suis Marthe Heilligenstein. Voici mes enfants, Frantz et Ethel. Mon mari travaille en contrebas. Il arrivera tout à l'heure."

Deux bambins, un garçonnet timide ressemblant à sa mère et une maigre fillette de deux ans, tout au plus, se cachent dans les jupes de leur mère.

Adrien sourit aussi, répond par quelques mots de remerciement et pense que cette voisine est bien sympathique... Du coup, il se sent moins dépaysé et commence à s'installer, l'âme plus légère.

Le couple Heilligenstein facilite grandement l'installation d'Adrien. L'époux, tout aussi accueillant que sa femme, lui montre les terres qui lui sont attribuées. Là, Adrien sent son courage l'abandonner... Terres en friche, pentues et regorgeant de pierres si grosses que toute charrue s'y serait brisée.

-"Il faut dépierrer au moins à quatre-vingts centimètres de profondeur avant de défricher, assure le voisin, certains blocs font plus d'un mètre de profondeur !"

Sous chaque maison, pourtant, se trouve une étable. Tout est neuf et la source coule fraîche... Les Heilligenstein ont deux boeufs, une vache, son veau et quelques moutons achetés aux musulmans du douar qui se trouve juste derrière les rails du chemin de fer.

En contrebas, la voie ferrée de la ligne Blida-Djelfa où quatre à six trains circulent par jour. Le voisin explique que cette ligne a été installée, à l'origine, pour le transport de l'alfa, mais qu'il passe, actuellement, autant de trains de voyageurs que de marchandises.

L'autre voisin, Fraguier, est absent. Célibataire, il s'est vite découragé, abandonnant complètement son travail et se mettant à boire.

Jean Heilligenstein l'a vu partir avec ses valises, une quinzaine de jours avant l'arrivée d'Adrien. Reviendra-t-il ?

Adrien a l'impression d'être tombé dans un piège. Il voit les champs du voisin, petites parcelles arrachées à une nature ingrate au prix d'efforts inouïs et se demande s'il va rester ou repartir... Mais repartir pour où ? Pour quoi ? Ses économies sont épuisées et il ne lui reste plus que la bourse du père dont il a promis de faire bon usage.

Tandis qu'il réfléchit, le front entre ses mains, par la fenêtre ouverte, le souffle tiède du printemps colporte des parfums de fleurs sauvages envolés des collines.

Comme pour l'inciter à rester, le soleil couchant allume bientôt des reflets flamboyants sur les crêtes, face à lui. Ce festival de lumière se déverse dans une faille profonde dont les teintes s'estompent du rose diaphane à la pourpre sanguine, se moirent magnifiquement par les déplacements de l'ombre et de la clarté. D'où viennent les couleurs chatoyantes et insolites de ce lieu que l'Alsacien appelle le *Ravin rouge* ?

Le paysage est d'une fascinante beauté et bientôt la nuit chaleureuse étend sur la montagne sa robe de velours constellée de milliers de diamants. L'espace est calme, miséricordieux. Tout rayonne, tout s'apaise. L'herbe ne frissonne pas. Les feuilles ne bruissent pas. Le vaste monde étoilé retient son souffle pour apporter sa paix à cette âme tourmentée.

Les voisins l'invitent à partager une soupe odorante, faite de pommes de terre et du cresson qui pousse près de la cascade et, malgré l'écrasant labeur qui l'attend, Adrien sent revenir son énergie.

Le lendemain, il prend l'autobus pour Médéa, dépose en banque ses pièces d'or, en convertit une partie en argent frais et rentre, le soir, dans une petite calèche tirée par deux chevaux qu'il installe dans l'étable.

Deux boeufs, un tombereau, des défonceuses, des charrues et d'autres matériels lui sont bientôt livrés. Adrien se met au travail, sans relâche. Il y a, en lui, une force si remarquable et une résistance si étonnante que l'Alsacien le regarde avec admiration.

Peu à peu, les étendues pierreuses et rocheuses, couvertes d'inextricables broussailles épineuses et de chênes nains aux profondes racines, font place à des îlots de cultures aux sillons de terre rouge fraîchement retournée... Les habitants du douar voisin et de la petite mechta toute proche, en haut de la montagne, viennent observer curieusement Adrien. Certains offrent leurs services qu'il doit refuser, ne pouvant les payer, mais, lentement, son intense effort porte ses fruits.

En septembre, le Nivernais, venant d'un gris pays aux saisons frileuses, a connu les grandes chaleurs et le soleil brûlant de l'été algérien mais il a tenu bon et n'a plus envie d'abandonner la lutte. Il continue à dépierrer, parcelle par parcelle, et descend, chaque jour, des tombereaux de pierraille qu'il entasse, sans trop savoir ce qu'il en fera plus tard, en un amoncellement de plus en plus volumineux, face à l'étable.

Un soir, cependant, en étudiant tous les moyens de rendre productifs les terrains si péniblement défrichés, une idée lui traverse l'esprit... Toutes ces pierres qui s'entassent et toute cette eau perdue pour rien... Cette eau qui coule en permanence, de jour comme de nuit, s'évapore en partie pendant les grandes chaleurs. Une canalisation la dirige vers la cressonnière, ensuite, plus rien... Elle se perd vers le fond du ravin sans que rien ne puisse la diriger ou la retenir.

L'eau ! La source de toute vie ! Il veut capturer cette déesse de la fécondité, ne plus voir galvauder ce bien si précieux et décide de tailler les pierres amoncelées pour installer des drains souterrains dirigeant l'eau vers les terres cultivables.

Et dès le lendemain, il entreprend, avec la fougue de sa jeunesse et une volonté sans faille, ce travail herculéen qui s'étendra, en quelques années, sur des kilomètres... Tous ceux qui, plus tard, visiteront la propriété en s'extasiant sur tant de verdure, ne sauront jamais les efforts et les sacrifices que celle-ci a coûtés.

Jean Heilligenstein n'en croit pas ses yeux :

-"Dans quelle entreprise vous lancez-vous ? C'est impossible à réaliser, vous allez vous tuer à la tâche et vous n'y arriverez jamais.

-"Oh ! si, j'y arriverai, réplique Adrien en riant, une bonne fée m'assiste, elle s'appelle Volonté".

Ses mains sont devenues calleuses, sa peau s'est burinée et bronzée. En septembre, les journées sont encore très chaudes et il porte un casque colonial trop grand, bourré chaque matin de chiffons imbibés de l'eau fraîche de la source. Il peine sur une pierre trop grosse, un morceau de quartz qui doit faire plus d'un mètre et, soudain, des mains brunes saisissent avec lui cette charge trop lourde. Il se retourne pour protester et se retrouve face à un visage connu sur lequel il n'arrive pas à mettre un nom.

-"*Sbah el-khir, Ya Khouïa.*" (Bonjour, mon frère), dit l'homme... Adrien connaît aussi cette voix rauque et chaude... L'homme se relève, fait trois pas claudicants et soudain, dans un éclair, le Nivernais revoit un blessé gémissant sur son lit d'hôpital ...Kader ! C'est Kader, son compagnon d'infortune à l'hôpital militaire de Châlons.

-"Mon vieux Kader ! s'écrie-t-il, en lui donnant l'accolade ; qui m'aurait dit que je te reverrais un jour !"

Kader venait juste de rentrer au douar, au-dessus où habitait sa famille... Après la guerre, à cause de son infirmité, on lui avait accordé le privilège d'être *kahouadji* c'est à dire d'ouvrir et d'exploiter un café maure faisant aussi office d'épicerie, mais les clients payaient mal (quand ils payaient !) et Kader s'était retrouvé, un beau jour, complètement démuni. Il avait, alors, tout abandonné pour rentrer chez lui.

L'âme musulmane respecte les forts et méprise les faibles. On lui avait parlé de ce *Roumi* (Européen), bâti comme un géant, qui travaillait, seul, à longueur de journée et réussissait à faire pousser blé et légumes... Par curiosité, Kader avait voulu le voir de près et l'observait depuis un moment quand, lui aussi, avait revu un lit d'hôpital avec un blessé aux yeux bandés.

Grâce à ces retrouvailles, la vie devint plus douce pour Adrien. Au moment même où il avait reconnu Kader, il avait su que sa traversée d'un désert nommé solitude était terminée. Il avait près de lui mieux qu'un ami, un compagnon de souffrance et, pour la première fois depuis le décès de ses parents, il se sentit joyeux.

Bien entendu, il n'était pas question dans l'immédiat d'embaucher Kader, mais ce dernier venait souvent voir Adrien, lui apportant une *kesra* (galette arabe) toute chaude, une épaule d'agneau ou un fromage de brebis et sa présence était d'un grand réconfort à l'isolement de son ami.

Kader avait un petit troupeau d'ovins, quelques volailles, il cultivait un jardin potager et ceci, ajouté à sa pension militaire, lui permettait de faire vivre sa mère et son épouse.

Adrien fut heureux de pouvoir, bientôt, en remerciement, lui offrir un peu de blé, mais il ne se leurrait pas. La terre de ces collines, à mille cent cinquante mètres d'altitude n'était pas très favorable à la culture intensive des céréales, le climat n'était pas assez tempéré et les rendements bien inférieurs à ceux de la Nièvre.

Il décida donc de planter de la vigne qui se contente d'un climat sec et de terrains arides et, rapidement, ce fut le plein succès.

Le second voisin ne revint jamais ; il avait regagné son Ariège natale et il n'y eut pas d'autres candidats pour un fermage attribué, en définitive, aux deux seuls occupants en place.

Le temps s'écoula sans qu'Adrien relâche son effort. Tout ce qui pouvait être arraché à une nature ingrate pour devenir productif l'était... Kader travaillait maintenant sur l'exploitation, s'occupant parfaitement, malgré son handicap, d'un bétail qui, lui aussi, croissait et devenait rentable.

Bientôt, la calèche d'Adrien fut connue dans les villages voisins. Il avait sa place, à l'église, le dimanche et les gens étaient bienveillants à son égard. Il était estimé de tous. Les habitants du douar comme ceux de la mechta lui témoignaient du respect, son voisin était devenu son ami et la direction de l'assistance publique appréciait le travail de ce courageux pionnier. Il était adopté, une nouvelle fois, par deux ethnies bien différentes dans les mœurs mais très proches dans leurs idéaux.

Pour les Français d'Algérie, le travail et l'énergie productive étaient les seuls moyens mis à leur disposition pour faire prospérer le pays, mais la population musulmane du bled, qui rêvait d'évolution et de prospérité, évoluait beaucoup plus lentement à cause des superstitions locales et d'une nonchalance qui lui faisait toujours choisir la voie de la facilité.

Au début, Adrien ne comprenait pas les mythes locaux auxquels les Arabes étaient si attachés. Il y avait, au-dessous de la ferme, près de la voie ferrée, un petit marabout en dôme : la tombe de Lalla Méryem. C'était un lieu sacré, isolé en pleine nature et fourmillant d'ex-voto de toutes sortes, tresses de cheveux noirs ou roux liés de rubans colorés, haïks, foutas, une multitude d'objets hétéroclites auxquels le vent des nuits tièdes de l'été donnait une étrange forme de vie en les agitant.

Si le blé levait mal, si la vache ne vêlait pas, tout était décidé par Lalla Méryem et nul ne pouvait s'y opposer... Les petites filles n'osaient jamais sortir le soir de peur qu'Aïcha Kendicha leur arrache les yeux ! Ces croyances millénaires maintenaient la population dans des siècles reculés et bridaient son avenir.

Souvent, Adrien en avait discuté avec Kader, mais celui-ci opposait à l'esprit cartésien de son ami un fatalisme si sincère et si convaincant que toute conversation de ce genre se terminait par l'inévitable *Inch'Allah* (Si Dieu veut).

Adrien était pieux. Il croyait, comme les musulmans, que tout, ici-bas, est soumis à la Grâce Divine. Mais il mettait aussi en pratique l'enseignement des Saintes Écritures : Aide-toi, le Ciel t'aidera.

Les indigènes, quant à eux, attendaient que le Ciel les aide, dans la passivité, ce qui déconcertait l'homme d'action qu'était Adrien.

Comme il aimait aller au fond des choses, il lui fallut un certain temps pour comprendre cette philosophie orientale si différente de la sienne et encore la comprit-il sans l'admettre.

Mektoub (C'est écrit), disaient les Arabes. Comment leur expliquer que tous les actes humains et leurs conséquences n'étaient pas écrits d'avance ? Comment leur faire entendre que l'homme dispose d'un libre arbitre et que le Ciel le juge à la manière dont il assume ses actes ?

Il n'était pas écrit que le champ rapporte sans être travaillé, que le troupeau se multiplie sans être suffisamment nourri, ni que les enfants soient en bonne santé sans hygiène et sans soins. L'homme récolte uniquement ce qu'il sème et ne doit pas tout attendre de la Providence.

Par l'intermédiaire de Kader, il tenta donc d'expliquer la différence fondamentale entre les événements dits naturels et spontanés et le résultat de l'effort de chacun. Les hommes le regardaient, incrédules, souvent narquois, l'accusant, entre eux, de prosélytisme chrétien, sans aucune intention de remettre en cause le nonchaloir de leur mode de vie.

Adrien décida alors d'éviter de telles discussions. Tels qu'ils étaient, il les aima, attachants, naïfs, hospitaliers, fidèles à leurs croyances comme à leurs amis ; il comprit enfin que l'Islam les rendait imperméables aux valeurs morales de l'Occident, qui n'étaient pas les leurs et renonça à les convaincre, se contentant de les aider au mieux quand le besoin s'en faisait sentir.

CHAPITRE V

Cinq ans après l'installation d'Adrien, Marthe Heilligenstein tomba malade en octobre. Son époux et ses enfants l'entourèrent de soins attentifs mais la pauvre femme dépérissait.

Les enfants allaient à l'école à Loverdo, car ce village n'était qu'à un quart d'heure de marche à travers champs. Ils rentraient de même, à pied, considérant ce trajet comme une promenade et Adrien fut étonné lorsqu'une voiture automobile ramena, un jour, les deux bambins.

C'était l'institutrice du village qui venait voir leur mère.

Après avoir réconforté la pauvre femme, elle s'aventura dans les vignes à la recherche de Jean Heilligenstein et rencontra bientôt Adrien occupé à la taille en compagnie de Kader.

Petite, avec de longs cheveux bruns et des yeux très clairs, la jeune fille donnait une impression de fragilité qui cadrait mal avec son assurance.

Elle s'indignait que la malade ne soit pas hospitalisée... "Cette femme est tuberculeuse et son état empire de jour en jour. Je m'occupe de son hospitalisation et je prendrai ses enfants en charge pendant ce temps. Dites à son mari de venir me voir au plus tôt." Puis, sans transition, regardant Adrien bien en face : "Que vous est-il arrivé ?"

Adrien rougit... D'ordinaire, les gens évitaient ce genre de question craignant de heurter sa susceptibilité. Il répondit laconiquement : " Blessure de guerre..."

Ce fut au tour de l'institutrice d'être confuse : "Excusez-moi ; je suis curieuse... Mon père a été tué à Verdun..." ajouta-t-elle, puis elle lui tendit la main, avec un surprenant sourire, comme il n'en avait encore jamais vu, lumineux et diffusant sur l'interlocuteur une sorte de clarté bienfaisante.

-"Vous avez devant vous la nouvelle institutrice de Loverdo, Elise Cortès, dit-elle ; je suis oranaise, mais maman se remettait si mal de la mort de papa que j'ai demandé un changement de département pour fuir des souvenirs trop cruels."

Adrien comprenait parfaitement. N'avait-il pas lui-même pris la fuite devant un passé trop lourd ? L'institutrice lui parut avenante... et jolie, d'ailleurs, s'avoua-t-il intérieurement.

Ce fut le début de relations nouvelles et fort agréables... La mère d'Elise était charmante bien que fragile comme un petit saxe ébréché ; les jeunes gens discutèrent souvent, se prêtèrent des livres et Adrien invita, un beau dimanche d'avril 1924, les deux femmes à découvrir son domaine.

Les seuls convives s'étant assis à la table d'Adrien étaient la famille voisine et bien souvent Kader... Aussi fut-il embarrassé pour préparer un repas différent de l'ordinaire, puis décida simplement d'adapter cet ordinaire à la circonstance par une présentation raffinée.

Il existait chez le jeune homme une distinction naturelle et héréditaire dont il ne se rendait pas compte mais qui le faisait agir différemment des autres.

Seul, sans aucun témoin, il n'avait jamais pris un repas avant de s'être lavé et changé, et ne l'avait d'ailleurs jamais pris dans la cuisine rendue chaleureuse par une imposante cuisinière à bois, mais dans ce qui lui servait à la fois de bureau et de salle à manger.

Des étagères bourrées de livres couvraient les murs de la pièce. Une grande table, quelques chaises et dans un coin un guéridon recouvert de toile blanche sur lequel étaient disposés une bible ouverte, un petit drapeau tricolore et un vase contenant des épis de blé... Toute l'éthique d'Adrien se résumait en ces trois objets : la Foi, la Patrie et le Travail.

Elise était impressionnée par Monsieur de Courtenay.

A cause de son nom, elle s'attendait à trouver chez lui des armoiries ou un blason et, au lieu de cela, elle découvrait la mise en exergue de valeurs qui étaient aussi les siennes, modeste enseignante d'origine espagnole, dont les parents et les grands-parents avaient choisi et aimé la France au point de mourir pour elle, comme son père à Verdun.

Pendant le repas, un rayon de soleil obsédant et indiscret s'obstina à caresser le visage d'Elise et Adrien découvrit des reflets irisés de mauve dans les prunelles de son invitée... Il en fut troublé, mais sa pudeur excessive reprit vite le dessus et la fin du repas se déroula le mieux du monde.

Elise avait pris en charge les enfants Heilligenstein dont la mère se remettait lentement, hospitalisée au sanatorium de Médéa. Les enfants ne rentraient qu'en fin de semaine pour voir leur père qui supportait mal l'absence de sa famille et dont l'ardeur au travail s'en ressentait.

Dans la soirée, les deux femmes repartirent en voiture emmenant les enfants et Adrien retrouva sa solitude en proie à d'étranges sentiments.

Pour la première fois de sa vie, il avait l'impression que son cœur bondissant supplantait sa raison... Il éprouvait une attirance irrésistible pour cette petite femme énergique conduisant son automobile comme un homme et se dépensant sans compter à l'écoute et à l'aide de chacun, qu'il soit pauvre ou riche, européen ou musulman.

Les amours d'Adrien, ou plutôt ses relations féminines, avaient été bien rares, bien pauvres et bien éphémères. Il ne s'était jamais attaché à une fille et menait depuis son arrivée en Algérie une vie quasi monastique qui lui laissait l'esprit libre et la force de se concentrer sur la réussite de son travail.

Pourtant, il devait se l'avouer, Elise, malgré lui, meublait son esprit et il se prit à sourire en pensant aux superstitions de Kader...

Cette femme diabolique, Aïcha Kendicha qui s'emparait de l'âme des pauvres hommes jusqu'à les faire succomber et les réduire à sa merci... Kader tremblait en racontant à voix basse les envoûtements dont certains de ses coreligionnaires avaient été victimes...

Elise n'était pas diabolique. Ce n'était certainement pas un ange non plus, mais une femme sensible, bonne et dévouée et Adrien dut reconnaître qu'il éprouvait pour elle plus qu'une attirance... Était-ce de l'amour ?

Devant l'éloge spontané que son cœur faisait de la jeune fille, Adrien se rendit à l'évidence et fit une constatation qui le plongea dans un état à la fois euphorique et perplexe : il était amoureux !

Pour la première fois de sa vie, il aimait vraiment quelqu'un du plus profond de son être. Balayées les amours passagères et physiques ! Balayés les petits souvenirs d'enfance !... Il découvrait l'amour.

Il n'avait jamais envisagé de rester seul toute la vie mais devant cette passion qui brusquement lui dévorait l'âme, tous ses vieux démons, tous ses complexes revinrent en force...

-"Tu es un enfant abandonné, né de père inconnu et portant le nom d'une mère qui n'a pas voulu de toi, quelle tare se cache derrière le mystère de ta naissance ?..." glapissait l'un.

-"Tu es défiguré, tu es borgne, tu portes un œil de verre ; qui voudrait de toi pour époux ?" ricanait l'autre.

Tous les spectres qu'il avait cru fuir à jamais étaient autour de lui, en lui, le lacérant encore de leurs griffes hideuses... Ne pourrait-il jamais en triompher ?

Il décida de prendre envers Elise et sa mère des distances qui lui permettraient d'oublier... Mais comment oublier l'amour quand on le voit dans chaque forme, chaque fleur ? Quand le bleu du ciel évoque les yeux de l'être aimé, l'eau de la source, son rire cristallin, le vent dans les feuilles, sa voix chantante ?

Adrien se sentait si malheureux qu'il aurait souhaité n'être qu'une pierre comme celles qu'il chargeait toute la journée, s'étourdissant de travail pour ne plus penser, titubant chaque soir de sommeil et de fatigue en rentrant chez lui, mais il tint bon.

Il allait faire ses courses à Médéa à cheval, pour ne pas emprunter la route en risquant de rencontrer Elise. Elle était venue, plusieurs fois, raccompagner les enfants du voisin, l'avait cherché dans la propriété alors qu'il se cachait comme un enfant malheureux dans les branches touffues d'un mûrier, avait ensuite écrit qu'elle s'inquiétait pour lui, mais rien n'avait attendri cet être trop fier.

Les mois passèrent ainsi ; l'été brûlant amena le chergui et pendant toute une journée les sauterelles dévastatrices qui s'agglutinaient sur toutes les cultures et qu'on chassait uniquement par le bruit.

Les habitants du douar étaient tous descendus, les enfants avec des chaudrons, des bassines et des casseroles sur lesquels ils frappaient à tour de bras, les femmes qui suivaient en poussant des *You-You* frénétiques et les bergers soufflant à s'époumoner dans leurs trompes. Tout cela faisait un vacarme épouvantable et soulevait, comme un nuage de poussière, les insectes qui volaient en masse...

Adrien et Kader, armés de torches, avaient aussi lutté toute la journée pour brûler les dévoreuses... Au coucher du soleil, le vol était passé, mais la récolte était bien compromise.

Vint l'automne, l'automne algérien qui ne se drape pas de feuilles mortes, mais prolonge l'été en le rafraîchissant comme un nouveau printemps...

Adrien était toujours hanté par cet amour qu'il refusait et rejetait, craignant qu'il lui fût un jour accordé comme l'aumône faite à un infirme. Il eut plus de temps pour réfléchir au début d'un hiver particulièrement précoce...

Le matin tout était verglacé et il fallait casser la glace sur l'abreuvoir. En novembre, la neige fit son apparition et la ferme se réveilla, un matin, poudrée de blanc. Mais l'air était si pur et si léger que cette première neige, semblable à une nacre argentée, ne tint pas longtemps.

Cependant, le froid était là, avec son cortège de verglas. Les sécateurs collaient aux gants mouillés et la taille de la vigne était plus pénible qu'elle ne l'avait jamais été... le froid pénétrait même le cœur d'Adrien qui devenait chaque jour un peu plus morose. Kader semblait avoir deviné son secret mais il n'osait en souffler mot, ayant un jour parlé de *Lalla Stoutriss* et s'étant brusquement arrêté devant le regard furieux d'Adrien.

Pour Noël, Jean Heilligenstein était parti rejoindre son épouse avec les enfants et, le 24 décembre, Adrien était seul dans sa cuisine quand la neige se mit à tomber, drue, épaisse, en flocons tenus... Un vrai Noël blanc ! pensa-t-il. Les gens des campagnes ne s'aventureraient sûrement pas ce soir à la messe de minuit. Fermant rageusement sa porte, il alluma sa lampe à pétrole et se mit à lire.

Vers cinq heures, le crépuscule neigeux étendait déjà son opacité grise sur le blanc tapis qui recouvrait la ferme. Le silence était total, cotonneux, quand on frappa bruyamment tandis que retentissaient pleurs et gémissements... Mendiant ou farceur ? Adrien ouvrit et vit entrer un Arabe du douar, Belkacem, tenant dans ses bras un enfant de deux ou trois ans hurlant de douleur ! Il était suivi d'une femme hagarde, la mère de l'enfant certainement, sans fouta, ni haïk par ce froid glacial, qui lacérait son visage tatoué de ses ongles et criait.

Adrien comprit vite le drame. Le bambin était tombé sur le *kanoun* (récipient de terre cuite) empli de braises. Ses vêtements avaient pris feu et quand sa mère l'avait relevé, il avait déjà les bras profondément brûlés.

L'enfant fut étendu sur le lit d'Adrien et celui-ci découvrit avec horreur les chairs à demi calcinées... Il ne pouvait pas soigner de telles blessures ! Il fallait descendre d'urgence le petit blessé à l'hôpital de Médéa.

Il prit sa chemise blanche la plus fine, en fit de la charpie qu'il imbiba d'huile d'olive et en recouvrit les blessures, espérant ainsi atténuer la douleur.

Puis il enveloppa l'enfant gémissant dans de chaudes couvertures et alla seller Ouragan, son meilleur cheval, car il n'était pas question, par une telle tempête de neige, d'essayer de joindre Médéa par la route.

Il cala l'enfant sur la selle, devant lui, attacha ce précieux fardeau mais ne put empêcher le père de sauter en croupe derrière lui...

Le cheval, ainsi chargé, avançait avec peine. Ses pattes s'enfonçaient dans la neige molle, tombant en rafales pénétrantes, qui obscurcissait l'horizon et dissimulait tous les points de repère habituels, mais Adrien l'encourageait de la voix et le voyage se passa sans trop d'encombre.

La nuit tombait lorsqu'ils virent enfin la ville ; l'enfant ne pleurait plus, il ouvrait de grands yeux, emplis de détresse, sur Adrien.

Après avoir atteint l'hôpital, remis la petite victime entre des mains compétentes, s'être assuré qu'il recevrait rapidement les soins indispensables à son état, Adrien se sentit soulagé. Le père, prostré, ne voulut pas quitter les abords de la salle où l'on soignait son fils et le cavalier se retrouva seul, dans les rues rendues désertes par la préparation des festivités du soir.

Adrien avait de bons amis à Médéa, plus d'une famille aurait été heureuse d'accueillir à sa table cet hôte imprévu, mais il n'avait aucune envie de festoyer et de se réjouir. Depuis de longs mois, ce cœur solitaire était torturé et tous ses efforts avaient été vains pour juguler la passion qui brûlait en lui... Il se sentait épuisé par cette lutte intestine dont il ne pouvait triompher.

Son orgueil l'empêchait encore de s'avouer vaincu et le forçait à se replier sur lui-même, devenant misanthrope et ne trouvant une légère compensation que dans le travail.

Il alluma donc sa lampe tempête et s'engagea dans la bourrasque. Sur le chemin du retour, il n'y avait plus ni route, ni champs, une immensité de plus en plus sombre et opaque et ces flocons épais et glacés qui cinglaient son visage comme une nuée d'insectes froids... Le cheval labourait la neige de ses sabots, encore quelques lueurs brillantes provenant d'habitations éclairées, puis la sortie de la ville par une large allée bordée d'immenses platanes qui ressemblaient à de sinistres poteaux prêts à s'effondrer sous une charge trop lourde.

A la fin de l'allée, il obliqua à droite, il fallait monter tout droit, sans s'écarter d'une route déjà mille fois parcourue.

La neige tourbillonnait et fouettait les sapins qui se courbaient dans un sifflement semblable à une longue plainte. Adrien s'orientait mal, mais il s'efforçait de maîtriser l'anxiété qui le gagnait. Le froid, qui s'emparait de lui, semblait paralyser aussi les pattes du cheval qui tremblait et avançait avec une difficulté croissante.

La froide nuit sans étoiles s'éternisait. La lampe s'éteignit sous une rafale et l'angoisse s'empara d'Adrien... Avancer, avancer, c'était son seul but, il encouragea encore son cheval d'une voix qui se voulait ferme et résonnait bien assourdie.

-"Allez, va Ouragan, va mon vieux... l'écurie n'est plus très loin..."

Le cheval eut un sursaut et se mit à avancer plus vite sur le tapis neigeux qui commençait à se verglacer. Adrien ne sentait plus ses mains sur les rênes, le froid le gagnait, une froidure semblable à celle de la mort qu'il avait déjà ressentie dans les tranchées.

Il fallait réagir. Un coup d'éperon stimula le cheval qui fila soudain droit devant lui, aussi vite que le lui permettait le sol glissant, puis il fit une embardée et se cabra, projetant son cavalier à terre.

Adrien eut l'impression que son crâne explosait sous le choc et que le ciel et la terre venaient de basculer, puis il sombra dans une nuit froide et glauque, comme un océan sans fond.

-"Adrien ! Adrien !" comme la voix semblait venir de loin, si loin... Il connaissait cette voix, c'était la mère... Maman Bouisson... "Oui, la mère, je suis là", voulurent balbutier les lèvres bleuies, mais aucun son ne sortit de sa gorge et il replongea dans sa nuit...

-"Adrien !" Cette voix l'appelle encore. Est-ce la mère ? non, le timbre est plus clair, plus jeune... C'est l'autre. Pourquoi m'appelles-tu, maintenant ? De quel droit m'appelles-tu aujourd'hui alors que tu m'as rejeté lorsque j'étais enfant ?"

Adrien tressaille, un sentiment de colère le fait émerger doucement de son néant...

-"Adrien !!" La voix s'obstine, impérieuse... et il la reconnaît enfin. Il frissonne, ouvre les yeux. Il y a de la lumière et Elise, pâle et crispée, se penche sur lui... un vertige le submerge, un nouveau plongeon dans le noir, pourtant il sent qu'on le soulève, qu'on l'emporte. La chape glacée est arrachée, on le frictionne, c'est chaud et Adrien reprend totalement conscience lorsqu'une main énergique verse entre ses lèvres un breuvage brûlant qui sent le rhum...

Il reconnaît la cheminée où flambe un bon feu. Il est enveloppé de chaudes couvertures. Il est chez Elise, à Loverdo !... Par quel miracle ? La mémoire lui revient d'un coup et il demande : "mon cheval ?"

"Il est bouchonné et à l'abri dans l'écurie des Mautin... Aveuglé par la neige, votre cheval a heurté le mur de leur jardin et vous a désarçonné. Votre nuque a percuté une bûche et vous avez perdu connaissance. Fort heureusement, les chiens ont donné l'alerte, nous sommes tous accourus et les fils Péchaud vous ont transporté chez moi... Comment vous sentez-vous ?" répond Elise d'une voix inquiète.

Adrien est gêné, terriblement confus. Qu'elle ne s'imagine surtout pas qu'il venait la voir ! D'une voix faible, il explique la raison de son voyage nocturne, l'enfant brûlé, l'urgence des soins et la tempête de neige. Il s'est égaré, involontairement, en rentrant chez lui...

Son cœur battant éclate pourtant d'amour et il cherche désespérément à tempérer la sécheresse de ses explications par une formule de politesse ou de remerciement... "Je voudrais vous dire..."

Elise le coupe d'une manière péremptoire. C'est le ton de la maîtresse d'école, celui qu'elle doit employer pour faire entrer dans la tête des jeunes enfants tables de multiplications et conjugaisons. Une voix douce mais pourtant ferme et sans réplique et ce qu'elle dit stupéfie Adrien, heurte et bouscule les traditions qu'elle renvoie aux calendes grecques :

"Moi aussi, j'ai quelque chose à te dire, Adrien de Courtenay. Tu es pétri de défauts : orgueilleux et borgne, stupide et noble. Malgré tout cela, je t'aime et je suis prête à t'épouser si tu ne considères pas comme une mésalliance une union avec une roturière, d'origine espagnole de surcroît..."

A ce discours, Adrien sent son cœur se rompre et ses vieux démons s'enfuir... Il parle alors, comme on se confesse : l'abandon maternel, le père inconnu, la tendresse des Bouisson, la guerre et l'infirmité, la mort des parents adoptifs dont il se sent responsable par son absence, la ferme familiale arrachée à son cœur, sa fuite en avant... Tout ce qu'il ne pouvait lui imposer...

Elise vint se placer devant lui, prit ses larges mains dans les siennes, minuscules et fortes et plongeant ses prunelles mauves dans le regard de l'homme blessé, elle affirma :

-"Le passé demeure mais désormais, devant l'adversité, nous serons deux."

On a souvent parlé de miracles ayant eu lieu la Sainte Nuit de Noël. Il faut croire qu'ils existent puisqu'en cet an de grâce 1924, l'étoile du berger s'est arrêtée sur le village de Loverdo pour offrir à un être solitaire et éprouvé le plus beau des cadeaux, une compagne exceptionnellement authentique, courageuse et sincère qui allait désormais illuminer sa vie.

CHAPITRE VI

Ils se marièrent un beau samedi du printemps 1925. Le ciel était limpide, le soleil caressant et lorsque Adrien, fébrile, ouvrit ce matin-là les volets de sa chambre, la splendeur de l'Atlas tellien, face à lui, le pénétra davantage que les autres jours. Il pensa que sa jeune épouse ne se lasserait jamais d'observer un tel paysage et en fut heureux, s'étonnant presque lui-même d'éprouver un tel attachement pour ce pays qui ne l'avait pas vu naître.

Le mariage civil était fixé à dix heures à la mairie puis à dix heures trente débuterait la cérémonie religieuse dans la petite église de Loverdo. Adrien ne se doutait pas qu'une demi-heure avant, toutes les places seraient occupées et qu'une foule, où se mêlaient nombre de petites têtes brunes, se masserait dehors.

Dix minutes avant l'heure dite, il se présenta chez sa fiancée et lui offrit une brassée de petites roses blanches dites pompon qu'il avait cueillies au rosier grimpant planté près de l'entrée de sa demeure et réunies en un mignon bouquet rond.

Dire que la jeune fille était jolie, dans sa robe blanche d'épousée, sous son voile de dentelle ancienne, serait en dessous de toute vérité. Elle avait, à la fois, les formes les plus charmantes de la femme et les grâces les plus naïves de l'enfant. L'azur profond de ses yeux se voilait d'une intense émotion. Ses joues, d'un incarnat pâle, semblables à deux pétales de rose, contrastaient avec la pâleur marbrée de son teint, mais son sourire restait le même, exquis comme une clarté et illuminant de bonheur son fiancé.

Ils firent à pied le court trajet les conduisant à la mairie. Chemin faisant, il sembla tout à coup à Adrien qu'il avait dans le cœur tous les chants des oiseaux du voisinage et tous les morceaux du ciel bleu entrevus à travers les feuilles des arbres de l'allée. Tant de pureté et d'ardeur à la fois se concentraient dans un rayon de soleil doté du pouvoir magique de faire éclore, au fond de son âme, cette fleur pleine de parfums subtils qu'on appelle le bonheur.

La main d'Elise se fit plus ferme et réconfortante sur son bras, lorsque l'officier d'état civil, d'une voix monocorde, énonça la blessure secrète de sa naissance. Puis le maire rendit un vibrant hommage à l'institutrice de la commune et à son dévouement envers les populations.

Son discours fut suivi d'applaudissements chaleureux qui étonnèrent un peu Adrien. Il avait déjà eu l'occasion de s'apercevoir combien la jeune fille était aimée de son entourage, mais c'est au fil des ans qu'il devait en découvrir la cause.

A dix heures trente précises, faisant fi des traditions, il conduisit lui-même la jeune fille à l'autel et la cérémonie religieuse fut empreinte de la plus grande chaleur humaine.

Alors qu'Adrien se sentait submergé par tant de sollicitude, Elise avait un sourire et un mot pour chacun... En sortant de l'église, tout en tenant fermement le bras de son époux, elle eut un geste tendre pour attirer près d'eux sa mère, très émue, qu'elle appelait tendrement Mamita.

C'est à la ferme que se rendirent ensuite tous les invités. La veille, Elise et Mamita avaient préparé un copieux buffet, mais les jeunes époux eurent la surprise de découvrir, en plus, deux grands plats en terre remplis de *z'alabias* et de *makrouds* (beignets de miel et gâteaux de semoule farcis de dattes) et quatre agneaux embrochés, rôtissant sur les braises.

Ce supplément imprévu était le cadeau de mariage de Kader ; Elise en fut touchée et alla vers lui pour le remercier en lui tendant une main franche. "Merci, Kader, ce geste de bienvenue me va droit au cœur"... Elle parlait parfaitement l'arabe, ayant pratiqué cette langue très jeune, depuis son enfance, en Oranie. Kader, intimidé, ne trouvait pas les mots de bienvenue qu'il souhaitait, quand soudain, derrière lui, comme effacée, dissimulée sous une fouta rayée de rouge, une petite Mauresque aux yeux de biche s'écria : "*Marhaba, Lalla Stoutriss !*" (Bienvenue, Madame l'institutrice).

Les invités apprécièrent et dévorèrent de bon appétit le méchoui improvisé. Jean Heilligenstein, témoin d'Adrien, eut tôt fait de tirer de la peau rissolée et croquante des échines des lambeaux croustillants prompts à attiser l'appétit. Puis chacun puisa à pleines mains dans la chair onctueuse et fondante qu'Aïcha avait cuite au-dessus des braises en l'arrosant de beurre et d'aromates, pendant des heures.

C'est ainsi qu'Elise fit la connaissance de l'épouse de Kader, qui devait devenir pour elle plus qu'une amie, une jeune sœur.

Lorsque le soleil couchant alluma des lueurs d'incendie sur le velours rose et froissé du ravin rouge, les invités quittèrent la fête et, après avoir accompagné Mamita à Loverdo, les jeunes mariés se retrouvèrent seuls, devant la porte de leur maison.

Les petites roses blanches effleurèrent la joue d'Elise lorsqu'Adrien, toujours respectueux des traditions, la prit dans ses bras robustes pour lui faire franchir le seuil de leur demeure... Comme elle est légère, pensa-t-il, le poids d'un enfant mais pas sa fragilité... Puis ce furent des heures bleues, moments privilégiés où les ailes de l'amour se referment sur deux jeunes êtres.

Le temps suspendit sa marche inexorable et le dimanche passa sans qu'on vît à l'église où nulle part ailleurs Monsieur et Madame de Courtenay. Sans quitter leur chambre, ils étaient à mille lieux de là, dans cet Eden aimé des dieux où seuls les amants ont accès et, dans ce vase clos de bonheur, les premiers rayons de soleil du lundi matin s'épanchèrent sur leur visage comme un divin nectar dans le saphir des cieux.

Ils s'arrachèrent l'un à l'autre et chacun reprit sa tâche... Elise le chemin de l'école et Adrien sa sulfateuse. Mais tout en travaillant, il restait ébloui par cet amour si profond et si sincère. Dans son âme, comme dans sa chair, une ancienne blessure se cicatrisait miraculeusement, l'enfant abandonné n'existait plus et son épouse comblait le vide douloureux qui l'avait fait si longtemps souffrir.

Les paroles du prêtre, lors de la cérémonie, reflétaient pour lui la réalité : *L'homme s'attachera à sa femme et ils ne formeront qu'une seule chair*. C'était exactement cela, il se fondait dans un creuset qui, pour lui, n'était qu'Elise, sans se rendre compte qu'il épousait aussi une nouvelle ethnie, celle du peuple français d'Algérie.

Très vite, Elise organisa la vie de son époux afin de la rendre plus agréable et d'en alléger les charges.

A la tête du lit, un crucifix remplaça la photo des parents Bouisson qui occupa désormais la place d'honneur dans la salle à manger... En vis-à-vis, au-dessus du guéridon où étaient disposés drapeau français, épis de blé et Saintes Écritures, elle accrocha deux cadres, l'un contenant la photo de son propre père, Jean Cortès, et l'autre, les décorations, à titre posthume, accordées par la Patrie reconnaissante à cet homme qui, comme tant d'autres, avait abreuvé de son sang la terre de France.

Et durant toute une vie, Elise devait préciser à chacun de ses invités, et ils furent nombreux, cette femme étant la convivialité même : "Mon père, mort à Verdun, et mes beaux-parents..."

C'est ainsi qu'Elise adopta les Bouisson... Elle avait écrit à Adèle avant son mariage pour la convaincre d'y assister : *Votre frère et moi avons décidé de fonder un foyer en nous unissant par le mariage. Vous êtes la seule famille d'Adrien, je vous conjure d'être près de lui en un moment important de sa vie. Quant à moi, je vous offre aujourd'hui et à jamais une nouvelle affection fraternelle et sincère...*"

Adèle avait répondu négativement. Une petite lettre maladroite mais néanmoins affectueuse par laquelle elle souhaitait beaucoup de bonheur au jeune couple.

La réorganisation suivit son cours ; la première des cinq maisons étant désaffectée depuis longtemps, elle y installa le bureau de son époux et y transporta tous ses livres. Puis elle réserva une autre pièce à son usage personnel... Adrien l'observant, fut intrigué par le va-et-vient incessant de son épouse, telle une abeille formant sa ruche, et pensa qu'elle préparait, pour elle, une lingerie ou une pièce réservée aux travaux féminins.

Quelle ne fut pas sa surprise de découvrir qu'Elise avait monté, en peu de temps, un véritable dispensaire... Médicaments bien rangés sur des étagères, charpie, coton, compresses, instruments médicaux de toutes sortes, des chaises contre les murs, une table recouverte de molleton blanc, à l'endroit le mieux éclairé.

-"Voudrais-tu abandonner l'enseignement pour la médecine ? Pourquoi cette pièce ?" Elise répondit qu'elle devait aussi enseigner aux pauvres gens l'hygiène et les premiers soins d'urgence, cela faisait partie de ses devoirs, envers l'Algérie qu'elle chérissait et envers la France qui avait en charge l'avenir de ce pays.

Le mercredi soir, Elise préparait les repas du lendemain et accomplissait toutes les tâches qu'elle aurait pu réserver à son jour de congé. Dès le jeudi matin, elle faisait bouillir des bassines d'eau tandis que les indigènes descendaient du douar, les femmes en groupe, portant leurs enfants, les hommes, plus discrets, solitaires et effacés et chacun, à son tour, exposait ses maux à Lalla Stoutriss.

Il y avait beaucoup d'enfants souffrant de conjonctivite. Elle nettoyait les yeux couverts de croûtes, désinfectait, instillait des gouttes oculaires, prodiguait aux mamans des conseils pour continuer les soins...

D'autres présentaient les caractéristiques de l'entérite et, suivant leur état, elle leur donnait des médicaments et du riz ou les envoyait vers les services médicaux de Médéa, dans lesquels, elle le savait, ils ne se rendaient pas toujours...

Les hommes découvraient des plaies, infectées, aux bras ou aux jambes, causées le plus souvent par la bêche ou la faux... Elle nettoyait, aseptisait, pansait et quelquefois, lorsque le membre atteint était trop tuméfié et enflé, elle devait user de grands moyens et faire peur au patient pour qu'il consulte un médecin : "*Akarr'bi* (je te jure), Ahmed, si tu ne vas pas chez le docteur tout de suite, on te coupera la jambe !"

Il y avait de vrais pauvres, des gens si malheureux qu'ils manquaient de nourriture et, pour ceux-là, Elise n'hésitait pas à puiser dans la réserve de blé d'Adrien afin d'offrir le boisseau qui permettrait au moins de confectionner la *kesra*.

Elle avait un don inné pour discerner les resquilleurs, ceux qui n'étaient pas démunis mais qui considéraient comme une bonne affaire d'exploiter la charité de la *Roumia* (Européenne)... Mais elle ne tombait pas dans ce piège : "Tu n'as pas d'argent, pas de blé, alors travaille pour en gagner... Justement mon mari a besoin d'ouvriers".

Le jeudi était pour Elise une journée harassante ; il n'était pas rare qu'on l'appelle aussi pour aider à la délivrance d'une femme en couches, et elle trouvait la force et l'énergie d'accomplir toutes ces tâches du mieux qu'elle pouvait, avec son chaleureux sourire.

Lorsqu'ils se retrouvaient enfin le soir, elle racontait sa journée à Adrien et si, par malheur, celui-ci, hochant la tête, lui disait : "Tu en fais trop !...", elle s'animait en expliquant : "Je n'en fais pas assez pour mon pays en pleine modernisation. Notre effort doit être soutenu et principalement dans le bled. La communauté musulmane ne suit pas... Enfin, pas assez vite... N'oublie pas qu'il y a cent ans à peine, ils vivaient en plein Moyen-Âge... Aujourd'hui, ils évoluent, lentement, mais ils évoluent tout de même".

Rosissante, elle s'avivait davantage, totalement investie dans une foi admirable et remplie d'amour pour son cher pays.

-"Regarde mon école, j'ai plus d'élèves musulmans qu'européens et j'essaie de leur inculquer, à tous, les mêmes valeurs, qui sont les tiennes aussi, le sens de la famille, le respect de la parole donnée, le patriotisme..."

Adrien reconnaissait alors qu'elle avait raison. La tâche des Français d'Algérie ne devait pas s'arrêter à la mise en valeur d'une terre aride et quasi désertique, déjà transformée pour une grande partie en vignobles, en champs de blé et en vergers irrigués de l'eau jaillie des profondeurs de la terre à cause du travail opiniâtre des pionniers.

Il fallait aussi qu'à travers ses fils, la France donne à sa province le meilleur de ses connaissances, de sa générosité et de son dévouement au service des sentiments humains.

Et malgré son travail harassant et le don d'abnégation de son épouse, il appréciait la vie valorisée qu'ils menaient... Cette existence, si riche, d'efforts et de sacrifices, était celle des bâtisseurs de nation.

Les récoltes furent bonnes cette année-là, le blé abondant et les vendanges copieuses.

Adrien avait planté un délicieux raisin de table, muscat, sucré et fruité à souhait qu'il vendait aux commerçants régionaux et également de la vigne à vin très appréciée puisque les grands vins algériens venaient chaque année acheter sa récolte dès le début des vendanges.

Il s'était habitué à l'intense activité de sa femme, et celle-ci, au fil des jours, avait profité de toutes ses vacances et du moindre moment de liberté pour parfaire son organisation afin de consacrer plus de temps à cet époux qu'elle chérissait chaque jour davantage.

Son amour pour Adrien ne diminuait en rien son affection pour Mamita avec laquelle elle déjeunait chaque jour en période scolaire. Pendant l'été, elle avait souvent été la chercher, et Adrien découvrit que cette vieille dame, très distinguée, était aussi une érudite, mais, chose peu commune, elle maniait aussi bien la langue de Voltaire que la truelle et le pinceau !

-"Savez-vous, mon gendre, que l'entretien d'une maison se fait avant l'hiver ?"

Eh ! oui, le gendre savait. Mais il ne pouvait pas se distraire, à la belle saison, des moissons et des vendanges !

Alors, Mamita avait agrandi seule le conduit de cheminée et les deux femmes s'étaient mises à repeindre, les murs extérieurs et les volets, aidées pour l'occasion par une Aïcha très admirative.

Aïcha avait voué, dès le premier jour, un attachement sans bornes à Elise. Mariée à douze ans à un homme bon, qui avait eu pitié de sa jeunesse et ne l'avait prise qu'à son retour de guerre, elle supportait depuis, sans se plaindre, une belle-mère acariâtre et tyrannique, un peu sorcière, usant de philtres et de charmes et redoutée, de ce fait, du voisinage.

La pauvre femme vivait chaque jour les quelques heures qu'elle passait près d'Elise comme une échappatoire à sa triste condition mais, si elle ouvrait son cœur avec soulagement à cette dernière, elle refusait cependant obstinément d'en parler à Kader, son époux.

Elise était perplexe devant cette situation : elle respectait le secret d'Aïcha mais elle aurait voulu agir en faveur de cette malheureuse et ne savait comment intervenir sans immixtion.

En octobre, Elise reprenait, avec joie, le chemin de l'école. La perspective de retrouver ses élèves était pour elle une délectation... Les retrouvailles de 1927 lui procurèrent, comme d'habitude, un pincement de cœur quand elle vit la plupart de ses chers bambins pieds nus et vêtus de loques...

Elle prit les pointures, gronda quant aux vêtements, distribua livres et cahiers et décida, comme chaque année, de consacrer une partie de son salaire d'octobre à chausser les plus nécessiteux.

Le mois s'écoula trop vite au gré d'Elise car pour la première fois de sa vie, elle ne se sentait pas à la hauteur de sa tâche... de ses multiples tâches, une fatigue la gagnait qu'elle n'arrivait pas à juguler.

Un jeudi matin, à la ferme, elle soignait une femme qui s'était brûlé le pied, et, alors qu'elle était en train de couper les peaux mortes obstruant la plaie infectée, elle fut prise d'une nausée incoercible qui l'obligea à sortir.

Elle décida de consulter un médecin et le fit, en grand secret, un soir après la classe.

En rentrant à la ferme, elle explosait de joie. Le médecin avait confirmé ses doutes, elle portait un enfant, le fils d'Adrien qu'elle aimait plus que tout au monde !... Elle entra dans sa chambre, fouilla fébrilement dans sa boîte à ouvrage, trouva un crochet et un peu de laine bleue et se mit à confectionner à toute vitesse un chausson.

Elle mit le couvert et dissimula le petit chausson dans l'assiette d'Adrien, sous sa serviette, puis, la soupe odorante chauffant sur la cuisinière, elle s'assit, le cœur battant et attendit son retour. Adrien entra enfin, ne l'embrassa pas tout de suite et alla d'abord, comme chaque soir se laver et se changer, puis il revint et prit sa femme dans ses bras, étonné qu'elle, si vive d'ordinaire, n'ait pas quitté sa chaise.

Assieds-toi, je vais te servir, dit-elle en dissimulant un sourire malicieux, et tandis qu'elle apportait la soupière, Adrien, d'un geste machinal prit sa serviette et découvrit le chausson bleu...

Alors, une fois de plus, il cacha son visage dans ses mains pour dissimuler ses larmes... Mais c'étaient, cette fois, des larmes de bonheur ! En une seconde, dans ce chausson, il avait entrevu un petit pied potelé, et imaginé dans ses bras le corps fragile et tendre d'un petit enfant... son fils, la chair de sa chair, sa continuité en ce monde, un enfant avec un vrai foyer et de vrais parents pour l'aimer.

C'est le moment que choisit malencontreusement Jean Heilligenstein pour venir l'informer d'une décision grave qu'il venait de prendre... Sa femme se remettait à peine, il craignait l'hiver trop rigoureux dans la montagne et, ayant trouvé un emploi de gardien de prison à Médéa, il avait rompu son contrat de fermage.

Ne s'apercevant pas du trouble du jeune couple, il demanda à Adrien : "Cela vous intéresserait-t-il de reprendre mon bail et mon matériel ?".

Et c'est Elise qui répondit : "Mieux que cela, cette ferme, nous allons l'acheter, pour notre fils."

CHAPITRE VII

Le projet impulsif d'Elise fut longtemps discuté entre le jeune couple... Adrien aimait passionnément la terre, objet de son labeur, mais il craignait d'engager son épouse dans une périlleuse aventure.

La jeune femme n'avait ni les mêmes craintes, ni les mêmes réactions. Elle disposait d'un petit pécule provenant de la vente de la maison paternelle à Oran et souhaitait l'investir dans l'achat de la ferme.

Adrien, de son côté, avait quelques économies, mais ils savaient tous deux que leurs avoirs réunis ne dépasseraient pas le vingtième du prix qui leur serait demandé.

Elise était prête à solliciter d'une banque un prêt hypothécaire à long terme, alors que son époux craignait de voir le fardeau d'une dette aussi étendue dans le temps devenir un jour insupportable.

Il connaissait quelques colons, bénéficiaires d'un prêt foncier, qui, en période de mévente de vins ou de calamités agricoles, n'avaient pu faire face à leurs remboursements. Leur terre avait immédiatement été saisie, vendue à vil prix et les pauvres bougres s'étaient retrouvés, du jour au lendemain, à la rue et sans le sou.

-"Imagine, disait-il avec angoisse, qu'après quelques années de remboursements, surviennent la sécheresse, le sirocco, les sauterelles ou la grêle, comment ferons-nous face ? Nous perdrions tout..."

Elle riait. De toute la force de sa foi en la Miséricorde Divine, elle le rassurait, lui affirmait que la terre de son pays n'était pas ingrate et donnait au paysan laborieux sa juste récompense.

Elle lui parla de la Caisse Foncière Agricole qui venait d'être créée avec le concours financier de la Banque d'Algérie. Cette banque leur consentirait un prêt foncier à long terme. En période difficile, elle le consoliderait, au besoin, et, à deux, en vingt-cinq ans de travail acharné, ils pourraient installer leur fils sur sa propre exploitation, plutôt que de continuer à payer un fermage à fonds perdus.

Ce que femme veut, Dieu le veut... Adrien, convaincu, fit une proposition d'achat à vingt-cinq mille francs l'hectare, mais, dans un premier temps, il n'obtint qu'une extension de fermage aux terres de Jean Heilligenstein.

Quelques mois passèrent, puis vint la réponse. Positive car, pour l'Assistance Publique de la Seine, le montant de cette vente tombait à pic pour être réinvesti, dans un vaste projet de construction en métropole.

Elise portait fièrement son enfant ; son ventre s'arrondissait en forme de tonnelet, et elle le promenait avec une ostentation qui choquait son époux. Mais elle n'avait jamais été aussi jolie, presque impudique, exhibant joyeusement l'espoir qu'Adrien aurait souhaité garder secret, et continuant toutes ses activités avec un égal bonheur.

Ce fut elle qui négocia le montant des annuités d'un prêt foncier remboursable en vingt-cinq ans, participa à la rédaction de l'acte de vente et s'occupa de toutes les formalités qui feraient d'eux, après cette longue période de remboursement, les propriétaires incontestés de la ferme aux cinq maisons.

L'exploitation était située sur un lieu-dit appelé par les indigènes depuis des temps immémoriaux *Aïn Bou Djenaâ* (La source de l'homme du Paradis) que l'on pouvait traduire plus justement par La source de l'Ange à cause des cascades si pures et de l'eau si limpide jaillissant comme une bénédiction du cœur de la montagne.

Lorsque les actes furent signés et le prêt débloqué, Adrien fit part à Elise de son souhait secret de débaptiser l'exploitation pour lui donner le nom cher à son cœur de La Ribaudière.

A son grand étonnement, elle s'y opposa de manière véhémente et ce fut là leur première querelle.

-"Tu n'es pas à Chevenon, ici, dit-elle avec un soupçon d'irritation dans la voix, tu n'es pas dans le Nivernais où la Ribaudière existe toujours, d'ailleurs... ici, tu es dans une autre province française et tu dois respecter les noms des lieux qui ont un sens et une origine... Ce n'est pas un changement de nom qui marquera ta terre mais l'amour que tu lui portes".

Devant tant de logique, Adrien renonça, reconnaissant en son for intérieur que son épouse avait raison. La Ribaudière existait toujours ailleurs et il ne la ferait pas resurgir ici.

La Nièvre était une page tournée. Il avait reconstruit sa vie dans cette autre province française, comme disait son épouse, et les années de labeur intensif qu'il venait de vivre lui permettaient de s'enorgueillir d'un autre titre de noblesse.

Le petit paradis de verdure, créé de ses mains, était sien. Il était désormais rattaché à une terre, à un lieu précis, qu'il aimait au point de l'avoir acheté, s'apprêtant à trimer pendant vingt-cinq années afin de pouvoir léguer à son fils, comme une nouvelle forme de pérennité, une terre en laquelle il retrouverait l'ascendance paternelle.

Adrien était né comme un rameau cassé, abandonné à terre. Grâce à l'amour de ses parents adoptifs, cette branche n'était pas morte, mais elle avait, au contraire, fleuri entre leurs mains. Ici, en Algérie, la beauté du paysage lui avait apporté la sérénité et Elise le bonheur. Il ne souhaitait plus qu'une chose : enfoncer profondément ses racines dans la terre féconde d'Aïn Bou Djenaâ afin qu'elle devienne, à jamais, le nouveau berceau et la nouvelle mémoire de la famille de Courtenay.

L'hiver fut clément cette année-là. Peut-être eut-il pitié de la jeune femme enceinte contrainte de séjourner à Loverdo tant que la campagne était enneigée ? La neige ne dura qu'une vingtaine de jours et Elise pu bientôt reprendre sa navette entre la ferme et le village.

Mis à part les malaises des premiers mois, sa grossesse se déroulait sans problème particulier ni fatigue excessive, tout juste un appétit accru et des fringales dont elle ne se serait pas crue capable... Gourmande à l'extrême, elle fondait de désir à la vue d'une tarte aux pommes ou d'un biscuit au chocolat.

Six mois s'étaient déjà écoulés, pendant lesquels elle avait réussi à mener à bien toutes ses tâches. Éduquer la trentaine de galopins dont elle avait la charge, poursuivre son assistance aux malades et aux blessés, tout en continuant à faire de son foyer un petit paradis caché au milieu de la montagne.

Cependant, les nouvelles charges financières qui pesaient sur le couple l'avaient rendue à la fois plus grave et plus sereine. Elle avait instauré, en plaisantant, une période de rigueur qui devait durer vingt-cinq ans.

Elle réduisait même ses dépenses humanitaires personnelles, sollicitant davantage la Croix Rouge et les oeuvres de charité, pour continuer à assister de la même manière les pauvres gens.

Un soir de mars à la tombée de la nuit, alors qu'elle corrigeait des copies sous la lampe à pétrole, son époux faisant ses comptes à ses côtés, ils entendirent frapper à la porte avec force...

Adrien, qui avait mis plus d'une fois des pillards en fuite, s'enquit de l'identité du visiteur nocturne avant d'ouvrir.

-"*Ya hamoueldik*... c'est Brahim, *Lalla Stoutriss.* Ma femme va mourir... deux jours qu'elle souffre. Elle ne peut pas accoucher. Viens, Lalla, viens par pitié ! j'ai amené le *bral* (mulet), tu sais, tu ne marcheras pas à pied... Si tu ne viens pas, ma femme et mon enfant seront morts bientôt ! Pitié Lalla, pitié !"

Déjà, Elise avait mis sa pèlerine et chaussait maladroitement ses bottes, se baissant mal à cause de son ventre trop rond... Adrien commençait à bien connaître sa femme, il n'essaya même pas de la dissuader de partir, mais il enfila une veste, mit son fusil en bandoulière et alluma sa lampe tempête.

Sous un ciel d'encre clouté de milliers d'étoiles scintillantes, l'étrange cortège s'ébranla, Brahim tirant le mulet sur lequel était juchée Elise et Adrien marchant près de son épouse en lui tenant la main.

Lorsqu'ils arrivèrent près de la demeure de Brahim, une étrange cacophonie agressa leurs oreilles. La parturiente criait, hurlait même, et ses cris étaient couverts par les *You-you* des femmes qui avaient pris une intonation lugubre et funeste.

Ce cri typique des musulmanes pouvait exprimer aussi bien la joie que la douleur, l'espérance que la haine... Cela pouvait être aussi bien l'appel du désir, le cri de l'extase, l'hosanna de l'allégresse que le lamento du désespoir.

C'était la façon particulière aux femmes arabes de défouler leurs angoisses ou leurs passions mais, au moment où ils arrivèrent, il résonnait si tristement dans la nuit qu'Elise frissonna et ne put s'empêcher d'évoquer la plainte des pleureuses lors d'une veillée funèbre.

La patiente était allongée à même le sol sur des peaux de mouton malodorantes, entourée d'une multitude de femmes geignardes portant des lampes à huile qu'elles agitaient dans leur excitation, ce qui augmentait la panique de la jeune femme, presque une enfant, couchée à leurs pieds.

Parmi les femmes, Elise fut soulagée de reconnaître le visage d'Aïcha, près de sa belle-mère Méryem, la *skharia* (sorcière) crainte et respectée qu'on avait appelée pour la circonstance.

Pour l'heure, celle-ci, le visage grimaçant, se répandait, d'une voix rouillée, en incantations, promenant du bout de ses doigts tordus et tachés au-dessus du ventre rebondi, une cassolette d'encens fumant qui achevait de rendre l'atmosphère irrespirable.

Le premier soin d'Elise fut de faire sortir tout ce beau monde alors que la jeune femme hurlait de plus belle, entre panique et douleur.

-"*Balek... Rod balek...*" (Allez, partez, allez). D'une main ferme, elle dirigeait les femmes récalcitrantes vers la porte.

Méryem donnait l'impression de ne pas l'avoir entendue et reprenait de plus belle ses incantations cabalistiques.

Elise lui fit face, la prit fermement par le bras et lui fit faire demi-tour.

La vieille lui jeta un regard de haine, cracha par terre mais recula tout de même en disant : "*Zbel eddounyia, Roumia* !" (Mauvais fumier, Européenne).

"*Emchi ! Roh, Emchi !*" (Pars ! va-t'en ! Pars) répondit Elise d'une voix dans laquelle la colère éclatait malgré elle... et la vieille sortit en marmonnant de funestes et incompréhensibles runes.

Aïcha suivait sa belle-mère, confuse de cet affrontement, mais Elise la retint : "va chercher la lampe tempête de mon époux, de la lumière et la mère de cette enfant si elle est calme"... La jeune Mauresque s'exécuta rapidement et revint accompagnée d'une femme sans âge qui pleurait silencieusement.

Elise se désinfecta les mains et s'agenouilla devant la parturiente qui roulait des yeux de biche apeurée. Elle était complètement dilatée, écorchée sûrement par des touchers maladroits, mais ce qu'Elise voyait poindre n'était pas la tête du bébé... Une jambe ? Un genou ? pensa-t-elle... Et elle se mit à tâter doucement le ventre brun et tendu pour trouver l'emplacement de la tête du foetus.

Fermant les yeux, toute à sa palpation, elle priait : "Mon Dieu, l'enfant est mal placé ! Faites-moi découvrir sa position exacte, je vous en supplie, Mon Dieu !"

Soudain, sa main palpa une forme arrondie de la grosseur d'une orange. C'était la tête ! Donc, l'enfant se présentait par le bras ou plutôt par l'épaule. Un rapide toucher confirma son raisonnement et elle entreprit par des mouvements, à la fois doux et fermes, de modifier la position foetale.

Sa tâche fut ardue, compliquée par les tressaillements et les hurlements de douleur de la pauvre fille... "Bouge, bébé, remonte, allez remonte !"

Le massage reprit, s'intensifia. "Mon Dieu, faites qu'il se déplace !" et subitement, le corps de l'enfant glissa en avant et la tête se positionna face au vagin.

Aïcha l'éclairait de son mieux. "*Thabar ! Yalla ! Thabar !*" (Pousse ! en avant ! Pousse !) clama Elise très pâle et tendue, fort heureusement reprise en écho par la mère de la malade qui comprenait la lutte entreprise par Lalla Stoutriss.

La petite eut un sursaut d'énergie, poussa si fort que les veines de ses tempes gonflèrent à en éclater et la tête fut ainsi engagée !

Elise tremblait mais elle continuait à encourager la parturiente. La tête apparut. Elle la dégagea doucement ainsi que les épaules, puis très vite, le corps suivit... Elle put saisir par les pieds un petit être potelé et après deux ou trois tapes énergiques, le piaillement que tous attendaient s'éleva enfin !

-"Merci, Mon Dieu !" s'écria Elise couverte de sueur. La jeune maman fut ensuite très vite délivrée et soignée et l'institutrice put rejoindre dans la pièce voisine Adrien sur lequel elle s'appuya en tremblant.

-"Tout va bien ?" demanda celui-ci. "Oui", répondit-elle "c'est un beau garçon, au moins quatre kilos !" puis elle s'affaissa dans les bras de son mari car l'émotion avait été trop forte.

L'aube colorait déjà le ciel de reflets roses, lorsqu'Adrien la redescendit en la portant contre son cœur et peu à peu, elle reprit conscience et passa les bras autour du cou de son jeune époux : "Ne crains rien, mon amour" dit-elle "Je suis juste épuisée... Épuisée mais heureuse et notre fils est heureux aussi, car il a participé à l'éclosion d'une vie".

Dès le lendemain, la famille de la jeune accouchée vint offrir le traditionnel gâteau de semoule au miel et chacun exprima des sentiments de reconnaissance et de vénération envers Elise.

On lui donna aussi une petite main de Fatma en argent pour lui porter bonheur. Le triomphe de la logique et du bon sens sur l'ignorance et le fétichisme était ressenti par ces pauvres gens comme une magie supérieure à la leur, portant en elle l'espoir de jours meilleurs.

Elise accepta le cadeau en expliquant que, pour elle, cette main était la représentation de celle qu'elle offrait, généreusement tendue, pour aider, soigner et secourir. Elle ajouta qu'elle la conserverait en tant que symbole de solidarité fraternelle entre les Musulmans et les Roumis...

Quant à ses prétendus pouvoirs magiques, elle affirma qu'elle n'en possédait aucun, étant un être humain semblable à eux avant d'être une Roumia et que le Dieu venu en aide à leur fille était le même pour tous, qu'on le nomme Allah ou Jéhovah...

Pourtant, depuis ce jour, sa popularité se répandit de crête en crête, de vallon en vallon. Son dévouement et sa bonté lui acquirent une grande réputation de sagesse, non seulement auprès des habitants de la mechta voisine, mais aussi dans les douars plus éloignés.

CHAPITRE VIII

Le printemps 1928 fut particulièrement doux et luxuriant. Les lilas qu'Adrien avait plantés, pour le plaisir des yeux, face aux maisons, croulèrent bientôt sous leurs grappes embaumées.

Pour Elise, les derniers temps de sa grossesse furent paisibles et heureux... Toute au bonheur d'être bientôt mère, elle sentait avec joie son enfant vivre et bouger en elle et doucement lui parlait, décrivant la beauté des lieux, les couchers de soleil illuminant la montagne, l'atmosphère tiède et rafraîchissante de la cascade qui retombait dans un ruissellement de pierres précieuses parmi les asphodèles et les blondes fougères.

A la fin de la journée, lorsque le soleil déclinait dans un ciel empourpré, elle allait à la rencontre d'Adrien qu'elle appelait de loin, dans la douceur du soir, réjouie par l'écho qui portait ses paroles jusqu'à son bien-aimé.

Bientôt la voix puissante de son époux résonnait dans les plis veloutés du Ravin rouge, répondant à son appel de toute la force de sa passion.

Elle se laissait guider par les mots d'amour qu'il prononçait en toute liberté dans la nature solitaire, se retrouvait bientôt, un peu essoufflée, entre ses bras vigoureux et soutenue, presque portée, ils remontaient tous deux enlacés vers leur demeure.

Adrien avait confectionné un berceau en bois de chêne et Elise, aidée de Mamita, l'avait garni d'un tissu azuré, soyeux, plissé et festonné. Tout était prêt pour accueillir l'enfant tant désiré.

En mai, Elise dut confier pour un mois les chers bambins de son école à une suppléante. Les vacances étant proches, elle ne se faisait pas trop de souci pour eux et décida de vivre pleinement ce dernier mois d'attente entre l'amour de son époux et celui de sa mère qui, pour la circonstance, occupait la maison disponible, voisine de celle du couple.

Vers le quinze mai, elle observa de grands conciliabules entre belle-mère et gendre et se demanda, amusée, quelle petite surprise ceux-ci préparaient. Ils allèrent ensemble, un beau samedi, à Médéa, pour une course urgente, précisèrent-ils, laissant Elise dans la seule compagnie d'une Aïcha, attentive et fidèle.

En fin de matinée, le vrombissement de la voiture annonça leur retour. Elise, s'attendant à un cadeau de leur part, feignit n'avoir rien entendu et s'absorba dans le rangement des langes fins qu'elle avait cousus avec amour.

On frappait à la porte de la cuisine. Elle sourit... Souhaitaient-ils qu'elle aille ouvrir elle-même?... Aïcha se précipita à la porte et revint en annonçant : "Lalla, c'est une Roumia que je ne connais pas..."

La future mère se leva péniblement, entra dans la cuisine... Cette silhouette s'encadrant sur le seuil, cette longue natte, ce sourire... Elle poussa un cri de joie : "Hélène !" et se trouva vite dans les bras de sa meilleure amie, Hélène Simonetti, sage-femme à Oran, qu'elle n'avait plus revue depuis sa mutation.

Hélène ! Toute son enfance ! L'école primaire d'Arcole et les premières larmes vite séchées par la présence de la *copine* qui vous observe. Les jeux, les secrets d'un âge insouciant.

Avec attendrissement, les souvenirs se bousculaient au portillon de sa mémoire et Hélène disait maintenant en riant : "Tu ne pensais pas me faire rater un tel événement, ma grosse ?"

L'amitié est un des trésors les plus valorisants que la nature accorde à l'homme, mais en quelques secondes,

Elise mesura ce que la visite de la jeune fille comportait de sacrifices.

Hélène venait d'ouvrir une petite clinique d'accouchement, innovant en ce sens à Oran, où ce genre d'établissement n'était pas très répandu, et voilà qu'elle abandonnait son travail pour venir accoucher son amie d'enfance...

Les premières effusions passées, Elise s'inquiéta, demandant à son amie comment elle avait pu se libérer.

-"Tu n'as pas fermé ta clinique, au moins ?"

-"Non, nous sommes deux associées", répondit Hélène, "et puis, j'avais envie de connaître ton époux, mazette ! quel bel homme ! A tous les deux, vous allez nous faire un beau petit !"

Elise riait, reconnaissante aux deux êtres qu'elle aimait le plus au monde de lui avoir offert la quiétude et la confiance en la personne d'Hélène qui s'installa près de Mamita dans la maison voisine pendant l'heureuse attente.

Hélène était une fille de la même trempe qu'Elise, courageuse, charitable et déterminée. Elle l'aida à soigner ses malades et eut tôt fait de les prendre en charge seule... "Toi, la grosse, tu restes à la maison", disait-elle à une Elise ravie de se laisser ainsi chouchouter.

Le 4 juin, Elise confectionna une tarte aux pommes. Elle étalait les quartiers de fruits sur la pâte lorsqu'elle se sentit inondée d'un liquide chaud et en même temps une douleur fulgurante lui laboura le ventre...

Je perds les eaux, pensa-t-elle. Sans s'affoler le moins du monde, elle demanda à Aïcha d'aller chercher Hélène au dispensaire et s'assit, en attendant, parlant doucement à son enfant et lui souhaitant la bienvenue.

Bientôt rassurée par Hélène, car la dilatation commençait à peine, Elise se remit au travail, fit cuire sa tarte et, malgré l'opposition de Mamita qui insistait pour qu'elle se couche, termina la préparation de son repas qu'elle dégusta d'ailleurs de bon appétit, entourée de tous les siens.

De temps en temps, elle ressentait la même douleur fugace et intense, puis le calme revenait. Elise était prête à assumer et à vivre pleinement les souffrances de l'enfantement.

C'était, pour elle, le prix qu'il lui semblait logique de payer afin d'avoir le bonheur de tenir dans ses bras le fils qu'elle chérissait déjà si tendrement.

Elle fit sereinement ses derniers préparatifs, le berceau bleu, la chambre claire et bien chauffée, l'eau bouillonnante sur la cuisinière et, dans la soirée seulement, s'allongea sur son lit garni d'une toile cirée.

Les douleurs s'intensifièrent bientôt tandis que le soleil déclinait derrière la montagne, puis il disparut, laissant derrière lui un peu de rougeur fanée... Elise s'efforçait de concentrer son esprit sur cette heure exquise où chaque fleur s'endort dans sa corolle et où chaque oiseau retrouve la paix de son nid.

Mais, sans cesse, les souffrances revenaient la tourmenter. Elle les sentait naître au creux de ses reins puis déchirer ses entrailles de plus en plus longuement... Elle avait décidé de ne pas leur céder, pourtant leur intensité lui faisait perdre le souffle... Adrien, près d'elle, pâle comme un linge, lui tenait les mains.

Elle s'était juré aussi de ne pas se plaindre. Gémissements et cris n'étaient pas dignes d'une future mère. Elle observait donc le ciel d'un bleu léger, délicatement cendré par la lune levante et cristalline, mais bientôt, elle demanda un mouchoir et le mordit si fort et si longtemps qu'il en fut réduit en charpie.

La nuit s'écoula ainsi, Hélène, vigilante, surveillant l'évolution de l'accouchement et Adrien serrant les mains de son épouse bien-aimée en tentant de faire passer toute son énergie et toute sa force dans cette étreinte.

Derrière la porte, deux femmes attendaient et priaient.

Mamita, bouleversée et émue, appuyée au mur du couloir, triturait son chapelet en fermant les yeux et murmurait à voix basse

-"*Je vous salue, Marie, pleine de grâce...*"

Aïcha, toute tremblante, s'était accroupie, en tailleur, auprès d'elle et psalmodiait doucement des paroles du Coran :

-"*La illa a illela...*

-"*Et Jésus, le fruit de vos entrailles est Béni...*", disait Mamita.

-"*Mohamed rassoul Allah...*", chuchotait Aïcha comme en écho.

L'étrange fusion de ces deux prières devait monter droit au Ciel tant elles étaient ferventes et sincères. A travers des rythmes différents, elles puisaient leur substance aux mêmes sources et se greffaient sur le tronc unique de l'arbre de Miséricorde dont les branches atteignent la Puissance Éternelle.

Elise s'épuisait maintenant à pousser. Elle ne voulait pas que son fils souffre des lenteurs de l'accouchement. C'était sa crainte, son angoisse, son obsession.

L'aube déjà blanchissait la montagne, quand la tête s'engagea, déchirant un peu la jeune femme. Une barre lumineuse, d'un rouge intense envahit ses yeux et elle crut perdre connaissance... "Non, cria Adrien, courage, il est là !"

Un dernier effort... suprême. Une sensation de glissement et, soudain, dans le clair matin, les choses s'allégèrent, comme intemporelles, et tandis qu'une clarté d'aube baignait la montagne d'une lumière fluide et blonde, retentit le premier cri du nouveau-né, comme la promesse d'un jour nouveau... Elise se laissa aller, ferma les yeux et remercia Dieu pour le miracle de la vie, sans cesse renouvelé.

Entendant enfin crier l'enfant, Aïcha ne put retenir un éclatant *You-you* d'une voix fine et légère qui exprimait le bonheur, s'enflait comme une forte rumeur, puis frémissait comme une nuée d'oiseaux.

C'était à la fois une action de grâce et un chant d'amour aux modulations lentes et pénétrantes, frissonnant comme une caresse.

Quant à Adrien, aucun mot ne pourrait décrire son émotion. Hélène avait mis dans ses bras un minuscule enfant blond et rose, dont la tête se lovait au creux de sa paume, en lui disant : "c'est une belle petite fille !"

Elle n'était ni rouge, ni déformée ; le petit nez, les fines oreilles, la bouche en cœur et le crâne palpitant couvert de duvet blond étaient parfaitement formés. Subitement, l'enfant ouvrit les yeux et Adrien crut discerner dans les iris bleus formant deux anneaux pâles autour des pupilles encore aveugles, une nuance mauve rappelant les yeux d'Elise.

Sa fille ! Il l'aima passionnément dès le premier instant. Son cœur chavira, déborda d'amour, devant cet être frêle qui faisait à jamais partie de lui et pour lequel, dès cet instant, il fut prêt à donner sa vie.

Il se pencha vers sa femme en lui tendant le bébé, trop ému pour pouvoir prononcer la moindre parole, mais son visage exprimait une infinie tendresse et une immense gratitude.

Le soleil éclaira bientôt d'une lumière dorée la maison de la joie et tous s'extasièrent devant la petite poupée extraordinairement blanche et rose, qui dormait maintenant, bercée par la stridulation des cigales. Un rayon lumineux caressa le visage minuscule ; la fillette fit une grimace ressemblant à un sourire et ce fut son premier contact avec l'atmosphère de son pays

Elise était pâle, épuisée mais profondément heureuse, contemplant, avec une admiration sans bornes, le fruit de ses amours, trouvant déjà une ressemblance entre l'enfant et son père.

On attendait un petit Arnaud et aucun prénom féminin n'avait été choisi par le jeune couple. Adrien proposa d'appeler sa fille Elise tant il se sentait fier de son épouse. Après quelques réticences, celle-ci accepta, à condition de faire précéder ce prénom de Marie pour honorer sa propre mère ainsi nommée.

Adrien accepta volontiers. La mère Bouisson, seule présence maternelle ayant meublé son enfance s'appelait aussi Marie.

Nanti d'un certificat de naissance établi par Hélène, il partit déclarer sa fille à la mairie de Ben-Chicao, la ferme étant située sur cette commune.

Après les félicitations d'usage, le maire s'apprêtant à calligraphier le nom de l'enfant sur le livret de famille demanda : "quel prénom allez-vous lui donner ?"

Ô, mère indigne, mère absente, mère disparue, est-ce votre fantôme qui hante votre fils ou vous garde-t-il en lui, désespérément, comme une terre originelle arrachée à la naissance ?

Adrien s'entendit répondre malgré lui, comme dans un rêve : "Isabelle... ce prénom me tient à cœur, Isabelle, Marie-Elise".

Sur le chemin du retour, il lui sembla que cette journée était la plus radieuse qu'il ait connue. Une brise légère s'était levée et le bruissement des feuilles d'acacia ressemblait à un concert harmonieux à la gloire d'Isabelle de Courtenay qui venait, en comblant par sa présence l'abîme dans lequel son père était plongé depuis si longtemps, de faire naître en lui un amour paternel d'une puissance infinie.

Lorsqu'il rentra, le bébé dormait sagement dans le berceau bleu et la jeune mère se reposait aussi.

Il attendit son réveil pour lui présenter le livret de famille, un peu confus malgré sa joie, de l'impulsion qui l'avait poussé à donner à sa fille ce prénom à la signification si intime et si douloureuse pour lui, mais c'était mal connaître l'amour de son épouse et son sens de la psychologie.

Elle sourit en lui disant : "Notre Isabelle a triomphé d'un passé dont, jour après jour, elle effacera les traces. La boucle est enfin bouclée et je suis heureuse que ma fille porte le prénom de sa grand-mère".

CHAPITRE IX

La petite princesse a trois ans aujourd'hui... C'est une petite poupée blonde, aux cheveux d'or pâle comme ceux de son papa. Sa peau, d'une blancheur laiteuse, ne supporte pas le soleil puissant de juin et elle porte un grand chapeau de paille qui la fait ressembler, lorsqu'elle trotte ainsi coiffée dans la ferme, à un gros champignon doré et mouvant.

De bon matin, elle a pu observer maman en train de préparer un énorme gâteau aux fraises, tout recouvert de sucre glacé... Mamita s'affaire dans sa chambre, derrière sa porte fermée et on entend grincer sa machine à coudre. Tout le monde travaille pour elle, c'est certain. N'est-elle pas la *princesse* de ces lieux ?

C'est ce que dit Papa, en tout cas. Maman n'est pas d'accord, elle affirme que son enfant n'est pas une princesse, mais seulement une petite fille, *Isa*, bien-aimée de tous les siens. Quelquefois, quand Maman gronde et la rappelle à l'ordre, elle redevient Isabelle. Quant à Aïcha, c'est elle qui, la première, l'a appelée princesse. *Lalla Amira* dit-elle, mais bien plus souvent *Belbel* (rossignol).

Pour l'heure, *Belbel* cherche son papa. Bien que Maman lui défende d'aller vers le bassin en construction, elle s'aventure, traverse les escaliers plantés d'arbres fruitiers. Les cerisiers sont tout chargés de fruits rouges et pulpeux, bigarreaux brillants et sucrés dont la chair éclate dans la bouche en un savoureux rafraîchissement.

Hab el melouk, dit Kader (le fruit des rois). Alors, pourquoi pas celui des princesses ? Le nez en l'air, la fillette guette les gourmandises que ses petites mains pourraient attraper, mais les cerisiers sont bien hauts pour les enfants, même quand ceux-ci viennent d'atteindre l'âge mémorable de trois ans ! Isabelle va renoncer lorsque soudain, ô miracle, elle aperçoit une branche cassée par le poids des fruits, couverte du régal succulent dont elle a envie, qui traîne jusqu'à terre.

C'est le festin, la débauche ! Isabelle se goinfre, toute de rouge barbouillée, et c'est ainsi que Papa la trouve en remontant de la vigne du bas, celle qui se situe près de la voie de chemin de fer.

Adrien fut, à la fois, stupéfait et amusé, au spectacle de sa fille, tapie dans l'ombre épaisse des cerisiers, assise sur l'herbe fine et douce émaillée des clochettes dorées de la *vinaigrette* et de la pourpre des oeillets sauvages. Un rayon de soleil, tombant par une trouée, jetait des éclaboussures d'or sur le petit visage dont les yeux mauves brillèrent de joie de son approche.

-"*Chont bonnes, les chourisses, Papa. T'en veux* ?"

Il eut tôt fait de jucher la gourmande sur ses robustes épaules et, muni de ce précieux fardeau, continua son chemin vers la maison...

D'ordinaire Isabelle adorait se faire promener ainsi sur les épaules paternelles, elle éprouvait un sentiment de sécurité sans pareil car la force de Papa faisait son admiration.

Mais aujourd'hui, le léger balancement de la marche lui donnait mal au cœur et c'est une petite fille bien pâle que son père ramena à la maison.

Maman voulut gronder : "Isabelle ! tu es une petite désobéissante !" mais elle s'arrêta net voyant que l'enfant était malade.

Elle la coucha, lui fit absorber un verre de citronnade bicarbonatée, mais cela ne mit pas fin au malaise de la fillette qui, en ce jour de fête, s'offrit, en guise de cadeau, sa première indigestion de cerises !

Cependant, Elise s'inquiétait, elle n'avait pas encore vu Aïcha et il était près d'onze heures... C'était le lundi de Pentecôte et, normalement, la jeune femme aurait dû être là depuis longtemps, heureuse de fêter avec eux l'anniversaire d'Isabelle qu'elle chérissait comme sa propre fille.

Kader était absent pour plusieurs jours ; il était parti vers le sud ,à Boghari, pour renouveler le troupeau d'agnelles de la ferme, Adrien lui faisant entièrement confiance pour ce genre de transactions avec les *Guéblis* dont il ne parlait pas la langue.

N'y tenant plus, vers onze heures trente, Elise chargea Mamita de veiller la petite malade et monta vers le douar... A mi-chemin, blottie contre une grosse pierre, elle vit de loin un amas de tissu bariolé qui semblait tressauter.

En s'approchant, anxieuse, elle reconnut la fouta d'Aïcha qui, accoudée au rocher, la tête enfouie entre ses bras, était en sanglots.

-"Aïcha !" cria Elise en courant, alarmée, pensant à une mauvaise chute. La jeune Mauresque leva vers elle un visage tuméfié, bleui, enflé, et ses larmes ravinaient encore la chair blessée de ses joues.

En proie à une crise de nerfs, elle serrait maintenant ses genoux à deux mains comme une femme en couches prise des premières douleurs...

-"Aïcha ! Qu'y a-t-il ? que s'est-il passé ?" Elise blêmit, angoissée à l'extrême et palpa le corps de son amie craignant de découvrir d'autres blessures..

-"Lalla, dit Aïcha, je m'en vais, je quitte mon mari. Ma belle-mère, la *skharia*, m'a chassée aujourd'hui. Elle a dit que j'étais stérile, que je n'enfanterais jamais et que je rendais Kader malheureux. Ensuite, elle m'a frappée, frappée ! Alors, je m'en vais... Pardon, Lalla, pardon pour Belbel, mon doux rossignol, mais je n'en peux plus, je m'en vais..."

Elle se désolait, brisée par le chagrin, la gorge en feu, le corps las et soudain, elle ferma les yeux et faillit perdre connaissance.

Elise sentait monter en elle une sourde et froide colère semblable à un tourbillon qui balayait tout autre sentiment.

Elle réconforta cependant son amie, la réchauffa de chaleur et de bonnes paroles et lui demanda de l'attendre un moment.

Puis elle continua son ascension vers la demeure de cette *skharia* redoutée qui semait haine et désespoir autour d'elle, profitant abusivement de la crainte qu'elle inspirait aux habitants primitifs du douar.

Lorsqu'elle arriva à proximité de la demeure de Kader, la sinistre vieille était assise devant la porte. De l'orteil de son pied droit, elle dessinait, sur la terre battue, des signes cabalistiques destinés à impressionner tout visiteur tandis que sa voix éraillée psalmodiait une étrange mélopée.

Elle vit de loin arriver Elise, s'étonna de sa démarche décidée, puis leurs regards se croisèrent.

Méryem n'était pas aussi vieille qu'elle le paraissait, elle avait tout au plus quarante-cinq ans, mais la vie rude des douars fane vite les femmes arabes, mariées à peine nubiles et soumises à de multiples tribulations.

Elle n'avait certainement pas, non plus, les dons diaboliques qu'on lui prêtait mais elle possédait celui de pouvoir lire dans les yeux de ses interlocuteurs et ce qu'elle vit dans ceux d'Elise, qui viraient au violet sombre, lui fit peur.

Elle ferma donc ses paupières couvertes de khôl, décidée à décontenancer, à tout prix, sa visiteuse et, avec un petit ricanement de girouette rouillée, elle se tourna, plia le torse vers le sol et rabattit ses jupes et jupons sur sa tête, montrant à l'arrivante son postérieur, brun, ridé et plissé.

Il en fallait bien plus pour démonter Elise!... Elle regarda autour d'elle, vit un fagot de sarments, en saisit un, robuste, et empoignant la skharia à bras le corps, elle se mit à la fesser vigoureusement.

De toutes ses forces, décuplées par la colère, elle assénait de cinglants coups de badine sur les fesses dénudées qui se zébraient de longues traces rose vif.

Méryem, humiliée, hurlait maintenant, se démenait comme un diable dans un bénitier, mais elle était prise à son propre piège, solidement maintenue par une poigne de fer et les coups continuaient à pleuvoir.

Peu à peu ses imprécations se transformèrent en supplications, elle implorait maintenant pitié et Elise, n'ayant rien d'un bourreau, sentit fondre sa colère comme neige au soleil.

Elle lâcha donc la méchante femme, puis, lui faisant face, plongea son clair regard dans les prunelles noires exorbitées en disant :

-"Si tu lèves, ne serait-ce qu'une seule fois encore, la main sur Aïcha, ta belle-fille qui est douce, bonne et meilleure que toi, la correction que tu viens de recevoir ne sera rien à côté de ce qui t'attend, je te le jure sur la tête du Prophète !"

Elise s'exprimait parfaitement en arabe et Méryem baissa les yeux, comprenant que la menace n'était pas vaine.

Toute arrogance avait disparu de son comportement, elle tremblait et se soumettait, avec des mots d'excuse, implorant le pardon.

Se détournant brusquement, Elise partit en courant vers Aïcha, anxieuse, qui l'attendait plus bas, pleurant toujours et lui dit :

-"Viens, ma sœur, il faut soigner ton visage, avant de voir l'enfant malade qui t'attend. Ensuite, tu pourras retourner chez toi sans crainte car tout est rentré dans l'ordre".

Lorsque Kader revint chez lui, quelques jours plus tard, il fut agréablement surpris de l'ambiance harmonieuse qui régnait dans son foyer... Sa mère s'adressait d'une voix mielleuse à Aïcha et son attitude semblait plus équitable et plus compréhensive... Mère et épouse lui firent fête et il se demanda d'où venait une telle transformation.

Il ne devait jamais connaître l'intervention musclée d'Elise ; sa mère se garda bien d'en parler à quiconque et l'institutrice garda le secret.

La skharia fut, au fond, reconnaissante à celle qui avait bousculé les coutumes ancestrales et cruelles pour apporter dans son foyer plus de bon sens, d'équité et de compréhension.

Ayant été, elle-même, mortifiée, elle mesura ainsi l'humiliation qu'elle imposait, en toute sottise, à sa belle-fille et leurs relations en furent considérablement améliorées.

Mais, par dessus tout, elle voua une grande admiration à Elise pour son courage ! D'ordinaire, les habitants du douar craignaient la skharia et l'abordaient humblement.

Quoi qu'elle fasse, de bien ou de mal, tous s'inclinaient devant sa volonté, redoutant les mauvais sorts dont elle avait le pouvoir de les accabler.

Seule, une jeune femme, roumia de surcroît, avait osé lui faire face ! Loin de lui en vouloir pour cette correction amplement méritée, elle la surnomma *Maalema* (maîtresse) et rôda souvent, le dimanche, sur la route des cinq maisons, espérant apercevoir l'institutrice et échanger quelques mots avec elle.

Elise l'accueillit toujours avec bienveillance, comme tous les autres habitants de la mechta. Peu à peu leurs rapports devinrent plus étroits et plus confiants...

L'école normale avait été pour Elise un rude noviciat mais l'avait rendue plus altruiste, acceptant toutes les épreuves et franchissant tous les obstacles.

Elle avait une haute idée de sa mission, brûlait de communiquer à de jeunes intelligences les lumières dont elle avait bénéficié et nourrissait pour ses élèves des sentiments quasi maternels la rendant capable de leur insuffler son enthousiasme.

Mais, dans sa lutte contre l'analphabétisme, elle rencontrait de nombreuses difficultés dues à la mentalité indigène... Les parents les plus aisés préféraient envoyer leurs enfants à l'école coranique, exprimant à l'égard de la laïcité de l'école communale française les plus vives critiques.

Pour eux, bannir la religion de l'instruction comportait les pires dangers et les infidèles (chrétiens) ne pouvaient dispenser une éducation religieuse... C'était un cercle vicieux et Elise devait déployer des trésors de diplomatie pour leur faire comprendre qu'elle enseignait des connaissances modernes, indispensables pour l'avenir et sans aucune nocivité pour les jeunes écoliers.

Elle s'ouvrit un jour de ces difficultés à Méryem. Celle-ci se fit alors son avocate auprès de la population du douar et bon nombre de jeunes enfants prirent, grâce à elle, le chemin de l'école.

Même quelques filles, considérées pourtant par les musulmans comme des créatures inférieures, vinrent grossir les effectifs au point que l'Académie d'Alger nomma bientôt un second instituteur, Pierre Vauquelin, chargé des classes maternelles et préparatoires. Elise, s'occupant des autres cours et préparant les enfants au certificat d'études, devint directrice de l'école.

Mamita abandonna définitivement au jeune adjoint le logement de fonction attenant à l'école et s'installa à demeure dans la troisième des cinq maisons, voisine de celle de sa fille.

Pour donner plus d'intimité aux deux femmes, Adrien combla le vide entre les deux maisons par un apport considérable de terre, puis en fit un jardin clôturé et fleuri dans lequel il planta une treille de raisin muscat doré qui devait faire longtemps les délices de sa famille.

Il avait pourtant ses propres problèmes dont le principal, celui qui l'empêchait souvent de dormir la nuit, était l'échéance annuelle à régler à la Caisse Foncière pour l'acquisition de la propriété, craignant toujours de l'exploiter insuffisamment et de ne pas pouvoir honorer sa dette.

L'exploitation, pentue, était située sur une colline dont les hauteurs présentaient quelques surfaces planes naturelles. Dépierrées, fumées, enrichies, elles avaient été cultivées en céréales, principalement du blé.

Les terrains plus escarpés, plus secs, moins aptes à retenir l'eau, étaient plantés en vigne. Les bâtiments se trouvant à mi-flanc du coteau, les terres du bas, limitées, au fond par la voie de chemin de fer, restaient inexploitées car beaucoup plus difficiles à travailler et ne pouvant produire que convenablement irriguées.

Adrien construisit un bassin de vingt mètres sur dix mètres, profond de cinq mètres, destiné à recueillir toutes les eaux pluviales, celles des cascades et celles de la fonte des neiges hivernales afin de pouvoir pallier ce problème d'irrigation.

Ce fut un travail colossal ! Il fallut d'abord creuser le trou à main d'homme, l'étayer, puis passer à la construction proprement dite en pierres, taillées et cimentées. Pour les travaux de manoeuvre, Adrien pouvait se faire aider, mais il devait accomplir seul toutes les tâches de maçonnerie.

Il y travailla des mois et des mois, avec acharnement, les mains blessées par la rocaille, rongées par le ciment, rentrant le soir épuisé, n'ayant même plus la force de s'intéresser à ses lectures, ne trouvant plus le temps de dialoguer avec sa chère épouse ou de jouer avec sa petite fille.

Celle-ci, pourtant, suivait avec attention les travaux paternels. Elle vouait à son père une admiration sans bornes et, dès l'âge de deux ans, suivie par la fidèle Aïcha, elle venait s'asseoir au bord du trou béant, posant mille questions qui le faisaient rire malgré sa fatigue.

Le dimanche, heureusement, était un jour de recueillement et de repos chez les Courtenay. Isabelle savait que, ce jour-là, son père ne se levait pas aux aurores. Aussi, dès son réveil, venait-elle se blottir entre ses parents et c'était un moment privilégié de rires et de chuchotements.

Puis, la messe à dix heures à l'église de Ben-Chicao leur permettait de se ressourcer spirituellement. Leur curé, le père Chabanis, était jeune, pétri de foi et d'enthousiasme et ses sermons, directs et francs, étaient empreints de la plus touchante sincérité.

A la sortie de la messe, c'était la rencontre dominicale avec les autres habitants de la commune dont beaucoup d'agriculteurs de souche française, descendants des premiers colons installés dans la région.

Les gens se saluaient, échangeaient quelques idées sur le temps, l'état des récoltes et une conjoncture mondiale inquiétante, puis, de retour à la ferme, Isabelle pouvait profiter pleinement de la présence paternelle jusqu'à l'heure du repas, auquel étaient souvent conviés quelques voisins.

C'était le dimanche qu'Adrien fabriquait, pour sa princesse, des petites marionnettes de bois, lits de poupées, toupies et autres babioles. Isabelle en était ravie car elle attachait plus de prix à un jouet fabriqué par Papa qu'à n'importe quel autre.

Toute petite, elle avait posé son doigt potelé sur la cicatrice blanchâtre qui coupait la ligne des sourcils de l'œil droit de son père et s'étendait, en s'amenuisant, jusqu'à la joue et avait demandé d'un air apitoyé :

-"C'est qui t'a fait bobo, Papa ?"

Perplexe, Adrien ne savait quelle explication lui fournir. Il aurait souhaité que sa fille ne connaisse de la vie que les aspects les plus beaux, les plus enchanteurs. Il répondit, laconiquement :

-"Il y a très longtemps, Princesse. C'était la guerre, mais je n'ai plus mal du tout, maintenant".

Et dans les premiers cauchemars de la toute petite fille, il y eut une fée très méchante, coiffée d'un chapeau pointu, armée d'une flamboyante épée, qui s'appelait Guerre et cherchait toujours à blesser son papa.

Plus tard, en grandissant, elle comprit et souffrit en silence.

Le dimanche après-midi, bien souvent, la famille recevait la visite de voisins ou de personnes hébergées au domaine de l'assistance publique. La soirée s'écoulait ensuite, chaleureuse en hiver près d'un bon feu ou douce en été, sous le ciel étoilé... C'étaient encore des heures bleues, malgré le dur labeur de chacun.

A l'aube, le lundi matin, Adrien se remettait au travail, sans relâche et sans trêve. Il aménagea de grandes plates-formes étagées, en contrebas et les fertilisa pour y planter oignons, pommes de terre, carottes, navets et autres poireaux, autant de cultures légumières qui, convenablement irriguées, furent bientôt d'un bon rendement.

Il vendait sa production de légumes à des négociants arabes qui les distribuaient dans la région. Adrien s'était habitué à la forme particulière et inévitable du marchandage qui durait quelquefois toute une journée.

Après avoir énoncé son prix maximal, il laissait à ses interlocuteurs le plaisir, qu'il partageait presque toujours, d'obtenir par de véhémentes discussions, son prix minimal.

Les acheteurs partaient, affirmant qu'ils trouveraient moins cher ailleurs, puis ils revenaient à la charge, palabraient en plein champs alors qu'Adrien, feignant l'indifférence mais s'amusant en réalité beaucoup à ce petit jeu, poursuivait sereinement son activité.

Il les évinçait, refusant leurs propositions. Eux repartaient, simulant la colère, mais ils revenaient une heure après proposant un meilleur prix : "*Akarr'bi*, à ce prix là, je perds de l'argent. C'est bien parce que c'est toi, *Sidi*, que j'achète."

De palabre en palabre, on arrivait ainsi finalement à un accord, scellé d'une simple poignée de main, mais toujours scrupuleusement respecté de part et d'autre.

Kader était chargé de s'occuper du troupeau de moutons et des quelques vaches de la ferme. C'est lui qui produisait et vendait bêtes, lait et fromages frais. Adrien fournissait l'alimentation du bétail, les pâturages et les étables et les bénéfices étaient partagés entre les deux hommes.

La variété des cultures, malgré le surcroît de travail qu'elles imposaient, rassurait Adrien. Les calamités agricoles, qui pouvaient frapper certaines d'entre elles, épargneraient les autres, se disait-il et, malgré ses lourdes charges, il retrouvait une certaine forme de sérénité.

Les premiers remboursements fonciers annuels furent effectués sans problèmes particuliers, mis à part l'intense effort de l'emprunteur, et cela, sans faire appel au salaire d'Elise qui put continuer pleinement son action humanitaire.

Les nuits étoilées, du printemps à l'automne, se faisaient douces et tièdes. Après dîner, toute la famille se réunissait sous la tonnelle, bercée par le bruit de la source et le chant des cigales et c'était des moments de quiétude profonde d'un calme infini.

Mamita murmurait à l'enfant les contes qui avaient enchanté sa propre enfance, puis elle allait la coucher et le jeune couple, resté seul, goûtait pleinement la détente de ces soirées paisibles.

Elise parlait des victoires obtenues dans sa lutte pour l'hygiène et la propreté. Moins de parasites, moins de trachome.

-"Les pauvres gens ! disait-elle, "Ils vivent dans des masures proches de leurs quelques chèvres et moutons, bien souvent envahies par la vermine. Les ordures sont difficiles à brûler et les immondices attirent les mouches qui s'agglutinent sur les yeux des enfants." Je leur explique que la santé passe d'abord par l'hygiène et ils comprennent."

Et comme Adrien riait, elle s'animait, convaincante : "Si, si, ils comprennent. Je sais bien que l'habitat des douars et leurs conditions de vie n'y sont pas favorables... Je commence toujours ma classe par une visite de propreté et je ne compte plus les têtes frictionnées à la Marie-Rose mais je réussis à leur faire admettre que, même pour les pauvres, la propreté est le premier pas vers la santé physique et la dignité, deux facteurs indispensables à la santé morale."

Pour conclure, elle affirmait : "Quand on les soigne et on les éduque, ils ont l'impression que c'est la France qui se penche sur leurs maux pour les soulager..."

Adrien, riant toujours, ajoutait : "Eh oui ! Madame la France, comme ils disent... Quelle adorable petite Française vous êtes, Chère Madame de Courtenay !"

La soirée s'achevait ainsi, dans les éclats de rire et les baisers.

C'est dans cette conjoncture qu'en 1932, telle une vague déferlante, la crise née de Wall Street atteignit la France et ricocha sur l'Algérie.

CHAPITRE X

Qu'il fasse chaud ou froid, qu'il pleuve ou qu'il vente, le facteur venait chaque jour à bicyclette vers les dix heures... La famille de Courtenay ne recevait pourtant pas un abondant courrier. Quelques factures, quelques relevés bancaires, le courrier académique pour Elise, des revues mensuelles dont *Le chasseur français*, de temps à autre une lettre d'Adèle, mais surtout, ce qu'Adrien attendait chaque jour car il le lisait après le repas en prenant son café, *L'écho d'Alger*, quotidien porteur de nouvelles qui n'étaient pas toujours de bon augure.

Mamita guettait le facteur, le faisait asseoir et lui servait un verre de vin blanc rafraîchi en été ou une tasse de café brûlant en hiver... La tournée ne s'interrompait que pendant la période hivernale où la neige recouvrait la montagne. Adrien allait alors à cheval chercher le courrier et le pain.

Isabelle allait maintenant à l'école, toute fière de partir chaque jour avec maman, mais un peu moins faraude lorsqu'elle devait rejoindre la classe de Pierre Vauquelin car le jeune homme lui paraissait infiniment plus sévère que sa tendre mère.

Il ne l'était pas pourtant... Venant d'une école normale métropolitaine, mû par l'attrait de l'Algérie et un brûlant désir de participer à la conquête pacifique et civilisatrice des esprits, il avait tout d'abord enseigné en Kabylie.

Malgré les conditions de vie précaires dont il avait dû s'accommoder, il avait reçu une récompense magnifique :

la communication qui s'ouvrait insensiblement, la touchante gratitude des enfants, l'ascension des meilleurs.

Mais il avait aussi connu, comme Elise, les classes surchargées, le harcèlement des parents en dehors des heures scolaires, le droit à l'instruction réclamé par certains adultes, les demandes de soins, de conseils, d'aide et, n'ayant pas une nature aussi résistante que celle de sa directrice, il avait été contraint de demander sa mutation pour une région qu'il espérait plus paisible.

Ici, tout en participant de son mieux au devoir d'assistance des enseignants du bled, il admirait une structure conçue pour tous, dans l'intérêt de tous, mais avec une ferme discipline à laquelle tous se pliaient. Il fut touché de voir à quel point *Lalla Stoutriss* était aimée des populations et combien, tout en assumant ses charges familiales propres, elle soutenait les indigènes, les soignait, les aidait et, par-dessus tout, les aimait.

C'est avec M. Vauquelin qu'Isabelle apprit à lire et découvrit ainsi une passion à laquelle son père avait déjà cédé, en son temps, et qui ne devait plus la quitter, la lecture.

Dès qu'elle sut lire couramment, Isabelle trouva des cachettes insoupçonnées de tous, dans lesquelles elle s'adonna avec délice à sa nouvelle découverte.

Très souvent, elle grimpait, en compagnie des frères Grimm ou de Jean de la Fontaine, dans un très large mûrier qui étalait sa corolle face à la maison de Mamita. Là, elle prenait ses aises, s'installait comme dans une chaise-longue et le temps n'avait plus de prise sur elle.

Sa grand-mère ou Aïcha pouvaient bien l'appeler ! Elle était frappée d'une surdité soudaine jusqu'au moment où la voix énergique de maman lui parvenait à travers ses rêves : Isabelle !

Alors, elle se glissait subrepticement hors de sa cachette et courait vers la maison, un sourire si désarmant aux lèvres que le baiser remplaçait le sermon.

Les lectures d' Adrien n'étaient pas aussi euphorisantes que celles de sa fille et il suivait avec anxiété une actualité qui s'obscurcissait de jour en jour.

Y a-t-il de bonnes et de mauvaises étoiles ? Celle qui se levait sur le monde inquiétait Adrien comme Kader avec lequel il discutait souvent de la conjoncture.

En Allemagne, la progression du nazisme semblait engendrer une menace violente qui désorientait les deux hommes.

-"Dis, Khouïa, c'est la guerre bientôt ?" demandait Kader.

De toutes ses forces, Adrien rejetait cette idée. L'horreur de celle qu'on nommait *la der des ders* lui revenait à l'esprit.

-"Non, ce n'est pas possible, tu sais bien ce que nous avons souffert, personne ne voudrait recommencer de telles épreuves".

Pourtant, la France était frappée à son tour par la crise commencée à Wall Street. De jour en jour, la production baissait, le chômage augmentait et le gouvernement, pour juguler ce marasme, pratiquait une politique de baisse des prix qui favorisait les exportations mais entraînait aussi une stagnation et une baisse de production.

Cette orientation impopulaire ne pouvait qu'accroître les tensions, dans un climat économique et social chaque jour un peu plus dégradé et plus empreint de violence.

Adrien craignait un contrecoup en Algérie et l'avenir devait lui donner raison.

Cette année-là, il lui fut impossible de vendre sa récolte de raisin à vin et il dut se résoudre à l'envoyer à moitié prix à la distillerie.

Quant au blé, bien qu'il eût récolté du vingt quintaux à l'hectare, l'écoulement en était aussi extrêmement difficile et réduit au point qu'il décida d'en faire profiter les habitants de la mechta et du douar et distribua généreusement et gratuitement une bonne partie des récoltes qu'il s'était donné tant de mal à produire.

Elise s'inquiétait aussi de la conjoncture et plus que jamais l'angoisse de ne pouvoir faire face s'emparait du jeune couple.

Chacun essayant de cacher à l'autre ses pessimistes pensées, les nuits s'écoulaient dans l'insomnie, peuplées des noirs fantômes de la saisie et de la ruine ! Quelquefois, Adrien se prenait à sourire amèrement en pensant que les métropolitains considéraient les viticulteurs d'Algérie comme des *nababs* vivant dans le faste et l'opulence.

Équilibrer un budget réduit de moitié pour faire face aux mêmes charges était plus qu'une gageure et relevait de l'utopie. Pourtant Adrien tint bon. Il intensifia ses cultures légumières et fruitières, acheta une camionnette vétuste mais en état de marche, se leva chaque matin à deux heures pour emballer avec le plus grand soin les fruits et légumes qu'il livrait directement aux commerçants de la région, descendant souvent jusqu'aux halles d'Alger, contactant directement les grossistes et même l'abattoir pour vendre sa production ovine, discutant âprement des prix qu'il devait consentir au cours le plus bas pour écouler sa marchandise.

On connut bientôt, aux halles et sur les marchés, sa haute stature et son opiniâtreté.

Le portier des halles au visage rubicond, l'accueillait toujours avec la même joviale plaisanterie :

-"*Ouala M'sio d'Kortné*, avec ses gants beurre frais !"

Amusé, il rapporta l'expression à Elise qui éclata de rire.

-"Mon pauvre chéri ! Il ne t'a pas entendu parler, ma parole ! Avec ton fichu accent *frankaoui*... Il doit te prendre pour un descendant des *aristo* célèbres par leurs gants jaune paille qui ont participé à la conquête du pays... C'est trop comique".

Adrien se sentait partagé entre le rire et la confusion et il réalisa soudain, malgré l'accent nivernais incoerciblement conservé, qu'il s'était fondu dans un creuset qui n'était pas seulement sa petite épouse oranaise, mais bien toute la communauté française de l'Algérie.

Il taquina Elise en imitant les rondes intonations particulières à l'accent oranais dont se moquaient les Algérois :

-"Aouah ? Y faudrait pas me prondre pour un Fronkaoui. J'suis M'sio Kortné d' Aïn Bou Djenaâ, compris ?"

Et malgré leurs soucis, ils riaient, confiants en leur jeunesse et débordants de force, le regard tourné vers un ciel d'azur, sans nuages, répandu comme une grâce sur les montagnes roses dans un paysage beau à prier et à espérer envers et contre tout.

Il paraît que les ennuis ont la solitude en horreur et ne s'abattent qu'en kyrielle sur leurs victimes... Cette année-là, le troupeau produisit trop peu d'agnelles, réduisant presque à néant les possibilités de reproduction.

Kader en discuta avec Adrien et ils convinrent de vendre les jeunes agneaux en réservant le montant de cette vente à l'achat de femelles.

En septembre, Kader partit pour le sud, bien décidé à obtenir de son bétail un bon prix permettant l'acquisition imprévue qui venait encore grever le budget de l'exploitation.

Il put traiter sans problème, le marasme se faisant sentir jusque dans ces régions reculées du Sud algérien. La date de livraison des agnelles fut arrêtée et, au jour convenu, elles arrivèrent, précédées par un concert de clochettes qui ravissait Isabelle.

C'étaient de jolies bêtes, grasses à souhait, qui savourèrent de bon appétit la ration servie par Kader tandis qu'Adrien payait aux Guéblis le prix convenu. Après un *kaouah* (café) pris sur le pouce, ils demandèrent un peu de blé pour la *kesra* du soir car ils campaient sur la route de Berrouaghia à quelques kilomètres de la ferme et repartirent en faisant de multiples *salamaleks* (salutations).

Accompagnée de Pouf, le berger belge, normalement chien de garde qui se découvrait soudain une vocation de gardien de troupeau, Isabelle gambada toute la soirée parmi les nouvelles arrivées. Seule, la voix maternelle la fit rentrer à la maison alors que le soleil disparaissait derrière la montagne, allumant, comme chaque soir, des lueurs incendiaires sur les crêtes pastellées.

Toilette, dîner, prière, et chacun s'endormit paisiblement. Allongé sur son lit, Adrien réfléchissait, observant la nuit qui semblait fort obscure. Le ciel était chargé de gros nuages promenés par un vent très chaud, annonciateur d'orage. Cela l'inquiéta un peu mais il finit par trouver le sommeil et sombra dans un rêve incohérent où il se voyait creusant des tranchées autour de la ferme car la guerre était déclarée.

Il se réveilla brusquement, comme si un bruit anormal venait heurter soudain son oreille endormie. Se penchant à la fenêtre, il ne vit rien, écouta la nuit familière et n'entendit que le crissement des grillons déchiré, de loin en loin, par le hurlement éperdu d'un chacal. Il se recoucha, sans se rendormir et attendit le jour en faisant mentalement les comptes de ses dépenses, de ses recettes et de ce qu'il pourrait encore économiser pour l'échéance foncière qui approchait.

Ce matin-là, il se leva avant l'aube et alluma sa lampe tempête pour faire le tour de la ferme. Malgré lui, le bruit furtif qui l'avait réveillé l'inquiétait. Il se dirigea vers l'étable et, soudain, son pied glissa sur une flaque gluante. Il tendit sa lampe et découvrit avec horreur le pauvre Pouf égorgé, baignant dans son sang.

Des pillards ! Cette nuit des pillards étaient venus le voler ! Fallait-il qu'ils soient silencieux et rusés pour qu'Adrien, dont l'oreille était pourtant très fine, n'ait rien décelé ! Il ouvrit l'étable, accrocha sa lampe et compta ses bêtes. Il manquait très exactement le lot d'agnelles livré la veille et quelques brebis mères marquées à son sigle.

Adrien identifia immédiatement les auteurs du méfait : Les Guéblis ! Blême de colère, il alla chercher une pioche et enterra la dépouille du chien. Il ne voulait pas qu'Isabelle puisse voir ce que ces bandits avaient fait de son fidèle compagnon. Pouf n'avait pas encore cinq ans, Jean Heilligenstein le leur avait offert alors qu'il n'était qu'un tout jeune chiot semblable à une boule de fourrure beige, peu après la naissance d'Isabelle.

Le fermier sella ensuite Ouragan. Le soleil se levait à peine annonçant sa venue par un rougeoiement intense du ciel. Tout doucement, Adrien entra chez lui et prit son fusil. Il ne voulait ni réveiller ni alarmer Elise. Dans la resserre, il vit un fouet à longue lanière de cuir et le prit aussi, puis, enfourchant son cheval, il partit à vive allure vers le camp des Guéblis.

Le galop des sabots sur la route caillouteuse fit sursauter Elise qui courut à la porte, juste pour apercevoir la fière silhouette de son époux au bout du chemin. Elle s'habilla à la hâte, partit vers l'étable, découvrit le vol et monta, aussi vite qu'elle le pu, vers la mechta pour chercher Kader.

Adrien, animé par un intense courroux, pénétra bientôt dans le camp et s'arrêta devant la tente du chef, Si Kaddour Tamassit qu'il appela d'une voix forte. L'autre mit un certain temps à sortir, alors que ses compagnons se groupaient autour du visiteur, puis, nonchalant, un peu méprisant même, il parut enfin en disant :

-"*Ouach bik, laouère* ?" (Qu' y a-t-il, le borgne ?)

Le fouet s'abattit devant le Guébli, soulevant un nuage de poussière.

-"Monsieur de Courtenay, s'il te plaît. Où sont mes bêtes ?"

En ricanant, l'autre lui jeta un regard sournois :

-"Tes bêtes, *Naâldanaldik* ! (maudite soit ta croyance) Quelles bêtes ? Elles t'ont été livrées, hier, *Roh* ! (pars !)".

Cette fois, le fouet cingla le visage du nomade, écorchant sa joue droite. Un remous se fit dans la foule, Adrien vit briller des couteaux et pointer des armes. Il saisit son fusil et visa Si Kaddour.

A ce geste, comme au visage fermé et blanc de fureur du jeune homme, l'Arabe comprit que son interlocuteur ne plaisantait pas et il changea de ton :

-"*Ya Sidi*, je te jure, tes bêtes ne sont pas là. Va voir le troupeau si tu veux..."

-"Marche devant moi", dit Adrien et ils avancèrent ainsi jusqu'au troupeau, Si Kaddour à pied et tremblant de peur et le cavalier gardant son fusil pointé sur lui. Les agnelles ne s'y trouvaient pas, elles avaient dû être cachées ailleurs pendant la nuit. La colère d'Adrien grandit encore. Les lèvres pincées, la mèche rebelle en bataille, animé d'une inconsciente bravoure, il désigna une trentaine de têtes de bétail : "Rassemble-les, dit-il, je les emmène, elles te seront rendues contre les miennes."

Il tenait toujours le chef des Guéblis au bout de son canon. "Faites ce qu'il vous dit" ordonna ce dernier, effrayé, à ses hommes. Les bêtes furent vite rassemblées et Adrien, les conduisant de la voix sans lâcher son fusil, était déjà sur la route lorsqu'Elise et Kader arrivèrent en voiture.

Kader se mit immédiatement à conduire le troupeau improvisé et tous rentrèrent à la ferme où trois Guéblis ne tardèrent pas à venir restituer les ovins dérobés contre leurs propres bêtes. Ils se lancèrent dans des explications confuses auxquelles Adrien coupa court et tout rentra dans l'ordre.

Simplement, depuis ce jour, le sobriquet donné par les indigènes à Adrien de Courtenay changea. L'homme dont le courage avait stupéfié les Arabes ne fut plus surnommé *Laouère* mais *Bou chodrob* (l'homme au fouet).

Les habitants du douar connurent ainsi mieux leur voisin. Il les avait toujours impressionnés par sa haute taille et sa fougue spontanée. Ils le respectaient pour son courage, le craignaient un peu pour ses colères, pourtant toujours justement motivées, mais ils l'appréciaient pour sa droiture et son intégrité.

Jamais un ouvrier agricole ne fut lésé dans son salaire, jamais il ne fut maltraité ou surchargé dans son travail. Adrien se faisait maintenant comprendre en arabe et la communication en était grandement facilitée, mais il ne s'habituait pas à l'apathie des autochtones qui, lorsqu' ils avaient amassé un petit pécule, cessaient toute activité jusqu' à ce que celui-ci soit épuisé.

Ils vivaient un peu comme des enfants insouciants. Quand Bachir avait travaillé un mois à la ferme, il touchait un salaire qui lui permettait de lézarder au soleil pendant deux mois, remplacé au travail par Rachid, lequel, un mois plus tard, cédait sa place à Omar, dans une étrange alternance, entre labeur et nonchalance.

La crise viticole dura longtemps. La métropole imposa bientôt un arrêt total des plantations nouvelles et un contrôle sévère des cultures en place. Toute récolte étant inévitablement vouée à la distillerie, cette situation généra pour les viticulteurs d'innombrables problèmes de survie.

Les plus endettés se virent généreusement proposer des prêts de consolidation sous contrôle des premières caisses de Crédit Mutuel Agricole mais beaucoup devaient y laisser bien plus que des plumes. Des domaines prospères s'effondrèrent et certains perdirent les terres fertiles, autrefois stériles marécages, gagnées par leurs ascendants au prix d'efforts surhumains contre la malaria et la mort.

En 1932, les récoltes vinrent mal, la pluviométrie était inexistante. Le soleil, torride, desséchait toute culture et, malgré toute son énergie, Adrien dut se résigner à demander, lui aussi, un prêt à court terme pour pouvoir honorer son remboursement foncier annuel.

Le banquier qui le reçut l'écouta poliment exposer son problème. Adrien se sentait profondément humilié par cette démarche car il devait se faire violence pour agir en solliciteur. On lui promit d'étudier son cas et rendez-vous fut pris pour la semaine suivante.

Huit jours après, d'une manière tout aussi courtoise, on lui précisa qu'étant déjà bénéficiaire d'un prêt foncier, la consolidation ne pouvait se faire qu'avec l'aval d'un propriétaire terrien non hypothéqué.

Il repartit, en proie à un vertige, et la tourmente dont il était sorti avec tant de peine se déchaîna à nouveau en lui. Ses idées s'emmêlèrent, proches du désespoir et tandis que, luttant contre sa lassitude, il faisait un effort pour ressaisir son intelligence, une main vigoureuse s'appesantit sur son épaule.

-"Allons, Monsieur de Courtenay, ne faites pas une tête pareille, rien n'est perdu, je vais vous le donner, moi, cet aval... "

Ramené à la réalité par une voix chaleureuse, Adrien baissa les yeux et vit Antoine Saunal, un agriculteur de Damiette qu'il connaissait à peine.

-"J'ai entendu le banquier, tous des requins ! Mais je vais vous aider", ajouta ce dernier.

-"Non, je ne peux pas accepter, répondit Adrien, pas en ce moment, avec ce marasme."

-"Mais si, mais si, affirma l'autre ; moi, à cinquante ans, j'ai peu de besoins et ma ferme, je l'ai héritée de mon père. Alors, ça me fait plaisir d'aider un jeune laborieux comme vous. Et puis, dans le pays, on sait ce que vous faites, votre femme et vous, pour les indigènes. C'est bien, c'est très bien. Il en faudrait beaucoup comme vous."

Tout en parlant, le père Saunal prenait le bras d'Adrien et se dirigeait vers la façade de la banque. Naturellement, avec cet aval, le prêt fut accordé en peu de temps et les échéances honorées à leur date, mais Adrien découvrit la solidarité des Français d'Algérie et jamais il n'oublia le bienfait naturellement dispensé alors qu'il n'avait rien sollicité.

Il en garda une profonde reconnaissance au vieux fermier et le cercle des amis s'agrandit encore. Les Saunal n'avaient jamais eu d'enfants ils s'émerveillaient de la beauté d'Isabelle, de l'énergie d'Elise et des travaux d'Adrien.

Ils vinrent souvent déjeuner à Aïn Bou Djenaâ, le dimanche, et reçurent avec joie le jeune couple. Isabelle se délectait chaque fois que la famille se rendait à Damiette, un peu pour les succulentes pâtisseries de Mme Saunal et davantage pour s'évader dans le bois touffu de chênes verts jouxtant la demeure de leurs hôtes.

Après le repas, elle demandait la permission de sortir et s'enfonçait avec délice sous l'abondant feuillage, en s'imaginant pénétrer dans une forêt enchantée, peuplée de fées lumineuses et de lutins farceurs, ouvrant ainsi, sous les rameaux épais, un livre obscur connu d'elle seule, dans lequel gambadait la magie de l'enfance.

Madeleine Saunal avait l'âge de Mamita. Les deux femmes discutèrent de longues heures de leur jeunesse, si peu différente, dans la campagne algéroise ou oranaise et entre elles naquit bientôt une amitié sincère.

Depuis cette rencontre, pour rendre Mamita heureuse, il suffisait de lui proposer de l'emmener à Damiette rendre visite à son amie. Adrien le fit souvent, le samedi après-midi, pour le seul plaisir de faire naître un sourire sur les lèvres de la vieille dame.

Après le repas, il annonçait d'un air malicieux et innocent :

-"Il faut que j'aille à Damiette, tout à l'heure. Quelle bonne âme me fera la grâce de m'accompagner ?"

Et Mamita, invariablement, répondait d'une voix douce :

-"Pour vous tenir compagnie, cher gendre, j'irais bien prendre une tasse de café chez Madeleine Saunal."

CHAPITRE XI

Avec Jean Heilligenstein, Hélène Simonetti avait tenu Isabelle sur les fonts baptismaux... Dans la petite église de Ben-Chicao, par un beau dimanche de septembre, le père Chabanis avait baptisé la minuscule fillette blonde et rose et depuis cette date, Hélène vouait à sa filleule un amour quasiment maternel.

Il était donc normal que, lors de son mariage avec Julien Dabadie, jeune pharmacien algérois, Hélène choisisse, comme première demoiselle d'honneur, la mignonne enfant.

Julien était le fils d'un professeur en médecine oranais notoirement connu et sa famille, depuis toujours, était amie de celle d'Hélène... Le professeur Dabadie, né à Eckmühl, pilier fondateur de l'hôpital pavillonnaire d'Oran, soignait inlassablement les populations, sans distinction de race ni de religion, et il avait acquis la réputation de grand toubib.

Depuis l'adolescence, Julien plaisait à Hélène et c'est un peu à cause de lui qu'elle avait choisi, elle aussi, d'embrasser une profession médicale... Puis, Julien, ses études terminées, s'était installé à Alger et elle avait bien cru qu'il y fonderait une famille car les belles Algéroises disposées à épouser un jeune pharmacien ne devaient pas manquer.

L'avenir devait lui donner tort Julien était revenu vers elle, lui avait avoué son amour et son désir de l'épouser et après qu'elle eut donné, rougissante, son consentement, le professeur Dabadie, très conformiste, avait officiellement demandé sa main à ses parents.

Le mariage eut lieu en mai. Pour Elise et Mamita, ce fut l'occasion heureuse d'un pèlerinage vers leurs sources. Adrien découvrit ainsi une partie de l'Algérie qui lui était encore inconnue, mais la plus heureuse fut sûrement Isabelle, éblouie davantage par la somptueuse robe longue, confectionnée par sa mère et sa grand-mère, que par le paysage.

La famille Heilligenstein était aussi du voyage, Ethel, déjà adolescente, faisant partie des demoiselles d'honneur.

Le jour des noces fut radieux. Pas le moindre nuage ni la plus petite ondée ne vinrent confirmer le dicton du mariage heureux puisque pluvieux... Lorsque la jeune mariée, radieuse, s'avança vers l'autel de la cathédrale, place Jeanne d'Arc, un éclatant soleil, pénétrant par tous les vitraux, l'entoura de taches lumineuses et colorées, comme une multitude d'oiseaux de Paradis éparpillant leurs plumes multicolores sur le cortège.

La petite fille d'honneur vivait un rêve enchanté. Elle ne comprit pas pourquoi, après avoir conduit les jeunes mariés jusqu'à l'autel, il fallait les abandonner pour rejoindre ses parents et, échappant à l'attention d'Elise, elle se faufila au milieu d'eux pendant la cérémonie. Cette intrusion, pendant le sacrement, fit rire la nombreuse assistance, le prêtre officiant et ravit la mariée... Julien embrassa Isabelle et la dirigea doucement vers sa maman, rouge de confusion.

Il y eut ensuite, à l'hôtel Continental, sur la place d'Armes, un grand repas suivi d'une sauterie pendant laquelle chacun laissa éclater sa joie. Adrien, lui-même, se départit de sa pudeur naturelle, s'amusa comme un collégien et, pour la première danse, alla s'incliner devant sa belle-mère, une main sur le cœur, afin de l'inviter.

La vieille dame marqua un temps de surprise. Son gendre ne l'avait pas habituée à de telles familiarités. Jusqu'à présent, il avait fait preuve à son égard de beaucoup de tact et d'une grande courtoisie sans aucune démonstration affective... Elle fit un tour de piste avec lui, observa avec indulgence sa décontraction d'un jour, et fut heureuse de découvrir qu'il avait pour elle beaucoup plus que de la déférence. Seule, sa réserve naturelle et coutumière l'avait empêché jusqu'à ce jour d'afficher son attachement filial et sincère à la mère de son épouse.

Après la noce, la famille de Courtenay fit un détour par Arcole. Elise voulait aller se recueillir sur les caveaux familiaux de ses grands-parents paternels et maternels... Mamita s'abstint de l'accompagner car elle refusait obstinément d'entrer dans ces lieux depuis la mort de son regretté mari.

Jean Cortès reposait au cimetière militaire de Verdun. Jamais son épouse ne s'était rendue sur sa tombe qui lui paraissait inaccessible. Elle avait donc choisi d'honorer autrement sa mémoire et celle des autres défunts de sa famille par un petit bouquet fleuri, sans cesse renouvelé, dans l'intimité de sa chambre à coucher, mais depuis cette époque, elle n'avait plus jamais mis les pieds dans aucune nécropole.

Puis, ils repartirent dans l'autre sens, heureux de rentrer chez eux. Elise pensait que sa vie se limitait maintenant à ce village de montagne, à cette école aux classes surchargées et à cette ferme perdue dans les coteaux ardents des sommets telliens.

Pourtant l'installation d'Hélène à Alger devait apporter dans leur vie des changements bénéfiques, sur le plan de l'amitié et de la chaleur humaine. Ils furent plus entourés, car leurs amis montèrent très souvent passer avec eux les fins de semaine où Julien n'était pas de garde.

Julien sympathisa d'emblée avec Adrien. Il apprécia sa nature droite, sa logique implacable et son grand courage, puis, fin psychologue, il découvrit, sous des abords réservés et un peu froids, une intelligence aiguisée et une culture qui, bien qu'autodidacte, l'impressionna.

Avec Julien, Adrien se sentait à l'aise et en confiance. Les rapports entre les deux hommes devinrent vite très étroits. Ils passèrent en revue leurs vies respectives et différentes et le jeune pharmacien évalua les efforts incroyables de ses amis, non seulement pour surmonter leurs épreuves personnelles, dompter une nature parfois ingrate, mais aussi pour former, éduquer, soigner et secourir des indigènes.

Cet enfant des villes ne soupçonnait même pas les besoins de la population du bled ni le soutien apporté par les enseignants et les pionniers ruraux. Il découvrit avec admiration la ferme-école de Ben-Chicao où les fellahs apprenaient à tirer parti de leurs terres et fut médusé de voir Adrien compléter cet enseignement en distribuant gratuitement des plants de légumes, des semences de céréales et des scions d'arbres fruitiers.

Mais Elise le sidéra davantage... Son dispensaire, les soins qu'elle prodiguait sans compter, en plus de son travail d'éducatrice, la lutte qu'elle menait sans relâche contre la saleté et la vermine, toutes ces activités le laissèrent pantois.

Il décida d'apporter lui aussi sa contribution à cette œuvre et, dans la mesure de ses moyens, il procura à Elise vaccins et produits pharmaceutiques de toutes sortes... Hélène était heureuse de préparer avec son époux les composants destinés aux soins essentiels et les retrouvailles de fin de semaine étaient attendues par tous.

Les Dabadie habitaient rue Michelet, sur les hauteurs de la colline, un appartement qui dominait le parc de Galland, à quelques centaines de mètres de leur pharmacie, mais en été, ils émigraient à la Vigie, près de la Pointe Pescade, dans une petite villa appartenant à leurs beaux-parents, construite sur un rocher, au bout de la plage de la Corniche, appelée plus communément, nul ne sait pourquoi, *la plage des casseroles*.

Face à deux îlots rocheux, s'ouvrait une crique magnifique, dominée par le Casino de la Corniche à gauche et des villas résidentielles à droite. Pour atteindre celle des Dabadie, sise en bordure de plage, il fallait d'abord descendre en serpentin leur jardin abrupt couvert de plantes grasses aux fleurs multicolores avant d'arriver dans la cour intérieure, face à l'entrée de la maison qui s'ouvrait, de l'autre côté, sur la mer, par une large terrasse.

La villa portait le nom bien choisi de *Mar y Sol* et c'était vraiment la réalité des lieux où n'existaient que l'intense lumière du soleil, le bleu d'une mer d'azur aux fonds extraordinairement transparents et le murmure caressant des vagues.

Hélène avait su convaincre ses amis des bienfaits de l'air iodé pour Isabelle et la petite fille, accompagnée par sa grand-mère, venait passer près de sa marraine la période la plus chaude de l'été...

Elise les rejoignait souvent pour quelques jours, mais son tendre époux lui manquait très vite, à moins que ce ne fussent ses chères montagnes ou simplement les indigènes dont elle s'inquiétait dès qu'ils étaient privés de son assistance.

Pourtant, elle adorait la mer ; c'était une de ses passions les plus profondes ; sentir l'air marin, humer le vent salé, noyer son regard dans les eaux claires de la baie, se laisser bercer par le doux clapotis des vagues de l'été, s'étaler au soleil sur le sable éclatant et chaud de la plage, plonger, plaisir suprême, dans une eau phosphorescente à vous éblouir, nager à en perdre haleine, découvrir à l'aide d'un masque ou d'un *carreau* la mystérieuse beauté des fonds marins, tout cela était pour Elise beaucoup plus qu'un plaisir.

Elle avait alors l'impression d'être fille de cette Méditerranée qu'elle appelait *Mare Nostrum* et d'en imprégner pour la vie chacune des cellules de son corps.

Cette mer estivale scintillait par des milliers de minuscules points lumineux, comme le feraient d'innombrables vers luisants circulant parmi les arbres d'un bois bleuté. Parfois, remontaient vers la surface des friselis, pétillants comme des bulles d'air et, par endroits, la phosphorescence s'illuminait d'un éclat presque métallique.

L'intense luminosité du soleil d'été transformait poissons, calmars ou crevettes en flammes rapides dont la course avait l'éclat d'une fantomatique comète... La mer, en été, sur les côtes algériennes, devenait un éblouissement !

Écarquillant les yeux, Isabelle restait de longs moments accoudée à la balustrade de la terrasse, fixant la baie... Elle se plaisait à imaginer on ne sait quel conte féerique et se persuadait qu'un monstre marin millénaire aux milliers d'écailles scintillantes allait soudain s'échouer sur la plage dorée.

Elle confia son fantasme à Julien qui, entrant dans son jeu, l'assura de l'existence bien réelle d'un veau marin dans les grottes du fond de la baie mais pour enjoliver ses explications, il ajouta que des anges invisibles déversaient sur la mer mille pétales provenant des roses d'or du Paradis.

-"Les anges viennent aussi sur la ferme de mon Papa, répondit gravement l'enfant, ils font couler la source, éclore les fleurs, mûrir les fruits et, quand le soleil se couche, ils versent sur la montagne des pétales rouges tellement brillants qu'on ne peut pas les regarder longtemps".

-"Un poète est né", conclut Julien en riant, mais il savait que la seule ombre au bonheur de la fillette était l'absence d'Adrien...

Celui-ci s'échappait parfois en fin de semaine, faisant une courte incursion auprès d'eux et c'étaient de longues baignades, des jeux de plage et des courses folles avant d'aller déguster les savoureuses *cocas* aux tomates et poivrons confectionnées par Mamita, ou un plat de moules marinières fraîchement récoltées sur les deux îlots.

Dans la semaine, Julien faisait la navette entre Alger et la Vigie, mais les samedis soir où il n'était pas de garde, il partait sur sa *pastera* caler, au large de la baie, des nasses qu'il relevait le lendemain emplies de poissons argentés et, quelquefois, d'une belle langouste dont les claquements de queue impressionnaient Isabelle.

Les corniches, aménagées dans le roc des falaises de la crique, suscitaient chez Isabelle des désirs d'exploration auxquels elle ne pouvait donner libre cours qu'en compagnie d'un adulte.

Au fond de la plage, à gauche, le rocher de la Corniche, propriété privée qu'on pouvait visiter subrepticement quelquefois lorsque la porte d'accès à la plage était restée ouverte ; un chemin étroit creusé à même la roche et bordé d'une balustrade blanche menait aux plongeoirs et au toboggan construits en bordure des grottes, sous le Casino.

Assise sagement sur une marche d'escalier, Isabelle observait les grands qui, en groupe, se laissaient glisser sur le toboggan et plongeaient dans l'eau opaline avec de grands éclats de rire.

Elle contemplait aussi avec émerveillement la cavité rocheuse, demeure de la créature mythique qu'on appelait *veau marin* et qui ressemblait étrangement à un vieux phoque moustachu... Les enfants parlaient souvent sur la plage et deux de ses petites camarades, Arlette et Daouia, prétendaient l'avoir aperçu lors d'une promenade en barque.

Parfois, quand elle s'en sentait le courage, elle descendait les escaliers, s'aventurait jusqu'au milieu de la grotte et appelait le phénomène... Sa curiosité dominant la peur qui tenaillait ses entrailles, elle avait résolu de faire la conquête de ce monstre étrange.

Dans ce but, elle apporta en vain des biscuits, du chocolat et même une tranche de rôti, mais jamais il ne répondit à ses avances et jamais elle n'entendit, en ces lieux, d'autre bruit que le ressac.

Tous les estivants des immeubles bordant la plage se connaissaient et s'estimaient... Les enfants jouaient ensemble sur le sable ou dans la courette de l'immeuble Menestrey tandis que leur parents préparaient joyeusement des fêtes, des banquets et des jeux pour le 14 Juillet ou le 15 Août.

Ce qu'ils appelaient banquets ou *cassouelas* n'étaient, en réalité, que réunions amicales autour d'une plantureuse paella, d'un méchoui, ou simplement de succulentes merguez grillées accompagnées de pain mahonnais, mais ils organisaient pour les enfants des jeux sympathiques, tels que les courses, dites australiennes, les deux jambes emprisonnées dans un sac de jute, qui s'achevaient pour chacun de ces nouveaux petits kangourous par la remise d'un modeste cadeau.

Ces journées mémorables, dans la chaleur de l'amitié, la convivialité et la disponibilité, étaient des moments privilégiés que chacun savourait et gravait dans sa mémoire.

Après le 15 Août, l'été partait sur la pointe des pieds, sans faire aucun bruit pour ne pas troubler la douce léthargie des *cabanonniers* mais le ciel devenait moins bleu, l'eau moins tiède et il fallait songer à rentrer.

Cependant, en 1936, des ombres grises envahirent le cœur de chacun, les rires sonnèrent moins fort, les plaisanteries furent moins faciles... Ce qui se passait en Espagne ne laissait personne indifférent, Français de souche ou Français d'origine espagnole, tous s'inquiétaient de cette situation tendue et violente... En juillet avait commencé dans ce pays une guerre civile et fratricide lourde de conséquences...

Elise vint chercher Isabelle et Mamita le 20 août et dut s'arrêter un grand moment à l'auberge de la Chiffa, prise soudain d'un malaise et de nausées incoercibles, qu'elle mit sur le compte de son inquiétude, devant la noire conjoncture pouvant faire basculer le monde vers les forces occultes du mal.

Elle évita d'évoquer ce malaise passager devant les siens, mais quelques jours plus tard, d'autres nausées tout aussi inexplicables l'amenèrent à consulter un médecin et le diagnostic d'une nouvelle maternité la rendit profondément heureuse.

Pas de petit chausson bleu ni d'affirmation précoce... Adrien et Elise, au comble de la joie, annoncèrent à Isabelle la prochaine venue au foyer d'un petit frère ou d'une petite sœur et, à leur grand étonnement, la nouvelle ne parut pas particulièrement la ravir.

Le lendemain, elle guetta la venue d'Aïcha et courut au devant d'elle les yeux remplis de larmes.

-"*Ouach bik, Belbel aziz ?*" (qu'y a-t-il, Rossignol chéri ?) demanda cette dernière en ouvrant les bras à l'enfant en pleurs.

-"Oh ! Aïcha ! Maman va avoir un bébé ! tu te rends compte ? ma maman à moi ! est-ce que tu ne pourrais pas l'avoir à sa place ? tu n'as pas d'enfant, toi, tandis que maman a déjà une petite fille".

Entre rire et larmes, Aïcha dut expliquer qu'un enfant apportait toujours du bonheur, non seulement à ses père et mère, mais aussi à ses frères et soeurs sans que cela ne change rien à l'amour des parents. Elle ajouta qu'elle aurait bien voulu être à la place de maman pour accueillir un enfant à chérir.

Puis, elle se mit à pleurer, en serrant la fillette contre sa poitrine : -"Si tu savais, *Guelbi* (mon cœur), comme je désire avoir un bébé qui ne serait qu'à moi ! quel bonheur ! Allah ne l'a pas permis et pourtant je demande tous les jours la grâce de porter un enfant".

Isabelle la regardait, sceptique et embarrassée : pourquoi l'enfant attendu s'annonçait-il chez maman alors qu'Aïcha en avait tant envie ? Du fond du cœur elle souhaita qu'il fût déposé chez Kader et non dans le foyer dont elle était la princesse et entendait le rester.

Les mois passèrent très vite, la naissance était prévue en mars et Elise dut confier ses classes à Pierre Vauquelin, aidé d'une remplaçante, dès le mois de janvier.

Aïcha débordait de sollicitude envers Elise. Elle arrivait tôt le matin alors que l'aurore rosissait à peine la montagne qu'elle dévalait en bondissant comme une gazelle fine et légère. Où qu'elle trouvât Elise, elle lui apportait un siège, la forçait à s'asseoir, lui proposait à manger et à boire, la suppliait de prendre du repos et lui faisait mille recommandations :

-"Lalla, ne lève pas les bras aussi haut en te coiffant, c'est mauvais pour l'enfant... Ne soulève pas cette bouilloire, elle est trop lourde... Ne reste pas trop longtemps debout... Lalla, ne va pas soigner ces gens, ils sont trop nombreux, cela te fatiguera... Attention, Lalla, attention !..."

Un peu agacée, Elise la faisait taire et la rassurait en expliquant qu'une grossesse était, pour une femme normalement constituée, un état de grâce qui ne la privait d'aucun de ses moyens.

Début janvier, Aïcha arriva un matin à pas lents, l'air à la fois grave et serein et s'assit dans la cuisine en disant :

-"Lalla, moi aussi, je suis en état de grâce".

-"Que veux-tu dire par là ?" s'enquit Elise, intriguée

-"Je crois que j'attends un enfant. Depuis deux mois, je ne *vois rien* et puis... il y a les cheveux".

-"Les cheveux ? quels cheveux ?"

-"Les cheveux de l'enfant que je porte qui poussent dans mon estomac et me rendent malade au point de vomir même la nourriture que je préfère".

Éclatant de rire, Elise affirma que les cheveux n'avaient rien à voir dans ses malaises et lui proposa de consulter Hélène à sa prochaine visite.

Hélène confirma bientôt les espoirs de la jeune Mauresque et celle-ci, follement heureuse de devenir mère après tant d'années d'attente, se répandit, en bénédictions et en actions de grâce.

Attirée par les *You-you* triomphants, regorgeant d'allégresse, Isabelle accueillit la nouvelle avec soulagement. Ses voeux devaient avoir été entendus Là-haut, l'enfant annoncé qui planait sur la ferme et dans son cœur comme une noire menace viendrait sans doute chez Aïcha et les Courtenay pourraient ainsi continuer, en toute quiétude, de choyer leur fille unique.

Adrien et Hélène avaient pu convaincre Elise d'accoucher en clinique à Alger, ce qui présentait beaucoup moins de risques qu'un accouchement à domicile, en pleine campagne. Avec un peu de regret, car elle était prête, quant à elle, à renouveler sa première expérience, Elise se rendit à leur raisonnement.

Fin février, elle s'installa chez Hélène pour vivre sur place les derniers jours de sa grossesse, après avoir expliqué, avec mille précautions, à sa fille, qu'elle partait chercher leur bébé.

La fillette fut anéantie ! Tous ses espoirs sombrèrent dans une nuit sans fond. Si Maman allait, elle-même, accueillir cet enfant, elle le ramènerait, à coup sûr, à la maison et lui donnerait une part de l'affection que l'ombrageuse jalouse ne voulait pas partager.

Isabelle fut insupportable pendant cette période. Elle voyait avec désespoir se préciser une concurrence fatale qui l'incitait à en vouloir au monde entier : A Maman, qui l'avait abandonnée... A Mamita, qui semblait approuver...

A Aïcha, qui n'avait pas été capable de lui éviter cette épreuve. Le seul trouvant encore grâce à ses yeux était son père au creux de l'épaule duquel elle enfouissait son visage pour cacher ses larmes et trouver le sommeil.

Papa caressait doucement ses cheveux. Il l'appelait tendrement Princesse et l'assurait que, jamais, personne ne prendrait, ni pour lui, ni pour Maman, la place de leur adorable petite fille à la toison aussi dorée qu'un soleil d'été.

-"Tu verras, Princesse comme nous serons heureux quand Maman reviendra avec notre bébé. Il attendra, de nous tous, amour et protection et dans peu de temps, grande sœur, tu pourras jouer avec lui".

Farouchement, elle baissait la tête en niant toute idée d'amour ou de partage et se blottissait contre Adrien pendant qu'il n'était encore qu'à elle.

Dans la nuit du six au sept mars, Ferdinand Ladousse, un proche voisin ayant le téléphone, vint avertir Adrien que son épouse entrait en clinique. Mamita réveilla Isabelle, l'habilla promptement et ils prirent sans tarder la route d'Alger... Dans un ciel obscur, les étoiles brillaient intensément d'un éclat particulier qui rappela à Isabelle la nuit de Noël... S'endormit-elle pendant le trajet ? En s'éveillant, elle découvrit la ville altière sous les premières lueurs d'une aurore écarlate qui parait sa blancheur immaculée d'une multitude de perles de rosée ambrée.

Julien les guettait de son balcon, il descendit très vite accueillir Mamita et Isabelle, et Adrien repartit en trombe... Isabelle fut stupéfaite de le voir démarrer aussi vite sans un regard pour sa petite fille qu'il prétendait tant aimer ! Pâle d'une rage mal contenue, elle se défoula en brisant la plus belle lampe du salon de sa marraine, qui se fracassa sur le carrelage dans un bruit de tonnerre. Déjà les adultes se précipitaient et Julien assurait : -"Elle ne l'a pas fait exprès, le fil traîne par terre, elle a dû s'y prendre les pieds".

Mamita, inquiète, ajoutait : -"Tu ne t'es pas fait mal, Isa chérie ?"

Comment lui expliquer la tempête qui balayait les sentiments d'une *Isa chérie* folle de jalousie ? Elle aurait voulu crier : -"Oui, je l'ai fait exprès ! vous ne voyez pas que mon cœur se brise comme cette lampe d'albâtre ?" mais elle se contenta de les regarder, les yeux pleins de larmes et eux, ne comprenant rien à rien, l'assurèrent du peu d'importance du fait.

-"D'ailleurs, ajouta Julien, je devrais te remercier car cette lampe ne m'a jamais plu. Grâce à toi, je vais enfin pouvoir m'offrir celle dont j'ai envie".

-"Oh ! Julien ! toi, mon si cher ami ! Pourquoi ne comprends-tu pas mon désarroi ?" implorèrent les yeux mauves... Mais déjà, il l'installait devant un copieux petit déjeuner dont elle n'avait aucune envie.

Pendant ce temps, Adrien était arrivé à la clinique Solal et demandait à être conduit près de son épouse.

-"C'est impossible, lui répondit l'infirmière d'un ton péremptoire, Mme de Courtenay est en salle d'accouchement et le *travail* est commencé".

Contre son gré, Adrien fut installé dans une salle d'attente et dut ronger son frein en pensant à Elise qui souffrait, toute proche, sans qu'il puisse lui apporter sa force et son aide.

L'amour vrai, l'amour passion, l'amour partagé, est doté de vertus télépathiques. Tandis que son époux pensait si intensément à elle, Elise suspendit soudain l'effort d'expulsion auquel elle apportait toute son énergie et dit à Hélène : -"Adrien est arrivé". Et ce fut comme un regain de vigueur dans la phase finale de l'épreuve.

Déjà, on plaçait sur son visage une compresse de chloroforme et elle se débattit un instant avant de sombrer dans une nuit brillante... Était-ce la nuit ? Non, plutôt la mer, les remous dorés du soleil sur la mer dont le bruit de ressac envahit ses oreilles et, tout à coup, craquant comme une étincelle, un cri... Le premier cri de son enfant ! Elise écarta violemment la compresse qui l'étouffait et se redressa, émerveillée, contemplant le nouveau-né que le médecin tenait par un pied tête en bas... Elle vit d'abord une masse de cheveux d'un noir profond, couverts de graisse qui semblaient onduler encadrant un petit visage d'une extrême finesse, puis découvrit le sexe du bébé potelé que le médecin déposait déjà dans les mains expertes d'Hélène.

-"Un fils... J'ai un fils, merci Seigneur !" balbutia Elise avant de retomber étourdie mais radieuse sur la table. La suite des événements se déroula dans un rêve cotonneux dont elle mit un certain temps à émerger.

Hélène avait promptement nettoyé et habillé l'enfant. Munie de son précieux fardeau, elle se précipita vers la salle d'attente et le plaça dans les bras d'Adrien en disant malicieusement : -"Voici M. Arnaud de Courtenay !".

La joie d'Adrien fut sans bornes, son émotion identique à celle ressentie lors de la naissance de sa fille. Arnaud venait de prendre dans le cœur paternel une place immense, totale, entière et pourtant partagée, confondue avec celles que tenaient déjà Elise et Isabelle.

Après huit jours de clinique, une petite semaine chez Hélène pour achever de se rétablir, la jeune accouchée et son fils rentrèrent chez eux et la famille de Courtenay se retrouva au grand complet à Aïn Bou Djenaâ. Elise fut heureuse de retrouver son foyer, son époux qui lui avait tant manqué et sa petite fille chez laquelle elle constatait, avec tristesse, l'éveil de la jalousie.

Le nouveau-né se portait à merveille. C'était un solide petit gars, accroché à la vie, qui dormait beaucoup et pleurait quelquefois la nuit car il était doté d'un appétit vorace.

Elise l'allaitait avec autant de facilité qu'elle avait nourri Isabelle et l'enfant prospérait.

La crise viticole se résorbait doucement et Adrien, à nouveau sollicité pour la vente de ses vendanges, disait que son fils lui avait porté chance et l'appelait *petit bonheur*.

-"Tu vois, Princesse, *Petit Bonheur* a apporté la fin de nos ennuis... Comme il est mignon, avec ses petits cheveux bruns bouclés et ses mains minuscules, as-tu observé la couleur claire de ses yeux ? Ils seront bleus comme les tiens".

-"Enfin, répondait Isabelle avec une moue réprobatrice, il dort presque tout le temps dans la journée et la nuit, il pleure et te réveille, ce n'est pas un vrai petit bonheur".

Mais au fond d'elle-même, le sobriquet choisi par son père lui donnait satisfaction, le titre de *princesse* étant tout de même largement supérieur à celui de *bonheur*, surtout quand il est minoré par le qualificatif *petit*.

LES HEURES GRISES

A tous les coeurs bien nés,
Que la Patrie est chère !

Voltaire (Tancrède)

CHAPITRE XII

Chère Tante Adèle,

Mon frère Arnaud est né le sept de ce mois. Papa et Maman aimeraient que tu sois sa marraine. Pourriez-vous venir, oncle Gérard et toi au mois de mai pour le baptême ? Ce sera le printemps et il fera très beau. Papa sera très heureux de vous revoir et maman se réjouit de faire votre connaissance.

J'espère que tu viendras car, moi non plus, je ne t'ai jamais vue et j'ai déjà huit ans.

Gros baisers de ta nièce.

Isabelle

La petite main tachée d'encre posa, avec précaution, le porte-plume et la fillette poussa un soupir de soulagement. Elle s'était tant appliquée à recopier cette lettre dont le brouillon avait été corrigé par Maman. Il ne restait plus qu'à poster le message et à espérer une réponse positive de tante Adèle.

Papa lui avait souvent raconté ses souvenirs d'enfance, avec sa sœur, dans la campagne nivernaise, aux hivers rigoureux, difficilement chassés par de maladifs printemps, mais aux fabuleux automnes qui garnissaient les taillis de grappes de mûres savoureuses et, à cause d'Adrien, Isabelle avait vraiment envie de connaître celle qui avait partagé sa jeunesse.

La conjoncture mondiale manquait de sérénité. La Rhénanie, l'Autriche et la Pologne étaient occupées par l'Allemagne, dirigée par un tribun impitoyable à l'idéologie totalitaire. Cela faisait planer sur le monde les ombres lugubres d'un brasier mal éteint qui pouvait, à nouveau, anéantir les hommes ; pourtant Adèle se rendit à l'invitation.

Privée du bonheur d'être mère, la seule pensée de tenir un enfant sur les fonts baptismaux, de s'engager à veiller sur lui, créait déjà en elle un lien non négligeable avec son futur filleul.

Elle ne se laissa ni dissuader, ni intimider par l'opposition de son époux à ce voyage et embarqua, seule, en mai pour *le sérail* comme disait Gérard qui ne connaissait de l'Algérie que quelques fragments de Tartarin de Tarascon appris dans les classes primaires.

-"Bien le bonjour à *ton frère* et à sa *moukère...*" avait recommandé ironiquement le maquignon. Sourde à ses sarcasmes, Adèle avait silencieusement fait sa valise, puis elle était partie.

Adrien, accompagné d'Isabelle, vint l'accueillir à son débarquement. La fillette cherchait à deviner, parmi les passagères descendant la passerelle, qui était la sœur d'Adrien. Elle guettait une grande dame blonde ressemblant à son athlétique géniteur, quand elle vit, tout à coup, avec stupeur, une petite femme maigre et insignifiante, au teint mat, à la poitrine creuse, aux lèvres minces et légèrement moustachues, se jeter dans les bras de ce dernier en disant :

-"Mon Adrrriou ! comme tu as forrrci ! je suis si heureuse de te rrrevoir !"

La voix était aigrelette mais elle charriait pourtant toutes les rocailles du monde. Les r s'amplifiaient et roulaient d'une manière qui parut comique à Isabelle, mais déjà la tante penchait vers elle un nez long et busqué et de gros yeux marron à fleur de tête qui reflétaient, malgré leur laideur, la joie et une ineffable bonté :

-"Quelle mignonne petite fille, elle te rrressemble, elle a tes cheveux, la forme de ton visage, mais où a-t-elle prrris ces yeux-là ?

Deux gros baisers mouillés claquèrent sur les joues de la mignonne et Adrien répondit en riant :

-"Elle a les yeux de sa maman qui ne pouvait pas venir te chercher avec nous car ton filleul est encore trop petit. As-tu fait bon voyage ?"

-"Oui, répondit Adèle, mais quelle lumièrrre ! J'en suis toute éblouie..."

Ils quittèrent bientôt le port, burent un rafraîchissement au Tantonville pendant qu'Adèle admirait l'opéra tout proche, puis prirent la route du Ruisseau.

Rue de Lyon, Adrien ne résista pas au plaisir d'une halte pour montrer à sa sœur l'allée centrale du jardin d'Essai, s'ouvrant, royale, sur la mer qui se parait, ce jour-là, d'améthyste et de turquoise.

Adèle, émerveillée, ouvrait une bouche immense qu'Isabelle compara mentalement au four de Slimane, le boulanger arabe qui cuisait, à Médéa, les *kesras* les plus moelleuses et faisait les meilleurs *z'alabias* tout gorgés de miel.

Puis ce fut le Ravin de la femme sauvage, abritant dans ses grottes les derniers troglodytes, venus de Kabylie.

Les indigènes s'installaient dans les grottes, les transformaient en habitations devant lesquelles séchait un linge aux couleurs vives. On les délogeait, les relogeait dans des demeures plus décentes. Il en venait d'autres. Les grottes du Ravin de la femme sauvage ne manquaient jamais de locataires.

Après Birmandreis et ses carrières de tuf, on atteignit Birkadem et bientôt Boufarik et Blida. Adèle s'extasiait sur tout ce qu'elle voyait, mais son regard s'orientait autrement. Elle découvrait des minarets, des mosquées, des coupoles de marabouts auxquels Adrien n'avait jamais prêté la moindre attention.

La traversée des gorges de la Chiffa, longeant la route que l'oued s'était frayée, en creusant depuis des millénaires des parois presque verticales dans la montagne, fut pour elle un émerveillement, et Adrien ralentissait sciemment aux endroits les plus pittoresques, heureux de faire découvrir à sa sœur *son* pays.

-"Regarde les singes, Tante Adèle !" s'écria soudain Isabelle, donnant ainsi à son père prétexte à une halte supplémentaire à l'auberge du Ruisseau des Singes où ils prirent une collation en terrasse pour le seul plaisir de voir les singes, incroyablement audacieux, s'abattre soudain sur la table pour y dérober du pain.

Ils arrivèrent peu avant midi à la ferme et Elise se précipita pour les recevoir avec autant de chaleur et de mansuétude qu'à l'ordinaire.

La beauté d'Elise éclatante de face, délicate de profil, ses yeux aux reflets irisés de mauve et surtout la blancheur de sa peau si fine qu'elle laissait apparaître les arborescences azurées des veines impressionnèrent Adèle.

-"Comme ta femme est belle !" dit-elle à Adrien.

-"Et, parrrdi !" répondit celui-ci en accentuant l'accent nivernais qu'il commençait à perdre au contact d'Elise, "je le sais bien, c'est pour ça que je l'ai choisie ; elle est belle et bonne avec ça, c'est la bonté faite femme."

-"Veux-tu bien te taire, gronda Elise dont les joues fraîches s'empourpraient un peu ; soyez la bienvenue, Adèle, entrez, venez voir votre filleul qui vient justement de se réveiller car il a faim."

Adèle s'attendrit devant la joliesse de *Petit bonheur*, fit connaissance de la discrète Mamita, apprécia l'excellent repas préparé à son intention, prit quelque repos, puis Adrien lui présenta un cheval sellé pour lui faire faire le tour de la propriété.

La maigrichonne tante Adèle ne savait pas conduire une automobile mais c'était une excellente cavalière. Avec Adrien, elle visita les lieux, admirative et impressionnée par le travail colossal réalisé par ce dernier... -"Macarriou ! si le père voyait ça ! répétait-elle ; comment as-tu fait, Adrriou ?"

-"Au départ, répondit Adrien, j'étais seul et je m'étais engagé à faire bon usage de la bourse du père, tu le sais... Et puis, il y a eu un miracle dans ma vie : j'ai rencontré Elise".

Adèle fut soudain très embarrassée :

-"Petit frère, je voudrais te révéler le secret de ta naissance, la mère me l'avait confié mais le père ne voulait pas qu'on t'en parle, il avait peur que cela te rende malheureux... La bourse ne te venait pas du père mais de ta grand-tante".

Une sueur glacée envahit Adrien. Il essayait de ne pas laisser paraître son émotion, mais sous une apparence sereine, un combat géant se livrait en son âme... Ainsi Adèle connaissait sur ses origines une vérité qu'il ignorait !

Le secret de sa naissance, ce mystère opaque, cette chose sombre à laquelle il mesurait depuis tant d'années les volontés de son cerveau et les actions de sa vie ! Il eut envie de lui dire de se taire à jamais mais s'entendit malgré lui répondre :

-"Si cela te soulage de m'en parler, tu le feras, soeurette, en présence de ma femme et dans la soirée, face à ces montagnes paisibles, à ce Ravin rouge qui m'a conquis dès mon arrivée et qui est mien maintenant.

Au crépuscule, c'est un paysage grandiose, d'une beauté à couper le souffle. Il s'empourpre au soleil couchant, tu le verras toi-même, comme un éclatant rubis, avant de devenir presque transparent dans un brouillard d'or. Cela m'aidera car ces lieux m'ont apporté la sérénité".

Le soir vint, on dîna, puis on s'assit sous les lilas encore fleuris dont la fragrance ténue embaumait l'atmosphère. Bientôt, du soleil disparu, il ne resta qu'un peu de rougeur subtile dans un ciel d'un bleu léger et cendré. Mamita se retira, affirmant qu'il était l'heure de coucher une Isabelle, réticente et désireuse de veiller davantage, et, lorsqu'ils furent seuls, tous les trois, timidement, Adèle demanda :

-"Adrrriou, acceptes-tu que je dise ce que je sais ?"

La réponse d'Adrien se fit attendre... Il lui semblait que tous les vieux démons qui avaient hanté son enfance revenaient en force : un père inexistant, une mère indigne, des gens qui l'avaient rejeté, abandonné...

Que serait-il advenu de lui sans l'assistance et l'affection des parents Bouisson ? Cela le ramena à Adèle et à l'attachement fraternel le liant à cette petite femme fragile qui n'avait pas hésité à entreprendre seule un si long voyage pour le revoir et connaître sa famille.

-"Je pense qu'il n'y a pas grand-chose à dire, répondit-il, enfin une jeune fille noble, séduite et abandonnée comme dans les plus mauvais feuilletons et qui n'a qu'une hâte, celle de se débarrasser d'un enfant encombrant. Nos parents, pardon tes parents, avaient un cœur grand comme une cathédrale ; ils m'ont recueilli et ils m'ont aimé, c'est tout".

-"Pas tout à fait... La bourse, je te l'ai dit ce matin, avait été remise au père par ta grand-tante, la comtesse de Rozemont".

-"La vieille dame du château d'Uxeloup ? C'est elle qui serait ma grand-tante ? La comtesse chez laquelle la mère avait travaillé dès son plus jeune âge et qui venait parfois à la Ribaudière ? C'est d'elle dont tu veux parler ?"

Il se souvint brusquement de la lettre R gravée sur la bourse... Il était stupéfait de cette révélation.

Elise posa sa main sur celle de son époux et demanda :

-"Tu la connaissais ?"

-"Très peu, répondit Adrien ; la mère l'aimait beaucoup ; elle en parlait comme d'une personne de bien, mais quand elle est morte, nous étions très jeunes, n'est-ce pas Adèle ?"

Une image se présenta soudain à sa mémoire... Celle de galopins franchissant, avec une délicieuse peur au ventre, la grille du château d'Uxeloup et courant de toutes leurs forces vers le perron qu'il s'agissait d'atteindre le premier.

Certains, paralysés par la crainte, s'arrêtaient en chemin. Il avait continué seul, un beau jour, jusqu'à ce qu'il se trouve face à la châtelaine.

-"Viens mon petit", avait-elle dit en lui tendant les mains. Et il s'était enfui, terrorisé, poussant des cris furtifs d'oiseau blessé... Stupide inconscience de la jeunesse ! Aujourd'hui, brusquement, il revoyait le regard de la vieille dame. Il y avait, il pourrait le jurer, une expression de tendresse dans ses yeux.

-"Nous avions entre quatre et cinq ans tous les deux, je pense, reprit Adèle ; mais voici ce que la mère m'a révélé :

Ta mère, Isabelle de Courtenay, était la fille unique du comte Gilles de Courtenay, issu de la branche cadette d'une noble et vieille famille d'origine capétienne. Sa mère étant morte en lui donnant la vie, elle fut élevée par son père et celui-ci fit preuve à son égard d'une grande sévérité... Il engagea nurse et précepteur et l'enfant fut éduquée au manoir paternel dans le Loiret.

A quinze ans, Isabelle parlait plusieurs langues dont le latin, elle connaissait tous les auteurs classiques, elle savait coudre et broder, mais elle montait aussi fort bien à cheval et les longues promenades qu'elle faisait chaque jour dans la forêt domaniale, accompagnée d'un écuyer, constituaient ses seuls loisirs et sa seule sortie quotidienne.

Lorsqu'elle eut dix-sept ans, son vieil écuyer tomba malade et fut remplacé par un sien neveu, un certain Colin Rougier, d'environ vingt-cinq ans.

Isabelle était une superbe jeune fille blonde ; il parait, d'ailleurs, que tu lui ressembles beaucoup, et l'inévitable arriva... Les deux jeunes gens tombèrent amoureux l'un de l'autre et les clairières de la forêt devinrent des lieux propices à leur idylle.

Par malheur, le comte les surprit un jour, enlacés. Sa colère fut terrible ! Il chassa à coups de fouet l'écuyer dont on n'eut plus jamais aucune nouvelle et, pour marquer sa disgrâce, envoya Isabelle chez sa sœur aînée, la comtesse de Rozemont, qui menait une vie solitaire et étriquée à Uxeloup.

C'est là qu'Isabelle découvrit qu'elle était enceinte ! Il n'était pas question de révéler son état à son père ! La comtesse l'assista de son mieux et, quand le moment de ta naissance arriva, elle fit venir Léonie Esclamonde, la sage-femme qui te mit au monde, dressa un certificat avec lequel la comtesse alla déclarer ta naissance, non pas à Uxeloup, car elle redoutait que son frère, dont les colères faisaient craindre le pire, puisse un jour l'apprendre, mais à Chevenon. Isabelle tenait à te reconnaître et à te donner son nom et, bien sûr, tu fus déclaré de père inconnu".

Adèle se tut un instant. La nuit était tombée, une nuit africaine et chaude dans un silence serein, déchiré, de loin en loin, par la plainte éperdue d'un chacal. Adrien fixait le ciel maintenant constellé d'étoiles si brillantes qu'elles paraissaient plus proches à Aïn Bou Djenaâ que nulle part ailleurs.

Pour rompre un silence qui devenait pesant, Elise tenta de plaisanter :

-"Mais c'est un vrai roman que vous nous racontez là, Adèle !"

-"C'est pourtant la vérité... Peu de temps après la naissance d'Adrien, Isabelle fut rappelée par son père qui l'avait promise en mariage à Lord Edward Courtenay, noble anglais ayant certainement les mêmes ancêtres.

Isabelle se désola et fit part à sa tante de son intention de tout avouer à son époux : "Il paraît que c'est un homme bon, disait-elle, je me traînerai à ses genoux, j'implorerai sa pitié et son pardon, je serai une épouse humble, fidèle et obéissante s'il accepte de me laisser mon cher enfant que je reviendrai chercher, je le jure !"

Tu étais déjà chez nous ; la mère te nourrissait avec moi... Isabelle partit donc, se maria, s'installa en Angleterre avec son époux, et..."

-"Et m'oublia", coupa Adrien d'une voix rauque.

-"Non", répondit Adèle en tirant de sa poche une vieille coupure de journal jaunie sur laquelle on pouvait lire :

Tempête dans la Manche

Parmi les victimes du naufrage du "White Gull" assurant la liaison de Douvres à Calais, se trouvaient Sir Edward Courtenay, comte de Devonshire, et son épouse, Isabelle.

-"Tu vois, tu avais tout juste un an quand ils se sont noyés en revenant en France ; peut-être venaient-ils te chercher ?

Le reste est très simple ; tu étais orphelin, la comtesse se débrouilla pour faire reconnaître les parents comme ta famille d'accueil, elle donna au père cette bourse, qui devait représenter toute sa fortune, car les Rozemont avaient été ruinés lors de la Révolution... Souviens-toi qu'elle habitait une aile du château, le reste tombant en ruines et qu'elle n'avait pas les moyens de faire les réparations nécessaires... Quelques années plus tard, elle mourut, non sans avoir fait jurer aux parents le secret sur ta naissance : elle craignait que la colère de ton grand-père ne retombe sur toi."

"La mère m'a dit aussi que ton grand-père était mort d'une chute de cheval, quelques années plus tard. A ce moment-là, tu étais devenu le fils de mes parents et... mon frère".

-"Et j'en suis fier, dit Adrien en l'embrassant. Cela t'a certainement soulagée de me parler, mais les Bouisson resteront à jamais ma seule famille, avant que je rencontre Elise.... Enfin, peut-être que tes révélations m'aideront à pardonner l'abandon de ma vraie mère, c'était après tout une toute jeune fille..." Sa voix se brisa sur ces derniers mots.

Tout doucement, Elise se leva, posa une main fraîche sur le front brûlant de son époux et mit un terme à la conversation en affirmant :

-"Si tu ne lui avais pas pardonné depuis longtemps déjà, nous n'aurions pas une petite Isabelle de huit ans à chérir".

Puis, changeant de sujet avec enjouement, elle parla du baptême prévu pour le dimanche suivant.

-"Votre compère, Adèle, c'est-à-dire le parrain, sera Antoine Saunal, un agriculteur du coin qui a aidé spontanément votre frère dans une période difficile. Nous ne sommes pas isolés dans notre montagne, nous avons beaucoup d'amis et aussi de nombreux pauvres gens à aider, les habitants du douar juste au-dessus de la ferme, les réfugiés du camp de Ben-Chicao, en ce moment des Espagnols ayant fui la guerre civile... Nous donnons à chacun un peu de chaleur humaine et cela contribue à notre bonheur".

Adèle ne comprenait pas très bien pourquoi l'aide et l'assistance à autrui rendaient Elise heureuse... Elle le vit dès le lendemain : une femme portant un enfant brûlé au pied qui repartit pansé et soulagé, un vieillard présentant une vilaine plaie de la main, des yeux que le trachome avait clos, des gens tremblants de fièvre qui reçurent de la quinine et d'autres qui ne vinrent chercher qu'un peu de réconfort amical.

Elise les reçut tous avec le même sourire, réconforta, gronda parfois, mais chacun repartit revigoré par la puissance d'amour de l'institutrice.

Dans l'après-midi, Elise proposa à Adèle de lui faire visiter son école. Elle ne reprendrait ses cours qu'à la rentrée d'octobre mais très souvent, avant la sortie du soir, elle faisait un tour, surveillait un peu ses élèves, faisait le point avec Pierre Vauquelin qui l'avait parfaitement remplacée auprès des enfants comme auprès des adultes et encourageait la jeune suppléante, débordée quelquefois par ses responsabilités.

Il ne fut plus jamais question de l'enfance tourmentée d'Adrien mais celui-ci enfouit dans son cœur les révélations d'Adèle... Un coin du voile s'était soulevé. La haute et vieille noblesse de ses ascendants l'impressionnait peu, l'ombre maternelle était devenue plus claire et plus douce, mais un autre reflet opaque s'était ajouté au poids de son passé.

Que restait-il en lui de ce grand-père impitoyable aux fureurs redoutables ? Il considéra avec inquiétude sa promptitude personnelle à la colère, la fougue qui le faisait parfois réagir d'une manière trop virulente ou trop excessive, comme des empreintes originelles de ce despotique personnage et décida de s'employer à dominer davantage son impulsivité.

Pourtant, au fond de lui, cette soirée resta lumineuse et se détacha de la grisaille quotidienne... Des moments intemporels dont on se souvient toute la vie, un instant d'infini dans la trame des jours d'un enfant abandonné qui ne l'avait peut-être pas été tout à fait.

CHAPITRE XIII

Aïcha vivait mal sa grossesse... Elle était très heureuse de porter un enfant mais cela la fatiguait et elle semblait développer une fâcheuse tendance à l'hypocondrie.

Elle maigrissait, mangeait peu et restait des journées entières allongée sur sa natte, près du kanoun, dans une atmosphère confinée et presque toxique, sans force, sans réaction , ce qui inquiétait Elise.

Méryem approuvait sa tendance à l'inaction et se lamentait avec elle à la moindre plainte, ce qui n'était pas de nature à encourager la jeune femme ni à lui donner la force de lutter contre ses malaises.

Plusieurs fois, Hélène l'avait examinée. La grossesse suivait son cours normal, l'enfant se développait régulièrement et la faiblesse de la mère ne pouvait s'expliquer.

-"Elle n'est pas très large, bien sûr, disait Hélène, et c'est son premier enfant, mais tout de même elle pousse un peu loin le bouchon !... Ce n'est pas bon, ni pour elle, ni pour le bébé, de se sous-alimenter et de ne pas respirer un peu d'air pur !"

Elise montait au douar presque chaque jour. Elle apportait des fruits, des légumes frais, parfois un poulet vivant pour que Méryem puisse le tuer et le préparer selon les lois coraniques et elle obligeait Aïcha à se lever pour faire avec elle une courte promenade.

-"*Ya ouilli* ! Lalla, rentrons ! J'ai mal aux jambes, mon ventre est trop lourd, mes reins sont brisés, rentrons, je t'en prie !" disait la future mère après quelques pas.

Elise la faisait asseoir à l'ombre d'un olivier ou d'un figuier et tentait de la raisonner :

-"Enfin, Aïcha ! Nous sommes presque de la même taille ! Moi non plus je ne suis ni très grande, ni très forte, pourtant souviens-toi des longues promenades que je faisais avant la naissance d'Isabelle ! Et je m'occupais, je réagissais, j'essayais de respirer un air pur pour faire du bien à mon enfant. Pense à lui, Aïcha, fais un effort pour lui, et tu te sentiras mieux après".

Mais rien n'y faisait. Les plaintes et jérémiades ne cessaient qu'au moment où Aïcha regagnait sa couche, et encore n'étaient-elles qu'atténuées ! Les "*Ya ouilli* ! mon dos, mes jambes, mes reins" parvenaient tout de même aux oreilles d'Elise à laquelle Méryem servait un thé à la menthe rafraîchissant devant la porte du gourbi.

Elise redoutait un accouchement difficile et ses craintes s'avérèrent bien fondées... Un soir de juin, environ un mois avant la date prévue, alors que la paix du soir descendait sur la ferme, Kader vint l'appeler à l'aide. La naissance était proche car Aïcha, d'après lui, perdait les eaux.

Avec une grande appréhension, Elise se rendit auprès de son amie en courant parmi les rochers et les genévriers... Elle aurait tant souhaité qu'Hélène soit là pour l'événement ! Il fallait assumer seule cette épreuve.

Aïcha avait tant gémi, tant pleuré pendant sa grossesse qu'Elise redoutait d'entendre des hurlements de douleur en arrivant près de la demeure. Mais le silence n'était troublé que par le coassement des crapauds dans la mare.

Elle entra dans le logis... Méryem avait attaché la pauvre Aïcha par les aisselles à la poutre principale du gourbi et relevé ses robes jusqu'à la taille. Un liquide rouge coulait entre ses jambes et formait une mare à ses pieds. Une plainte sans force et sans volume, fragile comme un filet d'eau, sortait de ses lèvres pâles et elle répétait comme une litanie d'une voix éteinte : "*Lalla ! Ilise ! Oukhti ana !* (ma sœur) *Lalla !*"

Elise la dépendit et la coucha... Il aurait fallu un lit ou une table haute, il n'y en avait pas... Seulement des petites tables basses et des coussins.

Méryem apportait des serviettes, des linges : à chaque contraction, comme un flux, le sang coulait de plus belle. Rien à voir avec les eaux ! Elise plaça des coussins sous les reins et les jambes d'Aïcha, puis elle tenta doucement de l'examiner... "Arrête, cria la jeune femme ; c'est trop horrible !"

Elle gémissait encore de douleur à la fin de l'examen. Les coussins et ses jambes étaient baignés de sang et Elise en était toute éclaboussée.

Chose étrange, inexplicable, c'était une hémorragie avec une dilatation presque inexistante. Elise n'hésita pas un instant. Elle enveloppa la jeune parturiente dans de chaudes couvertures et appela son époux : -"Vite, Adrien, vite ! Il faut la transporter d'urgence à l'hôpital de Médéa !"

Adrien souleva la jeune Mauresque comme une plume et descendit rapidement vers la ferme, suivi d'Elise et de Kader, claudicant, trébuchant qui n'en avait jamais demandé autant à sa patte folle.

Aïcha fut prestement déposée sur la banquette arrière, sa tête d'une pâleur grise sur les genoux d'Elise et ils démarrèrent en trombe.

-"Lalla, balbutiait la voix affaiblie... Lalla, je vais mourir, occupe-toi de mon enfant".

-"Allons, Aïcha ! Nous t'emmenons à l'hôpital. On va te soigner, te transfuser, tu vas t'en sortir !... Courage, *Allah Akbar* ! (Dieu est grand !)"

Elise avait eu le temps de voir la chemise et le pantalon d'Adrien tout maculés de sang... l'hémorragie était importante et elle se sentait mortellement inquiète.

-"Jure ! *Lalla oukhti* ! (Madame, ma sœur !) *Akarr'bi* ! (devant Dieu) tu prendras soin de mon enfant ! jure, *hamoualdik* ! (bénie soit ta famille)."

-"Je le jure, devant Dieu répondit gravement Elise. Maintenant calme-toi, ne bouge plus, ne parle plus, nous arrivons bientôt."

-"*Barakaloufik*" (que la bénédiction soit sur vous) murmura Aïcha, puis elle se détendit. Sa pauvre figure aux cheveux défaits pâlissait, prenait une teinte cireuse, mais elle ferma les yeux et se calma.

La voiture freina, s'arrêta ; Adrien sortit la jeune femme avec mille précautions. Elle fut placée sur un chariot qui roulait sans fin vers un lieu éclairé dont la lumière filtra à travers les paupières closes. Elle n'ouvrit même pas les yeux. Elle n'avait plus la force d'ouvrir les yeux ! Plus la force d'exprimer la douleur qui transperçait ses flancs et labourait ses entrailles !

Elle entendait la voix claire d'Elise... la voix d'Elise la berçait comme l'eau de la source c'était une fraîche cascade sur sa souffrance.

-"Vous pouvez tenter une transfusion directe, Docteur, je suis donneur universel , O négatif."

Ti...i...i...i...i.... La dernière syllabe résonna bizarrement aux oreilles d'Aïcha, claire comme un tintement de clochettes, puis assourdie comme un bruit d'ailes indécis et suave, et brusquement, elle s'éteignit tandis que la pauvre femme perdait connaissance.

Déjà, le médecin plaçait les aiguilles dans le bras d'Elise et dans celui d'Aïcha inanimée.

Elle reprit conscience quelques instants puis ses yeux de biche apeurée se révulsèrent, devinrent tout blancs et elle murmura par deux fois quelque chose d'indistinct qui se termina dans un léger râle. -"Seli... sli..."

-"C'est une complication extrêmement rare ; le placenta s'est déchiré et l'enfant mal placé n'empêche pas l'hémorragie externe ; je vais pratiquer une césarienne et tenter de l'enrayer, dit-il, mais elle a déjà perdu beaucoup de sang et le pouls est bien faible !"

L'anesthésiste s'affairait. On avait placé une toile verte sur le ventre d'Aïcha, et le chirurgien opérait déjà.

-"Écarteurs..." demanda-t-il, et soudain l'anesthésiste poussa un cri : -"Elle s'en va, le cœur flanche, plus de pouls !"

Dans une vision de cauchemar, Elise les vit s'empresser autour de la patiente. On lui fit une piqûre, un massage cardiaque, puis quelqu'un vint retirer l'aiguille...

-"C'est fini, nous avons tous fait l'impossible".

De la plaie béante, le médecin retira un enfant, mâle, maigre, fripé et crispé. Il le secoua, lui tapa sur les fesses et le cri éraillé qui sortit enfin de la faible poitrine ressemblait à la plainte d'une âme en peine.

Un moment abasourdie, Elise se leva comme un automate et quitta la salle d'opération se dirigeant avec peine vers les deux hommes qui attendaient dans le couloir.

Lorsque Kader la vit, il comprit sans parole le drame. Il baissa la tête et se mit à sangloter. Des gros sanglots rauques et bruyants, un chagrin d'homme, sincère et profond.

Bouleversée, Elise lui prit les mains sans un mot.

-"Lalla ! dit-il enfin, elle t'aimait tant !"

-"Moi aussi, je l'aimais, je vous aime tous !" répondit Elise qui ne cachait plus ses larmes.

Vint à passer une bonne âme, infirmière depuis peu à Médéa et fraîchement débarquée de Métropole, qui n'hésita pas à faire part à ses collègues de la conduite scandaleuse et tout à fait indigne d'une Française, qui, tenant les mains d'un *bicot*, pleurait avec lui, sans aucune pudeur, dans le couloir, à la vue de tous.

Adrien posa sa main sur l'épaule de Kader et ferma les yeux : il priait. Du fond du cœur, il implorait le Ciel pour la pauvre âme qui les quittait et pour l'être écrasé de douleur qu'il aurait été vain de consoler par des paroles futiles.

Son épouse le tira soudain à l'écart : -"Il faut que je rentre, dit-elle, mon petit homme ne va pas tarder à se réveiller, je te laisse annoncer à Kader la seule nouvelle positive. Sa femme lui laisse un fils auquel il doit s'attacher dès maintenant. Je reviendrai le plus rapidement possible."

Elise prit la voiture et conduisit très vite pour rentrer. Une brusque montée de lait engorgeait sa poitrine et elle s'angoissait en pensant que son *Petit bonheur* devait pleurer.

Lorsqu'elle arriva, l'enfant s'éveillait à peine. Elle le changea, l'allaita, puis, après avoir prévenu Mamita, elle reprit le chemin du douar pour aller avertir Méryem.

Une chaude journée prenait naissance dans un halo de tiédeur rosée ; la skharia guettait devant sa porte en récitant des sourates. Elle lut immédiatement le drame dans les yeux d'Elise et s'écria :

-"*Ma mouciba* ! *Oullaïnyia* ! (quel malheur ! par mon œil !) ma fille est morte avec son enfant !"

-"Non, répondit Elise. Elle est morte en te donnant un petit-fils, grand-mère."

Une lueur s'alluma dans les yeux de la vieille. Elle rendit grâce au Ciel, remercia Elise, la combla de bénédictions avant de commencer à se griffer les joues, puis elle partit en gémissant annoncer le décès aux habitants du douar.

Le chergui s'était levé, avec une promptitude et une violence annonciatrice d'orage. Elise redescendait avec peine, luttant contre ce vent d'est torride et impétueux qui défit son lourd chignon, plia les chênes nains et les arbousiers et charria de gros nuages rosâtres roulant sur les cimes et dévalant les versants.

Échevelée, haletante, elle atteignait la ferme lorsqu'au tournant de la route arriva une ambulance ramenant Adrien, Kader et le corps de la malheureuse Aïcha.

Les hôpitaux n'aiment pas garder longtemps les corps défunts dans leur enceinte. De jour, ils les envoient à la morgue, mais, à l'aube, dans l'instant paisible propice, ils préfèrent les rendre subrepticement à leurs familles pour mieux se consacrer ensuite aux vivants.

Déjà, les hommes de la mechta descendaient la pente portant brancard et couvertures. Avaient-ils aperçu l'ambulance montant la route de Loverdo ? Chacun se hâtait vers la ferme, l'air grave et la tête basse.

Le corps fut rapidement placé sur le brancard et recouvert de couvertures berbères aux couleurs vives. Le vent soulevait sans pudeur ce linceul improvisé que les hommes avaient bien de la peine à retenir et c'est ainsi qu'Aïcha parcourut pour la dernière fois ce chemin sur lequel, pendant si longtemps, elle avait sautillé comme un elfe léger.

L'enfant avait été placé en couveuse et le médecin avait fait part à Adrien de son pessimisme sur l'avenir d'un être aussi chétif et malingre.

-"Sauvez-le, Docteur, je vous en prie, la vie n'aurait plus aucun sens pour Kader Kouïder si son fils décédait aussi... Faites tout ce qui sera nécessaire, j'en assumerai tous les frais".

Le médecin avait promis de veiller particulièrement à la survie de cet enfant, précisant que trois semaines de couveuse s'avéraient indispensables.

L'orage planait sur la montagne comme un vautour tournant autour de sa proie et la chaleur devint suffocante en fin de matinée. On avait clos les volets et gardé les enfants à l'abri des pièces fraîches... Kader vint avertir Elise et Adrien que les femmes du douar procédaient à la toilette de la morte dont l'enterrement aurait lieu vers midi, une telle chaleur ne permettant pas de la garder longtemps dans sa demeure.

-"Le tolba vient d'arriver, dit-il ; montez si vous voulez, pour un dernier adieu".

Ils escaladèrent à nouveau la montagne sous le vent brûlant qui desséchait les cultures et, tandis qu'Adrien attendait au dehors parmi les hommes, Elise rejoignit les femmes dans le gourbi.

A l'hôpital, le corps supplicié de la pauvre Aïcha avait été recousu grossièrement, comme une paillasse crevée, à grands points hâtifs et maladroits faisant des bourrelets emplis de sang coagulé.

Les femmes la lavèrent entièrement. L'eau de la bassine prenait peu à peu une teinte brunâtre, mais elles y trempaient leurs chiffons, les essoraient et continuaient à nettoyer le cadavre.

On avait sommairement confectionné une sorte d'immense gandourah de toile blanche que les femmes enfilèrent à la jeune morte. Ce vêtement trop grand la recouvrait tout entière et l'on ne voyait plus ni ses pieds ni ses mains dans cette immensité de tissu neigeux où ses formes se perdaient déjà.

L'odeur qui régnait dans la pièce était presque insoutenable. Un relent de savon noir, d'éther, de sang séché, auquel se mélangeait l'âcre effluve du beurre rance et de la galette d'orge. Elise sentit son cœur se soulever et dut se faire violence pour ne pas sortir et vomir... Elle se morigéna intérieurement, bien décidée à rendre un dernier hommage à son amie.

Méryem expliqua que la famille avait apporté une pièce de huit mètres de toile fine, d'où on avait tiré le vêtement mortuaire, le reste étant destiné au linceul proprement dit dont on entoura bientôt le corps fluet en liant soigneusement les extrémités aux pieds et à la tête.

La poussière doit retourner à la poussière. C'est pourquoi les Arabes enterrent leurs morts directement dans la terre, sans cercueil ni, encore moins, caveau cimenté.

Elise avait cueilli, en partant de chez elle, quelques roses trop tôt cuites et fanées par la chaleur excessive, bien qu'elle les ait enveloppées d'un chiffon mouillé, espérant pouvoir les placer entre les mains d'Aïcha comme un dernier baiser d'adieu. Mais comment les déposer dans ce carcan de toile ?

Le vent s'était un peu calmé mais le ciel demeurait menaçant lorsque le cortège funèbre s'ébranla.

-"*Ajik, khouïa*" (viens, mon frère), dit Kader à Adrien, en se plaçant, avec son beau-père derrière le tolba.

Adrien le rejoignit et Elise allait suivre lorsque Méryem la retint par le bras.

-"Non, Lalla, tu ne peux pas y aller, la tradition empêche les femmes de suivre un enterrement, elles se rendent sur la tombe quarante jours après".

Elise secoua la tête, lui sourit tristement :

-"Méryem, dans quarante jours, vous irez seules car ma tradition à moi veut qu'on honore ceux qu'on aime en les accompagnant dans leur dernier voyage".

Puis elle rejoignit son époux et marcha en silence, seule présence féminine dans ce groupe d'hommes qui la considéraient d'un air étonné.

Un éclair zébra soudain le ciel lourd et les premières gouttes de pluie tiède atteignirent les participants à leur arrivée au cimetière.

La fosse était ouverte, bouche de terre béante et impitoyable et le corps y fut descendu. Un jeune musulman, debout au fond de la tombe, l'allongea à même la terre, tandis que quatre membres de la famille tendaient une toile blanche au-dessus de la tombe afin que les assistants ne voient pas le visage de la morte que le jeune homme était en train de dégager.

Elise eut un haut-le-cœur, en pensant que la terre envahirait bientôt les traits de celle qu'elle considérait comme une jeune sœur rieuse, un peu écervelée mais si prodigue d'une sincère affection.

-"On ouvre toujours ainsi le suaire, expliqua le père d'Aïcha, pour que le défunt puisse se présenter de face au paradis d'Allah".

Déjà, le jeune homme enfonçait deux gros galets plats de chaque côté de la tête de la morte ; il en plaça un troisième à cheval sur les deux autres afin de protéger la partie ouverte du linceul de la terre qui recouvrirait bientôt le corps, puis les autres l'aidèrent à sortir de la fosse et le tolba se mit à réciter à haute voix des versets du Coran..

Lorsqu'il eut terminé, Elise s'avança vers la sépulture, se signa et pria mentalement avant d'éparpiller les pétales de ses roses sur le drap tendu, comme une porte à jamais refermée entre la jeune femme et ceux qui l'aimaient :
-"Que la terre te soit légère, ma sœur !" dit-elle en arabe et jamais la Croix ne fut si proche du Croissant qu'au moment de cet adieu pathétique et sincère.

L'orage éclata enfin au moment où l'on fermait la fosse. Un orage d'été algérien, violent, puissant et court.

En Algérie, lorsque vient la pluie, en été surtout, les gens ne disent pas, comme partout ailleurs : il pleut, mais : *il tombe de l'eau* et c'est littéralement exact car l'eau tombe en trombe, en cascade rapide et l'orage ne dure jamais très longtemps. Il lave à grande eau un ciel qui redevient très vite azuré et limpide.

Le jeune couple regagna sa demeure, trempé, épuisé et empreint d'une grande tristesse. Cependant, tandis qu'ils redescendaient, un arc-en-ciel, aux couleurs chatoyantes, s'éleva de l'Orient à l'Occident comme pour leur redonner espoir en l'avenir.

CHAPITRE XIV

Le fils d'Aïcha avait été appelé Sélim. Prénom choisi, bien avant sa naissance, par sa mère qui le roucoulait avec tendresse pendant ses longues journées d'attente et d'inaction.

Presque chaque jour, dès qu'elle disposait d'un moment, tôt dans la matinée ou avant le repas du soir, Elise se rendait à l'hôpital pour voir Sélim.

L'enfant était d'une maigreur impressionnante. Nu dans la couveuse de bois dans laquelle on l'avait placé, nourri par une sonde stomacale, l'étrange petit souffle de vie brassait inlassablement l'air de ses bras tendus et ses cris permanents ressemblaient fort à la quête angoissée d'un être perdu.

Il vomissait, peu après l'injection d'eau sucrée ou de lait coupé qu'on lui administrait toutes les trois heures et son petit visage chiffonné se crispait davantage dans un rictus de victime torturée... Semblable à un chaton hérissé par les soins dont il était l'objet, une étrange ternissure l'empêchait de se battre pour vivre.

Cet enfant était le rêve d'Aïcha. Un rêve qu'elle avait nourri de son sang, de ses espoirs et du plus clair de son temps. Un rêve auquel elle avait sacrifié sa vie et qui se transformait, au fil des jours, en une image fuyante, s'étirant peu à peu, s'estompant insensiblement, pour mieux se confondre et s'éteindre dans les replis intimes de l'invisible.

Adrien avait plusieurs fois accompagné Kader voir son fils. La dernière fois qu'ils se rendirent à l'hôpital, Méryem, drapée dans son *haïk* (voile traditionnel des femmes algériennes) des grands jours, s'était jointe à eux. Ils trouvèrent le bébé tellement affaibli qu'il leur apparut comme une chimère, un mirage morbide.

Ils quittèrent le pavillon tête basse. Kader n'avait ni chancelé, ni tressailli devant l'état pitoyable de l'enfant sans mère, mais l'incandescence de ses yeux bruns s'était éteinte. Les hommes ne parlaient pas. Seule, la skharia, volubile, assurait, avec l'accent du désespoir, qu'elle avait perçu, près de la couveuse, des furies noires, sorcières d'épouvante et autres créatures démoniaques prêtes à s'emparer de son petit-fils.

Après deux semaines de couveuse, Sélim n'avait pas encore récupéré son poids de naissance. Le diagnostic médical sur ses chances de survie était très réservé. Pourtant, il subsistait toujours, avec les mêmes cris plaintifs et les mêmes mouvements saccadés des bras comme s'il cherchait à saisir dans le vide un secours hallucinatoire.

Il s'épuisait chaque jour davantage et lors d'une visite d'Elise, par un après-midi torride de juillet, le médecin la prit à part pour l'informer de la fin imminente du nourrisson.

Elise courut près de l'enfant. L'infirmière avait tenté, une fois de plus, de le nourrir par la sonde et les nausées avaient suivi, irrémédiablement, accompagnées de cris de souffrance faibles et plaintifs... Elle avait alors retiré la sonde, se promettant de ne plus la replacer, pour ne pas entendre à nouveau, comme le râle éteint d'un moribond, les gémissements du petit être.

"Lalla, occupe-toi de mon enfant !" avait supplié Aïcha peu avant sa mort. Elise avait promis, et maintenant elle assistait, impuissante, à la lente agonie du nouveau-né qu'elle s'était engagée à prendre en charge ! Un sentiment de remords s'empara d'elle. C'était un manquement à la parole donnée à une morte et elle se sentait, à la fois, désespérée et déshonorée.

Elle s'approcha de la couveuse, l'ouvrit et, pour la première fois, prit doucement dans ses bras l'enfant décharné dont la tête paraissait volumineuse tant le corps était maigre !

Toujours ce battement machinal des bras émaciés et, soudain, le sombre et ténébreux petit fantôme se blottit contre elle. Les mains menues s'agrippèrent à elle, les faibles glapissements devinrent moins languissants, puis le visage se tourna en un ultime appel et la bouche s'ouvrit avec une telle force et une telle persévérance qu'elle en vint, petit à petit, à n'être plus que l'extrémité d'un estomac affamé.

Elise n'hésita plus. Elle avait allaité dans la demi-heure précédente son *Petit bonheur*, mais elle offrit tout de même son sein au bébé mourant qui s'en saisit avec voracité.

Il but, goulûment, s'apaisa, ne vomit pas. Elle le berça un moment dans la chaleur moelleuse de sa pèlerine et lorsqu'il s'endormit, le reposa avec mille précautions dans la couveuse.

-"Si son père est d'accord, dit-elle, je reviendrai prendre Sélim tout à l'heure et il sera, désormais, sous ma responsabilité".

-"Madame de Courtenay ! Cela n'est pas possible ! Le temps de couveuse prescrit n'est pas terminé et, d'ailleurs, l'enfant est trop faible. Il est en train de mourir".

-"Vraiment ? je le vois bien... Je vous signerai une décharge, mais je dois faire une ultime tentative pour le sauver. Comprenez qu'il s'agit là de sa dernière chance".

A peine rentrée, elle chargea son époux de convaincre Kader de lui confier le bébé pour qu'elle tente de le faire survivre en l'allaitant avec Arnaud.

-"Oh ! Adrien ! Sélim se laisse mourir parce qu'il est privé de chaleur et de lait maternel ! C'est un véritable suicide, je viens de le comprendre... Existe-t-il quelque chose de plus affreux qu'un nouveau-né qui se suicide par manque d'amour ? Je peux l'assister, j'en suis certaine, mais le temps presse, va chercher Kader."

Ce dernier ne tarda pas à venir se jeter à ses pieds en lui embrassant la main.

-"Lalla, tu arraches mon fils à la mort ! Sois mille fois bénie ainsi que ta famille. Jamais je n'oublierai ce que tu fais aujourd'hui, *Akarr'bi* (devant Dieu) *Ou baraka alikoum* ! (que la bénédiction soit sur vous)."

Adrien et Kader allèrent chercher l'enfant qu'on apporta à Elise, roulé dans de chaudes couvertures. Elle le vêtit avec la plus petite layette d'Arnaud, prit soin de doubler chaque brassière d'une couche épaisse de coton et se mit à allaiter Sélim en même temps que son propre fils.

Cette petite femme, qui semblait fragile mais bouillonnait d'une insoupçonnable énergie, se nourrit davantage afin de satisfaire l'appétit des deux bébés. Elle alla même jusqu'à boire de la bière, qu'elle avait en horreur, pour enrichir son lait, et jour après jour, elle put voir enfin sa persévérance récompensée.

Sélim se calma. Dans un premier temps, il ne vomit plus et ne maigrit plus, puis, peu à peu, il se mit à prendre du poids, son corps décharné devint potelé, ses joues se remplirent, ses yeux s'ouvrirent sur Elise. Des yeux de gazelle comme ceux d'Aïcha. Comblé par une douce présence maternelle, il apprit à sourire à la vie et à son entourage.

Arnaud n'était pas pour autant négligé par sa mère. Bien au contraire, elle s'évertuait à lui prodiguer davantage d'amour, comme pour se faire pardonner le partage qu'elle lui imposait.

A cinq mois, c'était un superbe bambin qui avait hérité de la peau laiteuse et des cheveux d'ébène de sa mère. Mais ils étaient enclins à friser comme ceux de son père dont il tenait aussi le regard clair, sous ses longs cils pleins d'ombre, s'abaissant discrètement à chaque bruit anormal ou à chaque apparition étrangère, comme pour mettre le holà entre l'extérieur et son monde à lui..

Ses yeux bleus azurés avaient la transparence secrète des sources pures, ses lèvres roses babillaient la tendresse qu'il ne savait pas encore exprimer et il avait, depuis longtemps, fait la conquête d'une ancienne jalouse qui le contemplait avec admiration : Isabelle.

La princesse était tombée sous le charme du petit frère lorsqu'elle avait, pour la première fois, croisé, dans toute son intégrité, le regard limpide et clair qu'elle connaissait si bien et aimait tant.

Chez Adrien, la prothèse oculaire qu'il était contraint de changer régulièrement n'avait jamais exactement la couleur de son œil valide et cela créait un déséquilibre amoindrissant de l'expression.

Arnaud avait les yeux de son père. Cela dissipa chez la fillette, dotée d'un sens aigu de l'observation, des épaisseurs obscures qui la faisaient souffrir. Le regard de son frère agit sur elle comme un réacteur chimique sur un mélange trouble en précipitant un élément et en clarifiant l'autre.

Grâce à Arnaud, Isabelle put mieux imaginer la beauté d'Adrien enfant, adolescent puis homme, avant l'atroce blessure... Cela fit naître en son âme une profonde aversion pour la guerre et les violences de toutes sortes qui devint le ferment de sa vocation future.

Pourtant, elle n'accepta pas facilement la présence de Sélim au foyer... Il lui semblait que l'intrus prenait allègrement la place d'Arnaud ; elle surveillait l'attitude maternelle, les gestes du nourrisson, prête à défendre, toutes griffes dehors, les prérogatives fraternelles.

Lorsque Sélim eut six mois et Arnaud dix, un incident valut à Isabelle une punition dont elle devait se souvenir.

C'était un froid jeudi de janvier. Depuis Noël, un épais manteau neigeux recouvrait la région jusqu'à Loverdo et même plus avant. La neige était si épaisse et verglacée que l'école avait fermé ses portes. Les gens se calfeutraient chez eux près du poêle et Adrien ne circulait que pour l'indispensable, chaussé de skis.

La saison du grand froid était aussi pour les habitants des mechtas, celle des bronchites, des trachéites mais surtout des brûlures, car les *kanouns* emplis de braises incandescentes se multipliaient dans les gourbis où les hommes, les femmes mais surtout les jeunes enfants étaient ainsi exposés à de nouveaux dangers.

Et malgré les rafales de vent du nord, malgré la neige glacée qui fouettait leur visage, ils venaient toujours chercher près de Lalla Stoutriss un peu de réconfort et le soulagement de leurs maux.

Déjà, quelques-uns attendaient, emmitouflés dans d'épaisses djellabas, devant la porte du dispensaire... Elise installa les deux petits dans un parc de bois, leur distribua poupées et pantins et se hâta vers les pauvres gens.

Mamita s'affairait dans la cuisine et, dans la salle à manger, Isabelle faisait ses devoirs.

Soudain Elise entendit, dans l'atmosphère ouatée qui portait tous les bruits, quelques petits cris plaintifs poussés par Arnaud, puis, presque instantanément, un hurlement strident de Sélim... Elle pria sa patiente d'attendre un instant et courut, inquiète vers sa demeure.

Déjà Mamita s'était précipitée et tenait dans ses bras Sélim, qui pleurait de façon anormale, à gros hoquets et ne se calma que lorsque qu'Elise le serra contre son cœur.

Dans le parc, Arnaud baissait sa tête bouclée pour s'isoler de ce vacarme.

Elise examina Sélim. Sur sa joue potelée apparaissait une trace rougeâtre, l'empreinte d'une petite main énergique... Il avait reçu une gifle !

De qui ? Pas d'Arnaud, toujours si calme et paisible... La marque accusatrice n'avait pas pu être faite par un jouet... Alors, Isabelle ? ce n'était pas possible ! Pourquoi aurait-elle giflé un bébé de six mois ?

-"Isabelle ! As-tu frappé Sélim ? et pourquoi ?"

Le ton était sévère, péremptoire. Isabelle vint se placer face à sa mère et répondit :

-"Oui, je lui ai donné une gifle, il tirait les cheveux de mon frère et ne voulait pas les lâcher... Oh ! Maman, je ne pouvais pas laisser Arnaud souffrir à cause de... à cause d'un... tronc de figuier !"

Ce qualificatif de dernière minute alluma la fureur d'Elise... En Algérie, le sobriquet de *tronc de figuier*, couramment usité, avait été donné par les premiers colons aux indigènes, à cause de l'attitude nonchalante de ceux-ci, ouvriers agricoles pour la plupart, plus souvent appuyés contre un tronc d'arbre, figuier ou autre, qu'en train de travailler.

L'institutrice n'admettait pas ces appellations populaires et ironiques quand elles n'étaient pas péjoratives ! Elle prônait le respect de la dignité de la personne humaine. Pour elle, les autochtones étaient des indigènes ou des Arabes, mais elle n'avait jamais admis, même en plaisantant, qu'on les appelle bicots, melons, ratons ou troncs de figuier.

Elle posa calmement Sélim consolé, prit Arnaud dans ses bras, lui caressa la tête, et s'adressant à sa fille, elle la remercia tout d'abord de prendre la défense de son petit frère.

-"Mais Sélim est un bébé, ajouta-t-elle ; il ne sait pas ce qu'il fait et ne doit pas être frappé et..." sa voix s'amplifia et Isabelle y discerna une intonation de colère contenue..."En tout cas, c'est un enfant qui deviendra un homme, un être humain, pas un *tronc de figuier*.

Il est grand temps, ma fille, que tu découvres l'humanisme. A quoi servirait la Révolution Française ? Pourquoi l'Assemblée Constituante aurait-elle voté en 1789 un texte magnifique qui servit de préface à la Constitution de 1791 ?

Tu ne le connais pas, pauvre Isabelle ! Prends une feuille et une plume. Pour aujourd'hui, je vais te le dicter et ensuite, tu l'apprendras et tâcheras de le mettre en pratique dans ta vie. Es-tu prête ?"

-"Oui maman", dit Isabelle d'une voix tremblante.

-"Alors, je commence. Écris d'abord le titre :

Déclaration des droits de l'homme et du citoyen... votée par l'Assemblée Constituante en 1789.

-"Le titre est long, maman !

-"Je regrette, mais je ne peux pas retrancher un mot de ce texte, même pas une virgule. D'ailleurs, il en manquerait plutôt, des virgules. Je t'expliquerai.

Mais, reprenons : Article premier."

La fillette écrivit "1er" et Elise ne fit pas de commentaire ; Isabelle était encore bien petite.

-"*Les hommes naissent et meurent...* Isabelle ! Réfléchis ! Qui est-ce qui meurt ? Alors ? Que manque-t-il à la terminaison ?"

L'enseignante prenait le pas sur la moraliste et spontanément, Elise faisait faire à sa fille un exercice d'orthographe.

La faute corrigée, elle reprit :

-"*libres et égaux en droits.* Point. *Les distinctions sociales... ne peuvent être fondées..* J'ai dit peuvent'être... écoute la liaison, ma fille... *que sur l'utilité commune.* Point, à la ligne".

-"Vois-tu, Isabelle, j'ai toujours pensé que le législateur avait oublié une virgule après le mot *libres*. La liberté est le plus précieux des trésors de l'humanité, parce que, pour le reste, les hommes ne sont et ne seront jamais égaux surtout en droits. Ils devraient l'être aussi en devoirs, et ce n'est même pas mentionné dans le texte !"

-"Maman, qu'est-ce que c'est un *légizateur* ?"

Seigneur ! pensa Elise, elle a tout juste neuf ans ! je suis trop dure avec elle.

-"C'est terminé, ma chérie, dit-elle d'une voix plus douce ; réfléchis sur ce texte et je répondrai à tes questions quand tu voudras. Maintenant, je dois rejoindre les malades. La fille de Ben Méghatel a une bronchite et Fatma Hocine s'est encore brûlé la cheville... A tout à l'heure, Isa, sois sage."

Isabelle devait toute sa vie se souvenir de cette matinée, mais sa première réflexion sur l'inégalité des hommes bénéficia à Sélim... Elle pensa qu'il n'était pas leur égal, car il avait perdu sa maman... Heureusement que la famille de Courtenay l'avait accueilli ! Elle s'en voulut de l'avoir giflé et courut l'embrasser. Mamita avait couché les deux enfants, qui dormaient paisiblement dans le même petit lit à barreaux.

Alors, juchée sur la pointe des pieds, Isabelle déposa au creux de sa paume un tendre baiser, puis elle tendit sa main en direction de Sélim et souffla de toutes ses forces. Elle répéta le même geste en direction d'Arnaud, mais par deux fois, comme pour lui faire comprendre qu'elle l'aimait davantage.

C'était une autre inégalité en faveur d'Arnaud, cette fois. Personne ne pourrait l'empêcher, ni la blâmer, de chérir davantage son propre frère. Arnaud, pensa-t-elle, c'est à la fois Papa et Maman. Je l'aime comme mon sang, comme ma vie et jamais je ne pourrais aimer autant un autre enfant.

Méryem venait souvent voir son petit-fils, se pâmait d'admiration devant le développement et les progrès de l'enfant et jurait, à qui voulait l'entendre, que Lalla Stoutriss était un ange venu tout droit du Paradis d'Allah.

Mais ses yeux, outrageusement maquillés de khôl, s'assombrissaient davantage lorsque Sélim, intimidé, cachait son visage contre l'épaule de Mamita ou d'Elise.

La skharia prenait alors un air détaché et affairé, prétextait une course urgente et partait rapidement vers le douar. Puis elle revenait, à pas de loup, rôder autour de la maison dans l'espoir d'entrevoir, enfin, par l'encadrement d'une fenêtre, le bébé en train de sourire.

Elise s'aperçut de son désarroi et de ses pitoyables manoeuvres de grand-mère frustrée. Elle lui conseilla de se démaquiller, d'avoir une hygiène rigoureuse et de venir au moment des repas, bouillies et compotes faisant désormais partie de l'alimentation des deux enfants, pour donner elle-même la becquée à son petit-fils.

Et, par amour, on vit la redoutable skharia se dépouiller de ses artifices, nettoyer son visage et ses mains, abandonner khôl et henné, pour n'être plus qu'une douce grand-mère, dont le sourire, bien que partiellement édenté, plut à l'enfant.

Elle n'avait qu'une hâte, le reprendre, le faire vivre selon ses coutumes et ses croyances et Elise le savait bien... A dix mois, Sélim était un solide petit bonhomme, joufflu et éveillé, ne lui donnant plus aucune inquiétude.

Ses premiers mots avaient été français car il répétait comme un perroquet docile les paroles d'Arnaud... Très tôt, Arnaud avait commencé à appeler sa mère :

Ma..ma..ma. Et Sélim avait répété le mot tendre en tendant les bras à Elise.

Il devenait donc urgent de rendre Sélim à sa famille musulmane afin de ne pas le traumatiser davantage. Inconsciemment, il avait déjà vécu la lourde épreuve de la mort de sa mère naturelle. Elise craignait de le faire souffrir à nouveau par l'arrachement d'un lien devenant, chaque jour, plus puissant et tendant à remplacer le cordon ombilical.

Les vacances d'été, toutes proches, fournirent l'occasion de cette restitution. Hélène avait fait promettre à son amie d'accompagner les enfants pendant quelques jours au cabanon de la Vigie. Elise hésitait, à cause de Sélim, mais la raison et la logique l'aidèrent à prendre une décision qui lui coûta beaucoup.

En juin, après en avoir convenu avec Kader, elle se rendit au douar, portant l'enfant, ravi de faire une promenade, et Méryem vint à leur rencontre, jouant à merveille son rôle de bonne grand-mère, rôle qu'elle assuma parfaitement jusqu'à la fin de son existence.

Méryem aimait Sélim et le bambin le lui rendait bien ; il lui tendit les bras et elle l'emmena dans la maison où l'attendait une petite chambre confortable, meublée à l'européenne et de nouveaux jouets.

Restée seule, Elise sentit un grand vide s'emparer d'elle... L'enfant brun aux yeux d'amande avait pris une grande place dans sa vie. Elle avait tant lutté pour en faire le robuste gaillard qu'il était devenu !

Elle ne serait jamais arrivée à l'arracher aux limbes obscurs dans lesquels il s'enlisait sans lui donner plus d'amour que de nourriture.

Un serrement de cœur la paralysait sur place ; elle s'était profondément attachée à Sélim et elle n'était pas la seule. Les enfants allaient le réclamer ; Adrien, lorsqu'il rentrerait ce soir, aurait un élan vers une place vide et se retournerait vers elle d'un air malheureux, interrogateur et déconcerté.

Mais elle n'avait pas le droit d'engager davantage l'enfant dans des traditions, une foi, une éthique qui n'étaient pas celles de son hérédité. "Il n'y avait pas autre chose à faire", dit-elle à voix haute comme pour secouer sa léthargie. Courageusement elle redescendit vers sa demeure et, dans les lueurs flamboyantes du soleil couchant, elle eut la fugace impression de voir la forme d'une sylphide rieuse.

Le vent chuchota à son oreille un chant ressemblant aux *You-you* d'allégresse que n'aurait pas manqué de pousser Aïcha en ramenant son fils dans sa demeure et elle s'en trouva soudain réconfortée. Elle avait tenu sa promesse : Sélim Kouïder était un solide garçonnet sur lequel elle avait bien l'intention de veiller encore jusqu'à ce qu'il devienne un homme.

Car rendre Sélim à sa famille ne signifiait pas l'abandonner... La grand-mère lui amena souvent l'enfant par la suite et chaque visite fut une source de joie... Les premiers *Ma..ma* balbutiés par Sélim se transformèrent bientôt en *Yemma* et, quand il sut mieux parler, il la surnomma *Yemmalise* et l'appela ainsi, tendrement, jusqu'à l'âge d'homme, jusqu'au jour où la vie, cruellement, les sépara.

CHAPITRE XV

En ce 3 septembre 1939, le vent du sud s'était levé depuis le matin et, impitoyablement, secouait les grappes mûres de faranah et desséchait la gorge des vendangeurs en pleine récolte.

Adrien passait entre les rangs, lourdement chargé d'une hotte dans laquelle les ouvriers vidaient les seaux remplis de grappes sucrées et juteuses.

D'ordinaire le faranah doré aux gros grains allongés était récolté dans des cageots pour être vendu comme raisin de table mais l'été torride avait littéralement cuit les grappes et produit de la coulure.

C'est pourquoi, cette année-là, la vendange se faisait comme dans une vigne à vin et serait vendue aux Pères Blancs de Ben-Chicao pour servir de base aux liqueurs douces et savoureuses dont ils avaient le secret.

Il faisait chaud ; le soleil brillait intensément dans un ciel sans nuages. Brusquement, troublée dans son repos et alourdie par la chaleur, une perdrix partit entre les jambes d'un vendangeur et cela donna lieu à des plaisanteries sur le manque de réflexes ou d'agilité de celui qui avait laissé s'échapper ainsi un festin de roi.

-"*Ya Ahmed, oualay khali el herjel ouarhob ?*" (pourquoi as-tu laissé la perdrix s'échapper ?)

Soudain, Adrien tendit l'oreille... Un bruit anormal et persistant venait du village, un bruit qui roulait et cognait aux parois des montagnes, un martèlement sourd, inhabituel, des notes qui se précipitaient, se répétaient sans cesse, lentes, pénétrantes comme une prière éperdue, comme un appel déchirant, et, brusquement, Adrien comprit et devint pâle : le tocsin !

Le père Chabanis était un homme de Dieu, mais un homme simple. Ses homélies allaient toujours à l'essentiel, ses sermons n'étaient jamais embrumés de nébuleuses considérations théologiques.

S'il sonnait aujourd'hui, à coups pressés et redoublés, un tocsin général, c'était avec les accents du désespoir.... L'écho du Ravin rouge s'empara de ce bruit pour en faire un fracas, un grondement prolongé de colline en colline qui devint monstrueux aux oreilles d'Adrien : la guerre !

Attentif, Kader le regardait d'un air interrogateur :

-"Qu'y a-t-il, Khouïa ? Que crains-tu ?"

-"Mon pauvre Kader, je crois que la guerre et déclarée".

-"Non ! ce n'est pas vrai ! Dis-moi que ce n'est pas vrai, Khouïa... Tu te rappelles ces files de soldats blessés, mutilés... certains avaient perdu un bras, une jambe... d'autres étaient aveugles... Toute une patrouille de mon régiment a été aveuglée par les gaz... Dix hommes jeunes qui n'ont plus jamais vu la lumière... Mais tous se consolaient en jurant que c'était la *Der des ders*. Alors, pourquoi ?"

Une grosse larme roula sur la joue de Kader ; son regard interrogeait, perdu ; il ne comprenait plus.

Les autres se groupèrent autour d'eux avec le sentiment de vivre une heure grave... "*Ouach bik* ?" (qu'y a-t-il ?) disaient-ils avec angoisse. Adrien les rassura en affirmant que, pour le moment, il valait mieux reprendre paisiblement le travail.

Chacun se remit à la tâche et s'absorba, en silence, dans la recherche et la coupe des lourdes grappes, mais les esprits étaient ailleurs, ils avaient franchi la Méditerranée et fouillaient l'horizon opaque de la Patrie en danger.

A midi, Elise rentra en confirmant l'affreuse nouvelle : la France et l'Angleterre avaient déclaré la guerre à l'Allemagne et c'était la mobilisation générale.

Les enfants, étonnés, observaient avec inquiétude l'émotion de leurs parents et Mamita pleurait en s'adressant à la photo du grand-père Cortès : -"Mon pauvre Jean ! Ton sacrifice n'a servi à rien ! Combien vont encore tomber cette fois-ci ?"

-"Allons, Mamita, dit Elise, il faut croire que le monstre de guerre est encore assoiffé de sang mais la Patrie est en danger et chacun doit en prendre conscience, la France ne pouvait pas agir autrement".

Arnaud se demandait quel était le monstre dont parlait sa mère. Pour s'abreuver de sang, il devait être bien redoutable... Mais déjà la conversation s'orientait vers d'autres sujets qu'il ne saisissait plus ; il était question de laxisme, d'incompétence, d'antimilitarisme et d'antinationalisme, autant d'inconnues pour le petit garçon qui renonça alors à suivre la conversation des grands.

Dans l'après-midi, Adrien accompagné de Kader se rendit auprès des autorités militaires de Médéa... Blessés de guerre, ayant dépassé la quarantaine, les deux hommes n'étaient, certes, plus mobilisables, mais ils allèrent tout de même offrir leurs services et leurs coeurs à la Mère-Patrie et, dans un premier temps, se firent remercier.

Il n'en fut pas de même pour Julien, marié sans enfants, réserviste de la Marine, il n'avait pas encore quarante ans et fut bientôt rappelé à l'Amirauté d'Alger dans l'attente d'un prochain départ de la flotte.

Spontanément, tous les hommes valides et en âge d'être mobilisés regagnèrent leurs unités et leurs casernes, et tous attendirent, dans une cruelle expectative, car, chacun, en son for intérieur, craignait que la France ne soit prête, ni moralement, ni matériellement, à affronter une nouvelle guerre.

Certains commerçants fermèrent leurs portes ; les épouses des autres tentèrent de les remplacer... Pour la pharmacie de Julien, le problème se posait, crucial.

Hélène ne pouvait exercer la profession de son époux... Fort heureusement, le professeur Dabadie put trouver une remplaçante, Mme Santucci, pharmacienne diplômée d'Etat, n'exerçant plus depuis le décès de son époux, qui accepta le transfert d'Oran à Alger pour aider le jeune couple.

Le samedi suivant la déclaration de guerre, Julien et Hélène rendirent visite à leurs amis et l'ambiance de cette fin de semaine fut beaucoup plus feutrée qu'à l'ordinaire.

La chambre des enfants s'ouvrait sur la salle à manger. Lorsqu'ils furent couchés, Arnaud vint se blottir dans le lit de sa sœur et ils observèrent, inquiets, les allées et venues des grands.

Bientôt Mamita vint allumer la suspension... Les bras levés, sur la pointe des pieds, elle régla la mèche, frotta une allumette et le globe terne devint soudain une grosse planète lumineuse.

Les visages, autour de la table avaient pris leur couleur d'orage ; Hélène triturait nerveusement son mouchoir et Mamita s'absorbait dans un essuyage sans fin de la toile cirée, comme pour éviter de prendre part à la discussion générale.

Seul, Julien s'efforçait de décontracter les autres en chantonnant : *C'est nous, les gars de la Marine...* et en affirmant : "on les aura, comme en quatorze".

-"Ici, on serait prêt ou presque, disait Adrien ; depuis la victoire de 1918, les gens travaillent, jouent le jeu, mais, en France, les mouvements sociaux ont désorganisé depuis longtemps l'industrie, le pays sombre dans le désordre".

-"Et les partis politiques ne pensant qu'à régler leurs comptes entre eux ne voient que leurs magouilles et leurs chicanes et se moquent bien, au fond, de l'avenir du pays", surenchérit Hélène.

-"Résumons-nous, coupa froidement Elise, les gouvernements se succèdent dans l'imprévoyance, l'incompétence, pour ne pas dire l'impuissance, mais, le Patriotisme, où le classez-vous ? Il y aura, j'en suis certaine, un sursaut national et, comme toujours, nous nous en sortirons".

Ils discutèrent longuement de la situation et semblaient d'accord sur bien des points, assis sous la lampe, auréolés par sa clarté et entourés de zones d'ombre imprécises dans lesquels les enfants, qui les contemplaient, voyaient une menace inconnue, la guerre.

Arnaud finit par s'endormir, blotti contre sa grande sœur, mais Isabelle ne parvenait pas à trouver le sommeil.

Sa mère avait parlé l'autre jour du Monstre de Guerre. Aujourd'hui, elle évoquait comme seule issue le Patriotisme... Isabelle observa sa mère, plus intensément : Elise s'animait, ses joues s'empourpraient et ses pupilles mauves, sous le reflet de la lampe, se zébraient d'éclairs lumineux... Soudain, la fillette aperçut un filet brillant, comme pailleté, coulant des yeux maternels : Maman pleurait.

Isabelle en fut angoissée... Pour que Maman pleure, il fallait que la Liberté soit menacée ! Quel était ce monstre occulte qui transformait certains hommes en chiens enragés attaquant les patriotes ? Pourrait-elle encore longtemps poursuivre au collège Ben Cheneb à Médéa des études secondaires, entamées depuis un an seulement, et qui la passionnaient ?

Brusquement, elle eut peur. Peur d'être séparée des siens, ne fût-ce que pour quelques jours. Son père, d'ordinaire, l'accompagnait au collège le lundi matin et c'était son parrain, Jean Heilligenstein qui la récupérait le lundi soir et l'hébergeait jusqu'au mercredi suivant où Papa revenait la chercher.

Elle rentrait deux fois par semaine à la ferme et pouvait ainsi travailler avec Maman qui suivait de près ses études. Les autres jours, c'était Ethel qui surveillait ses devoirs, Ethel dans la chambre de laquelle on avait installé son lit, Ethel si gentille avec elle et si heureuse de pouvoir bientôt épouser Christian Peyrac, son fiancé...

Elle songea soudain que Christian aussi allait partir à la guerre, comme Julien, et comprit pourquoi Ethel avait les yeux si rouges vendredi soir....

Enfin, elle sombra dans un sommeil agité où d'énormes dogues à la gueule écumante poursuivaient sa mère qui portait fièrement un drapeau bleu, blanc, rouge.

Elle se retournait et, se servant de son drapeau comme d'une lance, faisait fuir les chiens... C'était une lutteuse, Maman ! Mais son drapeau était déchiré, les lambeaux s'éparpillaient, et... Horreur ! C'étaient des morceaux de chair humaine arrachée qui s'envolaient au vent...

-"Maman !" cria-t-elle, en s'éveillant en sursaut.

Déjà, Elise était près d'elle :

-"Qu'y a-t-il, ma chérie ?"

-"Oh ! pardon Maman, j'ai fait un cauchemar ! J'ai rêvé que le drapeau français, notre drapeau, était déchiré, qu'il volait en éclats... Excuse-moi si je t'ai réveillée, cela va mieux, maintenant."

-"Isa, ne crains rien, nous sommes là, Papa et moi et , vois-tu, les drapeaux déchirables ne sont que morceaux d'étoffe, mais celui qui est dans notre cœur, personne ne peut y toucher. Dors tranquille maintenant, Princesse".

La guerre commença bizarrement. Les jeunes du contingent étaient partis. Ethel n'avait pas de nouvelles de son Christian et elle pleurait souvent. Mais, pour le reste, il y avait peu de changements, tout fonctionnait comme avant.

Isabelle reprit le chemin du collège ; Elise se consacra davantage aux cours d'Histoire de France et s'attacha à développer chez ses élèves l'amour de la lointaine patrie tandis qu'Adrien terminait ses vendanges... On attendait avec impatience le moment de lire L'écho d'Alger mais les nouvelles n'avaient pas de grande portée stratégique.

Cela dura huit mois au cours desquels Julien fut déclaré affecté spécial, maintenu en appel différé, et put regagner sa pharmacie où les deux femmes s'efforçaient, avec difficulté, de le remplacer.

Les vacances d'été approchaient ; Isabelle était admise en 4ème pour la rentrée d'octobre et les élèves d'Elise connurent un beau succès au certificat d' études où les trois quarts furent reçus cette année-là.

La neige avait duré jusqu'en mars et le printemps l'avait ensuite chassée dans une explosion de fleurs aux couleurs chatoyantes. Les talus étaient couverts de *vinaigrette*, petites clochettes jaunes dont les enfants mâchonnaient avec délice les tiges à la saveur acidulée. On aurait presque oublié la guerre...

Pourtant, dès le début des hostilités, l'Algérie connut les premières restrictions, le carburant était rationné et les déplacements s'organisaient autrement. Adrien accompagnait son épouse à Loverdo en calèche et ne prenait l'automobile que pour se rendre à Médéa le lundi matin afin d'amener au collège Isabelle qui ne rentrait plus que le samedi.

Pourtant, de nombreux pays souffraient de cette guerre qui prenait des proportions mondiales. La malheureuse Pologne était envahie et partagée entre les Soviétiques et les Allemands tandis que, de part et d'autre de la ligne Maginot, les Français et leurs ennemis s'observaient.

Des hommes d'état américains se faisaient pèlerins de la paix en s'entretenant avec les principaux responsables politiques européens.

Tout le monde lançait des appels à la paix. On l'espérait, les peuples l'appelaient mais, cruellement, elle ne les entendit pas et déserta les lieux.

En mai 1940, la Belgique fut envahie, les convois militaires français bombardés. Les troupes refluèrent dans le désordre et des milliers d'hommes pris au piège à Dunkerque tentèrent et réussirent, très partiellement, leur évacuation vers l'Angleterre. Les autres furent tués ou faits prisonniers.

Les villes tombèrent les unes après les autres et les Allemands entrèrent dans Paris le 14 juin. Le cœur de la France était aux mains de l'ennemi !

Les Français d'Algérie, du moins ceux qui restaient, étaient atterrés ! Chaque coup porté à la Mère-Patrie frappait de plein fouet leur patriotisme et la population fut plongée dans le plus grand désarroi !

Adrien, aussi, était désemparé ! Assister impuissant à la débâcle, sentir son pays aux abois et ne rien pouvoir faire d'autre que prier, faisaient naître dans cette âme fière la conviction d'être engagé, malgré lui, par l'inaction, sur les chemins du déshonneur.

Aucun homme politique n'ayant l'énergie et la poigne nécessaire pour faire face à une telle situation, la France fit appel aux vieilles gloires de la Grande Guerre et remit son destin entre les mains d'un vieillard de quatre-vingt-cinq ans, le maréchal Pétain.

Ce vieillard, prestigieux vainqueur de Verdun, vénéré par tous ses anciens soldats, fut considéré, on ne sait par quelle utopie, comme le sauveur d'un pays envahi jusqu'à Bordeaux et Lyon, désorganisé militairement et civilement, dont les pertes étaient écrasantes et dont les routes regorgeaient de réfugiés mitraillés par l'ennemi.

Alors que sa mère semblait prête à applaudir à ce choix, Elise laissa éclater son courroux :

-"Mais qu'attendent-ils de lui ? Un miracle ? On lui livre un pays exsangue et occupé, une armée en déroute et des civils sous la mitraille. Que lui reste-t-il à faire ? Il n'a plus qu'à pactiser".

C'est exactement ce que fit, dans l'unanimité nationale, cet homme de bon sens, prêt à sacrifier son honneur pour sauver ses concitoyens et qui, avec sincérité, affirmait dans son discours du 17 juin 1940 :

"J'ai fait don de ma personne à la France".

Malgré son grand âge et les contraintes imposées par les occupants, il s'efforça d'atténuer au mieux les souffrances de ses compatriotes, tandis que le général Weygand, sur ses secrètes instructions, s'appliquait à reconstituer clandestinement l'armée d'Afrique d'où partit la renaissance de l'armée française.

Adrien reprit alors espoir... Il connaissait bien l'homme chargé d'une pareille mission et le savait à la hauteur de sa tâche...

C'est sous les ordres du colonel Weygand que son bataillon, le 3ème régiment de hussards, avait participé au début de la Grande Guerre à la bataille de Morhange.

Beaucoup de souvenirs enfouis au plus profond de sa mémoire affluèrent en masse... La chaleur de ce mois d'août, les remugles de sueur, de bandes molletières moisies et de godillots trop longtemps portés, l'angoisse fébrile des jeunes recrues et l'homme qui les encourageait, stimulait leur énergie et exacerbait leur vaillance... Il revit nettement le colonel, ses traits fins, son nez busqué et ses yeux expressifs qui reflétaient une volonté de fer.

On s'était bien battu à Morhange, avec force, avec rage et avec désespoir, comme des loups affamés qui espèrent trouver de la nourriture et se brisent les dents sur des cailloux. Les Allemands, appuyés sur une puissante organisation fortifiée, avaient résisté à toutes leurs attaques.

Adrien se désespérait de battre en retraite lorsque le colonel remarqua l'attitude de ce grand gamin blond qui croyait encore à une victoire enfuie et se serait fait tuer pour remplir une mission devenue impossible.

-"Rejoignez-moi au P.C., Courtenay", avait-il dit simplement.

Lorsqu'Adrien s'était rendu à ses ordres, il l'avait questionné sur sa famille et son passé, s'étonnant de l'attitude de ce jeune soldat qui n'avait pas tout à fait les manières du paysan qu'il était pourtant.

-"Voulez-vous être ordonnance, Courtenay ?" et pendant des mois, Adrien avait vécu dans l'ombre de ce chef prestigieux qui symbolisait l'honneur et la bravoure à l'état pur.

Il décida de le rencontrer, coûte que coûte, et lors d'un de ses passages à Alger, se rendit à ses bureaux, insista pour le voir, se fit éconduire, protesta, donna de la voix mais n'aurait certainement pas réussi si une porte ne s'était brusquement ouverte laissant apparaître le général, à peine vieilli mais au regard toujours aussi vif et perçant.

-"Mon Général...", dit Adrien un peu confus de faire tant de bruit.

Weygand s'approcha, le toisa et lui ouvrit les bras :

-"Courtenay ! C'est vous qui faites tant de chahut ? Je n'aurais jamais pensé vous retrouver ici".

Avec cordialité, il le fit entrer dans son bureau et lui demanda les raisons de son insistance à le voir.

-"J'ai quarante-cinq ans, deux enfants, une blessure de guerre qui m'a rendu borgne, mais je voudrais tout de même me rendre utile, mon général, servir ma Patrie".

Le général se mit à rire :

-"Je vous reconnais bien là, Courtenay ! Vingt-cinq ans après, vous débarquez comme un sauvage chez moi et vous êtes toujours le même ! J'en suis heureux car j'ai besoin d'hommes sûrs pour une mission qui va certainement vous plaire : le camouflage de dépôts d'armes et de munitions qui serviront, au moment venu, à reprendre la lutte. Cela vous convient-il ?"

De cette mémorable entrevue, Adrien sortit revalorisé. Il ne parla à personne de son entourage, pas même à sa famille, de ses activités secrètes sous les ordres du général Weygand, qui auraient été qualifiées de subversives à l'époque !...

Un seul homme fut au courant et apporta son aide et sa participation efficace au camouflage des armes comme au recrutement des hommes : Kader Kouïder.

Elise, elle-même, ignorait la mission de son époux... Elle s'en doutait bien un peu mais ne posa aucune question. C'était le temps euphorique où tous avaient accueilli avec confiance et ferveur la nomination au pouvoir du maréchal Pétain.

Une levée des couleurs avait lieu chaque matin dans toutes les écoles d'Algérie suivie du chant patriotique *Maréchal, nous voilà* ! Telles étaient les instructions académiques auxquelles chaque enseignant devait se conformer.

Au collège Ben Cheneb, le rituel était le même. Isabelle y participait chaque jour avec une profonde émotion. Elle contemplait avec ravissement le drapeau français qui flottait au vent puis elle chantait avec cœur, avec ferveur et, durant le chant, s'implantait en son âme comme dans celles de tous ses petits compagnons, français ou musulmans, le levain d'un patriotisme inébranlable qu'une conjoncture inhumaine tenterait un jour d'extirper dans la douleur et dans le sang...

Pour l'instant, on achetait à la papeterie Pallepret des porte-plume, des plumiers et étuis de toutes sortes en forme de bâton de maréchal et la fillette reprenait espoir en une paix retrouvée qu'elle appelait de toute son âme, sans soupçonner les activités nocturnes de son père.

Dans la ferme, comme dans les mechtas, les dépôts d'armes se constituaient, des hommes fiables, tant musulmans que français, étaient recrutés et prenaient clandestinement part à des manoeuvres d'entraînement organisées par Adrien.

Il fallait être prêt pour venir en aide à la France plongée dans le plus grand des malheurs et chacun s'y employait avec cœur et détermination.

La Patrie était sous la botte hitlérienne. Des milliers de Français israélites et de nombreux Résistants connaissaient les tortures, la persécution et l'horreur des camps d'extermination.

En Angleterre s'était formée une petite armée de la France Libre et de belles et historiques proclamations étaient diffusées par radio-Londres, mais devant la puissance de l'ennemi, quels étaient ses moyens d'action ?

Il fallait absolument progresser chaque jour, en puissance et en nombre, et Adrien, comme tout patriote, continuait, en dépit des difficultés du moment, d'assurer l'évolution de son exploitation, tout en déployant une intense énergie à préparer la prochaine entrée de l'Algérie dans la guerre.

CHAPITRE XVI

Arnaud, depuis peu, était entré en maternelle à l'école de Loverdo dans la classe de Pierre Vauquelin. Comme toujours sérieux et rêveur, il assistait lui aussi chaque matin au même cérémonial, puis, pendant la journée, il s'absorbait dans son alphabet, animé d'une soif d'apprendre assez impressionnante pour que Pierre Vauquelin s'en ouvre à Elise.

-"Ne vous inquiétez pas, répondit-elle en riant, Arnaud souhaite savoir écrire pour mettre sur le papier les fables qu'il invente à longueur de journée. Mon fils a toujours fait preuve d'une imagination débordante et, à l'âge où les enfants implorent leur grand-mère de leur lire un conte, c'est lui qui raconte à la sienne toutes sortes d'histoires !"

Elle n'ajouta pas que les histoires d'Arnaud n'étaient pas toutes des contes de fées. Certaines évoquaient le malheur de la France et les souffrances des martyrs ressenties par l'enfant, malgré toutes les précautions qu'elle prenait pour les lui cacher. En dépit de l'insouciance qu'elle affectait en présence de son fils, il levait vers elle des yeux limpides qui captaient l'angoisse et la douleur qu'elle éprouvait.

C'est d'elle que son fils tenait cette sensibilité exacerbée qui déchirait l'âme et le cœur... Elise se sentait écrasée par les épreuves de la Mère-Patrie, blessée et impuissante. Alors elle priait et luttait à sa façon bien particulière car elle avait toujours cru que la seule force au monde capable de vaincre la tyrannie, l'oppression et la haine était l'amour.

Cette éthique, appliquée à ses élèves, à ses voisins, aux indigènes, aux israélites européens qui avaient pu fuir l'enfer, aux malheureux occupants du camp de réfugiés de Ben-Chicao, espagnols puis actuellement polonais, lui avait toujours réussi.

Avec amour, elle hébergeait, dans les deux dernières des cinq maisons, plusieurs familles parisiennes d'origine juive qui avaient pu échapper au génocide et gagner l'Algérie.

Dans un grand élan de solidarité avec leur peuple éprouvé, elle leur offrait le gîte, les produits de la ferme et son affectueuse présence.

Avec amour, elle s'efforçait d'atténuer au mieux les privations de chacun dues au rationnement. Le riz et les pâtes manquaient ? Elle inventait de nouvelles recettes à base de couscous ou de blé pilé.

Il n'y avait plus de café ? Elle faisait griller de l'orge, l'infusait et la substitution, accompagnée de son chaleureux sourire, était presque agréable.

Le rationnement d'essence ne leur pesait pas trop. Les braves chevaux de la ferme assuraient leur transport et leur permettaient d'aider aussi les habitants du douar et ceux de la mechta qui trouvaient souvent place dans la calèche surchargée.

La pénurie de pétrole était plus difficile à supporter. Les travaux nocturnes en étaient réduits et il fallait réunir toute la famille sous la même lampe qu'on éteignait plus tôt.

Elle inculquait à ses enfants cette notion d'Amour si fortement ancrée en elle... Isabelle, entière et ombrageuse, lui avait dit un jour :

-"Enfin, Maman, tu nous dis que l'amour procure la paix de l'âme, c'est bien beau, mais l'amour de qui ?"

Alors Elise avait pris ses deux enfants par la main et s'était rendue, avec eux, sur l'aire à battre, inondée de soleil.

L'astre du jour, au zénith, avait la teinte d'un métal en fusion. Ses rayons, comme des torches ardentes, lissaient l'azur transparent et embrasaient l'atmosphère. Le sol était chaud, l'air phosphorescent et la luminosité éblouissante.

-"Ouvrez bien vos yeux, mes enfants, dit Elise ; que voyez-vous ?"

-"Il y a trop de lumière, Maman", répondit Isabelle.

-"De la lumière pour qui ? Pour toi seule, Princesse ?"

Ce fut Arnaud qui affirma judicieusement que la lumière brillait pour tout le monde.

-"Ton frère vient de le dire ; pourrais-tu demander au soleil de diffuser sa lumière sur toi et non sur les autres ? Ici et pas ailleurs ? il en est de même pour l'Amour".

-"Crois-tu, Maman, que l'Amour diffuse la Paix ?"

-"Non, la Paix attend au centre de l'Amour que les hommes aient assez de bon sens pour aller la chercher. On n'a rien sans effort, ma fille, mais je suis certaine que l'Amour est le meilleur des chemins".

C'est ainsi qu'Elise fit prendre à ses enfants un sentier spirituel qu'ils n'abandonnèrent jamais, même dans la plus profonde détresse.

Cependant, l'exploitation de la ferme posait de nouveaux problèmes à Adrien car les fongicides étaient aussi strictement rationnés... On pouvait faire face à une attaque de mildiou et espérer tout de même une récolte ; s'il y en avait deux, c'était plus aléatoire, car on épuisait alors, sans être certain du résultat, tout le fongicide attribué.

En 1940, il y en eut trois et la récolte de vigne fut perdue toute entière... Adrien dut consacrer toute son épargne au remboursement de son échéance foncière et, de nouveau, surgirent les problèmes financiers si perturbants ! Julien proposa son aide mais Adrien, dont l'orgueil ne s'était pas amoindri avec l'âge, préféra demander au Comptoir d'Escompte un prêt à court terme qui lui fut accordé à un taux presque usuraire.

Il travailla davantage, vendit plus de fourrage, cultiva plus de légumes, planta plus de blé, bien qu'en ces temps de rationnement il livrât toutes ses récoltes à l'office du blé de Berrouaghia, et il préserva ainsi ce qui était le plus important pour lui : l'estime de soi.

Malgré ses ennuis, la chaîne invisible qui le liait à sa Patrie l'obligeait à d'autres travaux clandestins. Il les réalisait en silence et en secret, prenant sur son temps de repos ou de détente. Il se mettait de côté, s'oubliait, ne songeait plus à lui, car il voyait autre chose que lui-même : la délivrance du Pays occupé si cher à son cœur.

En septembre 1941, la famille de Courtenay reçut une visite dont chacun de ses membres devait garder un souvenir impérissable. C'etait une visite d'adieu.

Par un beau dimanche ensoleillé, une grosse berline noire portant fanion étoilé prit la route de Médéa. Durant le trajet, ses occupants purent admirer tout à leur aise la beauté des paysages algériens, les orangeraies de Blida au feuillage touffu, d'un vert sombre et vernissé, auréolé par l'éclat des fruits mûrissants à la couleur éclatante d'or pâle et, en toile de fond, l'énorme masse de l'Atlas dont les sommets restaient délicatement poudrés des traces de la neige hivernale.

Ils s'engagèrent dans les gorges de la Chiffa et furent impressionnés par la ligne abrupte des montagnes dévalant jusqu'à l'oued presque à sec dans le lit caillouteux duquel fleurissaient encore des lauriers roses.

-"Quel paysage pittoresque", dit la femme.

-"Oui, répondit l'homme, l'Algérie regorge de sites admirables".

Ils parlaient peu, profitant du voyage pour se détendre en silence. Le chauffeur conduisait vite, mais en souplesse, et l'heure était propice à un engourdissement bienfaisant.

Ils eurent tôt fait d'atteindre Médéa, puis de s'engager sur la route de Berrouaghia. Après Loverdo, l'homme demanda au chauffeur de rouler plus lentement car il ne tarderait pas à prendre un embranchement sur la droite.

Ils virent enfin, au début de la route de terre, la pancarte blanche en forme de flèche placée par Adrien *Aïn Bou Djenaâ*, obliquèrent dans le sens indiqué et, peu de temps après, s'arrêtèrent devant la demeure des Courtenay.

Immédiatement, la porte de la salle à manger s'ouvrit et Isabelle, vêtue d'une robe bleue sortit en premier, suivie d'Arnaud et de Sélim aux chemises judicieusement choisies par Elise de couleur blanche et rouge.

Les trois enfants accompagnés d'Elise et d'Adrien s'avancèrent vers la berline dont le chauffeur en habit militaire et gants blancs ouvrait déjà la portière arrière.

La femme descendit la première, distinguée, élégante et stricte à la fois et son époux l'imita bientôt, fier militaire au képi rouge orné d'un large galon de feuilles de laurier dorées.

Les enfants s'inclinèrent et reculèrent tandis qu'Elise, souriante, leur tendait une main franche sur laquelle l'homme se pencha dans le plus protocolaire des baisemains.

Puis, se tournant vers Adrien, il lui donna l'accolade.

-"Courtenay, vous avez là une bien charmante famille !"

-"Mon Général, répondit Adrien, vous me faites un immense honneur".

Déjà Elise faisait entrer ses hôtes, leur proposait de se rafraîchir et les installait aux places d'honneur autour d'une table dressée avec goût.

Elle avait sorti pour l'occasion un service de table de toile fine, brodé de ses propres mains d'initiales entrelacées E.C., car Elise, comme toutes les femmes de sa génération, avait passé de longues heures, au temps de son adolescence, à broder ce service, entre autres pièces de son trousseau, sans jamais imaginer qu'elle l'utiliserait un jour pour recevoir le général Weygand et son épouse !

Le repas fut réussi, raffiné, malgré les moyens limités de la cuisinière. Il y eut, notamment, un gigot d'agneau en croûte qui lui valut les félicitations des convives et pour dessert, un énorme gâteau aux fruits, meringué et surmonté de trois petits drapeaux entrelacés fabriqués par les enfants.

Le général applaudit et demanda à Arnaud d'expliquer pourquoi il avait choisi d'associer au drapeau français les drapeaux anglais et américain.

-"Maman dit toujours que la France ne pourra être délivrée qu'avec l'aide de la courageuse Angleterre et celle de la puissante Amérique", répondit Isabelle venant au secours de son frère rouge de confusion.

-"Sans oublier celle de l'armée d'Afrique sur laquelle je compte bien, ajouta le général avec un sourire et un coup d'œil complice à Adrien.

Après le repas, Adrien proposa au général de lui montrer la ferme et les deux hommes partirent pour une mystérieuse destination tandis qu'Elise faisait visiter à Mme Weygand son dispensaire, lui parlait de son métier et des efforts déployés pour faire évoluer les populations musulmanes vers la pensée occidentale.

-"Il y a seulement une centaine d'années que les Français d'Algérie oeuvrent dans ce sens, expliqua-t-elle, c'est encore trop court pour transformer complètement les autochtones, vivant encore selon les traditions ancestrales, en hommes modernes, mais nous notons, avec bonheur, des progrès quotidiens et puis, ils ont une telle foi en la France que nous nous devons de ne pas les décevoir."

Quelques heures après, le général et Adrien revinrent et les invités prirent congé.

-"Je suis content de vous, Courtenay ; que Dieu vous garde tous !" dit le général en serrant la main d'Adrien.

Puis une manoeuvre, une marche arrière, des mains qui s'agitent et bientôt la voiture disparaît au détour du chemin.

Elise s'approcha de son époux, lui trouvant l'air triste et ému.

-"Voyons, Adrien, ne fais pas si triste mine. Tout s'est très bien passé, le général et Madame Weygand semblaient apprécier notre petite réception, les enfants se sont bien tenus et le temps était de la fête. Alors, pourquoi cet air sombre et ce regard attristé ?"

-"C'est la dernière fois que je vois le général Weygand, dit-il, cette visite était un adieu".

Deux mois après, le général Weygand était évincé, rappelé en France sur l'ordre d'Hitler et mis à la retraite.

Mais il avait réorganisé l'armée d'Afrique et, parmi les chefs prestigieux qu'il avait choisis, Juin au Maroc, de Lattre de Tassigny en Tunisie et Koeltz en Algérie, ce fut le général Juin, authentique Français d'Algérie né à Bône, qui le remplaça quelque temps plus tard comme commandant en chef des forces d'Afrique du Nord.

En quittant l'Algérie, Weygand laissait derrière lui près de soixante mille soldats clandestins prêts à agir, et, aux points stratégiques, des dépôts d'armes et de munitions confiés à des hommes sûrs.

L'Algérie était pourtant, à cette époque, littéralement coupée de ses débouchés extérieurs, ses relations avec la métropole étaient difficiles et filtrées par l'occupant, mais elle ne relâcha pas son effort et continua d'oeuvrer sur la voie ouverte par le général Weygand.

Elle dut nourrir seule ses populations tout en aidant au mieux au ravitaillement de la Mère-Patrie, dont elle ne pouvait plus espérer d'assistance, mais à laquelle elle apporta le maximum d'aide. De ce fait, les restrictions devinrent plus sévères mais chacun les supporta avec courage et foi dans une issue finale positive.

Toujours dans l'expectative mais prêts à combattre, les Français et les musulmans d'Algérie ignoraient l'évasion en avril 1942 du général Giraud, prisonnier des Allemands.

En juin, celui-ci rencontra à Gibraltar les Américains et les persuada d'intervenir dans le conflit. Il contacta ensuite le général Weygand en lui demandant de rejoindre clandestinement l'Algérie pour reprendre ses fonctions... Les Allemands eurent-ils vent d'une tentative d'évasion du prisonnier d'Antibes ? C'est en Allemagne qu'ils le transférèrent bientôt.

Cependant, le 8 novembre 1942, les Américains débarquèrent en Afrique du Nord, non sans dommages à Alger, où dès le matin, l'Amirauté fut bombardée, au grand désespoir de Julien. Pourtant, ils étaient enfin là, à la grande satisfaction des patriotes, qui les avaient tant appelés de leurs voeux.

Presque simultanément, les forces germano-italiennes débarquèrent en Tunisie et occupèrent Tunis et Bizerte.

Il n'y avait pas une minute à perdre : le 12 novembre, le général Juin déclencha la mobilisation de la nouvelle Armée d'Afrique, et l'Algérie fournit plus de quarante mille combattants français et musulmans entraînés dans la clandestinité et prêts au combat.

Des camions militaires envahirent bientôt la route d'Aïn Bou Djenaâ, et sous les yeux incrédules d'Elise, les hommes de la mechta, dirigés par le boiteux Kader Kouïder, descendirent fusils, mitraillettes, cartouches.

Avec une stupéfaction grandissante, elle vit son propre époux sortir, comme par magie, du hangar qu'elle croyait empli de fourrage, trois engins chenillés et deux camionnettes chargées d'armes.

Six cents hommes de la région de Ben-Chicao, français et musulmans, rejoignirent l'Armée d'Afrique. Jeunes et moins jeunes descendaient des douars, sortaient des exploitations agricoles, abandonnaient là charrues et sulfateuses et partaient au combat le sourire aux lèvres :

Et, une fois encore, retentit le Chant des Africains :

"C'est nous les Africains, nous qui venons de loin,

Nous venons des Colonies pour défendre notre Pays..."

Les Français Libres de Londres entendirent-ils le chant patriotique de ceux qui partaient volontairement verser leur sang pour la délivrance de la France ?

Il semble que non, car les manuels d'Histoire ne relatent pas, ou très peu, le sacrifice de la Glorieuse Armée d'Afrique qui, dans un premier temps, chassa, en six mois, l'ennemi d'Afrique du Nord, avant de prendre une part active à la libération de la France.

On attendait chaque jour *L'écho d'Alger*, avec une impatience fébrile, on se l'arrachait, on le dévorait, cherchant désespérément à lire entre les lignes des nouvelles plus précises de ceux qu'on connaissait, qu'on aimait, et qui, dans la souffrance et le sang, luttaient, en Tunisie, pour rétablir le prestige de la France.

Depuis le débarquement américain, Alger était bombardé presque toutes les nuits et les habitants du centre ville vivaient au rythme lugubre des sirènes, se rendant aux abris plusieurs fois par nuit.

Hélène appréhendait et détestait tout à la fois ces réveils brutaux et ces descentes hâtives vers les caves et les abris... Les mères portaient leurs plus jeunes enfants dans leurs bras, les autres suivaient, les yeux pleins de sommeil, les cheveux ébouriffés, pleurant parfois dans une panique quasi générale.

Puis, dans les caves d'immeubles, humides et froides, chacun attendait, immobile et anxieux, le bruit des bombes et, suivant l'intensité de la détonation, cherchait à localiser le lieu de l'explosion.

Les enfants avaient peur de ces explosions et du crépitement continu de la D.C.A. Et ces bambins apitoyaient Julien qui les adorait et n'en avait pas.

Il leur proposa donc de monter une chorale un peu spéciale. Certains de ses membres seraient chargés de battre la mesure sur de vieux chaudrons ou des bouteilles vides... Mais tous auraient une mission bien précise, celle de couvrir le bruit des bombes afin d'éviter les réactions de peur des plus petits.

Les enfants s'acquittèrent à merveille d'une charge dont ils étaient fiers. Dès que le tumulte des détonations et le craquement de la mitraille commençaient, les voix cristallines s'élevaient, accompagnées, en mesure, du roulement des tambours improvisés et du cliquetis des clés de Julien sur le verre.

La cave résonnait du chant de l'alouette qu'on devait plumer le plus longuement possible, en n'oubliant aucune des parties de son anatomie, ou du merle qui perdait ses plumes en quantités invraisemblables, ne pouvant plus voler pendant toute l'alerte.

"*Mon merle a perdu une plume...*"

D'une, à vingt ou cinquante plumes, suivant la durée du bombardement, les enfants reprenaient gaiement le refrain :

"*Il vol'ra plus, mon merle, il vol'ra plus*".

Et le chant transcendait les âmes enfantines... Dans cette cave, on ne pleurait plus. On chantait et on riait. Pris au jeu, les adultes mêlaient leurs voix fortes à celles des enfants lorsque l'explosion était trop proche et faisait trembler les murs alentour.

Vers la fin novembre, Elise descendit à Alger, accompagnée de ses enfants et Sélim afin de faire quelques emplettes, principalement de vêtements chauds qu'elle achetait, chaque année, avec des carnets de points, à cause des restrictions, au Gagne-Petit, rue Bab Azoun.

Elle eut ainsi l'occasion d'apprécier, un samedi soir, l'initiative de Julien qu'elle félicita :

-"Je n'aurais pas fait mieux !" affirma-t-elle tandis que ses enfants chantaient aussi à tue-tête, heureux de participer à la diversion et de faire échec à l'angoisse.

-"C'est en observant ton époux que j'ai eu cette idée... Sais-tu ce qu'il fait lorsqu'il est inquiet ou malheureux ?"

-"Depuis le temps que je vis avec lui, j'aurais dû être aveugle et sourde pour ne pas m'en apercevoir : il chante !"

Bientôt, Julien n'eut plus d'inquiétude pour les petits de *sa* cave.

Lorsqu'il se rendait avec Hélène, en fin de semaine ou pour quelques jours de vacances à Aïn Bou Djenaâ, il savait que le pli était pris et que les enfants continueraient à chanter et à vaincre ainsi l'anxiété.

A la ferme, on était très préoccupé par l'armée d'Afrique qui, sans armement conséquent, manquant même de matériel, réussissait à contenir la poussée allemande vers l'Algérie.

Les hommes de la région, étaient à Tébessa, sous une pluie qui tombait, sans discontinuer, depuis plus d'un mois... Mais Adrien savait, par des échos très fiables, qu'ils tenaient bon, bien qu'ils aient rencontré, là-bas, des hommes des Forces Françaises Libres qui, loin de comprendre leur abnégation et leur sacrifice, les avaient traités avec mépris de vichystes !

Depuis, une véritable fraternité régnait parmi les soldats d'Algérie, chrétiens, israélites et musulmans qui partageaient la faim et l'endurance, le froid et l'héroïsme, les cigarettes mouillées ou les derniers biscuits, dans la foi, l'estime et la compréhension.

-"Les Français peuvent être fiers de leur armée d'Afrique, elle est la renaissance morale de l'armée française et aux yeux des Alliés, c'est elle qui rétablit le prestige de la France", disait Adrien.

-"Oui, répondait Julien, j'espère que le pays se souviendra longtemps de ces glorieux soldats qui paient si cher, par la souffrance et le sang versé, la délivrance prochaine de la Mère-Patrie."

Elise continuait à soigner et assister les gens du douar. Les femmes venaient bien souvent la voir sans autre motif que celui d'avoir des nouvelles d'un fils ou d'un mari, qui se battait sur le front tunisien.

Elle rassurait, réconfortait de son mieux ses visiteuses mais leur recommandait aussi d'implorer la Puissance Divine pour le retour de leurs maris ou de leurs fils.

Car elle savait bien, comme son époux, que tous ne reviendraient pas. La guerre n'épargnerait pas plus la mechta d'Aïn Bou Djenaâ que les autres régions d'Algérie.

Le deuil frapperait implacablement, un jour, à la porte de certaines de ces femmes et on leur annoncerait alors la mort au combat de celui qu'elles attendaient.

Elise, en silence, lorsqu'elle se recueillait, le soir dans sa chambre, pleurait et priait pour les braves qu'elle avait vus partir avec tant de fougue et d'enthousiasme.

En Algérie, combien de mères déchirées, d'épouses désespérées, apprendraient-elles bientôt que leur François, leur David ou leur Mohamed, tombé au champ d'honneur, ne rentrerait jamais au Pays!... Leur nombre serait hallucinant ; Elise le pressentait et elle en souffrait profondément.

Elle s'angoissait aussi pour l'avenir de ses enfants. Isabelle était entrée en classe de troisième en octobre 1942. Brillante élève, elle obtiendrait certainement le Brevet Élémentaire en fin d'année scolaire.

Pour poursuivre, ensuite, ses études, il lui faudrait *descendre* à Alger, et, en ces temps troublés, l'inquiétude d'Elise était vive à son sujet.

-"Je pense, dit-elle un soir à Adrien, que nous devrions la faire entrer comme pensionnaire à l'école normale. C'est un dur noviciat, j'en conviens pour l'avoir pratiqué, avec peu de sorties, mais elle pourra passer bientôt son Brevet Supérieur et, ainsi, en cette période de guerre, il y aurait moins de risques pour elle".

Il fut stupéfait de constater que son épouse, par excès d'amour, avait déjà organisé l'avenir de leur fille, sans même prendre l'avis de l'intéressée !

-"Il faudrait lui proposer cette solution, non la lui présenter comme acquise", répondit-il et on convint d'avoir une conversation avec la jeune fille dès le samedi suivant.

Dans la quiétude des fins de semaine, installés près d'un bon feu, en compagnie d'Hélène et de Mamita, ils firent part à Isabelle des projets formés pour elle.

Ils appréhendaient tous deux la réponse de leur enfant chérie, petite princesse blonde et fragile, qui n'avait pas encore quinze ans et qu'ils auraient encore tant aimé protéger et choyer dans la chaleur et la tendresse du foyer paternel.

-"Tu auras ton Brevet *haut la main* et il te faudra poursuivre tes études à Alger. Bien sûr, marraine pourrait t'héberger..."

-"Et elle ne demande que ça", coupa Hélène.

-"Mais, avec ton père, nous avons pensé que l'école normale..."

-"Pourquoi l'école normale, Maman ? s'exclama Isabelle, puisque marraine veut bien de moi, je pourrais passer le baccalauréat à Delacroix, et j'aurai encore bien à faire après. J'ai, depuis longtemps, choisi ma profession..."

Elle se leva, s'avança vers Adrien avec un regard débordant d'amour, s'assit sur les genoux paternels, souleva la mèche rebelle, déposa un baiser léger sur le front de son père, juste à la naissance de l'ancienne blessure et continua :

-"Je voudrais être médecin".

CHAPITRE XVII

En cette veille de Noël 1942, chacun s'affairait à Aïn Bou Djenaâ, pour fêter dignement la naissance du Sauveur.

Isabelle s'appliquait à terminer la crèche de papier peint froissé et à disposer harmonieusement les santons tandis qu'Arnaud accrochait les dernières boules de verre et les dernières guirlandes sur le pin qui étalait ses branches aux longues aiguilles près de la cheminée.

Dans la cuisine, Mamita pétrissait énergiquement la pâte des oreillettes qui exhalait une délicieuse odeur de fleur d'oranger.

Elise cuisait la bûche. Cela demandait beaucoup d'attention et il fallait attendre le moment propice où la cuisinière à bois ne contenait plus que des braises afin que le four ne soit pas trop chaud.

Ce soir, à l'église du village, on prierait pour la Paix. Et aussi pour les victimes de cette guerre, les torturés, les déportés, les internés. Pour les combattants et pour la victoire. Pour tous ceux qui ne connaîtraient pas de trêve, cette année-là.

La bûche fut sortie du four, prestement démoulée et roulée dans un torchon humide. On attendait Hélène et Julien, les Saunal et la famille Heilligenstein au grand complet car Frantz serait de la fête. Pour les proches voisins, pas d'inquiétude pour le trajet. La campagne était paisible, mais à Alger, on circulait, depuis peu, avec des laissez-passer et le pharmacien et son épouse auraient peut-être plus de difficultés que les autres à les rejoindre.

Comme cadeau de Noël, Julien avait promis à Elise du sparadrap. Elle en avait bien manqué ces dernières années car les bandes de toile, même bien nouées, ne protégeaient pas aussi longtemps les plaies, vite dénudées, ce qui augmentait les risques d'infection. Des sulfamides, aussi... enfin, peut-être.

Sélim arriva bientôt avec un gros bouquet de baies rouges. "Pour toi, Yemmalise", dit-il avec un baiser. Il apportait aussi un cahier de dessin sur lequel il avait soigneusement peint pour chacun un petit coin de cette merveilleuse nature ou quelques fleurs des champs.

Sélim aimait le dessin ; c'est dans cette matière qu'il puisait l'inspiration. Arnaud aurait certainement écrit un petit conte pour chaque convive et Isabelle, la secrète, leur remettrait d'un air mystérieux un petit présent original et déconcertant.

Car Isabelle déconcertait sa mère, par l'orientation qu'elle avait choisie et la détermination dont elle faisait preuve. Le choix d'une profession si difficile et si lourde à porter pour une femme l'inquiétait et la décontenançait, mais sa fille opposait à toutes ses objections la fougue d'une énergie conquérante à la mesure de sa vocation.

-"C'est de ta faute, aussi ! lui avait dit Julien ; depuis sa naissance, elle te voit tous les jours en train de jouer les *toubibs* ! "

La famille Heilligenstein arriva tôt dans l'après-midi. Marthe était toujours un peu dolente depuis sa maladie ; elle s'installa près du feu. Jean rejoignit Adrien dans son bureau et Ethel et Franck envahirent la cuisine où retentissaient les éclats de rire des enfants excités.

Frantz était gardien de prison, à Barberousse. En tant que fonctionnaire d'état, il avait été maintenu à son poste en temps de guerre, ce qui expliquait sa présence près des siens en ce soir de Noël. Ethel en était heureuse, mais l'absence de nouvelles de Christian, son fiancé, lui pesait, même en ce jour.

-"Crois-tu qu'il reviendra ?" dit-elle tristement à Elise.

-"J'en suis sûre, et sous peu... Il faut croire à la *Baraka* (Bénédiction Divine)."

Elise avait prononcé ces mots d'une voix rassurante et enjouée, mais elle exorcisait ainsi ses propres angoisses et ses propres craintes pour un avenir bien embrumé.

Les Saunal les rejoignirent dans la soirée. La nuit tombait déjà. Le ciel était sombre et l'atmosphère, opaque et froide... Un vrai temps de neige, mais les blancs flocons, que les enfants avaient espérés toute la journée, n'étaient pas tombés.

Il fut bientôt l'heure de passer à table. Hélène et Julien n'étaient pas là.

Adrien, trouvant leur retard anormal, alla chez Ladousse pour leur téléphoner, mais la sonnerie retentit dans le vide et personne ne répondit.

On passa à table en affirmant que cela les ferait arriver et le repas se déroula dans une ambiance d'appréhension que chacun s'ingéniait à cacher de son mieux.

On entamait la dinde, lorsqu'enfin les phares de la voiture éclairèrent la nuit profonde.

Tous furent soulagés et les plaisanteries fusèrent :

-"Alors, pharmacien, c'est à cette heure-là qu'on arrive ? Avez-vous oublié la trêve de Noël ?" jubila Antoine Saunal.

Dès qu'Elise vit ses amis, elle comprit à leur mine que quelque chose n'allait pas et s'en inquiéta.

-"En fait de trêve, la fête continue ! dit Julien d'un air exaspéré. Aujourd'hui, à Alger, on a assassiné l'amiral Darlan !"

-"Quoi ? Mais qui a fait ça ? Des espions allemands ? Des extrémistes arabes ? Des messalistes ?"

-"Hélas, non ! Ce serait un Français, un tout jeune homme, même. Un fils de bonne famille à ce qu'on dit".

L'amiral Darlan se trouvait à Alger, avant le débarquement américain, pour des raisons familiales et personnelles. Il avait été appelé au chevet de son fils malade.

Il intervint pour que les Américains soient accueillis en alliés et fit cesser toute résistance envers eux.

Après ces événements, une folle rumeur circula en Algérie et suscita un immense espoir dans les populations françaises et musulmanes.

Le maréchal Pétain devait rejoindre Alger. On l'attendait, mais il ne vint pas. Etait-il prisonnier de l'occupant ? Craignait-il des représailles sur les populations de France ? Il ne vint pas et certains, déjà, l'accusèrent de totale soumission à l'ennemi.

L'amiral Darlan tenta alors de le remplacer en se proclamant le 14 novembre Haut Commissaire dépositaire de la Souveraineté Française en Afrique du Nord *au nom du maréchal empêché*.

On le disait gauchiste et franc-maçon, mais tous comprenaient qu'il agissait en faveur de la France, pour préserver la crédibilité de la Mère-Patrie auprès de ses alliés et maintenir intact son prestige.

Alors, pourquoi cet assassinat ? Pourquoi à Alger ? Et pourquoi par un si jeune homme qui semblait égaré au sein d'un complot dont il ne connaissait pas l'ampleur ?

Le meurtre de l'amiral Darlan devait demeurer une énigme volontairement occultée.

Le jeune Bonnier de la Chapelle fut jugé et exécuté dans les vingt-quatre heures qui suivirent. De nombreux Algérois pensèrent que cette célérité exceptionnelle reflétait la volonté de masquer l'identité des véritables instigateurs de cette conspiration.

Mais de noirs serpents avaient envahi Alger ! Ils s'appelaient Intrigues, Roueries, Trahisons et se glissaient, insidieux et hideux, pour faire leurs nids dans la ville blanche.

Ils rampaient sans pudeur sur le patriotisme des Français d'Algérie, tentant de salir l'union sacrée pour la patrie qui habitait le cœur de chaque Algérois et ne recueillaient de leur part que réprobation et mépris.

Pourtant, au milieu de cet imbroglio, le général Giraud négocia avec les Américains, leur fit reconnaître la valeur de la nouvelle armée française, recomposée en Afrique, et fut nommé, avec leur soutien, Chef du Gouvernement Français en Afrique du Nord.

C'était un glorieux soldat qui s'intéressait principalement à la victoire et n'entendait rien aux roueries politiques.

Le regard tourné vers la victoire, il ne vit pas venir, lorsque le général de Gaulle le rejoignit à Alger pour présider avec lui le Comité Français de Libération Nationale, le temps des luttes intestines et de son éviction.

Pourtant, sous ses yeux, d'autres reptiles plus dangereux et plus puissants avaient rejoint en silence l'Algérie. Ils enfantèrent l'ambition, la haine, les rivalités et les magouilles et se livrèrent à une lutte sans merci pour le pouvoir, sous les regards réprobateurs des populations françaises et musulmanes.

Les Français d'Algérie, comme les musulmans, observaient avec écoeurement ces conflits concurrentiels et fratricides pour la puissance et la gloire d'apparaître comme seul libérateur de la France, qui abolissaient et foulaient aux pieds tous les principes de la morale !

La population d'Algérie jugeait de tels agissements contraires aux intérêts de la Mère-Patrie. Unanimement, elle les réprouvait et les rejetait.

Mais les indigènes vécurent d'une autre façon ces méprisables événements. Pour eux, le prestige de la France était atteint et ne s'en remettrait jamais.

Observant cela, il vint aux machiavéliques acteurs de cette sinistre farce l'idée pernicieuse de gâter le fruit magnifique qu'était l'Algérie Française.

Les révolutionnaires musulmans, en nombre infime, hostiles à la France, bénéficièrent de leur mansuétude, furent libérés de leurs prisons et purent ainsi répandre, en toute impunité, dans la communauté indigène, leurs idées nationalistes et subversives qui ne pouvaient mener qu'à des massacres et à des répressions sanglantes.

Adrien, tout pudique qu'il était, n'en demeurait pas moins une nature ferme et énergique. Ses habitudes de recueillement solitaire avaient développé en lui la compassion, en diminuant sa faculté de s'irriter. Mais il avait conservé intacte celle de s'indigner devant tout comportement avilissant.

Il explosait de colère devant cette politique qu'il jugeait infâme et infamante :

-"Créer une telle conjoncture dans le seul but de s'approprier la victoire est monstrueux ! dit-il un jour ; nous avons sous les yeux un nid de monstres !"

Elise intervint d'une voix douce et lénifiante.

-"Tranquillise-toi. Les seuls pouvant prétendre au titre de vainqueurs sont les alliés et surtout la puissante Amérique sans laquelle la France ne pourrait pas espérer la délivrance".

Il s'exclama :

-"Tu oublies vite nos vaillants soldats de l'armée d'Afrique ! Ils ont vaincu la Wermacht en Afrique du Nord, ils ont fait la campagne d'Italie, ils ont débarqué sur les côtes Sud de la France et continuent leur progression vers le Rhin".

-"Pour moi, vois-tu, quelle que soit leur origine, ce sont tous des soldats français dont l'endurance et l'esprit de sacrifice rendent à la Patrie son honneur perdu".

-"Seulement, conclut Elise, ce qui se passe ici maintenant n'est pas joli, joli... Nous nous sommes imaginé que le maréchal Pétain protégeait de son mieux les populations de Métropole... Nous avons appris aux petits musulmans à vénérer son nom... Tiens, je pense à ce pauvre Ben Méghatel et à son fils né en 1940, comment va-t-il l'appeler maintenant ?"

Adrien ne put s'empêcher de sourire devant l'évocation d'un fait qui avait amusé tout le village.

Ben Méghatel faisait figure de riche fellah parmi les habitants du douar car il avait hérité de son père une petite propriété plantée d'oliviers et de figuiers... La guerre était venue, le maréchal Pétain avait pris la direction du pays et, à la veille de l'armistice, un premier fils était né chez Ben Méghatel qui n'avait que des filles !

Fier comme le créateur d'un nouveau type d'humanité, le brave Ben Méghatel s'en fut déclarer son fils à l'état-civil.

-"Comment veux-tu l'appeler ?" demanda le préposé.

-"Pétain. Pétain, Lakdar Ben Méghatel".

Stupéfait, l'employé resta sans voix, fit une tâche d'encre sur son registre puis il essaya de raisonner le fellah en lui faisant comprendre la différence entre un nom français et un prénom arabe.

Rien n'y fit. Ben Méghatel se fâcha tout rouge et exigea que son fils soit inscrit sous le nom qu'il avait choisi.Personne ne put lui faire entendre raison et il fallut bien, en fin de compte, enregistrer la naissance de l'enfant comme son père le souhaitait.

Comment le jeune Pétain fut-il surnommé par les enfants de la mechta ? Comment porterait-il pendant toute sa vie ce prénom désormais prohibé ?

Elise n'avait plus envie de rire en y pensant. La mentalité des Français d'Algérie était celle de 1914 et 1939, celle de la solidarité devant l'ennemi et ils avaient ardemment souhaité, dans la réconciliation nationale, la fin du calvaire et la délivrance de la Patrie.Or, ce qu'ils observaient avec réprobation n'était que rivalités et règlements de compte avant même que la victoire soit définitive.

A quelques réflexions de ses élèves, à leurs regards expressifs et à leurs sourires ironiques, Elise sentait bien que les sentiments des Arabes envers une France frappée par le virus des ressentiments commençaient à se modifier, comme s'ils rejetaient une souillure décadente.

Comme les remous pollués d'une tempête océane, les sanctions françaises pleuvaient sur les Français, emprisonnés, internés ou privés de leurs droits civiques, tandis qu'au nom d'un progressisme que les musulmans assimilèrent à de la faiblesse, le gouvernement provisoire de la République Française faisait preuve de la plus grande mansuétude à l'égard des propagateurs révolutionnaires indigènes qui pouvaient librement et en toute impunité répandre le poison de la haine sur les communautés musulmanes.

Car le chef de ce gouvernement-là était, avant toutes choses, un politicien avide et rusé, assez redoutable pour oublier toute considération morale afin d'atteindre son but.

N'avait-il pas lui-même affirmé par écrit dans son livre *Au fil de l'épée* paru en 1932 :

"*L'homme d'action ne se conçoit guère sans une forte dose d'égoïsme, d'orgueil, de dureté, de ruse. Mais on lui passe tout cela et même il en prend plus de relief, s'il en fait des moyens pour réaliser de grandes choses*".

Cette éthique n'était pas celle des Français d'Algérie ; elle provoquait chez eux une hostilité grandissante aux hommes de Londres. Le prestige de la France s'amoindrissait de jour en jour chez les musulmans et il régnait dans le pays, d'ordinaire si cohésif, une ambiance malsaine qui tourmentait Adrien.

En taillant ou en sulfatant, il chantait, comme il le faisait toujours quand il était préoccupé. Il avait une belle voix, éclatante et profonde, et le chant qui revenait spontanément, comme un leitmotiv, sur ses lèvres était, en cette période troublée, la prière patriotique.

A pleine gorge, repris par l'écho immuable du Ravin rouge, son chant devenait une imploration pathétique où son accent nivernais n'apparaissait plus :

"*Seigneur, Protège mon pay...i...is*".

La dernière note se prolongeait en un trémolo vibrant comme un sanglot dans lequel il faisait passer tout l'amour qu'il éprouvait pour cette terre bien-aimée dans le creuset de laquelle il s'était, à jamais, fondu.

Pour les huit ans d'Arnaud, Elise organisa un goûter où furent conviés quelques camarades de classe et les proches de la famille, Hélène et Julien, Madeleine et Antoine Saunal parrain de l'enfant, sans oublier Sélim, l'inséparable compagnon de jeux.

Mamita avait confectionné des petits gâteaux à la cannelle et au vin rouge appelés *bourrachos*. Hélène s'était appliquée à décorer la salle à manger de fleurs et de branchages qui annonçaient un printemps tout proche. On avait disposé sur la table, devant la place d'Arnaud, les petits cadeaux de chacun et Elise nappait de crème pralinée le biscuit d'anniversaire.

Les Saunal arrivèrent bientôt et le parrain, d'un air mystérieux, déposa parmi les présents un paquet enrubanné dont la forme fit dire à Elise :

-"Je parie que c'est encore un livre ! Il va le dévorer en peu de temps comme à l'ordinaire."

- "Non, répondit le parrain, heureux de son choix, ce livre là, il s'en servira toute sa vie ; c'est un dictionnaire."

Les enfants attendaient impatiemment l'heure de passer à table. Elise s'étonna de l'absence de Sélim, puis tous entrèrent dans la salle à manger et commencèrent à s'installer.

On entendit, à ce moment, des cris d'enfants, un chahut de récréation, en plus fort et plus virulent.Des voix enfantines glapissantes, criaient des mots inintelligibles tout d'abord, mais qui devenaient plus distincts en se rapprochant.

Comme un choeur unanime, comme une manifestation hostile, les gamins scandaient :

- "*Françaouïa, chikaïa ! Françaouïa, chikaïa* ! " (Français = querelle)

Elise sortit immédiatement pour recevoir dans les bras Sélim échevelé, tout rouge, poursuivi par une bande de garnements excités, le jeune Pétain-Lakdar en tête, qui s'arrêtèrent brusquement à la vue de Lalla Stoutriss et rebroussèrent chemin en riant.

-"Eh bien ! nous sommes beaux ! dit le père Saunal. Voilà le résultat de la politique pourrie que nous imposent en Algérie des gens qui n'y connaissent rien."

-"Ce sont des enfants, assura Julien, rien que des enfants chahuteurs et un peu jaloux que Sélim fasse partie de la famille."

-"Ne crois pas ça, répliqua Adrien. Ils entendent parler leurs parents. Alors qu'une grande partie d'entre eux se sacrifie pour la victoire française, ceux qui restent et observent les actions incompréhensibles des hommes de Londres sont en train de perdre leur estime pour la France."

Adrien avait raison. Dans leur grande majorité, les Algériens étaient, comme lui, hostiles à la diplomatie nébuleuse du chef du gouvernement provisoire de la

République française qui, en pleine méconnaissance des réalités, jetait inconsciemment ou pas les jalons d'un drame dont tous les Français et bien des Musulmans allaient infiniment souffrir dans l'avenir.

Dans cette conjoncture de dépravation, le général Giraud, désormais assigné à résidence à Mazagran, près de Mostaganem, fut victime en août 1944 d'un attentat, tout aussi énigmatique que le reste, dont il réchappa par miracle, bien que grièvement blessé.

Et, comme pour ajouter au pessimisme ambiant, trois années successives de sécheresse vinrent réduire les productions céréalières de tout le pays.

Pas de pluie... Une terre qui devenait chaque jour un peu plus sèche, sablonneuse, craquelée et dont la fertilité se ressentait.

La nuit, Adrien scrutait le velours constellé du ciel, prêtant l'oreille à tout bruit anormal, espérant la lueur d'un éclair ou un roulement de tonnerre si faible soit-il, mais rien ! "Mes blés ont soif, implorait-il mentalement. Donnez-leur un peu d'eau, Seigneur !"

Au petit matin, des écharpes de brume lui laissaient espérer le bel orage tant souhaité, puis, le soleil éclatant, *Si Kaddour* comme l'appelaient les Arabes, prenait possession du ciel immuable et les journées radieuses succédaient aux journées radieuses.

Les blés courbaient la tête, se desséchaient avant de mûrir, donnant des récoltes insignifiantes.

Pourtant, sur tous les fronts, les combattants progressaient et gagnaient du terrain. Paris fut bientôt libéré et, oubliant pour un temps la déshydratation de la terre d'Algérie, la famille de Courtenay fêta dans la joie cette libération.

Durant cette guerre, Elise avait reçu et accueilli malheureux et réfugiés de tous bords ; elle avait hébergé pendant des années des réfugiés israélites et, ironie du sort, ceux-ci, sous son égide, avaient sympathisé avec les internés du camp de Ben-Chicao.

L'institutrice souriait en voyant maintenant les derniers émigrés juifs ayant fui l'extermination nazie discuter paisiblement avec les pétainistes ...

-"Il n'y a qu'ici qu'on peut voir des choses pareilles, disait-elle, ici, à Aïn Bou Djenaâ, auprès de la source de l'homme du Paradis, dans ce coin perdu sur lequel les anges ont dû se pencher".

Les Américains aussi avaient reçu de sa part un accueil chaleureux... Elle leur confectionnait des corbeilles d'oreillettes, leur servait de grands verres d'eau fraîche additionnée de poudre de réglisse dite *coco* et, devant tant de gentillesse et de spontanéité, les soldats l'avaient surnommée *Sweet Mummy*.

Ils ne restèrent pas longtemps dans la région ; ils passèrent seulement pendant quelques jours, empruntant la route du sud qui rejoignait la Tunisie par Berrouaghia.

Bientôt, tout rentrerait dans l'ordre et la Paix reviendrait sur le monde. Elise l'appelait quotidiennement de ses voeux et elle était sûre qu'ils seraient entendus.

Continuant, dans cet espoir, son combat altruiste au nom de l'amour de l'humanité entière, elle faisait chaque jour de sa demeure un havre de paix pour tous ceux qui en franchissaient le seuil.

CHAPITRE XVIII

Rachid Sahraoui essuyait énergiquement le tableau noir, à grands coups d'éponge, soulevant un nuage de poussière blanche à l'odeur fade de craie.

Elise, à son bureau, avait commencé la correction des dictées de l'après-midi. On était en mai et les épreuves du certificat d'études approchaient à grands pas.

A leur banc, l'attendant pour rentrer chez eux, Arnaud, Sélim et Jean-Claude Ladousse, qu'elle déposait au passage, avaient commencé leurs devoirs du soir.

Rachid alla rincer l'éponge à même le robinet qui se trouvait dans la cour, près des toilettes. Il revint lentement, posa chaque chose à sa place, se sécha soigneusement les mains, puis il prit son cartable et s'adressa à l'institutrice d'une voix claire :

-"*Msalkheir Lalla*". (bonsoir Madame).

Les trois jeunes levèrent la tête. D'habitude, la maîtresse exigeait qu'on parle français à l'école et Rachid risquait de se faire gronder.

Au lieu de la réprimande attendue, Elise répondit :

-"*Msalkheir, Ya ouldi, rhodoua, Inch'Allah*" (bonsoir mon fils, à demain si Dieu veut).

Elise avait toujours endossé et porté, avec courage, toutes les exigences de sa profession. Fonctionnaire de l'Etat Français, elle s'était toujours investie dans ses multiples tâches en tant que représentante de la France et de sa magnanimité. Elle se sentait, malgré elle, comptable de l'honneur de son pays, et en cette fin mai 1945, elle n'en était pas fière.

Elle songeait amèrement aux faits dramatiques qui venaient d'endeuiller l'Algérie : depuis 1943, le pays traversait une crise économique due à la guerre et à la sécheresse qui, pendant trois ans, avait réduit des deux tiers les productions agricoles et le cheptel vif.

En temps de paix, l'Algérie aurait pu continuer à nourrir ses populations en recourant à ses stocks de sécurité. Ils étaient épuisés, vidés par l'aide alimentaire apportée à la Métropole après l'armistice de 1940 et les besoins de l'armée depuis 1942.

C'était une période de disette ; le blé était cher et rare et les populations du bled, les plus défavorisées, en souffraient plus que d'autres.

On vit proliférer, aux portes d'Alger, bidonvilles et logements précaires dans lesquels s'entassaient de pauvres Kabyles venus vers la capitale dans l'espoir d'un avenir meilleur.

Ferhat Abbas, élément subversif notoire, bénéficiaire, parmi tant d'autres, de la munificence gaullienne, avait publié en février 1943, un manifeste, dit du peuple algérien, exprimant, en premier lieu, la déception, partagée par tous, devant les méprisables intrigues et rivalités fratricides du Comité de Libération Nationale Français.

Il affirmait, ensuite, que la France n'admettait l'égalité des populations musulmanes d'Algérie qu'à un seul titre, celui des sacrifices sur les champs de bataille, trouvant normal que les Algériens se battent et meurent pour elle à titre *indigène*.

Adrien et Elise étaient parfaitement d'accord avec le début de ce manifeste qui faisait apparaître clairement les erreurs et les lacunes de la France envers les indigènes dont elle avait la charge.

Cependant, ils n'approuvèrent pas la suite de ce texte qui devenait nationaliste, alors que la France représentait, pour la majorité des musulmans, leur espoir en des jours meilleurs.

Mais il était habile d'exposer à un peuple crédule les faiblesses de la Mère-Patrie, ébranlant ainsi les fondements de confiance et de soutien que les Français d'Algérie s'efforçaient de développer depuis plus de cent ans !

L'époque était propice. La misère attisa le mécontentement, les discours de Brazzaville et de Constantine semèrent le trouble dans les esprits des êtres simples et le nouveau gouverneur général, Yves Chataigneau, fit preuve de la plus grande indulgence envers les agitateurs qui essayaient de pousser au fanatisme des musulmans fidèles à la France.

Ils n'y réussirent pas, sauf, en très faible proportion, dans le fief de Ferhat Abbas, Sétif, sur la route de Constantine, en Kabylie.

Le 7 mai, à Sétif, comme dans toute l'Algérie, les cloches sonnèrent et les sirènes mugirent pour annoncer enfin la fin de la Seconde Guerre mondiale !

A Sétif, comme partout ailleurs, on explosa de joie, on pavoisa, on défila dans les rues. C'est cette période de liesse que choisirent, dès le lendemain, les meneurs de la subversion pour un défilé à caractère xénophobe...

La manifestation dégénéra vite en émeute : vingt-neuf Européens furent tués, simplement parce qu'ils étaient français et que leur nationalité permettait aux manifestants d'exprimer, par ces exactions, leur haine envers la France.

D'autres attentats, plus lâches et plus terribles eurent lieu dans les campagnes isolées, du côté de Guelma. Des municipalités et des fermes furent attaquées, de paisibles colons et leurs familles entières, vieillards, femmes et enfants furent égorgés, massacrés... Le sang appela le sang, le fanatisme fut exacerbé... On se proclamait ennemis de la France à l'instar de l'Allemagne nazie et des croix gammées étaient peintes sur les murs des bâtiments attaqués ! On dénombra plus de cent morts français !

La répression fut immédiate et combien plus cruelle ! Les ordres de Paris arrivèrent très vite. Le général Duval, qui commandait à Constantine, envoya toutes les troupes dont il disposait. Elles auraient été largement suffisantes pour contenir et réduire les fauteurs de troubles dont le nombre n'atteignait pas cinq pour cent de la population musulmane du Constantinois.

Mais le gouvernement français ne l'entendait pas ainsi. Après le laxisme et la longanimité envers les éléments subversifs, venait l'heure de l'autoritarisme et des sanctions aveugles et injustifiées appliquées à une population fidèle à la France à quatre-vingt-quinze pour cent.

La marine, les tirailleurs sénégalais intervinrent. L'aviation bombarda les douars détruisant des villages entiers d'innocents... Alors que les témoignages de fidélité abondaient de toutes parts, d'humbles fellahs, leurs épouses, leurs progénitures et leurs vieux parents, tout un peuple qui avait placé sa confiance et ses espoirs en la France, était massacré et anéanti pour un crime qu'il n'avait pas commis ! Les autorités françaises avancèrent officiellement le chiffre de mille cinq cents morts mais d'autres sources donnèrent une estimation largement supérieure !

Elise pleurait ! Adrien fulminait !

-"Ils sont devenus fous, ma parole ! Ce n'est plus de la répression, c'est de l'extermination ! On ne fait pas marcher un peuple par la force et par la terreur ! Il y a des flamboiements d'épouvante d'où sortent, comme de funestes fumées, la rancoeur et la haine".

Elle implorait le ciel pour l'arrêt des massacres aveugles et inutiles qui ne rendraient pas la vie aux innocentes victimes de la flambée de fanatisme mais creuseraient, entre les deux communautés, une faille que rien ne pourrait combler.

L' écho d'Alger titrait : *Pour l'Afrique du Nord, c'est l'heure du gendarme.*

Les douars du Constantinois furent ratissés et on humilia inutilement des musulmans loyalistes en les obligeant à demander l'amân (faire leur soumission).

De nombreux agitateurs furent arrêtés, emprisonnés, condamnés aux travaux forcés et certains, reconnus coupables de massacres d'Européens, furent condamnés à mort.

Néanmoins, l'attitude du gouvernement français, dans ce conflit, devait avoir de lourdes conséquences. Albert Camus résuma parfaitement la situation en écrivant, dans *Combat* :

Les massacres de Guelma et de Sétif ont provoqué, chez les Français d'Algérie, un ressentiment profond et indigné. La répression qui a suivi a développé dans les masses arabes un sentiment de crainte et d'hostilité.

La population de la mechta, bien que tremblante et horrifiée par les événements, ne changea pas d'attitude envers ses voisins... Les malades et les pauvres continuèrent à affluer à la porte de Lalla Stoutriss et on critiqua ouvertement les terroristes qui avaient osé provoquer *Madame la France*.

Elise s'abstint de commenter avec eux ce conflit qui les remplissait de crainte. Elle les reçut, comme d'habitude, un chaleureux sourire aux lèvres, et agit de même envers ses élèves. La seule évocation de ces faits cruels eut pour auteur Arnaud qui, dans un devoir d'expression libre, raconta l'histoire d'une petite Zakïa, orpheline kabyle, ayant perdu ses parents dans un bombardement.

Ce devoir posa un cas de conscience à Elise qui, ordinairement, débattait toujours, avec toute sa classe, des idées de chaque enfant. Elle fut tentée de l'occulter, mais sa nature franche et rigoureuse s'y refusa et elle lut à haute voix le devoir de son fils :

-"Arnaud a raison, commenta-t-elle, mais les faits évoqués sont les conséquences de dramatiques émeutes ! Il aurait aussi bien pu prendre pour exemple, la tragédie d'une petite orpheline française prénommée Marie, dont la famille a été sauvagement massacrée au cours de ce soulèvement !

Ceci devrait vous faire comprendre, mes chers enfants, que la violence engendre la violence, que les massacres d'innocents poussent l'homme à la révolte et à des massacres plus grands encore ! Toutes les communautés d'Algérie doivent faire preuve d'assez d'intelligence pour vivre en paix et participer de leur mieux au développement de leur pays".

Mais déjà les premiers soldats démobilisés rentraient au pays, et parmi eux, pour le plus grand bonheur d'Ethel, Christian Peyrac, son fiancé.

Christian était amaigri, vieilli, mais son visage, surtout, avait pris une expression à la fois dure et résignée. Il était intact en apparence, mais quelque chose s'était démantelé en lui. Le souffle farouche de la guerre avait détruit en lui l'enfant, et l'homme qui rentrait au pays était encore rongé par la souillure abjecte de la barbarie.

Car toute guerre est barbare et l'Algérie avait encore payé un lourd tribut ! Ceux de ses enfants qui ne rentreraient jamais au pays se comptaient par milliers, principalement chez les Français, dont la démographie s'en trouva considérablement réduite, mais aussi chez les musulmans.

Combien de familles endeuillées se trouvaient plongées dans une profonde douleur... Il serait vain de comptabiliser le sang versé, le courage, la valeur et la ténacité de l'Armée d'Afrique, mais l'Algérie était fière de tous ses fils.

Christian, lui, était revenu, sain et sauf. Il avait participé, en Italie, aux campagnes d'Acquafonda à Monte Cassino. Il gardait des souvenirs obsédants de ce rocher, sur lequel s'érigeait une abbaye du VIème siècle, monastère massif ressemblant à une citadelle, mais aussi point stratégique important pour lequel son régiment avait opposé une résistance héroïque aux attaques allemandes.

-"Ce fut une hécatombe !" disait-il laconiquement.

Il avait combattu aussi dans la Forêt noire, participé au débarquement et, en rentrant chez lui, avait trouvé son père malade, atteint de troubles cardiaques, qui ne souhaitait qu'une chose : lui transmettre l'exploitation familiale.

Les Peyrac avaient, à Ben-Chicao, une petite ferme de vingt-cinq hectares plantés en vigne. A vol d'oiseau, elle était proche d'Aïn Bou Djenaâ, car, des fenêtres s'ouvrant vers le village, on pouvait apercevoir le toit de leur maison, à gauche du Ravin rouge.

Ethel, folle de joie à l'idée de son prochain mariage, sauta au cou d'Elise en lui disant :

-"Je serai bientôt ta plus proche voisine, mais, en attendant, Adrien et toi, préparez-vous à être nos deux témoins".

Ils se marièrent en octobre ; les grosses chaleurs étaient passées, mais l'automne gardait un peu de la luminosité estivale. Le mariage civil et la cérémonie religieuse eurent lieu à Médéa. La mariée fit son entrée, radieuse et souriante, au bras de son père aussi pâle que sa chemise d'apparat et Adrien en éprouva une compassion spontanée pour son ami.

Marthe pleura beaucoup pendant l'office. C'était une femme d'ordinaire très émotive et tous comprirent son bouleversement, mais Jean écrasa discrètement une larme furtive que nul n'observa, sauf Adrien.

Toute la noce se rendit ensuite à la ferme Peyrac... Un ami du marié fit danser les invités, sur les notes allègres de son accordéon, qui égrenait, sans fin, valses et tangos.

Adrien s'approcha de Jean, isolé dans un coin :

-"Ça fait si mal que ça ? lui dit-il.

-"Oh ! mal... ce n'est pas le mot exact. Christian est un brave garçon, il l'aime et j'espère qu'ils seront heureux... Mais, vois-tu, quand je pense que, ce soir, nous rentrerons seuls, tous les deux, Marthe et moi, dans cette maison qu'elle aura désertée, j'ai... un peu froid. Tu connaîtras ça, toi aussi, mon vieux, avec ton Isa".

Adrien sursauta et chercha Isabelle du regard. Elle riait, au milieu d'un groupe de jeunes gens et jamais elle n'avait été aussi princesse que ce jour-là. Son père l'observait enfant, et il la découvrait femme, vêtue d'une robe longue d'un bleu tendre et moiré, ses cheveux d'or pâle relevés en un chignon de boucles. Il remarqua qu'elle s'était légèrement maquillée : un soupçon de rouge à lèvres, un peu de rimmel brunissant ses cils.

Mon Dieu ! pensa-t-il. C'est déjà une jeune fille et je ne l'ai pas vue grandir.

Une panique le saisit... Il se mit à la recherche de Julien et le trouva bientôt en train de faire valser la mariée.

La danse terminée, il le prit à part.

-"Julien, ce mariage me fait penser qu'Isabelle grandit trop vite... Je voulais te recommander de bien la surveiller. Quand elle est à Alger, moi, je suis absent et... tu... dois me remplacer".

-"Oh ! l'ami, Oh ! qu'est-ce que tu nous joues là ? Il n'y a pas une fille plus sérieuse que la tienne ! A Delacroix, elle bûche, elle prépare son bac et rien d'autre ne compte pour elle... Et puis, tu ne penses tout de même pas que je vais la suivre pas à pas... avec le fusil en bandoulière !

Regarde-là bien, ta fille. Elle est honnête, elle est franche, elle est forte et du haut de son mètre soixante-dix, elle est de taille à se défendre toute seule, sois-en sûr".

Après son Brevet élémentaire, Isabelle était entrée en octobre 1943 au Lycée Delacroix à Alger, logeant chez Hélène et Julien qui la ramenaient en fin de semaine à Aïn Bou Djenaâ.

A dix-sept ans, elle avait obtenu sans aucune difficulté la première partie de son baccalauréat ; elle terminerait certainement le cycle secondaire l'année suivante et pourrait enfin commencer les études de médecine qui lui tenaient tant à cœur.

Julien lui-même avait essayé de changer son orientation :

-"Tu sais, Isa chérie, la médecine, c'est dur, surtout pour une femme ! Pourquoi ne choisis-tu pas plutôt la pharmacie ? Je te prendrai comme associée et, plus tard, je te laisserai la boutique.. Qu'en dis-tu ?"

-"J'en dis que ce n'est pas digne de toi d'essayer de faire entrave à une vocation fon.da.men.tale !" répondait-elle en riant.

Les Dabadie veillaient sur elle comme sur l'enfant qu'ils n'avaient jamais eu. Ils lui avaient aménagé une grande pièce claire, qui faisait à la fois salon et bureau, avec un cosy d'acajou au lit moelleux, des fauteuils confortables, de grandes penderies et un meuble bibliothèque qui cachait une spacieuse table de travail rabattable.

Ils l'emmenaient au restaurant, au cinéma, à l'opéra... De *Faust* à l'*Auberge du cheval blanc*, Isabelle vit tous les classiques du genre.

Quand elle fut reçue, avec mention bien, au baccalauréat, ses parents descendirent les rejoindre et ils fêtèrent l'événement dans les jardins du Saint-Georges.

Elle n'avait qu'une hâte, s'inscrire en première année de médecine. C'était une année probatoire, en faculté, axée essentiellement sur la chimie et la biologie.

La longue façade des facultés l'avait toujours impressionnée. Quand elle s'engagea pour la première fois, avec le flot des étudiants, dans les allées ombragées de palmiers et de ficus, entre les plates-bandes fleuries d'une abondante végétation exotique, elle sentit son cœur battre à se rompre.

Dehors, c'était la rue Michelet qu'elle connaissait si bien, avec ses élégants magasins, ses bars universitaires, dont l'Otomatic, véritable quartier latin des étudiants d'Alger, et, à quelques centaines de mètres, en contrebas, la piscine du R.U.A. où elle allait quelquefois nager, pour le plaisir. Mais les quatre facultés, leur considérable bibliothèque commune, la foule d'étudiants s'y côtoyant gaiement, tout cela lui donnait le vertige.

La première année passa comme un charme... Elle se fit quelques bons copains, filles et garçons, dont un jeune israélite, David Safrani, qu'on appelait *le petit* à cause de sa taille minuscule et qui compensait son handicap en jouant le bouffon auprès de ses camarades.

Elise et Adrien se trouvaient maintenant, toute la semaine, seuls avec Mamita, dans leur coin de montagne. Arnaud était entré en sixième, la même année, à Médéa, hébergé par la famille Heilligenstein.

Aussi les vacances étaient-elles attendues par tous comme des périodes de joie où la famille se recomposait, enfin réunie pour quelques jours.

Pendant sa seconde année de médecine, Isabelle partagea son temps entre l'hôpital Mustapha, où les étudiants, chaque matin, suivaient un patron dans sa visite et des cours d'anatomie et de dissection l'après-midi en faculté.

Le petit Safrani, dont la sœur avait tenté de faire médecine et abandonné en troisième année, était au courant du bizutage réservé aux "*bleus*" principalement en salle de dissection.

Il en avertit Isabelle, qui arriva en blouse et gants de caoutchouc, juste à temps pour saisir à pleines mains un appareil génital masculin qu'on avait accroché au battant de la porte de telle sorte qu'il frappe le visage des nouveaux arrivants.

Et les anciens riaient à gorge déployée en criant *Bizuth* ! *bizuth* !

Froidement, elle coupa le fil qui retenait le morceau de chair à demi putréfiée, le déposa dans un seau contenant d'autres déchets puis rejoignit le groupe d'étudiants, imperturbable, et se mit à suivre avec attention un cours sur la dissection des muscles.

On guettait les filles qui pâlissaient devant les masses musculaires encore sanguinolentes que le scalpel expert du professeur détachait avec minutie des tendons, brillants comme de fines cordelettes de satin, d'un blanc contrastant avec la couleur vineuse de la chair morte.

Certaines sortaient pour vomir, d'autres avaient un malaise, sous les regards amusés des garçons, mais Isabelle resta de marbre. La pitié qu'elle éprouvait devant une malheureuse dépouille rongée par le bistouri était dominée par sa soif d'apprendre, de connaître, de s'instruire pour mieux soulager, dans l'avenir, d'autres misères.

La troisième année, sa réputation était faite... C'était une bonne camarade mais on ne plaisantait pas avec elle. Les flirts, les galéjades, elle ne connaissait pas. Seule, la science l'intéressait.

C'est cette année-là, tout en suivant des cours sur l'anatomie et les maladies, qu'elle eut ses premiers contacts positifs avec les malades de Mustapha. Elle travailla au service des urgences où certains soins étaient confiés aux étudiants de troisième année.

Elle avait toujours été gênée d'être seulement, à vingt ou trente, derrière un patron pour la visite, un regard parmi tant d'autres sur la nudité d'un patient honteux de se sentir dans la position de cobaye dont on observe les réactions.

Devant la vraie souffrance, la misère toute nue, elle regrettait de ne pouvoir manifester un peu plus de pitié et d'encouragement, mais une sorte de pudeur imbécile s'emparait d'elle en faisant taire ses bons sentiments.

Lorsqu'elle put enfin prodiguer quelques soins aux pauvres corps délabrés, elle offrit en même temps à chaque malade le réconfort de son chaleureux sourire :

-"Ça va aller mieux... vous verrez".

Et les malades la remerciaient, pudiquement :

-"Merci docteur... *Barakaloufik toubiba...*"

A l'hôpital Mustapha, les soignantes étaient des religieuses, soeurs de Saint-Vincent-de-Paul, qu'on appelait les soeurs cornettes à cause des ailes de leurs coiffes empesées.

Le service des urgences était géré par la Supérieure, Mère Marie-Joseph, terreur des étudiants, surnommée *Marie-Gendarme*, femme à poigne qui régentait aussi bien les malades que les internes et ne se privait pas de donner son avis aux médecins.

Elle observa Isabelle et lui dit sans aménité :

-"Courtenay, tu t'en sortiras, ma fille, tu as la foi, mais je pense que tu devrais faire chirurgie, tu as des mains pour ça. Ah ! un bon conseil ! c'est avec les patrons qu'il faut *fayoter* non avec les malades".

Isabelle la regarda en face, un sourire narquois au coin des lèvres :

-"A ma connaissance, ma mère, votre saint patron, Monsieur de Paul, fayotait avec les pauvres non avec les puissants".

C'est ainsi qu'Isabelle mit *dans sa poche* la redoutable mère supérieure devant laquelle tremblaient les étudiants et même les internes.

A partir de la cinquième année, elle fit son internat à Mustapha, se partageant entre le service de médecine générale et le service des urgences.

Elle fut affectée pendant quelque temps au centre de transfusion sanguine, puis au pavillon rabique en sous-sol. L'hôpital Mustapha n'eut bientôt plus de secret pour elle.

Elle s'accomplissait, en se dévouant, et trouvait dans cet accomplissement le secret de son équilibre.

Mais ses parents lui manquaient beaucoup. Le samedi, dès qu'elle arrivait, elle se frottait contre sa mère, qu'elle dépassait de deux têtes, comme un chaton avide de caresses.

A la veillée, que ce soit pendant la belle saison sous le ciel étoilé, ou près du feu qui crépitait gaiement, elle s'asseyait encore sur les genoux paternels.

-"Allons, Princesse, raconte..." disait Adrien.

Alors, enfouissant au fond d'elle-même la maladie, la souffrance, les blessures et la mort qu'on voyait quelquefois venir sans rien pouvoir faire pour l'éviter, elle racontait, pour le rassurer et pour le faire rire, les farces des étudiants, les monômes, les réceptions des grands patrons.

Adrien riait en apprenant que la cloche de la sœur tourière, qui était sourde comme un pot mais ponctuelle comme une horloge, n'avait pas sonné la messe, le dimanche précédent, parce que des étudiants, en quête d'une bonne blague, avaient failli se rompre le cou pour la bourrer de coton hydrophile et de compresses de gaze.

-"Et le pire, s'esclaffait Isabelle, c'est qu'elle ne s'en est même pas aperçue ! Il a fallu que les autres religieuses viennent lui demander pourquoi elle n'avait pas sonné !"

-"La pauvre femme, disait Elise en souriant ; vous n'avez pas honte de lui faire des émotions pareilles ?"

Adrien s'indignait d'apprendre que le petit chat blanc de sœur Béatrice avait été passé au bleu de méthylène par cette même bande de farfelus.

Elle mimait le petit Safrani, légèrement ivre au dernier banquet du professeur Benhamou, qui dansait sur la table en chantant à tue-tête, d'une voix de fausset, une chanson grivoise, qui, en temps normal, l'aurait fait rougir :

"*Et on s'en fout, d'attraper la vérole*..."

Mamita demandait :

-"Alors, on ne travaille jamais, dans cet hôpital ?"

-"Non, grand-mère, on soigne seulement et ce n'est pas un travail, c'est un apostolat".

LES HEURES NOIRES

Oh ! Qui que vous soyez qui passez dans ces ombres,
Versez votre pitié sur ces douleurs sans fond !
Dans ce gouffre où l'abîme en l'abîme se fond,
Se tordent les forfaits transformés en supplices,
L'effroi, le deuil, le mal, les ténèbres complices,
Oh ! Qui que vous soyez, pleurez sur ces misères.

Victor HUGO (*Les Contemplations*)

CHAPITRE XIX

Imperceptiblement, les années avaient déposé sur la chevelure d'Elise quelques fils blancs se multipliant au gré d'un temps qui filait trop rapidement, lui semblait-il.

D'ordinaire, elle considérait avec quelques regrets ce précoce frimas poudrant ainsi avec une infinie délicatesse sa toison d'ébène.

Mais aujourd'hui, elle n'en avait cure. Elle fredonnait joyeusement en faisant sa toilette matinale car s'ouvrait devant elle un week-end prolongé avec ses deux enfants.

C'était le samedi 30 octobre 1954. Isabelle, accompagnée d'Arnaud ne tarderait pas à arriver au volant du cabriolet 203 offert par son père lorsqu'elle avait passé sa thèse.

Arnaud avait préparé son baccalauréat à Médéa car le collège Ben Cheneb assurait maintenant tout le cycle secondaire. Un important effort avait été fait en Algérie pour développer l'enseignement de proximité.

Tous les lycées et collèges disposaient actuellement de structures complètes, bien élaborées et la progression de la scolarisation des jeunes musulmans évoluait si favorablement qu'on pouvait espérer la voir bientôt totale.

Pour Elise, qui avait tant lutté dans la voie d'une école ouverte à tous, cette constatation était des plus réjouissantes.

D'ailleurs, le pays va bien, pensa-t-elle, il s'est bien modernisé après la guerre, Alger est le deuxième port de France, les industries sont florissantes et on vient même de découvrir du pétrole et du gaz naturel dans le Sud, pour l'exploitation desquels on est en train d'installer deux stations principales à Hassi-Messaoud et à Hassi-R'mel.

Dans tous les domaines, des progrès considérables avaient été enregistrés depuis la fin de la guerre. Sur le plan économique, l'Algérie était le plus important client de la France puisque ses achats annuels représentaient quatre-vingt pour cent des ventes françaises à l'Europe du marché commun !

Le peuple d'Algérie, animé par le même effort d'expansion, vivait, dans une ambiance de gaieté, de truculence et de fraternité toute méditerranéenne, sous la bannière de la France.

Elise sourit à cette pensée :

C'est sûrement pour ce mieux-être que la vieille Tamou Chirkaoui lui avait confié l'autre jour, tandis qu'elle la soignait :

-"Tu vois Lalla, mon fils Bachir n'est pas mort pour rien à la guerre. Maintenant, *Madame la France* est libre et nous sommes heureux. Chacun a le blé dont il a besoin".

L'agriculture s'était mécanisée ; Adrien avait acquis un tracteur à chenilles qui lui facilitait grandement la tâche... Il avait espéré voir Arnaud s'orienter vers l'école d'Agriculture, mais celui-ci avait choisi de préparer une licence de Lettres.

-"Le métier de paysan, tu me l'as déjà appris, Papa, avait-il dit ; sois sans crainte, je reviendrai vers toi, après ma licence ; nous accomplirons toutes les tâches ensemble, et, plus tard, quand tu voudras t'arrêter, je prendrai la ferme en charge.

Mais pour l'instant, c'est plus fort que moi, j'éprouve un réel besoin d'explorer encore le domaine littéraire que je tiens pour le seul vrai".

Dire qu'Adrien avait été ravi de la décision de son fils serait un euphémisme ! Mais il connaissait bien son *Petit bonheur* qui, devenu grand, était un garçon extrêmement sensible, courageux, travailleur et respectueux de la parole donnée. Le seul reproche qu'on pouvait lui faire était d'avoir la tête plus souvent dans les étoiles que sur la terre nourricière.

Adrien pouvait bien attendre encore quelques années avant de passer la main à son fils ! N'avait-il pas l'exemple du Père Saunal, qui travaillait toujours sa terre avec ferveur et s'était modernisé comme si, hors des atteintes du temps, l'avenir s'ouvrait devant lui, à perte de vue ?

Et, en y réfléchissant bien, n'aurait-il pas été heureux, à l'âge de son fils, d'apprendre auprès de maîtres éclairés les connaissances dont il avait si péniblement volé des bribes, le soir, à la chandelle ?

Il souscrivit volontiers au désir d'Arnaud, qui, entrant en faculté de Lettres au mois d'octobre 1953, remplaça Isabelle chez les Dabadie.

A vrai dire, Arnaud se partageait entre l'appartement d'Hélène et Julien et celui de sa sœur, depuis peu médecin des écoles, occupant un logement de fonction dont le seul défaut était l'exiguïté.

Les enfants partis, poussée par son époux qui se sentait bien seul, Elise, après trente ans de dévouement, avait pris sa retraite.

Elle se consacrait désormais exclusivement aux pauvres gens du douar, à ses oeuvres de charité et à sa mère, qui, à soixante-dix-sept ans, restait la même, intemporelle, douce, fragile et pudique.

Mais ce qu'Elise appréciait par dessus tout, *dans sa vie inactive*, comme elle le disait en riant, c'étaient les heures qu'elle pouvait enfin détacher pour s'occuper pleinement d'Adrien. Le temps passait sur ces deux êtres sans altérer l'amour qui les avait fondus tous deux dans une unité sacrée.

Elle se complaisait dans ces pensées heureuses, devant sa fenêtre ouverte, face au Ravin rouge que le soleil levant transformait en une coupelle d'or. Une radieuse journée s'annonçait, fraîche, mais sans nuages.

-"A quoi rêves-tu ainsi, ma fille, en plein courant d'air ? Tu vas prendre froid. Passe une veste et va accueillir tes enfants... Ils arrivent, j'ai reconnu le bruit de la voiture d'Isa".

L'oreille de Mamita était bien fine pour son âge ! Elise eut juste le temps d'enfiler sa pèlerine et de s'avancer sur le chemin pour voir la voiture déboucher, au tournant de la route, dans un joyeux concert de klaxon.

Isabelle n'était pas seule. Arnaud l'accompagnait ainsi que le petit Safrani et sa jeune épouse et ils avaient pris en charge, sur la route, après Médéa, Sélim qui rentrait au douar pour voir sa famille.

Elise fut heureuse de voir ainsi la maison se remplir. Elle s'inquiéta seulement de la mauvaise mine de Sélim. Après le Brevet, son père l'avait placé comme apprenti maçon chez un de ses cousins qui lui donnait toujours les besognes les plus pénibles.

Elle avait bien tenté de dissuader Kader, proposant de payer sur ses propres deniers des études d'architecte à cet enfant qu'elle aimait comme un des siens.

Mais le fellah était demeuré intraitable :

-"Mon fils doit vivre comme tous les autres habitants de la mechta. Il est déjà trop instruit comme ça ! Maintenant, il doit apprendre un métier".

Cela faisait quelques années déjà que Sélim travaillait chez son parent. Il était devenu un bon ouvrier, prêt à aider son père ou Adrien, à chacune de ses visites, heureux de montrer ses capacités.

-"Rassure-toi, Yemmalise, affirma-t-il ; je suis seulement un peu fatigué. Je monte voir grand-mère et me reposer auprès d'elle, mais, si tu m'invites, je viendrai dîner avec vous ce soir".

-"Tu n'as pas besoin d'être invité, *Ouldi* (mon fils)" répondit-elle avec tendresse.

Elle avait, avec Sélim, des relations moins intimes qu'elle le souhaitait. Pour elle, il était toujours l'enfant qu'elle avait nourri et sauvé, tandis que, pour sa famille, c'était un musulman et, à ce titre, la fréquentation des Roumis était déconseillée.

Et le pauvre Sélim, qui préférait le pot-au-feu à la *chorba* (soupe algérienne au mouton) et les *mounas* (brioches pascales espagnoles) de Mamita aux *makrouds* (gâteaux de semoule aux dattes) de sa propre grand-mère, dut prendre, contraint et forcé, des distances qu'il regrettait avec sa mère adoptive.

Elle en était attristée mais ne savait que faire pour le bien du jeune homme. Devait-elle l'accueillir froidement, comme un étranger, parce qu'il n'appartenait presque plus à sa famille ? Ou laisser parler son cœur parce qu'il y avait tenu, naguère, une grande place ?

Il fêtait moins souvent Noël et Pâques avec eux, mais dès qu'il pouvait s'échapper un moment, il venait les voir, les regardait avec des yeux remplis d'une affection non feinte et Elise le recevait toujours comme l'enfant prodigue.

Pour l'instant la ferme résonnait à nouveau de rires espiègles car les jeunes gens, qui ne repartiraient que le mardi dans la journée, s'installaient. Ils se promenèrent, ensuite, comme des gamins, montèrent à la mechta tout en haut de la colline ventée sur laquelle Arnaud se sentait l'âme d'un Heathcliff moderne.

Adrien sella ses meilleurs chevaux pour qu'ils puissent galoper dans la nature. Isabelle et Arnaud s'élancèrent avec de grands éclats de rire et le petit Safrani suivit, accroché péniblement à sa selle, mais il n'alla pas plus loin que l'aire à battre où le cheval n'eut aucune peine à se débarrasser de son chétif cavalier.

Dans la soirée, la température fraîchit tout à coup, et tous furent heureux de se retrouver dans la salle à manger, près de la cheminée où un bon feu de chêne jetait de claires étincelles, dans la chaleur et le bien-être.

Mamita vint allumer la suspension, comme elle le faisait chaque soir, perchée sur la pointe des pieds. Isabelle, en l'embrassant, lui prit sa boîte d'allumettes, frotta la mèche et la pièce s'éclaira d'une lumière douce et tamisée.

On disposa deux autres lampes à pétrole de part et d'autre de la cheminée et, peu de temps après, on passa à table, autour d'une succulente poule au pot qu'Henri IV n'aurait pas désavouée.

-"Comme c'est romantique ! disait la timide Rachel Safrani, vivre ainsi, sans électricité, sans radio, sans... sans..."

-"Tais-toi et mange ! coupa Isabelle en la servant copieusement ; assez de restrictions pour ce soir".

Après le dîner, on s'installa, à nouveau, près du feu. Isabelle raconta le dernier film qu'elle avait vu au Régent ! *Le comte de Monte-Cristo* avec un Jean Marais absolument i.né.nar.ra.ble !

Puis, on en vint à parler de sujets plus sérieux, des écoles qu'Isabelle visitait, des maladies dont pouvaient souffrir les enfants scolarisés, des vaccinations obligatoires.

Le petit Safrani exposa passionnément les travaux qu'il réalisait à Mustapha. Il était resté au service de transfusion sanguine et fit l'éloge de son patron, le professeur Benhamou, dont l'énergie le fascinait.

Ce petit homme chauve, et plus très jeune, avait eu à faire face, pendant la dernière guerre, à tous les besoins de l'armée d'Afrique qui combattait en Tunisie !

Le centre de produits sanguins de Mustapha, coupé de la métropole, était démuni des moindres objets usuels comme les flacons, les tubes de caoutchouc et les aiguilles. Il fit appel à une verrerie marocaine, à une petite fabrique de caoutchouc d'Hussein-Dey et il fit confectionner les aiguilles par ... un bijoutier d'Alger !

Mais il fut puissamment aidé dans sa lutte par le sénateur Borgeaud, qui exploitait un grand domaine vinicole à La Trappe.

Celui-ci dépensa une fortune en faisant construire et équiper, à ses frais, sur sa propriété, une usine de lyophilisation qui permit bientôt de livrer du plasma lyophilisé aux soldats.

Ce fut un bel exemple de solidarité de la part d'un Français d'Algérie grâce au mécénat duquel de nombreuses vies purent être sauvées.

On parla longtemps, on rit beaucoup, jusqu'au moment où les paupières devinrent lourdes et chacun se retira pour prendre un repos bien mérité.

Le dimanche passa à une vitesse folle ; on chassa le lièvre et on gaula les noix. Puis, tous participèrent avec émotion, en fin d'après-midi, à une petite cérémonie du souvenir au monument aux morts de Ben-Chicao.

Ce soir-là, on décida d'être plus raisonnable, de se coucher plus tôt pour mieux vivre le lendemain.

Malgré tout, quand la nuit fut profonde, les jeunes gens s'accordèrent une petite balade nocturne avant d'aller dormir et, assis sur l'aire à battre, ils observèrent, avec admiration, les milliers d'astres éblouissants qui brillaient intensément dans un ciel pur.

Tandis qu'ils contemplaient les constellations, une étoile filante sembla brusquement jaillir des entrailles de la terre, s'infléchissant en une gracieuse parabole vers le Ravin rouge où elle parut se fondre dans un ruissellement d'étincelles.

-"Vous avez vu ? une étoile filante ! Il faut faire un voeu", cria Rachel d'une voix aiguë.

-"Oui, mais nous l'avons tous vue... Comment faire un voeu qui nous concerne tous ?"

-"J'ai une idée, proposa Arnaud. Pourquoi ne pas souhaiter que notre pays soit toujours aussi paisible qu'il l'est ce soir, sous cette merveilleuse voûte céleste ?"

Et toutes les mains se joignirent, tandis qu'ils disaient d'une seule voix :

-"Que la Paix soit sur toi, mon pays".

A ce moment, du fond de la vallée, montèrent vers eux, comme les cris de souffrance des damnés, les plaintes éperdues d'une troupe de chacals en maraude.

Le mardi 2 novembre, la camionnette du facteur passa plus tôt qu'à l'ordinaire. Elise était au dispensaire, en train de soigner Haddar qui s'était profondément entaillé la main.

Mamita le reçut avec cordialité :

-"Une tasse de café bien chaud, facteur ? Il fait frisquet ce matin".

-"Non, Madame Cortès, merci bien, mais il faut que je me dépêche... Vous verrez les nouvelles... Une série d'attentats dans toute l'Algérie dans la nuit de dimanche à lundi... Il y a des morts !"

Le vieille femme jeta un coup d'œil à *L'écho d'Alger*, puis elle blêmit affreusement et sortit en criant :

-"Elise, Elise ! Viens vite, ma fille... C'est à nouveau la guerre !"

Une vague de terrorisme s'était abattue sur tout le pays à la même heure, ce qui indiquait un plan d'exécution conçu et réalisé par une organisation disciplinée.

Incendies, bombes, sabotages, dans toute l'Algérie, principalement dans le Constantinois, où les lignes téléphoniques et télégraphiques avaient été coupées et on déplorait huit victimes dont deux indigènes ! Toute une série de meurtres et de catastrophes qui s'abattaient sur le pays hébété, avec la soudaineté de l'éclair.

-"Enfin, pourquoi ? ma fille, quelles en sont les causes ?"

Elise expliqua calmement ce qui pouvait avoir favorisé de tels événements.

La Tunisie et le Maroc, anciens protectorats français, avaient accédé à l'indépendance dans l'agitation, les troubles et la violence et des agitateurs étrangers s'étaient sûrement infiltrés clandestinement en Algérie pour pousser à la révolte les éléments subversifs locaux.

La petite ville d'Arris avait été isolée pendant la nuit et dans un car, arrêté vers sept heures du matin sur la route allant de Biskra à Arris, deux instituteurs métropolitains, qui allaient rejoindre leur poste à Tiffelel, furent abattus ainsi que Hadj Sadock, le caïd de M'Chounèche qui s'interposait pour les défendre.

-"Des enseignants ! commenta Elise avec indignation. Qui, même dans les contrées les plus reculées, même chez les nomades du Sud, aurait osé s'en prendre aux instituteurs du bled, altruistes entre tous, qui vouent leur vie à leur mission, acceptant par avance toutes les épreuves et tous les sacrifices ? !"

Ainsi commença une guerre qui n'en était pas une, au sens propre du terme, mais revêtait le visage de l'atrocité, car il n'y eut jamais de front dans cette guerre-là, seulement, face à des innocents paisibles et désarmés, une succession infinie de lâches attentats terroristes dont la cruauté dépassait les limites de l'imagination.

Dans l'immédiat, personne ne le comprit.

Les jeunes regagnèrent Alger le cœur serré par une angoisse indéfinie et chacun reprit ses occupations tout en tendant une oreille attentive à la moindre information, qu'elle soit diffusée par la radio ou commentée dans la rue.

En France, on parla de soulèvement tribal et les beaux discours succédèrent aux belles proclamations.

Dans la semaine qui suivit les premiers attentats, M. François Mitterrand, ministre de l'Intérieur, affirma dans une déclaration radiodiffusée :

L'Algérie, c'est la France et la France ne reconnaîtra pas, chez elle, d'autre autorité que la sienne.

En lisant ces belles et inexactes paroles à la une de *L'écho d'Alger*, impatiemment attendu chaque jour, Adrien s'insurgea :

-"Non, dit-il, l'Algérie n'est pas la France. C'est un territoire national, une œuvre française, la plus belle, peut-être, mais ce n'est pas la France ! La métropole semble oublier que les Français qui y vivent ont un devoir d'assistance, une mission de formation envers leurs frères indigènes, pour créer avec eux un avenir meilleur.

Les colons, puisqu'on nous appelle ainsi, ont fait surgir de contrées quasiment désertiques un superbe pays couvert de multiples cultures, ils ont construit des villes magnifiques, des ports modernes, ils viennent de découvrir du pétrole sur leurs terres. Dans tous les domaines, nous allons de l'avant, mais ce n'est pas la France, c'est l'Algérie Française à jamais marquée du sceau de la Mère-Patrie".

Isabelle tenta de rassurer ses parents :

-"Ne vous inquiétez pas ! Il s'agit surtout de bandes armées venant du Maroc chérifien. Dans deux mois au plus, tout sera rentré dans l'ordre".

Mais la réalité était autre.

La France avait immédiatement envoyé sur place trois compagnies de C.R.S. et trois bataillons de parachutistes et l'on entreprit une vaste opération de *nettoyage de l'Aurès* comme le titraient tous les quotidiens.

Julien, à l'affût de nouvelles informations, dévalisait chaque jour le kiosque à journaux proche de la pharmacie et, entre deux clients, il ne décolérait pas de lire les articles de journalistes en quête de sensationnel qui voulaient prouver au monde que le peuple musulman d'Algérie était entré en guerre.

En vérité, les bandits étaient terrés dans des repaires de montagne inaccessibles dont ils ne sortaient que la nuit, évitant soigneusement tout accrochage, pour couper quelques fils téléphoniques ou terroriser les habitants des mechtas isolées et sans défense.

Il eût mieux valu, pour la France, qu'elle établisse une surveillance plus rigoureuse des frontières tunisiennes et marocaines et mette un terme à la propagande qui voulait, à tout prix, faire de cette tentative de subversion une guerre révolutionnaire.

Elle ne le comprit pas et ne sut pas prendre les mesures nécessaires pour ramener la paix.

L'organisation subversive en prit une ampleur qui se renforça par une action psychologique de la coalition des pays arabes visant à faire reconnaître par l'ONU la prétendue révolution algérienne.

A la pharmacie, tous les clients voulaient donner leur opinion ou leur témoignage.

On disait que plus le temps passait, plus la rébellion s'affermissait. Des maquis s'étaient formés dans le bled, dans des régions accidentées, d'un accès presque impraticable, mais ils existaient et leur mission première se réalisait peu à peu.

Les rebelles semaient la terreur parmi les musulmans, s'attaquant, en priorité, à des fonctionnaires, des policiers, des gardes-champêtres, des anciens combattants, tous ceux qui, de près ou de loin, avaient partie liée avec la France, comme s'ils voulaient extirper de l'âme musulmane toute attache avec la Mère-Patrie.

Pourtant Alger était calme. Juste une inquiétude diffuse devant le pourrissement de la situation que la population française combattait avec son ironie coutumière.

-"Oh ! Dé... Ti a vu les fellouzes ? Ti a pris la loupe, alors ?"

-"Mais qu'est-ce qu'i foutent, l'armée dans le djebel Arris ? I doivent s'ennuyer les pôvres !"

-"Peut-être qu'i z'apprennent aux fellouzes à fabriquer des bombes, Dé... parce que celles qu'i z'avaient mis à Alger... I z'ont fait long feu !"

Et les plaisanteries fusaient, les gens riaient mais le rire sonnait faux. On sentait planer sur le pays une lourde menace, qui ne venait pas de l'intérieur. On avait affaire à un ennemi qui ne dévoilait pas son visage, hors d'atteinte, mais qui se servait du fanatisme musulman comme un bourreau se sert de sa hache.

Insensiblement, les indigènes changeaient d'attitude. La France les décevait, la rébellion gagnait du terrain et les pays arabes, Égypte en tête, affirmaient avoir pris en main la lutte anticolonialiste en Algérie.

Alors, ils commençaient à avoir peur et à se demander quelle serait l'issue du conflit ? Leur regard devenait fuyant mais sans hostilité aucune.

A Aïn Bou Djenaâ, la vie suivait son cours, le beau temps était revenu, avec un printemps couleur pastel qui agitait les thyrses de lilas comme des pinceaux pour parer de couleurs éclatantes la nature environnante.

Les habitudes prises depuis trente ans n'étaient en rien modifiées. Une longue file d'attente se formait le jeudi matin devant ce qu'Elise appelait son *dispensaire* et les femmes arabes remettaient toujours avec confiance entre ses mains des enfants chétifs souffrant d'entérite ou de trachome.

Elle les soignait avec amour, les embrassait, leur donnait une friandise en plus des médicaments. Jamais aucune de ses visiteuses n'avait proféré un quelconque commentaire sur ce que les gens commençaient à appeler pudiquement *les événements*.

Le douar tout entier considérait encore Lalla Stoutriss comme une sorte de thaumaturge et elle vivait toujours avec eux dans un état de grâce scellant une union des coeurs et une profonde entente avec ses assistés.

Seul Kader discutait ouvertement avec Adrien de la situation !

-"*Ya Khouïa* (mon frère) qu'allons-nous devenir ? Les armes arrivent en masse par la frontière libyenne. On les remonte jusqu'à Guentis à dos de chameau et, là-bas, on peut acheter tout ce qu'on veut. Après, les armes sont dirigées vers l'Aurès et la France ne voit rien ! Tu imagines la guerre chez nous ! On a vécu ensemble la main dans la main, on s'est battus ensemble, et maintenant... ça !

Ça prouvait que Kader ne trouvait pas de mots assez forts pour fustiger la rébellion. Adrien tenta de le rassurer :

-"C'est une histoire politique liée à la découverte du pétrole en Algérie. Depuis, les nations arabes convoitent notre pays parce qu'elles s'imaginent pouvoir en tirer une fortune... Comme la France est affaiblie par la guerre d'Indochine, elles pensent pouvoir en profiter. Mais ce qu'elles ne savent pas, *Khouïa*, c'est les liens qui existent entre les populations françaises et musulmanes d'Algérie ! Ne crains rien, nous nous en sortirons".

-"*Inch'Allah* !" conclut Kader avec ferveur.

Adrien n'était pourtant pas totalement certain de l'issue prochaine d'un conflit qui s'enlisait un peu plus chaque jour dans les atermoiements du Gouvernement Français et l'action psychologique intensive des pays arabes.

Il n'avait jamais eu le temps de se rendre en France depuis son installation, mais les lettres d'Adèle lui dépeignaient depuis la fin de la Seconde Guerre mondiale un pays qu'il n'aurait pas reconnu, un pays actuellement miné par un second échec, la défaite de Dien Bien Phu mettant un terme à la cruelle guerre d'Indochine qui pendant huit ans avait englouti des milliers de soldats, dont bon nombre de Français et de musulmans d'Algérie ainsi que des officiers d'élite.

Adèle faisait état d'une dégradation des mentalités autrement plus grave et préoccupante que celle qui avait suivi l'armistice de 1919.

Dans la jeunesse française, se répandaient des sentiments antipatriotiques confortés par les oeuvres de nouveaux maîtres à penser tendant à abolir, au nom de considérations sans fondement, toutes les valeurs morales et spirituelles qui avaient, en d'autres temps, fait la grandeur de la Mère-Patrie.

On admirait, on applaudissait, on encensait quantité d'écrivains, de philosophes et de poètes modernes qui foulaient aux pieds toutes les sciences éthiques sous prétexte d'affranchissement ou de libération de l'homme.

Adrien, dans cette conjoncture alarmante, sentait planer au-dessus de sa chère Algérie une sourde menace dont il ne pouvait encore mesurer l'ampleur mais qui avait déjà l'odeur du sang et le piétinement impitoyable de la férocité.

CHAPITRE XX

L'été s'installa bientôt sur Alger, attirant vers ses plages flavescentes toute une population qui cherchait à se rafraîchir.

Julien et Hélène émigrèrent, comme chaque été, à la Vigie. La transparence des fonds marins se teintait toujours de pourpre et d'améthyste, la dentelle mousseuse des vaguelettes se mourant sur la grève était toujours une invite à la détente, le bruit berceur du ressac incitait toujours à une douce somnolence sur le sable chaud.

Jusqu'au marchand d'oublies qui agitait toujours sa crécelle sous le nez des vacanciers, transpirant à grosses gouttes sous sa haute chéchia rouge, trimbalant sur son dos, à la manière d'une hotte, la large boîte métallique de laquelle sortaient, comme par magie, pour quelques pièces de monnaie, les friandises délicieusement croquantes dont se régalaient les enfants.

Isabelle, allongée sur un rocher plat, l'observait discrètement à travers les trous formés par le tressage de paille du large chapeau posé sur son visage.

Lui aussi avait oublié les événements. Il affichait un large sourire, s'adressait aux enfants d'une voix persuasive, incitait leur gourmandise en montrant sa marchandise, secouait joyeusement son tourniquet :

-"*Li z'oublies, li z'oublies ! Qui c'est qui vox di z'oublies ?... I sont bonnes mi z'oublies !...*"

Tout ce petit monde paisible était à mille lieux de ce que la métropole appelait déjà la guerre d'Algérie, une guerre sans nom, sans front et sans combattants.

Mentalement, Isabelle se remémorait les derniers événements.

Au mois d'avril, lors de la conférence afro-asiatique des peuples du tiers monde, à Bandoeng, sur le thème de l'anticolonialisme, on avait *mangé du colon* en présence de la presse internationale.

Les représentants du F.L.N. tinrent aux journalistes des propos tels que :

Notre révolte du premier novembre et la solidarité évidente des masses algériennes avec l'armée de libération nationale sont un témoignage de foi.

Si les masses algériennes avaient pu s'exprimer, à ce moment-là, autrement que sous la terreur, comme cette affirmation aurait été facile à démentir !

D'autres déclarations étaient destinées à influencer les opinions mondiales :

Nous avons beaucoup d'amis. Autant d'amis que la France. Nous n'avons d'autre volonté que de libérer une patrie sous les chaînes.

Psychologiquement, ces amis aidèrent beaucoup la rébellion. *La voix des Arabes* était un émetteur radio extrêmement puissant installé aux portes de la capitale égyptienne et une arme efficace diffusant à longueur de journée de fausses nouvelles, présentant la France comme un pays en pleine démagogie, sans aucun appui international, donnant des informations fantaisistes sur la couardise de l'armée française et exaltant comme des victoires magistrales les attentats terroristes des rebelles.

En alternance avec ces informations, des speakerines enthousiastes affirmaient que l'Islam tout entier était avec l'armée de libération nationale et que la foi musulmane exigeait l'engagement des croyants.

Est-ce qu'Ahmed, le marchand d'oublies, qui gagnait sa vie tous les ans sur cette plage, qui connaissait tout le monde et que tout le monde aimait bien, souhaitait réellement le départ des affreux colonialistes qui lui permettaient de faire vivre sa famille ? Revendiquait-il pour les seuls musulmans le droit de vivre sur cette terre où tous étaient nés ?

Isabelle se leva, s'étira, regarda le soleil au zénith et ramassa son sac et sa serviette.

L'Arabe s'approcha d'elle, faisant tournoyer son moulinet :

-"*Di z'oublies ? Ti vox ? Alli ! Achite !*"

-"Non merci, Ahmed, il faut que j'y aille, je suis en retard".

Durant l'été, pendant un mois, Isabelle remplaçait le docteur Ribère, vieux médecin ayant son cabinet boulevard Laferrière, car le praticien, légèrement hypocondriaque, n'aurait pour rien au monde manqué sa cure annuelle à Vichy.

A midi, elle s'échappait, le temps d'un bain de mer, ne pouvant résister à l'appel de l'été, mais elle rentrait très vite au cabinet médical pour les consultations qui duraient jusqu'à dix-sept heures.

Ensuite, c'étaient les visites, se prolongeant facilement jusqu'à vingt heures et elle rentrait chez elle, fatiguée mais heureuse car l'activité d'un généraliste libéral lui plaisait plus que toute autre.

Elle s'installerait un jour à son compte. Peut-être même, quand elle le pourrait, achèterait-elle le cabinet du docteur Ribère. Elle en connaissait bien la clientèle, les gens avaient l'air de l'apprécier, elle les fidéliserait bien vite.

Le cabinet médical, l'appartement attenant, le site, tout lui plaisait en ces lieux. Depuis deux ans, elle effectuait ce remplacement grâce à la recommandation du professeur Lagros, mais elle avait très vite fait la conquête du praticien et de son épouse qui ne recueillaient que des éloges sur leur remplaçante, son auscultation douce et son diagnostic très juste.

Le soir, avant de rejoindre son studio, elle ouvrait la fenêtre du bureau et contemplait Alger. Entre la ville blanche et elle, c'était une histoire d'amour qui durait depuis longtemps déjà. Mais ici, la beauté du site atteignait son paroxysme.

C'était une trouée de jardins étagés et fleuris qui s'ouvrait du Forum jusqu'à la mer, mouvante, éblouissante, parée de saphir et d'or pur par les dernières lueurs d'un soleil couchant qui semblait avoir choisi de se fondre et de disparaître dans cette splendeur.

-"Oh ! Alger ma blanche, Alger ma belle, Alger ma ville à moi, délivre-toi, délivre-nous de ce fanatisme avilissant qui voudrait nous anéantir !" suppliait-elle mentalement.

Et elle levait les yeux vers le Gouvernement Général. Le drapeau français flottant au-dessus du bâtiment la rassurait. Il était là immuable, il claquait au vent du soir. Qui oserait, un jour, s'y attaquer ? Ce jour-là toute la population d'Alger se lèverait pour le défendre. Elle en était certaine. Elle communiait depuis si longtemps avec sa ville qu'elle pouvait l'entendre soupirer, se plaindre ou s'exalter comme un être vivant.

En regardant le Gouvernement Général, elle songea soudain au nouveau gouverneur, Jacques Soustelle, en place depuis le mois de février.

C'était, disait-on, un gaulliste de la première heure et cela inquiétait la population d'Alger qui gardait un souvenir si amer des luttes et des imbroglios politiques de 1942 à 1944 pour la prise du Pouvoir.

Pour l'instant, il était bien silencieux, le Gouverneur Général ! Enfermé dans sa résidence comme dans une tour d'ivoire, il préparait sa thèse sur l'intégration.

Le 28 juin, il avait déclaré à la radio :

L'avenir, c'est l'intégration graduelle, certes, mais effective de l'Algérie à la métropole. Intégration n'est pas assimilation. L'originalité ethnique, linguistique, religieuse de l'Algérie doit être et sera respectée mais sans qu'elle puisse l'empêcher d'accéder au rang d'une véritable province française dans les domaines administratif, économique, social et politique.

En entendant ce discours, Isabelle avait su immédiatement qu'il plairait à son père, fidèle de radio-Alger, depuis qu'elle lui avait offert, pour son anniversaire, un excellent transistor.

En effet, Adrien avait applaudi Jacques Soustelle, car les propos de ce dernier reflétaient exactement ce qu'il pensait depuis toujours. Il avait cédé à son enthousiasme pour adresser au Gouverneur Général une lettre d'encouragement et d'approbation.

"C'est bien de Papa, pensa-t-elle en souriant ; sous ses dehors sereins, il est toujours prêt à s'enflammer pour une noble cause et, malgré son accent nivernais, il est devenu un vrai *colon* comme nous appellent, péjorativement, Dieu seul sait pourquoi, les journalistes métropolitains !"

En rentrant chez elle, ce soir-là, elle eut une surprise agréable. Ethel et Christian Peyrac l'attendaient, accompagnés de leurs jumelles, Martine et Marielle, et de leur petit dernier, Jean-Christophe, dont elle était la marraine.

Ils étaient venus passer quelques jours chez Frantz et ne pouvaient pas repartir sans l'embrasser.

Elle emmena tout ce petit monde dîner au *Coq Hardi*, s'extasiant sur la joliesse et les progrès de son filleul qui venait d'avoir trois ans et parlait déjà comme un grand.

-"Sais-tu ce qu'on dit, Isa ? chuchota Ethel ; il y aurait des maquis de fellaghas dans les gorges de la Chiffa ! On a de la peine à imaginer cela ici. La ville est calme. Les campagnes aussi sont tranquilles, les ouvriers sont *comme avant*. Quand tout cela va-t-il finir ?"

Ils changèrent bientôt de sujet. Il fut question de la scolarité, à Loverdo, des jumelles qui allaient avoir huit ans et entreraient cette année dans la classe de Pierre Vauquelin. Isabelle s'enquit de la santé de ce dernier qui ne tarderait pas à prendre sa retraite, lui aussi.

-"Pourquoi ne restez-vous pas jusqu'au quinze août ? C'est lundi prochain, je ne travaillerai pas et nous pourrions tous passer une bonne journée au cabanon, chez ma marraine ; je suis sûre qu'elle en serait ravie".

-"Non, j'ai trop de travail en ce moment, répondit Christian ; Ethel voulait voir son frère, elle l'a vu. Les enfants ont profité de la plage, nous avons passé une journée entière à La Madrague, maintenant il faut rentrer".

-"Embrassez mes parents et Arnaud pour moi leur demanda Isabelle en les quittant ; je suis de garde la semaine prochaine mais je monterai sûrement le samedi suivant. A bientôt."

En rentrant chez eux, après une halte à Médéa, Ethel et Christian firent un crochet par Aïn Bou Djenaâ. Elise fut heureuse de les voir ; Mamita leur prépara rapidement de savoureuses crêpes, mais ils ne virent ni Adrien, ni Arnaud qui effeuillaient les vignes.

Ethel leur annonça la venue d'Isabelle, le samedi vingt-huit.

-"Pourquoi ne viendriez-vous pas tous déjeuner chez nous, avec mes parents, le dimanche vingt-neuf ? Je promets de ne pas faire de la choucroute, mais nous avons d'excellentes tomates, je propose de la *tchoutchouka* (ratatouille de poivrons et tomates) et du poulet à la broche".

-"Tu devrais plutôt préparer des *cocas*, la veille, avec du poulet froid et nous pourrions déjeuner sur l'herbe, à l'orée du petit bois d'acacias".

-"D'accord, répondit Ethel en riant, et si Mamita nous confectionne quelques *mounas*... on se croira à Pâques !"

On promit de se retrouver et les jeunes gens les quittèrent bientôt car le soir tombait.

On ne s'installait plus devant la porte où sous la tonnelle pour voir s'iriser les montagnes des vapeurs argentées du soleil couchant.

Elise ne partait plus, dans une clarté de plus en plus nébuleuse, à la rencontre de son époux. Elle l'attendait devant sa porte, inquiète et toujours appuyée contre le mur de sa demeure, ce qui ne lui ressemblait pas.

Il lui avait demandé un soir pourquoi elle se tenait ainsi, toute droite, le dos au mur !

-"Tu es fatiguée, ma chérie ?"

-"Non, pas du tout. Mais imagine qu'on me tire dessus, dans la pénombre. Je veux mourir de face !"

Ainsi cette femme qui, depuis trente ans, pansait les blessures de tous les indigènes alentour craignait qu'on l'assassine lâchement, d'une balle dans le dos, en récompense de sa prodigalité ? Adrien en fut atterré... "Quelle folie s'empare de l'Algérie ?" pensa-t-il.

Une vraie folie meurtrière, en effet. Chaque jour, un lot de nouvelles plus horribles les unes que les autres le bouleversait davantage et attisait en lui une profonde colère.

Le Caire prônait l'insurrection générale... Sans trop savoir où et comment elle surviendrait, on la redoutait... Dans les mechtas isolées où même les caïds ne se rendaient plus, le peuple était terrorisé par les rebelles qui se livraient à une véritable violation des coeurs et des esprits.

L'offensive terroriste éclata le 20 août. Dans de nombreuses villes et des villages désarmés du Constantinois, des bandes de fellaghas se lancèrent dans la guerre sainte, entraînant par la peur une population qui n'avait qu'une seule issue pour sauver sa propre vie, l'engagement aux côtés de ses tortionnaires.

La consigne était de massacrer tout ce qui, de près ou de loin, ressemblait à un Français, ainsi que tous les musulmans soupçonnés d'amitié pour la France.

A Philippeville, à Constantine, ils furent repoussés par l'armée française et s'enfuirent en débandade, mais dans les petites villes, dans les villages, ils se ruèrent sur les Français, sur les juifs, sur les musulmans fidèles à la France et ils massacrèrent avec des raffinements de cruauté inimaginables, torturant même les enfants et les nouveau-nés avant de les exterminer.

El-Halia, Oued-Zenati, Gounod, Saint-Charles, Jemmapes, Aïn-Abid, autant de villes et de villages, dans la mémoire desquels retentiront toujours les cris des martyrs.

C'était l'horreur !... Une irrémédiable horreur que rien ni personne ne pourrait plus jamais effacer.

Devant ces atrocités, où fut la conscience de la presse française et internationale ? D'où fusèrent les cris de réprobation au nom des droits de l'homme ? Quelles voix s'élevèrent, en France, pour dénoncer les tortures inhumaines infligées à des enfants, à des bébés français ?

En Algérie, on n'entendit que celle du Gouverneur Soustelle, qui se rendit sur les lieux, vit les massacres, les déchets humains couvrant les rues, le sang séchant sur les murs et les pavés ; il vit la barbarie dans toute son ignominie et, depuis cette descente aux enfers, l'Algérie Française n'eut pas de plus ardent défenseur que lui.

Chacun aurait voulu effacer de sa mémoire ces jours d'apocalypse et chacun savait pourtant qu'ils étaient irréversibles, que nul n'oublierait jamais.

Les indigènes avaient honte. Ils n'osaient plus regarder en face les Français qui, désormais, ne pouvaient plus leur faire confiance de la même manière.

Le F.L.N. y gagna un surnom qui correspondait davantage à ses actions. Les Algérois ne l'appelèrent plus que *Front de Lâchetés Nocturnes.*

Les journaux d'Algérie, la radio, comptabilisaient froidement les morts, de cinq cents à mille, comme les pions sans valeur d'un sanglant échiquier. Les commentaires étaient désespérément froids et la confiance en un avenir meilleur avait totalement disparu. Personne ne croyait plus que la paix pourrait être rétablie rapidement.

Les musulmans, et surtout les fellahs du Constantinois, contraints par les rebelles à les accompagner dans leurs expéditions dites punitives, craignaient d'être abattus ainsi que leur famille.

Nombre d'entre eux, après avoir erré longtemps, sans but, dans le bled, les yeux encore emplis des spectacles d'épouvante auxquels ils avaient assisté, se présentaient aux fellaghas qui, les trouvant douteux, les exécutaient sans pitié.

Adrien ne pouvait plus trouver le sommeil. La fatigue avait raison de lui ; il s'assoupissait et les gémissements de douleur des torturés le réveillaient en sursaut. Il ne parvenait pas à chasser de son esprit l'atrocité de tels massacres.

Elise, à ses côtés, silencieuse et immobile, attendait le silence de la nuit pour élever vers les Cieux ses ferventes prières. Elle ne demandait rien pour elle. Elle implorait la Puissance Divine pour ses enfants et pour toutes les populations de son pays confrontées à la haine et au fanatisme aveugle. Elle se demandait avec effroi : "Qui va mourir, cette nuit, sans que rien ni personne ne puisse l'empêcher ?" Et jamais, elle n'avait mis tant de conviction pathétique dans son appel à la Sainte Mère de Dieu :

"*Priez pour nous, pauvres pécheurs,*

maintenant et à l'heure de notre mort... l'heure de notre mort..."

Dans la nuit du vingt-cinq, elle parvint enfin à s'endormir alors qu'Adrien, angoissé, attendait sans bouger les premières lueurs de l'aube.

A travers les volets clos, il observait le rayon blafard de la clarté lunaire que rosiraient bientôt les premiers rayons de l'astre du jour.

Brusquement cette lumière pâle se teinta de reflets chatoyants, de lueurs orangées inhabituelles.

Inquiet, il se leva et entrouvrit doucement les volets.

Ce qu'il vit le plongea dans l'effroi. A gauche du Ravin rouge, une rougeur de brasier enflammé dans la nuit encore profonde. La ferme des Peyrac ! Dans la nuit, les bandits avaient dû mettre le feu à la grange ! Tremblant de colère et d'angoisse, il s'habilla rapidement, alla réveiller Arnaud.

-"J'ai l'impression qu'on a mis le feu à la grange des Peyrac. Je vais voir de quoi il retourne exactement".

-"Je t'accompagne", dit Arnaud en se levant d'un bond.

-"Surtout pas. Tu refermes la porte derrière moi et tu veilles sur ta mère et ta grand-mère".

Il prit son fusil, sa cartouchière, sella son meilleur cheval et eut tôt fait, coupant à travers la montagne, d'atteindre la ferme dont la grange brûlait.

-"Sont-ils attaqués, en ce moment ?" se dit-il. Il regrettait de ne pas avoir lancé de fusée de détresse lorsque plusieurs flammes rouges fulgurantes déchirèrent l'atmosphère.

-"Arnaud y a pensé pour moi", observa-t-il.

Il fut bientôt dans la cour. La grange flambait mais personne n'était là pour combattre le feu. Un silence de mort... Le silence de la mort.

Il sauta de cheval, arma son fusil, se dirigea vers la maison et ce qu'il vit fit vaciller sa raison. Le monde retournait au néant, un vacarme de cloches assourdissait sa tête, faisait éclater son cerveau, il vomit sans même s'en rendre compte !

Cloué, par de grosses chevilles charpentières, sur la porte fracturée qui battait au vent nocturne, le cadavre égorgé du petit Jean-Christophe saignait encore !

Adrien était anéanti ! Il lui semblait que la foudre était tombée sur lui et que le feu l'avait ravagé ! Obscurément, une pensée l'obsédait. Décrucifier le petit martyr. Il cherchait des yeux un outil, un levier et restait figé sur place.

Il ne vit même pas la lumière des phares sur le chemin... Les militaires arrivaient.

A l'intérieur, ils trouvèrent les cadavres affreusement mutilés de Christian, d'Ethel et des deux petites.

Il semblait que la horde sauvage ait fracturé la porte d'entrée, puis les autres, jusqu'à celle de la chambre où la famille avait trouvé un ultime refuge. Le sang avait giclé partout, maculant les meubles, le papier peint et même, pendu au mur, sous un cadre de verre, un agrandissement photographique du jeune couple le jour de son mariage.

Adrien attendait dehors, le cœur déchiré, l'air hagard, fixant sans le voir le squelette noir d'un arbre brûlé, hérissé de rameaux charbonneux et les bottes de paille calcinées se détachant en cendres grises que le vent emportait vers le Ravin rouge.

-"Monsieur de Courtenay... Monsieur de Courtenay !"

Le lieutenant s'étonnait de l'air perdu d'Adrien qui ne semblait pas l'entendre.

-"D'après les premières constatations, ils ont été tués par balles, mitraillettes probablement. Ils se sont acharnés sur les cadavres, après. Il faut prévenir leurs familles..."

Jean ! Marthe ! Le cœur d'Adrien se tordit... Comment leur dire l'indicible ?

Il remonta à cheval comme un automate, ne s'arrêta même pas chez lui, coupa vers Médéa, sans voir le temps passer, ni rien de ce qui l'entourait. Il ne fit halte que devant la maison de son ami. Jean se rasait devant une glace accrochée à l'espagnolette de la fenêtre de la salle de bains. Il vit Adrien descendre de son cheval couvert d'écume en titubant, à six heures du matin. Il le vit s'avancer, blême et décomposé vers la porte d'entrée. Il ouvrit cette porte toute grande, le regarda un moment, incrédule.

Adrien ne disait rien, il tremblait de tout son corps, il ouvrait les bras.

Non ! hurla l'Alsacien d'une voix déchirante qui fit vibrer les vitres.

Adrien hocha la tête en un acquiescement désespéré et Jean, perdant connaissance, s'écroula contre son épaule.

Les gendarmes furent bientôt là, le médecin de famille aussi ; on avertit Frantz et les Peyrac, qui se trouvaient à Bône, chez leur fille.

La famille de Courtenay veilla les pauvres morts. On avait fermé les cercueils afin d'épargner un peu les parents... Madame Peyrac, le visage ravagé par les larmes, invoquait inlassablement les disparus ; son mari ne parlait pas. Jean assista aux obsèques entre Elise et Adrien, soutenu, presque porté par son ami ; Marthe était absente, sous perfusion à l'hôpital de Médéa. Le sermon du Père Chabanis aurait fait pleurer les pierres ; tous étaient déchirés, blessés jusqu'au fond de l'âme.

Lorsqu'ils rentrèrent à Aïn Bou Djenaâ, les Courtenay entendirent des coups de marteau. Sélim avait pris une grande échelle, et creusait les blocs de pierre des fenêtres donnant sur le Ravin rouge.

-"Sélim, que fais-tu ?" demanda Adrien.

-"Je vais sceller des barreaux à toutes les fenêtres, je murerai ensuite toutes les entrées autres que celle de la cuisine et devant celle-ci, je construirai, en béton armé, des murs inviolables garnis de meurtrières. On entrera par une trappe métallique. Les cheminées aussi seront garnies de barreaux scellés, cette maison va devenir un blockhaus."

-"Mais enfin ! Sélim..."

-"Chut ! Ne dis rien ! Je ne veux même pas penser qu'un jour Yemmalise, tu comprends... ma mère..."

Adrien comprit ; Sélim ne voulait pas qu'on puisse un jour retrouver Elise massacrée comme la pauvre Ethel, il en frissonna.

-"Que le Ciel la protège !" dit-il et Sélim répondit "*Inch'Allah* ! "

CHAPITRE XXI

L'affreuse tragédie que le village venait de vivre avait bouleversé toute la région. Après le massacre de la famille Peyrac, l'armée, les villageois, tous, avaient organisé des battues... Rien. A croire que les terroristes s'étaient volatilisés.

La tactique était pourtant connue. Fondre à deux cents sur une ferme isolée et sans défense, comme une bande de vautours se disputant une proie, tuer, torturer, violer et déchiqueter les cadavres, chacun voulant, pour assouvir sa haine contre la France, porter un coup aux pauvres corps disloqués, puis s'évanouir dans la nature.

Adrien et Arnaud se relayèrent pour participer aux recherches. Pour fouiller la montagne, ils prirent des chevaux, accédant ainsi à des caches, des bois reculés qui ne pouvaient pas être accessibles autrement.

Les atrocités qu'il avait vues, étaient encore imprimées sur la rétine d'Adrien. Il n'en avait pas parlé chez lui. Jamais il n'évoquerait le massacre avec le pauvre Jean Heilligenstein qui, malgré sa douleur, participait aux battues des colons, mais il s'en était ouvert à Kader, voulant savoir, de la bouche d'un musulman, comment on pouvait aller aussi loin dans le sadisme et le fanatisme.

-"*Beni kelb* ! (Fils de chiens !) avait dit l'Arabe... c'est la propagande pourrie des fanatiques qui les transforme en chiens méchants. On leur fait croire que celui qui tue un Roumi, même un enfant roumi qui vient de naître, gagne le paradis... Des chiens, je te dis, *Khouïa*, ils transforment les hommes en chiens enragés !"

Sans relâche, Adrien les traqua... Il en rencontra même quelques-uns sans les reconnaître : parmi un troupeau de moutons, une bande de bergers impassibles et paisibles. Adrien ne connaissait pas ces hommes, il s'approcha, leur parla, leur demanda d'où ils venaient.

"Nous sommes du douar El kchour, près de Lodi, lui répondit le chef avec un grand sourire, nous amenons ces moutons à Berrouaghia pour les vendre".

Adrien les regarda un moment. Le doute s'emparait de son esprit. Puis, il se reprit. "Je deviens fou, pensa-t-il ; soupçonner des bergers !" et il tourna bride.

Pourtant, c'étaient bien les loups, transformés ainsi en agneaux ! Leurs armes étaient cachées dans une petite grotte au-dessus et le sang de Jean-Christophe, d'Ethel, de Christian et des jumelles était encore mal séché sur les mains brunes qu'ils cachaient dans les poches de leurs gandouras.

C'est ainsi qu'agissaient les rebelles. Ils devenaient insaisissables dès leurs mauvais coups portés, se transformant, comme par magie, en paisibles fellahs ou gardiens de troupeaux. Ils en arrivèrent à faire soupçonner tout le monde par tout le monde et bien souvent, par la suite, des musulmans loyalistes, attachés à la France, furent soupçonnés, arrêtés et payèrent même à leur place, pour des forfaits qu'ils n'avaient pas commis.

Jean et Marthe ne voulurent pas quitter Médéa. Il leur fallait se rendre chaque jour au cimetière de Ben-Chicao, cherchant ainsi désespérément à communier avec leurs enfants morts. Frantz demanda alors à être muté et on le lui accorda en raison des circonstances. Il était célibataire, il vint vivre avec ses parents. Chez ces colons injustement méprisés contre lesquels la presse de métropole se déchaînait, l'esprit de famille était le seul rempart contre le malheur.

En octobre, Isabelle reprit sa mission de médecin des écoles qui la faisait se déplacer dans les multiples dispensaires scolaires et visiter les écoles d'Alger.

Arnaud retourna aux Facultés sur les instances de ses parents pour lesquels il s'inquiétait.

-"Ne crains rien, assura Adrien, personne ne viendra nous attaquer. Sélim a transformé cette maison en une véritable forteresse et nous ne risquons rien. Prends bien soin de toi et de ta sœur et évite, autant que possible, les manifestations d'étudiants".

Profondément traumatisé par le massacre dont il avait été témoin, Adrien, chaque jour, avide de nouvelles positives, attendait l'heure des informations qu'il écoutait gravement, avec, au cœur, l'espoir d'un miracle.

Hélas, les nouvelles n'étaient pas bonnes. Après les élections de janvier 1956, le président Coty choisit comme président du Conseil Guy Mollet, qui accepta et constitua son Gouvernement dans une ambiance de grenouillage politique.

Jacques Soustelle, sentant venir des modifications prochaines, adressa à Paris ses conclusions en faveur de l'intégration qu'il pensait être la seule solution pour l'Algérie Française. Son sentiment était d'ailleurs partagé par la majorité des communautés d'Algérie.

Le 12 janvier, il fit à Radio-Alger un vibrant discours en faveur de son plan qui fit renaître l'espoir chez Adrien :

"*Le bien de l'Algérie, c'est d'abord qu'elle reste française. Puisque l'Algérie doit demeurer partie intégrante de la France, il faut que cette exigence devienne chaque jour plus réelle pour le bien de tous.*

Je suis profondément convaincu que c'est la voie du salut. C'est aussi le génie de la France, généreuse et humaine, qui nous engage à rompre avec les routines du passé. Non à la rébellion, avec son obscurantisme et sa sauvagerie ! Non à l'immobilisme qui se complaît dans le maintien précaire d'une situation dépassée !

Il n'y a pas de solution hors de France et sans la France !"

Etait-ce pour sanctionner ces paroles d'espérance que Jacques Soustelle se vit bientôt rappelé en France, devant être remplacé par un ministre résident, le général Catroux.

C'était une douche écossaise pour l'Algérie tout entière ! Catroux était tristement célèbre pour avoir ramené Mohamed V sur le trône du Maroc. On le savait autonomiste convaincu et, dans la conjoncture fallacieuse mondiale, l'autonomie de Catroux pouvait déboucher, en peu de temps, sur une indépendance dont le peuple d'Algérie, dans son ensemble, ne voulait pas entendre parler.

Alger bougeait, se réveillait d'une douloureuse torpeur... La pharmacie de Julien s'animait et chacun prenait l'engagement de s'opposer à l'installation de Catroux à Alger.

-"Comment ferons-nous ?" demanda Isabelle pleine d'excitation.

-"Je n'en sais rien, mais, le moment venu, nous verrons bien la réaction de la majorité et nous ne demeurerons pas inactifs, crois-moi", répondit Julien.

Il faisait gris, le 2 février 1956, gris et humide. Seul, le vent du nord empêchait la pluie de tomber. La mer, agitée sous les rafales, était parsemée d'écume blanche : la *bafagne* disaient les pêcheurs.

Vers dix heures trente, Julien ferma la pharmacie, tira les grilles. Hélène le rejoignit bientôt et ils commencèrent à descendre la rue Michelet. La foule devenait dense et convergeait vers le centre.

A la hauteur de la grande poste, ils entendirent la voix d'Arnaud. Le jeune homme les rejoignit bientôt. A pied, se laissant porter par la foule, tous se dirigeaient vers le port.

M. Jacques Soustelle devait embarquer vers midi sur l'*El Djezaïr*. Lorsque les voitures officielles se mirent en route, des dizaines de milliers de personnes s'entassèrent sur les trottoirs tout au long du parcours. Français et musulmans, intimement mêlés, criaient : "*ne partez pas !*" et le cri était repris comme une litanie par des milliers de bouches tout le long du parcours :

"*Ne partez pas ! Ne partez pas !*"

Des spahis, sabre au clair, trottaient de part et d'autre de la voiture du Gouverneur. Ils eurent toutes les peines du monde à empêcher les Algérois de se jeter devant la voiture ou sous les pattes des chevaux.

La Marseillaise était chantée avec ferveur par des milliers de voix. Quand Soustelle descendit de voiture, tous les barrages furent rompus et il manqua d'être étouffé par un raz de marée humain.

Il recula, sous la pression jusqu'à une automitrailleuse sur laquelle il parvint à se hisser.

Il se mit à hurler, à gesticuler. Seuls les premiers rangs l'entendirent mais ses paroles furent portées par la foule jusqu'aux derniers :

"*Si vous voulez que je continue à défendre l'Algérie Française, laissez-moi partir !*"

Une immense clameur lui répondit. Un appel désespéré et pathétique : "*Ne partez pas !*".

L'automitrailleuse se mit alors à avancer vers le bateau, avec mille difficultés car des jeunes gens se jetaient devant les roues. Arnaud était du nombre, ce qui fit pousser à Hélène un cri d'angoisse.

Le chant des Africains avait remplacé *la Marseillaise*. Venant des quais, du boulevard de la République, de la ville entière, venant de milliers de coeurs battant à l'unisson, le chant, en une immense vague sonore, montait à l'assaut de l'automitrailleuse, pénétrait l'âme de Jacques Soustelle.

"*Car nous voulons porter haut et fier,*
Le beau drapeau de notre France entière,
Et si quelqu'un venait à y toucher,
Nous serions là pour mourir à ses pieds".

La conscience des hommes d'Algérie se réveillait. En 1942, ils avaient rendu à la France une armée ! Et maintenant, gorgés d'amertume, unis par la force de la passion, ils faisaient masse et se sentaient infiniment plus français que les laxistes métropolitains.

Français d'origine, descendants des Alsaciens, des Lorrains ou des Ariégeois, petits-fils des Baléares, de l'Andalousie, de l'Italie ou de la Turquie, Berbères ou Kabyles, tous sentaient la contre-révolution naître en eux.

La foule entière, dans un grand élan de patriotisme, était prête à mourir pour le drapeau français qui flottait fièrement sur le Gouvernement général. La foule entière et le Gouverneur qui courait maintenant vers le navire et embarquait par une échelle de service.

Sur le pont, haletant et bouleversé, il agita son mouchoir ! La ville entière chantait pour lui seul maintenant :

"*Ce n'est qu'un au revoir, mes frères...*"

Accoudé au bastingage, agitant son mouchoir, M. le Gouverneur Soustelle pleurait.

Cette manifestation émouvante, *chargée de sens* comme titrèrent les journaux dès le lendemain, n'était pas seulement une démonstration d'attachement à Jacques Soustelle, c'était aussi le refus unanime de l'Algérie à la nomination du général Catroux.

Le président du Conseil ne le comprit pas tout de suite puisqu'il annonça sa venue à Alger, le 6 février, afin de préparer l'installation du ministre résident.

Alger s'organisa alors, dans l'unanimité. Dès le matin du 6, les balcons s'ornèrent de crêpe noir ou de tout autre tissu de la même couleur.

Les commerçants tirèrent leurs rideaux. Paisiblement, Julien confectionnait une pancarte : *Fermé pour cause de Deuil*, lorsque Isabelle entra dans la pharmacie, un couffin à la main.

-"J'apporte des munitions, dit-elle posément en ouvrant son panier rempli de tomates mûres et pulpeuses à souhait. Elles viennent de Zéralda, ajouta-t-elle le plus sérieusement du monde, garanties de premier choix".

-"Enfin, Isabelle, tu n'as pas l'intention de te rendre au monument aux morts avec un couffin de tomates ?"

-"Mais oui, je te le répète, ce sont nos munitions, il y en a six kilos. Comme c'est un peu lourd, à la longue, tu m'aideras à les porter".

-"Et ton frère, où est-il ?"

-"Je pense qu'il participe à une manifestation d'étudiants, rue Michelet. C'est pourquoi je suis venue te chercher. Hâtons-nous, il y a déjà pas mal de monde".

Ils partaient, quand Hélène arriva avec un filet rempli de bananes, et cette femme du monde, délicate et raffinée, expliqua doucement :

-"Il paraît qu'on ne trouve plus de tomates en ville, alors, comme j'avais des bananes mûres..."

Ils eurent toutes les peines du monde à se frayer un passage dans une foule de plus en plus dense. Espérant s'installer le plus près possible, ils furent bloqués non loin des grilles du monument aux morts.

On attendit des heures, presque en silence. De temps en temps, fusaient de la foule des rires et des plaisanteries, comme on en entendait à Alger, même dans les circonstances les plus graves.

Deux hommes tentèrent de s'engager dans les escaliers, portant à bout de bras une grande corbeille de roseaux tressés, en criant :

-"Laissez passer l'artillerie !"

Les gens demandaient : -"Qu'est-ce que c'est ?"

-"Oh ! Qu'est-ce que vous croyez ? Que c'est des pruneaux ? On est civilisé à Alger, Dé !... Rien que des tomates, on va lui envoyer !"

Jacques Chevallier, le maire d'Alger, arriva le premier. Il sourit à la foule, espérant l'amadouer ; elle resta silencieuse. Mais soudain des cris et des insultes retentirent. Le cortège présidentiel arrivait.

Chevallier s'avança, la fanfare attaqua les premières mesures de *la Marseillaise*. Soudain le bruit sourd de la foule attentive se mua en une clameur immense.

Le cri de tout un peuple déchira l'air, monta vers le ciel, vibrant comme un roulement de tonnerre et, en même temps, les premiers projectiles commencèrent à pleuvoir sur les officiels, non seulement des rues avoisinantes, mais aussi des balcons, des terrasses.

Un philodendron et son pot de terre vinrent se fracasser au pied du cortège.

Isabelle grimpa sur la grille : "Passe-moi des munitions !" cria-t-elle à Julien.

Julien s'exécuta et la première tomate lancée par Isabelle s'écrasa sur le manteau du président du Conseil, blême mais imperturbable.

-"Bravo, Docteur !" C'était une vieille patiente du Docteur Ribère qui applaudissait la jeune fille.

Encouragée, elle lança un second projectile qui s'éclata aux pieds de Guy Mollet.

-"Trop court ! dit-elle, trop loin pour bien viser". Alors, ils firent comme tout le monde, suivirent le mouvement et envoyèrent leurs provisions sur tous les participants à la cérémonie.

Des centaines de projectiles s'abattaient sur le cortège officiel. Légumes de toutes sortes, plantes grasses, oeufs pourris, mais principalement tomates.

Les gens démunis arrachaient le gazon des pelouses qu'ils projetaient avec vigueur sur les personnalités !

Près d'Isabelle, un vieil Arabe sortit avec précaution de sa chéchia quelques oeufs qu'il commença à lancer sans atteindre sa cible. Déçu, il renonça aux officiels et, se retournant vers le service d'ordre, il épuisa sur eux le reste de ses munitions.

Et toujours ce cri, cet appel déchirant, sorti de mille poitrines, qui couvrait même les salves d'artillerie :

"Algérie Française ! Algérie Française !"

Sous le manteau souillé du président, un cœur humain battait-il ? Dans l'affirmative, il devait être bouleversé, car il avait entendu l'appel d'Alger, dans toute sa vigueur, dans toute sa violence, mais dans toute sa détresse aussi.

D'une pâleur de cire, Guy Mollet regagna sa voiture qui se dirigea vers le Palais d'Eté tandis que des heurts, parfois violents, se produisaient entre les manifestants et le service d'ordre.

Certains journaux parisiens firent état le lendemain d'une manifestation fasciste ! Mais les Algérois n'y prêtèrent guère attention, une seule nouvelle était importante à leurs yeux : le général Catroux avait démissionné.

Le nouveau ministre résident, M. Robert Lacoste, s'installa quelques jours plus tard, discrètement, au Palais d'Eté. Originaire de Dordogne, il ne connaissait pas l'Algérie. Il avait l'accent du terroir, ce qui ne facilitait pas la compréhension avec des interlocuteurs émaillant leur langage de mots bariolés, ramassés, comme des coquillages, le long des plages méditerranéennes.

Il tenta de faire le point sur la situation sans résultat :

-"Ces rebelles, combien sont-ils ?

Où opèrent-ils ?

Qui les commande ?"

A toutes ces questions, il ne put obtenir aucune réponse, alors il demanda :

-"Que fait l'armée française ?"

Là, on lui répondit que l'armée ratissait, quadrillait, contrôlait, mais ses résultats étaient dérisoires face à un ennemi invisible, mobile, dont les armes étaient le terrorisme et l'intoxication psychologique visant à désorienter la machine de guerre française et à contaminer les populations indigènes.

A vrai dire, elles étaient dans une cruelle expectative, les populations indigènes ! Dans les douars, dans les mechtas, et même dans la casbah d'Alger, les gens avaient peur. Ils se savaient totalement désarmés devant les rebelles qui pouvaient surgir et frapper, n'importe où et n'importe quand.

La crainte n'épargnait pas les habitants de la mechta d'Aïn Bou Djenaâ... Les femmes venaient toujours demander aide et soins à Elise, les hommes beaucoup moins.

Malika Hocine vint un jour trouver l'institutrice en lui demandant de quoi soigner son mari qui présentait une vilaine plaie infectée :

-"Tu comprends, Lalla, dit-elle en pleurant, s'il vient se faire soigner chez toi, les fellaghas pourraient le savoir et l'égorger".

-"Dans ce cas, répondit tristement Elise, qu'il aille à l'hôpital de Médéa, je ne peux pas le soigner sans voir la blessure".

Mais elle était ulcérée. Même les chemins de l'amour étaient déviés par la peur ! La dégradation de la situation se faisait sentir de plus en plus cruellement chaque jour, et chacun, dans cette angoisse, vivait au jour le jour et accomplissait ses tâches quotidiennes en priant pour la fin du cauchemar.

L'écho d'Alger avait ouvert une autre rubrique dans ses pages, celle qu'on lisait chaque jour avec la gorge nouée : "*Les événements d'Afrique du Nord*".

Les attentats nocturnes, les assassinats, les grenades, les embuscades, tout y était détaillé, laconiquement, comme si l'horreur de cette sale guerre était entrée dans les mœurs.

Ironisant comme toujours sur leur triste sort, tournant leur drame en dérision, tentant de retrouver, dans leur détresse, un peu de leur faconde d'antan, les Algérois, maniant maintenant l'humour noir, remplaçaient l'horrible mot égorgement par *sourire kabyle* !

Les Français d'Algérie, ainsi que la majeure partie des musulmans, puisque les rebelles représentaient un maximum de cent cinquante mille hommes sur neuf millions d'habitants, furent qualifiés d'ultras par la presse française parce qu'ils souhaitaient que leur terre demeure à jamais partie intégrante du territoire français.

Adrien réagissait mal à de tels qualificatifs :

-"Ultras ! Ultra quoi ? On va nous reprocher bientôt d'être ultra-français !"

Les lettres d'Adèle apprenaient à la famille que les métropolitains, après avoir longtemps tout ignoré sur l'Algérie, les décrivaient maintenant comme d'affreux capitalistes, exploiteurs d'indigènes, prêts à tout pour défendre leurs fortunes colossales.

Nombreux étaient en France ceux qui, s'interrogeant sur le bien-fondé de cette guerre, élevèrent de véhémentes protestations au départ des cent soixante-dix mille rappelés qui débarquèrent à Alger en avril 1956.

Arnaud, voyant cela, prit la décision de renoncer à son sursis. Le cœur serré, ses parents l'approuvèrent. Il venait juste d'avoir vingt ans mais il ne pouvait pas agir autrement.

L'armée, cependant, malgré ses renforts, restait inefficace ou presque. Les régiments et les bataillons étaient mis en place dans des postes sans valeur stratégique, les hommes s'exposaient inutilement dans le djebel sans obtenir de résultats positifs.

Comme il était impossible de faire la différence entre un musulman loyaliste et un musulman rebelle, l'armée agissait en aveugle et ses tâtonnements allaient à l'encontre de la pacification.

Pendant les vacances de Pâques, alors qu'ils travaillaient côte à côte, Arnaud en discuta longuement avec son père.

-"Je suis certain, disait Adrien, que, seuls, les musulmans pourraient y voir clair... C'est une population fidèle à la France à plus de quatre-vingt-quinze pour cent et, à l'heure actuelle, on est en train de gâcher la chance qu'elle représente".

-"C'est très juste, répondait le jeune homme, nous en discutons souvent entre étudiants, mais les populations musulmanes du bled vivent dans une terreur qu'on a peine à imaginer ! Chaque nuit apporte son lot de drames ! Des anciens combattants sont torturés et tués devant leur famille et leurs voisins. Les jeunes gens sont enlevés, enrôlés de force et envoyés en Tunisie pour être initiés aux méthodes de la rébellion".

Le calvaire des mechtas est pire que le nôtre ! Tu pourrais peut-être proposer à Kader et à sa famille d'occuper la cinquième maison ? Il risque beaucoup, en tant qu'ancien combattant, et Sélim pourrait, lui aussi, être embrigadé sous la contrainte !"

-"C'est déjà fait, mon fils. Kader a refusé.Il considère qu'il serait beaucoup plus dangereux pour eux tous de venir vivre parmi nous, car sa famille serait alors, inévitablement, condamnée à mort et exécutée, de jour, n'importe où et par n'importe quel terroriste".

Arnaud pinça les lèvres et pour assouvir sa rage devant la complexité de la situation, il enfonça sa bêche avec vigueur dans la terre rouge d'Aïn Bou Djenaâ, retournant et détruisant avec force le chiendent qui envahissait les pieds de vigne.

-"Je me fais beaucoup de souci pour ta sœur..." reprit Adrien.

Arnaud sursauta : "Isa ! Pourquoi ?"

-"Elle se déplace sans cesse dans les écoles et dans les dispensaires scolaires d'Alger, aussi bien en ville européenne que dans la casbah. Elle prend donc des risques..."

-"Tu penses qu'ils pourraient s'attaquer à une femme ? Médecin, de plus ?"

-"C'est juste une intuition... Les pauvres morts du bled..."

La voix d'Adrien s'étrangla sur ces paroles, tant était vif et présent en lui le massacre des Peyrac. Il soupira, puis il reprit :

-"Les pauvres morts du bled n'impressionnent pas assez l'opinion mondiale. Je crains que les terroristes décident de frapper dans sa chair et dans sa jeunesse la capitale de l'Algérie. Aussi, je préférerais que ta sœur s'installe rapidement à son compte.

Tu sais que j'ai terminé, il y a deux ans seulement, le remboursement de mon prêt foncier. J'ai constitué depuis une petite épargne que je destinais à l'électrification de la ferme... Celle-ci peut encore attendre. J'ai chargé Julien de contacter le docteur Ribère pour le rachat de son cabinet médical et, suivant le prix qu'il en demandera, nous pourrions solliciter l'aide d'une banque."

-"Tu as raison, Papa, je serais heureux que ce projet aboutisse car le quartier Laferrière est central et Isa serait ainsi moins exposée, en tant que médecin libéral".

Les intuitions d'Adrien étaient vraiment prémonitoires. Les massacres continuèrent et en mai, à Palestro, une compagnie d'infanterie, tombée dans un piège au fond des gorges, fut décimée et sauvagement exterminée.

La France cria au scandale ! Les journaux exposèrent à la une les mutilations dont les soldats avaient été victimes après l'attaque. Cette sauvagerie, cette barbarie dont on ne retrouve aucun exemple nulle part dans l'histoire, sapa le moral de la métropole. Ainsi le gouvernement envoyait-il à la mort les rappelés et les jeunes recrues !

Pourtant, à Alger, le 20 juin 1956, après l'exécution de deux terroristes reconnus coupables de nombreux meurtres, c'est ce petit peuple français d'Algérie que les rebelles attaquèrent. Au hasard, ils tuèrent, sur ordre, tous les passants de type européen de dix-huit à cinquante ans.

Les revolvers aveugles de la haine firent, en cette seule journée, une cinquantaine de morts français... Comment ne pas faire naître dans l'esprit de cette communauté suppliciée l'idée de contre-terrorisme ?

-"Ce n'est pas possible, disait Adrien à Elise. Où allons-nous ? C'est la guerre civile, le fratricide, le carnage ! Je vois s'imposer inexorablement la loi du talion, l'affreuse logique des représailles ! Que faire ?"

Elise ne répondit pas tout de suite, elle regardait son époux et, soudain, il s'accrocha à son regard bleu comme un noyé à une bouée de sauvetage...

Les yeux clairs d'Elise, en cette conjoncture si funèbre qu'il ne savait plus où était le juste, faisaient resplendir à cet instant, au-dessus des noirceurs humaines, la grande lueur de la Puissance Eternelle.

"Il faut continuer à aimer", affirma-t-elle enfin, d'une voix douce.

CHAPITRE XXII

Cette année-là, Arnaud passa avec succès son troisième certificat de licence de Lettres et Histoire. Il n'irait pas au-delà. C'était son dernier examen car, affecté au onzième Régiment d'Infanterie Coloniale, il partirait faire ses classes à Cherchell, début novembre.

Il n'avait pas de regrets. Ce qui comptait maintenant à ses yeux, c'était la pacification du pays...

C'était de pouvoir encore, les soirs d'été, contempler les étoiles. C'étaient les bains de minuit, dans les éclats de rire et la phosphorescence de la mousse saline, au cabanon. C'étaient les regards directs et les sourires francs. C'étaient les petites rues grouillantes de la casbah d'Alger où l'on pouvait circuler sans crainte. C'étaient les travaux des champs sans fusil. C'était la mechta endormie dans la quiétude d'antan. C'était la messe de minuit à l'église du village. C'était enfin la paix retrouvée dans la fraternité.

Pour obtenir cela, il était prêt à tous les sacrifices, à tous les combats et il était heureux de constater que son père, malgré son inquiétude, le soutenait et partageait ses idées.

Dans les campagnes isolées, l'armée avait déployé tout un système de protection des habitations, minant les faîtages des toitures, distribuant des armes aux colons, faisant tout ce qui était en son pouvoir pour rendre leurs demeures inviolables.

Tous avaient en mémoire le cruel massacre de la famille Peyrac et les précautions étaient prises pour éviter les lâches attentats nocturnes.

Les rebelles étaient réduits à frapper les agriculteurs, en plein jour, tandis qu'ils étaient occupés à travailler leurs terres !

Souvent, un ouvrier, qu'ils connaissaient bien, avec lequel il travaillaient depuis longtemps, en confiance, était le complice, plus ou moins consentant, des rebelles et l'homme au travail, coupant son bois ou labourant sa terre, était soudain fauché par une rafale de mitraillette sans que personne n'ait rien vu.

Cette conjoncture était source d'angoisse, pour Isabelle et Arnaud. Leur père, toujours dans les vignes, semant du blé ou cultivant des légumes, dans une nature vierge et si isolée, risquait de tomber un jour dans une embuscade.

Adrien ne s'en inquiétait pas outre mesure. Simplement, pour que cela se sache alentour, il travaillait avec son fusil en bandoulière et sa cartouchière à la ceinture. On le savait excellent tireur. Il n'avait pas l'intention de se servir de son arme mais la montrait, seulement, à titre de dissuasion.

-"Pourquoi ne fait-on pas appel aux musulmans, en grande majorité fidèles et loyalistes ? Eux seuls pourraient lutter efficacement contre les rebelles", affirmait toujours Adrien.

Trois ans après le début du conflit, son souhait se réalisa. Le haut commandement militaire leva enfin des groupes de supplétifs musulmans, les harkas, qui accomplirent un travail considérable en faveur de la paix. Les harkis débusquaient l'ennemi, mieux que le faisait l'armée française. Les lieux et les sites montagneux n'avaient pas de secrets pour eux, les ruses des rebelles leur étaient connues.

Grâce à eux, les populations musulmanes du bled se sentirent mieux protégées et purent enfin opposer une véritable résistance aux fellaghas.

L'efficacité des harkis poussa la rébellion à s'installer en ville. La casbah d'Alger, terrorisée, devint le repaire des chefs rebelles et les décisions meurtrières envers les Européens furent prises en ces lieux.

Les craintes d'Adrien quant aux représailles s'avérèrent alors fondées. Le contre-terrorisme arrivait à pas de loup, comme une catastrophe furieuse exaspérée par la folie humaine.

Les Français d'Algérie étaient chrétiens pour la plupart, croyants et pieux. Mais la population vivait depuis trop longtemps figée dans l'anxiété, dans l'attente de nouveaux attentats, de nouveaux morts... A force de tendre l'autre joue, ils avaient découvert la loi du talion. Pendant l'été 1956 naquit une contre-révolution française bien décidée à rendre œil pour œil, dent pour dent.

Mais de quels moyens disposaient-ils pour riposter au terrorisme ? Ils n'avaient pas d'autres méthodes que celles employées par les rebelles, ils ne disposaient de rien d'autre que de pains de plastic... Alors, eux aussi fabriquèrent des bombes artisanales qu'ils déposèrent de nuit devant les locaux vides des entreprises de sympathisants F.L.N.

Ils ne rêvaient pas de vengeance, ils ne se laissaient pas emporter par la colère, ils voulaient seulement décapiter la rébellion, atteindre les chefs.

Rue de Thèbes, en pleine casbah, se terraient deux redoutables terroristes. On les dénonça, les renseignements étaient fiables et une bombe fut déposée un soir à leur porte. Elle les visait seuls, pourtant tout un immeuble vétuste s'effondra et de nombreuses personnes trouvèrent la mort sous les décombres. La riposte des Français était, involontairement, devenue ce soir-là aussi aveugle que les revolvers des insurgés !

L'été rapprocha heureusement la famille de Courtenay. Arnaud, se culpabilisant de son prochain départ, passa ses vacances à aider son père. Isabelle, accompagnée d'Hélène, passa tout le mois de juillet près des siens et ne rejoignit Alger qu'au mois d'août pour remplacer le docteur Ribère.

De strictes mesures avaient été prises pour la sécurité des populations. Adrien, comme tous les autres agriculteurs, s'était vu attribuer par l'armée un émetteur codé qui, sous l'action d'une manivelle, produisait de l'électricité et lançait un S.O.S. au P.C. de Damiette.

Chaque ferme, chaque lieu-dit, avait son code précis et l'armée pouvait intervenir en un temps record. Ce matériel, lourd et volumineux, placé à l'intérieur des maisons, était efficace en cas d'attaques nocturnes, mais en plein jour et au dehors, il ne servait à rien.

On ne circulait plus dans les gorges de la Chiffa qu'en convois d'une dizaine de voitures escortées par l'Armée. Cela imposait parfois des heures d'attente et tout déplacement se faisait dans une sinistre ambiance de crainte et d'angoisse.

Où étaient les joyeuses promenades des jours passés ? Les haltes dans les endroits les plus pittoresques pour admirer la nature et observer les singes ? Etait-il possible que ces immenses ravins et leur écroulement de verdure, ces forêts de thuyas et d'oliviers sauvages s'abîmant dans les profondeurs embaumées de l'oued, servent de refuge à des loups assoiffés de sang ?

Isabelle, qui adorait rouler en été, dans sa décapotable, laissant flotter au vent ses cheveux pareils à des blés mûrs, une vague de blés mûrs, dans laquelle le soleil posait de scintillantes paillettes, se claquemurait maintenant dans sa voiture et dans une tristesse dont, malgré son excellent équilibre psychique, elle ne pouvait se défaire.

Pendant tout le mois de juillet, à Aïn Bou Djenaâ, les montagnes rosées sous un soleil éclatant, dessinant les moindres arêtes, découpant les moindres contours, dans le halo argenté du matin, tentaient d'effacer des mémoires la guerre hideuse.

Mais la nature avait beau dispenser une beauté céleste, à travers les barreaux des fenêtres la famille voyait soudain sur la gauche le toit rouge d'une ferme abandonnée, comme une plaie inguérissable sous le poignard du souvenir !

Il fut très pénible à Isabelle de quitter ses parents après avoir retrouvé pendant un mois la chaleur du foyer paternel. Chacun fit à l'autre mille recommandations de prudence et la jeune fille reprit le chemin d'Alger.

Au mois d'août, le soleil se fit enjôleur et la mer pétilla d'aise sous la caresse des rayons d'or. Malgré les événements, la population répondit une fois de plus à l'appel des plages... On se dorait moins au soleil, mais on était bien dans l'eau ! L'air était doux, le ciel d'un bleu si pur qu'il faisait oublier, l'espace d'un instant, le noir cancer qui rongeait l'Algérie.

Les clients du docteur Ribère étaient, en majeure partie, des personnes âgées, désemparées par la situation. Isabelle devait soigner les esprits autant que les corps, redonner courage et confiance. Les petits vieux la remerciaient comme si, brusquement, elle avait le pouvoir d'arrêter le cours des événements. Elle terminait souvent ses consultations dans un état d'épuisement moral qu'elle compensait, dès son retour au cabinet médical, par un tête à tête avec Alger.

La ville blanche, chaque soir, lui procurait des minutes d'oubli où tout s'éclipsait dans sa pensée, où la Paix Divine recouvrait la misère humaine, où, sous le ciel qui s'illuminait, son âme, soudain, s'étoilait.

Un matin, pendant ses consultations, le petit Safrani lui téléphona :

-"Si ça t'intéresse, en septembre, il y a un remplacement à faire aux urgences. Je viens d'en parler avec Mère Marie-Gendarme. Ils recherchent quelqu'un de sérieux et comme la Mère en pince pour toi, si tu le souhaites, tu peux obtenir la place. Qu'en penses-tu ?"

Elle en pensait qu'elle avait besoin de travailler pour s'installer un jour ! Elle se rendit à Mustapha et fut engagée pour un remplacement du 15 au 30 septembre.

Isabelle avait un don inné pour les soins d'urgence. Son sourire rassurait, ses mains étaient capables des palpations les plus délicates comme des tractions les plus énergiques, son diagnostic était très sûr et elle dirigeait rapidement chaque patient vers le centre adéquat.

Le dimanche 30 septembre, elle était de service toute la journée. La matinée avait été calme : une appendicite, une main ouverte qu'elle avait recousue elle-même, quelques points de suture, un infarctus, une fracture et soudain, vers dix-huit heures, l'affolement.

Deux bombes à retardement venaient d'éclater au *Milk Bar*, place d'Isly et à la *Cafétéria*, bar préféré des étudiants, rue Michelet. Deux engins de mort qui, en plein dimanche après-midi, à l'heure où les parents offraient à leurs enfants un gâteau ou une glace dans la meilleure pâtisserie d'Alger, où des groupes de jeunes se réunissaient pour un moment de détente, avaient encore répandu sur d'innocentes victimes le souffle de la haine.

Les ambulances déversaient leur chargement de suppliciés. Des enfants aux membres arrachés, des mourants.

Des hémorragies qu'il fallait stopper d'urgence. Isabelle trouva la force d'affronter ce carnage ! Elle piétinait dans le sang mais ses mains étaient intuitives à l'égard des chairs blessées. Elles trouvaient vite l'artère sectionnée, plaçaient des pinces hémostatiques, endiguaient la marée sanglante.

Une femme, le ventre ouvert, les intestins broyés, mourut dans ses bras. Elle vit, au premier regard, que cette victime était perdue. Alors, elle se pencha vers elle en souriant et réussit à la rassurer :

-"Détendez-vous, cela va aller mieux bientôt. Courage !"

Et la malheureuse rendit le dernier soupir en essayant de lui rendre son sourire.

Sa blouse était couverte de sang, elle soignait toujours, avec une énergie extraordinaire. Par le simple contact, elle communiait avec les blessés, partageait leurs souffrances et, avec une logique implacable, donnait les premiers soins.

Mère Marie-Gendarme s'affairait parmi le groupe d'infirmières, prenait les tensions, plaçait des perfusions, attentive aux ordres brefs d'Isabelle.

-"200 ml de plasma... Une dose d'adrénaline... Salle d'opération... Amputation d'urgence... Service ophtalmo... Approvisionnez globules O..."

-"Courtenay, tu es formidable !" disait Mère Marie-Gendarme en s'arrêtant de temps en temps, l'espace de quelques secondes, pour s'appuyer au mur en faisant un signe de croix.

Des grands patrons, des médecins libéraux, arrivaient. La solidarité jouait. On avait réparti les victimes entre les hôpitaux Mustapha et Maillot et la clinique Lavernhe. Celles qu'on avait transportées à Mustapha étaient pour la plupart de jeunes enfants qui resteraient mutilés à vie par un terrorisme monstrueusement conscient de ses actes.

Isabelle fut malade pendant trois jours. De violentes nausées la clouaient au lit ; elle vomissait toute la bile de son corps. Julien et Hélène s'inquiétèrent pour la jeune fille, mais elle les rassura.

-"J'ai seulement vu trop d'horreurs et trop en même temps ! Je suis simplement déséquilibrée. Cela ira mieux dans quelques jours, je dois reprendre mon travail dans les écoles".

Et elle le reprit, ce travail. Elle montrait le même courage que sa mère devant l'adversité.

Mais l'ambiance était mauvaise. Alger avait peur. Partout, la défiance s'installait. Les Français avaient peur des attentats à la bombe et du couteau des égorgeurs. Les musulmans redoutaient ce qu'on appelait déjà les *ratonnades*.

Des groupes de jeunes Européens désespérés, ceux qui perdaient des êtres chers, ceux dont les jeunes enfants, à cause du terrorisme, étaient amputés ou aveugles, sentaient monter en eux un sentiment de révolte et de violence devant tant d'injustice ! C'était un mécanisme affreux qui se déclenchait dans la ville blanche, le mécanisme attentat-répression qui, dans les deux camps, faisait d'innocentes victimes.

Mais, les Français, s'ils cherchaient à éliminer des terroristes et se trompaient parfois de cibles, ne se sont jamais attaqués à la jeunesse et aux enfants !

Début novembre, toute la famille accompagna Arnaud à Cherchell, l'antique Caesarea, si riche de vestiges.

Lorsqu'il avait découvert Cherchell pour la première fois et, non loin de la ville, fabuleux et imposant, le tombeau de la Chrétienne, Arnaud avait été fasciné par l'ambiance occulte des lieux.

Quelle vie merveilleuse que celle du roi Juba II, lettré, amateur d'art, qui avait fait de sa cité une des plus belles du monde !

Le monument funéraire de son épouse, Cléopâtre Séléné, fruit des amours tumultueuses d'Antoine et de la grande Cléopâtre, attirait Arnaud depuis toujours. Les quatre portes ornées de quatre croix lui avaient chuchoté à l'oreille l'histoire envoûtante de cette mystérieuse chrétienne de la première heure et il rêvait de la transcrire un jour.

-"Tu vas pouvoir fantasmer et fouiner à ton aise..." avait dit Isabelle sur le ton de la plaisanterie, pour cacher la peine qu'elle avait à quitter son frère.

Pourtant, la crainte était là, la haine latente. On ne sortait plus, la nuit venue. Les Européens ne supportaient plus un Arabe marchant derrière eux. La casbah d'Alger était redevenue un repaire de brigands.

Isabelle devait pourtant s'y rendre quelquefois, principalement dans l'école communale et le dispensaire scolaire de la rue Marengo.

Fin novembre, elle s'y rendit en voiture. Passant par la rue Randon, elle s'engagea dans la rue Marengo et se gara près du dispensaire.

Les petits musulmans semblaient avoir déserté l'école en grand nombre. Encore un mot d'ordre du F.L.N. ! Il en restait quelques-uns, des jeunes israélites et très peu d'Européens... Elle termina son travail plus tôt que prévu, rassembla ses dossiers, prit congé de l'infirmier arabe et se dirigea vers sa voiture.

Le trajet à pied était insignifiant. Dix pas, tout au plus. Pourtant, elle n'en avait pas fait cinq qu'elle sentit, appliqué dans son dos, un objet rigide, un revolver.

Un jeune Arabe, vêtu à l'européenne, en costume cravate, un pardessus négligemment jeté sur son bras armé, était derrière elle.

-"Avance, *Toubiba*, dit-il, et pas un mot ou tu es morte".

Elle réagit très vite. Il l'avait appelée *Toubiba* (Docteur) donc, il connaissait sa profession... Que faire ? Tenter de s'enfuir ? Il l'abattrait certainement. Le revolver enfoncé contre son poumon gauche le lui rappela de façon précise.

Pourquoi voulait-il l'enlever ? S'il avait simplement voulu commettre un attentat, elle serait déjà morte. L'enlever pour la violer ? L'enfermer dans une maison close ? Quelque chose lui disait que non. On n'enlevait pas une jeune femme, mais un médecin.

Elle fut tentée de crier à l'aide, mais dans ce quartier personne ne bougerait, les gens seraient frappés d'une surdité soudaine. Elle pensa à ses parents et demanda tout doucement :

-"Où m'emmenez-vous ?"

-"*Scout ou emchi*" (tais-toi et marche).

Ils avancèrent dans un dédale de petites rues grimpantes qui sentaient le beurre rance et le mouton grillé. Des Mauresques voilées, évoluaient silencieusement, des hommes en gandouras, babouches et chéchias discutaient. On passa devant un bain maure qu'elle reconnut à l'odeur fade de crésyl.

Des enfants jouaient aux billes, des mendiants affalés par terre agitaient leurs sébiles en récitant des sourates... Ils montèrent des escaliers, en descendirent d'autres, partout des murs chaulés, des ruelles étroites et sales. Elle ne savait plus où elle était !

Soudain, son ravisseur s'arrêta et frappa six coups espacés à une petite porte basse qui s'ouvrit immédiatement et ils pénétrèrent dans un patio fleuri, inondé de lumière.

Isabelle fut surprise de se trouver tout à coup, au détour de rues sordides, dans une maison mauresque aussi luxueuse.

Dans ce jardin, sous de hauts murs, on ne voyait qu'un coin de ciel, mais il était embaumé d'un doux parfum de jasmin et d'oranger. Au centre, un petit jet d'eau qui s'écoulait dans une vaste coupe de marbre blanc. Elle n'eut pas le temps d'en voir davantage. Déjà, on l'introduisait, *manu militari*, dans une pièce qui lui parut obscure, éclairée seulement par de petites fenêtres étroites et grillagées.

Une odeur de musc, d'eau de rose et de laine mouillée prit Isabelle à la gorge. Ses yeux s'habituèrent à la semi-obscurité. La pièce, aux murs blancs, était rectangulaire. Par terre, des tapis de haute laine aux couleurs vives s'étendaient en prairies soyeuses. Des poufs de cuir, des tables basses aux plateaux cuivrés, dans des niches, des divans recouverts de couvertures berbères et, allongé sur l'un d'eux, un jeune homme pâle dont une jambe était recouverte de toile rougie.

Isabelle s'avança vers lui et, instinctivement, lui prit le pouls.

Tandis qu'elle auscultait le blessé, un homme d'un certain âge, majestueux et grave, drapé dans un burnous brun en poil de chameau, au regard noir et brillant embusqué sous d'épais sourcils gris, entra dans la salle :

-"Bonjour docteur, dit-il, courtoisement dans un français impeccable, je suis l'un des dirigeants de la zone autonome d'Alger. Ce jeune homme est mon fils. Il a été blessé par balle à la cuisse et il perd trop de sang. Nous ne pouvons bouger d'ici pour l'instant, il faut le soigner, docteur".

-"*Sbah el-khir* (Bonjour, l'ancien), répondit-elle en arabe, ton fils a sûrement l'artère fémorale touchée. Il faut explorer, extraire la balle et suturer. Je n'ai aucun matériel pour le faire, seulement des dossiers dans ma sacoche et ton sbire a perdu un temps précieux en ne me permettant pas de prendre ma trousse médicale dans la voiture !".

Tout en parlant, elle déchirait une bande de tissu, l'enroulait solidement au-dessus de la blessure, et, s'aidant de son stylo, elle confectionnait un garrot de fortune pour restreindre l'hémorragie.

-"Les clés de la voiture, vite ! Où se trouve la trousse ?" dit le vieux avec colère.

Une seconde d'hésitation... Quand ils l'auraient tuée, ils déplaceraient la voiture et personne ne saurait jamais où et comment elle était morte !

Mais le temps pressait, elle tendit ses clés au jeune homme qui attendait :

-"Dans la malle, une grosse serviette de cuir marron. Cours, vite, vite !"

-"Qu'on fasse bouillir de l'eau, ordonna-t-elle, je n'ai pas d'anesthésiques dans ma trousse, seulement un peu d'éther. Pour le reste, ça ira. Il me faut aussi de la lumière, le plus de lumière possible".

Elle réfléchissait fébrilement. Ils la tueraient, c'était certain, après l'intervention ! Quelque part, sa jeunesse se révoltait, elle pensait à ses parents. Adrien s'effondrerait devant sa mort, plus qu'Elise qui porterait sa croix en silence et sa déchirure au plus profond d'elle-même. Une vague de tendresse l'envahit ; c'était pour eux qu'elle avait mal, seulement pour eux !

Mais pour l'instant, elle était maîtresse de la situation. Elle examina la plaie. Le garrot, efficace, avait réduit l'hémorragie. La fémorale ne devait pas être complètement sectionnée, juste lésée.

Qu'aurait fait Elise à sa place ? Le vieil homme s'était présenté comme un dirigeant de la rébellion... Elle soignerait son fils comme elle soignait toujours tous ses patients, sans aucune distinction, mais, en même temps, elle s'exprimerait sur la sauvagerie, la bestialité du mouvement nationaliste, sur l'avenir du pays, sur les massacres des Français et des indigènes, sur la cruauté aveugle, sur le retour d'une impitoyable barbarie, sur la haine fanatique, sur les combats fratricides, sur les batailles entre messalistes et fellaghas, sur le chaos qui guettait l'Algérie et la transformerait vite en géhenne !

Le pouls du jeune homme était faible, mais il n'avait pas baissé depuis qu'elle était entrée dans la pièce. Elle lui ferait une piqûre de coramine.

On apportait des lampes, une bassine d'eau bouillante sur un réchaud, des cuvettes.

-"Tu vois, *chir*, dit-elle en arabe, le temps que nous perdons doit être imputé à vos méthodes. Il suffisait à ton envoyé de me dire qu'un blessé était en danger de mort et je serais venue avec ma trousse. Alors que vous pourriez employer la dialectique, vous ne connaissez que les méthodes barbares basées sur la peur et la haine".

-"Tu aurais refusé de venir... Tu es française et nous sommes vos ennemis".

-"Je suis médecin et je soigne tous ceux qui ont besoin de moi, même mes ennemis".

Le jeune homme, haletant, apportait la trousse. Elle l'ouvrit : pinces, fins bistouris, aiguilles plantées dans une compresse stérile, tubes de catgut, teinture d'iode, éther, rien ne lui manquait.

Elle fit absorber deux comprimés de sédatif au malade, ébouillanta ses instruments.

Elle risquait de manquer de compresses. Il lui fallait des linges pour le grand champ. Elle demanda :

-"Des serviettes, beaucoup de serviettes. Propres".

Elle fit une piqûre pour soutenir le cœur du patient puis dit aux deux hommes :

-"Il faut qu'il soit parfaitement immobile, que le plus robuste lui tienne les bras, l'autre les jambes".

Le plus vieux se plaça à la tête du blessé et immobilisa énergiquement ses bras.

Isabelle badigeonnait la plaie de teinture d'iode. Sa voix s'éleva soudain claire et ferme :

-"Une minorité de musulmans, poussée par les pays arabes, s'est soudain découvert une Patrie..."

Le scalpel ouvrit la plaie qui se mit à saigner plus abondamment. Elle écarta doucement les chairs sans tirer une plainte au blessé. Elle reprit :

-"Cette prétendue Patrie n'a aucun fondement historique ; les différents conquérants de l'Algérie, dont les Arabes, en avaient fait un repaire de brigands et s'étaient toujours combattus et haïs les uns les autres sans jamais accorder la moindre attention aux intérêts du Pays".

Les yeux écarquillés, le vieil homme l'écoutait, incapable de prononcer une parole, de formuler une objection.

Devant la plaie béante, sans hâte et sans crainte, les mains d'Isabelle venaient de trouver l'artère. Elles palpèrent la lésion et en ressentirent la souffrance. La balle à extraire était fichée dans le muscle, dans une zone très proche de la fémorale. L'intervention devenait délicate. La peur revint, brusquement, comme une obsession, cherchant à détourner sa pensée. De toute son énergie, elle la repoussa pour se concentrer sur la plaie ouverte.

-"Ce pays, qui n'existait pas, la France l'a construit de bout en bout, dans le désert et les marécages. Elle lui a tout donné, l'unité, la paix, la prospérité et même son nom, Algérie..."

Une étincelle de haine s'alluma dans les yeux du plus jeune ; lâchant la jambe qu'il tenait, il fit un signe de menace éloquent, faisant glisser sa main sur sa gorge.

-"*Scout* !" dit le chef.

-"Et vous arrivez, avec votre prétendue révolution ! Vous terrorisez les populations, aussi bien musulmanes que françaises ! Vous vous livrez à des massacres abominables, à des exactions sauvages, sur des êtres sans défense ! Vous vous acharnez sur les petits enfants !..."

Le blessé gémit... Isabelle, avec mille précautions venait de retirer la balle qui tomba, avec un bruit métallique, dans une cuvette.

Malgré lui, l'homme mûr admirait la dextérité du médecin et le courage de la jeune femme, il répondit :

-"Nous sommes un pays occupé, en guerre contre ses occupants, comme vous l'étiez en 1944 contre les Allemands. L'opinion mondiale nous approuve".

Avec une infinie douceur, Isabelle suturait les lésions.

-"L'opinion mondiale ne sait pas ce que vous avez fait à El-Halia, elle n'a pas vu les corps hachés des victimes ! L'opinion mondiale n'était pas, le 30 septembre, à l'hôpital Mustapha quand sont arrivées les victimes du *Milk Bar*, des petits enfants, de deux à dix ans, disloqués, les membres arrachés, les yeux brûlés ! L'opinion mondiale n'a pas vu mon filleul, petit blondinet de trois ans, égorgé et cloué sur la porte de la demeure familiale !... Tu vois, *chir*, la seule opinion qui compte est celle du Tout-Puissant et je suis certaine qu'un jour vos exactions seront sanctionnées par le chaos !"

L'intervention était terminée. Lentement, Isabelle couvrait la blessure de compresses imbibées de teinture d'iode et faisait un pansement.

Elle priait mentalement pour le pardon de ses fautes et pour ses parents.

Elle se rinça les mains, reprit le pouls et la tension du blessé pâle et tremblant. Légère hypotension, mais cela était presque normal après l'épreuve.

-"Ton fils est sauvé, *chir* ! Une transfusion lui ferait le plus grand bien. Si c'est possible, voici une ordonnance. Il faut lui faire prendre ces médicaments, retirer les points dans une dizaine de jours. Avec les antibiotiques, les risques d'infection devraient être enrayés. Les tissus musculaires se reconstituant très bien, il n'y aura certainement pas de séquelles.

Maintenant, à titre d'honoraires, je préférerais une balle dans la tempe à un égorgement, c'est plus rapide".

L'homme leva la tête !

-"Mais nous n'avons pas l'intention de te tuer, *Toubiba*, ne serait-ce que pour te prouver que nous ne sommes pas les monstres sanguinaires que tu imagines. Simplement, nous te retiendrons ici pendant quelques heures, le temps de changer de planque, car si nous te laissions partir immédiatement, tu préviendrais la police et l'armée avant que nous ayons le temps de transporter mon fils ailleurs".

-"La loi me fait obligation de déclarer les soins donnés à un blessé par balle, mais attention pour transporter ton fils, il ne doit ni se tenir debout ni marcher".

-"Oui, je l'avais compris. Les sous-sols de la casbah regorgent d'une multitude de galeries que les Français ne trouveront jamais. Il sera transporté sur une civière. Adieu *Toubiba* et merci".

On la conduisit dans une petite pièce, aux murs blancs, avec un divan, des poufs et des coussins. Une vieille femme, qui ressemblait un peu à Méryem, apporta un plateau sur lequel étaient disposés une théière, un verre, une assiette de loukoums.

Ils veulent peut-être m'empoisonner ? pensa Isabelle qui ne toucha à rien et, une fois seule, fut prise d'un tremblement qu'elle n'arrivait pas à contrôler.

Les fenêtres de la pièce étaient pareilles à de minuscules hublots donnant sur le jardin. Face à elle, un haut mur d'enceinte enflammé par une bougainvillée en fleurs. Aucune issue possible, la porte basse et épaisse était solidement verrouillée.

Elle attendit, fébrile, recommandant son âme à Dieu et revoyant le film de la vie.

Le soleil couchant sur le Ravin rouge, le sourire de sa mère, la fougue de son père, Arnaud et ses rêves, Mamita et sa douceur sucrée, Julien et Hélène, leur voilier glissant en silence sur la mer aux éclats de nacre, sous les premières lueurs de l'aube, ses amis, ses malades, toute sa vie, intense et passionnée.

La nuit était tombée depuis longtemps quand une femme voilée vint lui ouvrir. Elle lui fit signe sans parler. Dans le jardin, une autre forme attendait, drapée elle aussi dans un *haïk* et portant sa sacoche et sa trousse. Isabelle eut la bizarre impression qu'il s'agissait d'un homme camouflé sous le voile blanc.

Encadrée par les deux ombres blanches, elle refit le chemin en sens inverse. Après une marche silencieuse qui lui parut interminable, elles arrivèrent devant sa voiture. La première femme lui tendit ses clés. Elle ouvrit la portière, chargea les sacoches, mit le moteur en route, alluma les codes et démarra.

Libre ! Elle était libre ! Vivante et libre !

La vie lui était redonnée comme un prodige en plein épanouissement.

Elle pouvait à nouveau espérer en l'avenir et percevait par tous les pores l'harmonie qui se dégageait à nouveau de sa jeunesse et de sa passion pour la ville qu'elle aimait.

Elle descendit la rue Marengo, puis la rue Randon, la rue Henri Martin, la rue d'Isly... Une patrouille l'arrêta. Où allait-elle, en plein couvre-feu ?

Le caducée les radoucit : -"Voulez-vous une escorte, Docteur ?"

-"Oui. Je vais au Commissariat Central. J'ai une déclaration à faire au sujet d'un blessé par balle".

CHAPITRE XXIII

Le dimanche après-midi, Jean Heilligenstein rendait visite à la famille de Courtenay. Il ne venait pas pour discuter ou se restaurer, il ne rentrait même pas dans la maison.

Elise l'accueillait, l'embrassait, lui demandait des nouvelles de Marthe. Il répondait laconiquement. Marthe n'allait pas bien et lui, à force de tourner dans son petit appartement en broyant ses pensées moroses, il se sentait devenir fou !

Certaines souffrances ne peuvent être ni calmées, ni guéries. Il faut les porter en soi comme une tumeur maligne rongeant le corps et l'esprit jusqu'à ce que tout s'effrite et qu'on ne souffre plus.

Jamais le pauvre Jean ne parlait d'Ethel à ses amis, mais les souvenirs brûlaient en lui et le consumaient.

Il disait à Elise :

-"Je suis venu faire un tour pour m'oxygéner un peu".

Mais il n'allait pas plus loin que l'aire à battre et s'asseyait, face au Ravin rouge, le regard fixé vers la ferme Peyrac dont on voyait toujours le toit, sur la gauche.

Le hangar brûlé s'était écroulé. Il n'était plus qu'un tas de bois calciné. Mais la maison était encore debout et sa présence torturait le père éprouvé.

Il restait là, longtemps, immobile, insensible au froid ou à la chaleur, scrutant le ciel, les montagnes, la vallée qui s'ouvrait vers le sud et son pauvre esprit tourmenté posait aux éléments la même question muette :

-"A-t-elle souffert ? Ont-ils souffert, tous ?"

Adrien, par amitié et compassion, venait le rejoindre et les deux hommes restaient longtemps, muets mais solidaires devant l'intense douleur.

Puis, Jean, d'une voix rauque, disait :

-"Adrien, tu es mon ami. Il faut que nous allions tous les deux foutre le feu à cette baraque. Elle me fait mal".

Et Adrien promettait : -"Nous irons un jour, mon vieux Jean".

A Alger, les paras avaient investi la ville. Grâce aux harkis, le bled était pacifié ou presque. Les attentats étaient peu nombreux et isolés, la routine de la guerre, en quelque sorte.

Isabelle avait décidé de ne pas révéler aux siens l'épopée dans la casbah qui avait failli lui coûter la vie.

Mais elle en avait référé à ses supérieurs, une enquête avait été ouverte et Julien en avait eu vent.

Il approfondit les choses, mesura les risques que la courageuse jeune fille avait courus, et, sans en parler à quiconque, relança le docteur Ribère pour l'achat de son cabinet.

Le vieux médecin se fit un peu prier. Il désirait vendre, mais il était attaché aux lieux, à la ville, à sa clientèle... Il finit pourtant par avancer un prix que Julien discuta fermement et ils aboutirent à un accord.

Pour arrêter l'affaire, Julien versa des arrhes et obtint enfin, le 20 décembre, une promesse de vente écrite en faveur du docteur de Courtenay. Tout heureux, il décida d'en faire son cadeau de Noël pour Isabelle.

Un triste Noël de guerre. Arnaud avait eu sa première *perm*, Isabelle était présente, Hélène et Julien aussi. Les Saunal ne viendraient pas : Madeleine était au lit avec une mauvaise grippe. Ils resteraient enfermés dans leur ferme transformée en blockhaus, elle aussi, et, cette nuit comme les autres, ils dormiraient, mal, avec le fusil chargé à la tête du lit et les grenades dans le tiroir de la table de chevet.

Les principaux absents prenaient une grande place. Ceux pour lesquels il n'y aurait plus jamais ni Noëls, ni joie. On n'en parlait pas mais chacun pensait à eux.

Il n'y avait plus de messe de minuit, plus de crèche vivante à l'église, plus de rencontres en pleine nuit entre voisins, plus de sapin illuminé, et même plus de neige !

Une soirée presque ordinaire où on était, simplement, heureux d'être en vie et réunis et où on se serrait sous la lampe pour cacher l'angoisse.

Julien, surtout, avait perdu sa coutumière gaieté... Il était pensif, lointain. Lui qui voulait seulement défendre sa patrie, rester français sur la terre française où il était né, avait appris, comme tout le monde, par la presse métropolitaine, qu'il n'était qu' un ultra, presque un fasciste, à la limite, et comme des milliers d'Algérois, il en souffrait.

Pour rompre la morosité ambiante, au dessert, Isabelle distribua à chacun un paquet enrubanné : parfums de marque, foulards de soie, une pipe de bruyère pour Julien, un appareil photo pour Arnaud et pour Adrien, une parure de stylos gravée à ses initiales.

On échangea présents et souhaits mais on évita soigneusement le mot joyeux. Bon Noël, disait-on et on formait des voeux pour une paix et une fraternité retrouvées auxquelles on voulait croire encore.

Les yeux de Julien pétillèrent lorsqu'il offrit à Isabelle une simple feuille de papier pliée en quatre :

-"Juste un billet doux d'un fervent admirateur, Docteur, pour vous éviter toute balade dans la casbah", dit-il.

Elle se mit à rire, un peu gênée, ouvrit la feuille et resta stupéfaite devant son contenu.

C'était le reçu d'une somme considérable à titre d'arrhes sur la vente du cabinet médical Ribère au docteur de Courtenay !

Isabelle n'en croyait pas ses yeux...

-"Il accepte de vendre ! C'est magnifique !" Puis soudain, gravement : A qui dois-je rembourser une somme pareille ?"

-"A personne, répondit Hélène, tu es ma filleule, l'enfant que je n'ai jamais eu, alors, cette première mise de fonds, Julien et moi, nous te l'offrons".

Adrien fut, à la fois, touché et confus. Il insista pour rembourser Julien qui ne voulut rien entendre. On décida alors de prendre, au plus tôt, rendez-vous avec le docteur Ribère pour arrêter les modalités de la vente.

Isabelle battait des mains, excitée et heureuse de voir enfin son rêve se réaliser :

-"Je demanderai un prêt à la Société Générale, disait-elle. Ils me connaissent, ils ne me le refuseront pas".

-"J'ai quelques économies, ajoutait son père, et je proposerai la ferme en garantie. Ce bien m'a coûté assez cher, j'ai mis vingt-cinq ans à le payer !"

La soirée s'acheva en projets... Le bonheur de travailler dans ce quartier, un des plus beaux d'Alger, de se laisser ressourcer par la somptuosité du paysage qui s'ouvrait sur une mer d'émeraude...

On oubliait les attentats, l'escalade sanglante, la fallacieuse propagande qui sévissait en France et dans le monde. On se tournait ensemble vers l'avenir et l'on disait :"Quand la guerre sera finie...".

Pas une seconde, aucun d'entre eux n'avait douté de la destinée de l'Algérie, terre à jamais française dans leur esprit.

Le retour vers Alger se fit dans des conditions plus optimistes que de coutume. On se soumit de bonne grâce à l'attente d'un convoi pour traverser les gorges de la Chiffa, on fit de même, dans les barrages, les fouilles de voitures, à Blida et à Boufarik.

Depuis peu, Julien avait engagé un jeune pharmacien musulman oranais dont le père, médecin, avait longtemps travaillé avec le professeur Dabadie. Lounès Abouadaou avait été élevé dans le plus fervent patriotisme français et il était un ardent défenseur de l'Algérie Française.

Julien avait plaisir à discuter avec le jeune homme, dont la foi inébranlable en l'avenir du pays sous la bannière de la France le réconfortait.

Le vingt-sept décembre, ils accueillirent tous deux un client de marque, presque un voisin, avec lequel Julien sympathisait depuis des années, le président de la fédération des maires d'Algérie, M. Froger.

Ils débattirent un moment de la conjoncture. M. Froger gardait espoir. C'était une grande figure algéroise et Julien se sentit tout réconforté par cette entrevue.

Le lendemain matin, vers dix heures moins le quart, M. Froger était assassiné, devant son domicile, à deux pas de la pharmacie, alors qu'il s'installait dans sa voiture, près de son chauffeur.

Julien fut parmi les premiers à accourir. M. Froger agonisait.

-"Ils m'ont eu..." balbutia-t-il.

Il fut rapidement transporté à la clinique Solal toute proche où il devait décéder quelques instants plus tard.

Julien était anéanti... Alger était anéanti ! La nouvelle se répandit comme une traînée de poudre. Rapidement, tous les drapeaux furent mis en berne, les magasins baissèrent leurs rideaux.

Les obsèques de M. Froger eurent lieu le lendemain... Julien et Lounès y assistaient. Tout Alger y assistait. Il pleuvait. *Il tombait de l'eau*. Depuis midi, une pluie battante et incessante déboulait sur la ville blanche, sur le bitume et sur les pavés de la rue Michelet où s'étaient déjà rassemblées plus de cinq mille personnes. Une faible éclaircie s'amorça vers quatorze heures et à quatorze heures quinze le cercueil fut transporté vers le char funèbre.

L'assistance émue se mit à chanter *la Marseillaise* et le cortège se dirigea vers l'église du Sacré-Coeur dont les cloches sonnaient le glas.

La foule était nerveuse, révoltée par la fin tragique d'un homme aimé entre tous, excédée par le terrorisme, cet ennemi sans visage qui frappait lâchement dans l'anonymat.

Devant le consulat des États-Unis, quelques cris hostiles se firent entendre, puis des milliers d'assistants se massèrent autour de l'église où se déroulait l'office funèbre.

La pluie se remit à tomber. Le cortège devait être motorisé jusqu'au cimetière de Saint-Eugène pour éviter tout incident. La foule en décida autrement.

-"A pied, on y va à pied !" crièrent les participants et le cortège s'ébranla, descendant la rue Michelet, la rue d'Isly et la rue Dumont-d'Urville. Il était presque seize heures quand la foule fut dépassée, square Bresson, par un véhicule militaire s'ouvrant le passage à grand renfort de sirène. On sut très vite qu'il s'agissait des artificiers du Génie qui se rendaient sur les lieux de l'inhumation où une bombe venait d'exploser, à l'heure prévue pour la mise en terre !

Les Algérois, en exigeant de se rendre à pied au cimetière, venaient de sauver la vie de la famille et des officiels !

Où s'arrêterait donc l'escalade d'une horreur sans nom ? N'y avait-il pas de limite à la haine diabolique des terroristes ? L'acte qui venait de se produire était inqualifiable !... Il n'avait qu'un seul but, rendre les Français fous, provoquer une émeute de la part de gens dont les sentiments de révolte ont été poussés au paroxysme !

Square Bresson, Boulevard du 8 novembre, des musulmans furent agressés, battus. La jeunesse française d'Algérie venait de craquer ! Les aînés, les unités territoriales s'interposèrent. Des jeunes gens excités à l'extrême s'engouffrèrent dans la rue Jules Ferry. Des magasins furent démolis, des vitrines volèrent en éclats.

Des voitures conduites par des Arabes foncèrent dans la foule. L'armée ouvrit le feu. Ce fut une pagaille indescriptible. On se battait. Des gens entrouvraient les portes des immeubles pour permettre à des musulmans, à des Mauresques affolées, de se mettre à l'abri.

Un jeune homme désigna soudain Lounès à la vindicte de ses camarades.

-"Un *melon* ! un *melon* qui suit le cortège ! on aura tout vu !"

Déjà des adolescents se précipitaient, prêts à frapper, à détruire, comme cette guerre hideuse les avait détruits eux-mêmes.

Julien eut peur. Il fit front, tout en poussant son ami vers le porche d'un immeuble. Une main le happa, la porte se referma. Lounés était sauvé.

Les jeunes se défoulèrent à coups de poing sur Julien. "Écoutez ! leur cria celui-ci tout en se défendant de son mieux, vous êtes en train de commettre une folie. Les terroristes sont bien à l'abri et vous vous acharnez sur des innocents et sur les amis de M. Froger. Au nom du ciel, arrêtez !"

Des territoriaux intervinrent. Les manifestants se dispersèrent et Julien put suivre les obsèques jusqu'au cimetière où l'inhumation se déroula enfin aux accents bouleversants de la marche funèbre jouée par la musique de la garnison.

On entendit Mme Froger murmurer :

-"Mon Dieu ! Arrêtez ces tumultes ! Lui ne les aurait pas voulus ! "

Ces émeutes provoquées firent cinq morts et cinquante-quatre blessés. Naturellement, la presse française s'éleva avec véhémence contre les *ratonnades* des ultras qui faisaient passer au second plan le meurtre d'Amédée Froger.

C'est ainsi que se termina une année terrible qui avait apporté à chaque habitant d'Algérie son lot d'épreuves et de peines. L'année qui s'ouvrait valait-elle qu'on la fête ? Les jeunes qui réveillonnèrent, sur les succès de Sydney Bechet, leur trouvèrent une résonance triste et nostalgique qu'ils n'avaient jamais remarquée jusqu'alors.

Arnaud commencerait l'année à Cherchell... Pour la première fois, il ne serait pas près de ses parents. Hélène insista pour que les Courtenay soient réunis chez elle. Adrien accepta, une fois n'était pas coutume et cela permettrait à Elise et Mamita de chasser leurs pensées moroses.

Isabelle fut heureuse de retrouver ses parents à Alger. Ils ne s'y rendaient pas souvent. Profitant de leur séjour, elle avait téléphoné au Docteur Ribère, souhaitant le rencontrer avec son père, mais le médecin s'absentait pour plusieurs jours et il lui fixa rendez-vous pour le samedi vingt-six janvier à dix-huit heures.

-"Vous reviendrez bientôt passer un autre week-end avec nous, si je comprends bien, dit Hélène en battant des mains, nous attendrons la fin du mois avec impatience".

Dès son arrivée, le lundi après-midi, Adrien avait pris Isabelle à part, lui demandant de l'accompagner en ville car il voulait offrir un vêtement à Elise.

Elle le conduisit chez *Bakouche*, rue d'Isly, et ils choisirent ensemble un tailleur d'ottoman pour Elise, un manteau au col de fourrure pour Mamita.

Dans la vitrine, un superbe ensemble avait attiré l'attention d'Adrien. De couleur saumon, c'était, sur une jupe droite, une veste à basque brodée d'arabesques noires avec un petit col officier garni d'astrakan noir.

-"Essaie-le" avait-il demandé à sa fille.

-"Non, c'est une folie. Tu as vu le prix ?"

-"Ne t'occupe pas du prix, essaie-le seulement".

Elle avait essayé ce vêtement qui lui allait à la perfection, faisant ressortir la blancheur de son teint, la blondeur de ses cheveux.

-"Comme vous êtes belle, ma Princesse !" avait dit Adrien et il lui avait offert cet ensemble.

Le soir de la Saint-Sylvestre, voulant leur faire croire que tout allait bien, Julien les avait amenés au Régent, voir Fernandel dans *Le couturier de ces dames* mais il avait pris soin de choisir, une salle de cinéma centrale, en pleine rue d'Isly, et il les avait conduits en voiture.

En rentrant, Isabelle s'exclama brusquement :

-"Oh ! la la ! Je viens de me rappeler que le samedi vingt-six, je suis invitée chez les Safrani à Saint-Eugène ! Ils font une fête pour le jubilé de leurs parents et ils ne me pardonneraient pas mon absence".

-"Où est le problème ? répondit Adrien, va chez tes amis, rentre vers cinq heures et nous aurons encore tout le temps d'être à l'heure dite chez le docteur Ribère".

-"C'est un peu juste, cinq heures... disons cinq heures trente. Je me garerai boulevard Laferrière et nous nous retrouverons... Tiens, au *Coq Hardi*. Tu en seras quitte pour m'offrir un café liégeois !"

Ce samedi-là, il faisait beau. L'orage de la veille avait lavé le ciel d'Alger et le soleil brillait, radieux, dans un azur infini.

Isabelle prit sa douche, se maquilla légèrement, se coiffa avec soin. Elle eut du mal à réussir son chignon *banane* mais elle y parvint tout de même.

Puis, elle ouvrit sa garde-robe... Il fallait être élégante car elle savait que les familles de ses amis israélites sortiraient leurs plus belles toilettes.

Elle passa l'ensemble offert par son père, des chaussures vernies noires et s'examina, devant sa glace, avec complaisance.

"Ça va, ma fille, se dit-elle, tu fais très *Grâce de Monaco*".

Puis elle partit joyeuse prit sa voiture, longea le front de mer, admirant au passage comme elle le faisait toujours la couleur d'un bleu intense de la mer frangée d'une écume mousseuse et immaculée.

La luxueuse villa des parents Safrani lui apparut bientôt ses amis l'attendaient et lui firent un accueil enthousiaste. On était heureux de sa présence.

Le repas fut pantagruélique ! Elle se serait bien contentée de l'excellent couscous aux boulettes, à la mode juive, mais elle dut goûter à tout et s'engourdissait un peu quand elle regarda sa montre.

"Déjà seize heures et quart ! Il faut que je rentre, j'ai rendez-vous avec mon père à dix-sept heures trente au *Coq Hardi*.

-"Ton père t'attendra bien. Reste encore un peu" insista Rachel.

-"Non, c'est impossible, nous avons rendez-vous avec Ribère pour l'achat de son cabinet, je t'en ai parlé, tu le sais bien..."

Ils la laissèrent partir, à regret. Craignant d'être en retard, elle roula vite, trouva facilement un stationnement pour sa voiture, marcha d'un bon pas vers le *Coq Hardi*, choisit une place donnant sur la rue pour voir son père arriver et commanda son café liégeois.

Elle regarda sa montre : dix-sept heures vingt ! Elle avait fait plus vite qu'elle ne le pensait. Adrien ne devait pas encore être en route.

Il l'était, pourtant. Il descendait la rue Michelet, doucement, à pas mesurés, réfléchissant aux arguments à développer devant le docteur Ribère qu'il connaissait peu. Il y avait peu de passants, dans la rue... Des jeunes surtout qui avaient l'air de s'ennuyer. Sans les patrouilles de soldats qui arpentaient les trottoirs, on aurait presque cru que la vie était redevenue normale, paisible, sans guerre.

En approchant du *Coq Hardi* il regarda sa montre, il n'était pas tout à fait dix-sept heures vingt-cinq. Il pensa qu'il arriverait le premier, quand, tout à coup, une formidable déflagration déchira l'atmosphère. La vie, le temps, le mouvement se figèrent, en une seconde, dans la stupeur ! Une colonne de fumée à quelques mètres et, subitement, des cris, des hurlements...

Il s'entendit hurler lui-même : " Princesse !" il courut comme un fou, les gens criaient, s'agitaient dans tous les sens. C'était le *Coq Hardi*... Une bombe venait d'exploser au *Coq Hardi* !

-"Seigneur, criait-il, Seigneur, faites qu'elle ne soit pas là !"

Et soudain, il la vit, dans un nuage de fumée et de cendres, parmi les décombres et les vitres brisées. Elle était attablée, là, devant lui. Elle portait le tailleur saumon qu'il lui avait offert et n'était même pas décoiffée. Seule, une petite mèche, échappée de sa coiffure sage, étincelait devant son visage comme un filet d'or. Entre l'horreur et elle, il y avait cette mèche scintillante.

Il y avait du sang partout, des morceaux de chair et d'os accrochés à des lambeaux d'étoffes colorées. Lui ne regardait qu'elle, immobile, assise, parmi les gravats et la poussière. Elle ne bougeait pas. Elle attendait qu'il vienne la tirer de cet enfer. Elle l'attendait.

Il se précipita vers elle, voulut la saisir dans ses bras et, brusquement, dans une vision dantesque, dans une abominable horreur, dans une nuit sans fond, le buste bascula...

De sa belle princesse aux cheveux d'or, il ne restait qu'une tête et un buste, le reste s'effritait en une innommable poussière !

Une douleur fulgurante lui traversa la poitrine et il tomba, inanimé auprès de cette table où sa vie entière venait d'être réduite en cendres.

L'explosion s'était propagée dans la ville, atteignant douloureusement les oreilles d'Elise. Julien se précipita et elle le suivit, sans savoir, mais avec un horrible pressentiment.

Julien courait, dévalait la rue Michelet. La panique régnait dans cette rue où Elise avait l'impression de commencer son chemin de croix. Des ambulances faisaient hurler leurs sirènes, des voitures de police clignoter leurs gyrophares, toute une foule criait, courait, dans un tourbillon d'épouvante.

Elle atteignit le *Coq Hardi* après Julien qui cherchait comme un fou, parmi les civières qu'on évacuait, soulevant les toiles qui recouvraient les cadavres, examinant les blessés.

Ils ne les virent pas, ni l'un, ni l'autre. Le Ciel eut pitié de cette femme dont la couronne d'épines s'enfonçait un peu plus profondément dans le cœur à chaque seconde.

Étant placés près de l'entrée, les restes d'Isabelle et le corps inanimé d'Adrien avaient été évacués parmi les premières victimes.

Elise ne savait plus que faire, ni où aller. Julien la soutint. Ses jambes se dérobaient sous elle. Elle priait :

-"Seigneur ! Prenez-moi ! Faites-moi souffrir mille douleurs, mais épargnez ma fille et mon mari !"

Julien la sentait au bord de l'évanouissement. Ses lèvres avaient la pâleur de sa peau. Mais elle fit un effort, mobilisa toute son énergie.

-"Où est ta voiture ? dit-elle, il faut aller à Mustapha".

Il la porta presque jusqu'à la voiture garée non loin de là. Ils partirent en trombe.

A Mustapha, devant les urgences, c'était la panique, la cohue. Les ambulances arrivaient, des parents cherchaient leurs enfants. Ils se faufilèrent doucement. Personne à l'accueil. Tout le monde s'affairait. Ils virent soudain une cornette blanche portée par une femme de haute stature.

-"Marie-Gendarme !" dit Julien, puis il s'avança vers la religieuse.

-" Ma Mère, nous cherchons le docteur de Courtenay. "

-"Elle n'est pas ici, répondit-elle d'un ton rogue ; je souhaiterais pourtant bien qu'elle y soit, elle nous rendrait service ! "

Elise les avait rejoints.

-"Nous la cherchons parmi les victimes, ma Mère... "

Marie - Gendarme la regarda, elle connaissait bien ces yeux-là.

-"Vous, vous êtes la mère de Courtenay. Vous avez une fille qui peut donner des leçons de charité à toutes nos soeurs, moi la première."

Puis devant l'air éperdu d'Elise, elle ajouta :

- "Mais que se passe-t-il ? "

Ils purent enfin expliquer qu' Isabelle et son père devaient se trouver au *Coq Hardi* au moment de l'explosion.

- "Oh ! Mon Dieu ! Non ! Ce n'est pas possible ! "

La supérieure appela une infirmière, on vérifia le nom des victimes identifiées, on ne trouva ni le père ni la fille.

-"Téléphone à la clinique Solal, à Maillot... Cherche ! Ne reste pas devant moi comme un emplâtre." dit Marie-Gendarme retrouvant son autorité.

Ils attendaient, anxieux mais pleins d'espoir quand, subitement, dans les yeux d'Elise, le monde chavira ! Elle venait d'apercevoir à l'entrée le petit Safrani, en larmes.

-"Ils sont morts tous les deux, énonça-t-elle d'une voix sans timbre.

Le jeune médecin était près d'elle. Les mots qu'il prononçait n'avaient aucun sens.

-"On t'a dit : n'y va pas, reste avec nous... il a fallu que tu y ailles quand même !"

Puis, il prit conscience de la présence de la pauvre mère.

-"Votre mari est vivant, Madame. Il faut même que vous alliez très vite à la clinique Solal, il se débat, il arrache les perfusions, on ne peut pas le tenir."

Puis, dans un souffle, il ajouta les trois mots qui crucifièrent Elise.

-"Isabelle... est... décédée."

Adrien avait eu un malaise cardiaque dont sa nature robuste se remettait tout doucement tandis que ses idées commençaient à s'embrouiller avec une forme nouvelle stupéfiée et machinale, propre au désespoir authentique et à la douleur muette.

Par moment, l'horrible vision revenait à sa mémoire. Il se dressait alors sur son lit d'hôpital, arrachait le masque à oxygène, l'aiguille de la perfusion en de grands gestes désordonnés comme s'il voulait écarter de lui l'effrayant calice ruisselant d'ombres et débordant de ténèbres puis il sombrait à nouveau dans des abysses pleins d'étoiles.

Il n'avait aucune conscience du temps. Il reprit connaissance avec horreur...

Princesse ! Elle n'avait plus ni chair, ni sang !

Son corps semblait s'ouvrir et se déchirer dans un arrachement, dans une faille profonde qui le faisait horriblement souffrir en dedans.

Elise, son épouse, se penchait sur lui.

-"Ma femme, dit-il d'une voix blanche, notre fille est morte et quelque chose en moi est mort avec elle."

-"Je sais", répondit-elle dans un sanglot.

Julien était parti à Cherchell, roulant à une vitesse folle et il ramena bientôt Arnaud.

Le garçon était fou de douleur... Il se jeta dans les bras de sa mère en suppliant :

-"Maman ! Dis-moi que ce n'est pas vrai ! Que je vais me réveiller, sortir de ce cauchemar !"

Son père l'embrassa, sans le voir, comme si tout passait à travers lui.

Une seule pensée l'obsédait, il n'en parlerait jamais à personne mais l'obsession durerait toute sa vie :

Ni chair, ni sang ... Elle n'avait plus ni chair, ni sang !

Il sortit de la clinique le lendemain, il alla à la morgue, aux pompes funèbres, il voulait le plus beau cercueil, un cercueil de princesse...

Julien avait averti Jean Heilligenstein, le village, la région ; tous étaient au courant de l'affreuse tragédie.

La bombe avait explosé à dix-sept heures vingt-cinq. D'habitude, lorsqu' Isabelle avait rendez-vous avec Adrien quelque part, elle arrivait toujours avec cinq minutes de retard et c'était toujours lui qui attendait. Pourquoi, justement ce jour-là était-elle en avance ? Pourquoi ? hurlait le cœur brisé du pauvre père.

Il en voulait au temps. Il en voulait au monde entier... Quelque chose en lui, une partie de son âme, s'était détaché pour suivre Isabelle. Il ne retrouverait plus jamais la sérénité, il le savait et ne voulait pas être consolé.

Il ne voyait pas la douleur des siens, le désespoir de son épouse, le désarroi de son fils, le bouleversement de ses amis... Il n'était plus parmi les humains, il suivait la jeune morte, elle lui échappait mais pourtant, il la suivait.

Roulant derrière le corbillard qui prit la route de Médéa, il allait sur les traces de son étoile blonde, sans prendre garde à ses passagers. Elise était écroulée dans les bras de son fils, il ne la voyait pas. Il était envoûté, son esprit s'égarait, puis la réalité s'imposait à lui comme une abomination :

Ni chair, ni sang ... Ni chair, ni sang...

Ils allèrent directement à Ben-Chicao. Le cercueil fut déposé dans la petite église.

Elise s'agenouilla et se mit à prier. Elle tremblait de tous ses membres. Il ne la regarda pas. Il sortit et contempla longtemps le Ravin rouge, sur l'autre versant.

Il voyait le bébé qui lui tendait les bras, les premiers pas de sa fillette, les rires et les tendres baisers, la gourmande de cerises, la studieuse qui lisait dans le mûrier, l'adolescente qui s'affirmait, la jeune fille à cheval à ses côtés. Il l'entendait rire... Il l'entendait chanter...

Mais tout se dissipa comme une hallucination. Il n'y avait plus de bonheur, plus de justice, plus de paix. Toutes ces valeurs n'étaient que rêves, visions d'utopistes qui voulaient arrêter le temps sur cet univers de mirage !

Il ne restait qu'une souffrance infâme et hideuse, retroussant ses babines comme une hyène altérée de sang. Elle avait enfanté la lâcheté, la guerre, la mort, les pillages, les otages, les viols, les massacres et tout cela n'avait pas suffi !

Le Ravin était rouge comme un four... Il avait du sang plein les artères... Il n'avait plus de sources, il n'avait que du sang, de longues traînées écarlates marbrant le roc comme des fleuves de sang !

Tandis que son enfant, sa princesse bien-aimée, sa belle étoile blonde...

N'avait plus ni chair, ni sang.

CHAPITRE XXIV

Depuis son retour à Aïn Bou Djenaâ, Adrien n'était plus le même. L'horrible épreuve qui frappait de plein fouet tous les siens ne pouvait être supportée que dans une totale cohésion familiale. Lui se désolidarisait.

Il avait élu domicile dans la chambre d'Isabelle qu'il refermait soigneusement à clé derrière lui. Il ne parlait pas, ne mangeait presque pas. Il était devenu insensible à toutes choses, lointain, taciturne et transparent comme si plus rien ne pouvait l'atteindre.

Pourtant, dans le silence de la nuit, il se déchirait l'âme et le coeur en entendant les pleurs étouffés d'Elise cachant son désespoir, au fond de la maison, dans le cellier, pour ne pas troubler son époux et sa mère qu'elle croyait endormis.

Dans la journée, elle avait repris sa charge. Elle soignait toujours les malades, trouvait la force de sourire aux enfants, s'occupait de sa mère avec affection, lui faisait la lecture pour la distraire de ses sombres pensées, écrivait souvent à son fils qui crapahutait dans le djebel, accomplissait toutes ses tâches ménagères, s'entretenait avec Kader des travaux urgents.

Mais durant ses nuits hypnoïdes, elle s'effondrait !

Son époux n'avait pas versé une seule larme depuis la mort atroce de leur fille. Le regard perdu, il ne la voyait plus. Kader tentait de lui parler des travaux de la ferme... Il avait un haussement d'épaules, un geste vague d'indifférence ; il n'écoutait même pas.

Il n'allait plus voir ses chers chevaux... Il partait seul vers le Ravin rouge, rentrait à la nuit tombante, se renfermait dans la chambre d'Isabelle, se jetait épuisé et désespéré sur son lit et sombrait pour quelques heures ou quelques instants dans l'abîme de l'oubli où tout s'éclipsait.

Déjà, lors de la cérémonie funèbre, son comportement étrange avait été remarqué par toute l'assistance. A l'église, il se tenait debout devant le catafalque et lorsque le père Chabanis, submergé par le chagrin, s'était interrompu au milieu de la lecture du Psaume choisi par Elise, il avait continué d'une voix forte, comme s'il était seul avec la jeune morte, parlant à la première personne du pluriel, s'identifiant complètement à elle :

Même quand nous marchons dans une vallée pleine d'ombre,
Nous ne craignons aucun mal car Tu es avec nous...

Le cortège s'était rendu au cimetière à pied... Il marchait toujours seul derrière le corbillard. Elise suivait, déchirée, en larmes, soutenue, entourée par deux enfants qui l'aimaient, Arnaud et Sélim aussi désespérés l'un que l'autre.

Adrien avait ensuite reçu les condoléances de tous, dans un état second, avec un visage de marbre. Même la douleur extrême de son ami Jean ne l'atteignait pas. Julien le suivait pas à pas, blême et décomposé, il ne le voyait pas. Il ne semblait voir qu'Isabelle. Comme il l'avait dit à sa femme, quelque chose en son esprit était mort avec sa fille.

Elise avait eu un élan pour ceux qui partageaient sa peine, les avait embrassés. Elle s'était ensuite avancée vers le groupe de musulmanes qui attendait, en pleurs, devant la grille du cimetière où elles n'osaient entrer. En voyant Méryem, écrasée de chagrin, s'élancer vers elle, le regard noyé de larmes, les joues lacérées et saignantes, elle avait éclaté en sanglots sur l'épaule de la vieille Mauresque.

-" *Ma mouciba* !" (Quel malheur !) gémissaient les femmes autour d'elles.

Quand Adrien était rentré, Kader s'était approché de lui, les yeux boursouflés, le visage défait en lui tendant les bras.

Il n'avait pas de mots, le frère arabe, il pleurait seulement. Le coeur brisé, il répétait : " *Khouïa... Khouïa...* "

Et Adrien avait eu un geste vague comme s'il chassait des mouches.

-"Merci, avait-il dit, merci bien." Comme à l'église, comme à tout le monde.

Hélène et Julien conseillèrent à Elise de patienter.

-"L'épreuve a été trop dure, trop inhumaine... Seul le temps lui permettra de retrouver un jour son état normal."

Elle avait attendu longtemps. Le comportement de son époux ne s'améliorait pas. Que faire ? Voir un médecin ? Il ne l'aurait pas reçu et c'était un mot à ne pas prononcer devant lui.

Alors, elle se contentait de l'observer, attentive et de prier pour qu'il recouvre la raison. Kader, sur sa patte folle, dirigeait les ouvriers et faisait tous les travaux de la ferme. Il avait taillé la vigne, il labourait, semait le blé, mais comme il ne pouvait pas tout faire, il n'y aurait pas de légumes cette année.

Jean venait souvent, Hélène et Julien aussi. Adrien les saluait d'un air indifférent et dès qu'ils voulaient lui parler, il s'échappait, comme un automate, vers le Ravin, à pas si rapides et saccadés que Julien ne parvenait pas à le suivre.

Le père Saunal venait aussi souvent proposer ses services. Il arrivait en disant : -"La vie est mal faite ! Dire que moi, le vieux, je suis toujours là !"

Mais elle continuait son cours la vie et les attentats continuaient aussi. C'est Elise qui écoutait attentivement les informations car Adrien n'avait plus touché à son transistor.

La bataille d'Alger que livraient le colonel Bigeard et ses paras connaissait une escalade sanglante. La casbah, prise entre le marteau et l'enclume, vivait un calvaire.

Ordres de grève des terroristes, auxquels les musulmans se soumettaient par la menace après avoir reçu des tracts on ne peut plus éloquents, tels que :

Mieux vaut affronter les représailles de l'occupant que mourir honteusement sous les balles des moudjahidines.

Les pauvres gens n'avaient pas le choix, ils fermaient leurs échoppes, baissaient leurs rideaux.

Et l'armée française, afin de briser ces grèves, imposées par la contrainte pour donner au monde une fausse idée de la rébellion qu'on voulait à tout prix présenter comme celle de toute la population musulmane, faisait rouvrir les boutiques par la force.

Ceux qui refusaient, souvent par peur d'être condamnés à mort par les fellaghas, dont le principal responsable à Alger, Yacef Saadi, se révélait aussi impitoyable envers son peuple qu'envers les Français, étaient arrêtés, interrogés et quelquefois malmenés.

Pas une journée sans que Julien abandonne la pharmacie à Lounès, prenne sa trousse de secours et se précipite, les oreilles encore déchirées par le bruit des explosions, à la recherche des lieux fumants et sanglants vers lesquels convergeaient, dans un hurlement inhumain de sirènes, les ambulances de la ville.

Février, en particulier, fut un mois d'horreur pour Alger. La ville blanche saigna par tous ses pores. Des bombes faites pour tuer, pour mutiler, étaient déposées par de toutes jeunes filles à l'air innocent dans les endroits les plus divers : tribunes remplies des stades, cars de ramassage scolaire, grands magasins, porches des églises...

Et toujours des scènes déchirantes à la porte des hôpitaux. Des enfants que leurs parents attendaient et qui reposaient, en morceaux, dans l'amphithéâtre. A l'infini, le drame des Courtenay se répétait.

L'armée française, les paras se trouvaient confrontés à une situation d'une exceptionnelle gravité. Pour prévenir de nouveaux massacres, ils n'avaient d'autre alternative que d'interroger durement les suspects. Ils étaient contraints, pour faire délier les langues, d'employer parfois l'électricité, la gégène.

Pour un homme qui craquait par des méthodes souvent brutales, critiquées par des humanistes ignorants des réalités et douloureusement ressenties par Elise, de nombreuses vies humaines étaient sauvées car on pouvait, quelquefois désamorcer à temps des engins meurtriers déposés dans des salles de spectacles, des cantines, des écoles, des lieux de culte.

Chacun livrait un renseignement, une indication et le tout, recoupé, vérifié, aboutissait parfois à la découverte, dans une boutique banale, dans une cave, dans une maison d'aspect tranquille, d'un arsenal ou d'une fabrique de bombes rendues chaque fois plus meurtrières par des raffinements nouveaux. Le corps des bombes était presque toujours préalablement entaillé à la scie à métaux, ce qui augmentait le nombre des éclats et, partant, celui des victimes.

Les journaux métropolitains n'évoquaient que brièvement les villes martyres, les rues sanglantes, mais un nouveau mot était devenu courant dans la presse pour désigner les Français d'Algérie : *Pieds-Noirs*.

Ce mot grotesque, ce sobriquet méprisant fut bientôt galvaudé par tous les journalistes qui faisaient, avec complaisance, l'amalgame entre les Français ayant fait souche en Algérie depuis trois ou quatre générations et les soldats français, qui participèrent en 1830 à la conquête d'un repaire de pirates et furent surnommés *herdjel akhal* (Pieds- Noirs) par les Arabes à cause de leurs bottes noires.

Julien et Hélène, surpris et blessés par cette appellation ostraciste, se demandaient s'ils ne seraient pas obligés de porter un jour, au revers de leurs vêtements, des pieds noirs, comme une autre communauté éprouvée avait été contrainte de porter une étoile jaune.

Mais les Français d'Algérie, qui avaient transformé un marécage en pays florissant, s'emparèrent par défi du surnom et en firent un emblème, celui de leur honneur et de leur patriotisme.

Ainsi naquit le peuple pied-noir, un peuple éprouvé qui prenait conscience, dans l'abomination, de son identité et qui, blessé dans sa chair comme dans son âme, trouvait encore la force de manier la dérision en appelant les bombes semeuses de mort, les *stroungas* (grand boum).

Pour Julien, être pied-noir signifia bientôt être prêt à tout pour défendre son pays. Il avait soixante et un ans mais en lui brûlait la fougue de la jeunesse, celle d'Isabelle dont il voulait, à tout prix, défendre la mémoire.

A la mort de sa filleule, Hélène s'était effondrée. Ni son époux ni elle ne se rendaient compte à quel point la jeune fille était chère à leurs coeurs. Ils aimaient Isabelle comme leur propre fille, étaient brisés par son tragique décès comme l'étaient ses propres parents mais, devant le traumatisme d'Adrien, ils avaient décidé, d'un commun accord, de cacher l'intensité de leur peine à leurs amis.

Seulement, en souvenir de leur chère Isabelle, le terrorisme aveugle, les lâches attentats, ils n'en voulaient plus, ne les supportaient plus ! Ils auraient donné leur vie dans l'instant, se seraient volontairement fait broyer menu, mais ils voulaient extraire ces immondices de leur pays.

Avec Lounès, Julien avait ramené à Aïn Bou Djenaâ la voiture et toutes les affaires d'Isabelle. Adrien avait entassé tout ce qu'il pouvait dans le cloître obscur où il vivait désormais. La voiture dormait sous une bâche, dans le hangar.

Car ce père subsistait plus par la mémoire du passé que parmi les hommes du présent.

Chaque jour, il gravissait la montagne, écrasant sous ses pas la fleur comme la ronce, ne voyant pas les rayons du soleil, n'entendant pas le chant des oiseaux.

Le soir, au moment où la nuit ôtait leurs formes aux montagnes et aux vallons, il s'abandonnait, perdu dans sa détresse profonde, et les étoiles divines illuminaient de splendeur l'obscurité sans qu'il y prête attention.

Un jour, submergé par l'anéantissement, il ouvrit les fenêtres de la chambre ténébreuse, mais ce fut pour jeter sur l'aire à battre, à travers les barreaux, un monde de souvenirs évocateurs.

Dans son cadre doré, la glace qui avait reflété le visage d'Isabelle! Son oreiller moelleux dans lequel il se noyait comme dans une vague de fond ! La lampe de bureau qui avait éclairé toutes ses études ! Toutes les réminiscences de son bonheur brisé ! Il avait envie de les fracasser, de se massacrer lui-même dans un gigantesque autodafé !

Dissimulée derrière sa vitre, alarmée, le coeur serré d'angoisse, Elise l'observait . Ne pas intervenir... Elle se souvenait du conseil de Julien... Mais il allait plus mal, son état s'aggravait... Qu'allait-il faire maintenant ?

-"Que faire, Seigneur ? Il devient fou..." implora-t-elle.

Elle vit son époux descendre et s'asseoir parmi les objets entassés et brisés, elle s'aperçut qu'il tenait une boite d'allumettes à la main. Elle allait se précipiter quand, soudain, elle vit Mamita s'approcher du malheureux, d'une démarche un peu trébuchante, un peu cassée, mais décidée.

Elle se planta devant lui, en plein soleil. Elle avait les yeux rouges et humides. Ses petites mains tristes avaient dû longuement frotter ces yeux-là.

-"Cela suffit, mon gendre ! cria-t-elle à tue-tête, puis elle reprit d'une voix plus calme : quand aurez-vous fini de vous conduire en égoïste et de ne penser qu'à votre propre douleur ? Ce n'est pas sur Isa que vous vous apitoyez, c'est sur vous-même, sur le mal que vous a fait son départ.

Croyez-vous que les autres soient indifférents ? L'avez-vous seulement regardée la pauvre mère au coeur éclaté de laquelle, sans pitié, vous augmentez chaque jour le déchirement ? Et moi ? Moi qui suis vieille et fatiguée de vivre, croyez-vous que je n'aimerais pas rejoindre ma petite-fille ?

Seulement, je pense à ma fille qui souffre plus que moi et je m'efforce de cacher ma peine. Je ne suis pas comme vous, j'ai de la dignité... Alors, assez !"

Il la regarda d'un air perdu, puis il se mit à ramasser les objets qui jonchaient le sol.

-"Oui, Mamita", dit-il simplement.

A partir de ce jour-là, il se remit au travail. Toujours taciturne, parlant par monosyllabes, mais il travailla comme une brute pour s'étourdir dans l'effort physique.

Il ne quitta pas la chambre de sa fille. Cependant, il en sortait aux premières lueurs de l'aube pour se diriger vers les champs, le dos voûté, la démarche traînante. Ses cheveux avaient blanchi, d'un seul coup, comme si son enfant morte avait emporté tout l'or de son coeur et de sa tête.

Elise se reprit à espérer qu'il guérisse. Le travail était un remède salutaire.

Une fois de plus, le printemps revint, virginal et inexorable. Insensiblement, l'air devenait doux et tiède, la brise se faisait caressante. La nature frétillait d'aise et le soleil brillait sans pudeur dans un azur infini, sur toutes les misères du pays supplicié.

Un jeudi matin, plusieurs femmes vinrent attendre Elise près de la pièce réservée aux soins. Plusieurs femmes et un homme, inconnu.

Kader passa près d'eux. Leur attitude l'inquiéta. En claudiquant aussi vite que sa jambe le lui permettait, il alla chercher Adrien.

-"Viens vite, *Khouïa*, il y a un étranger parmi les malades et les Mauresques baissent drôlement la tête. Je n'aime pas ça... J'ai peur pour ta femme."

Adrien bondit comme un tigre. En un instant, il avait retrouvé toute sa vigueur, toute sa force, toute son impétuosité. Il mit à peine quelques minutes à parvenir au dispensaire.

Elise nettoyait les yeux du bébé de Zorha Lakdar... L'homme était assis parmi toutes les femmes. Elle ne comprit pas l'intrusion de son mari, du moins pas tout de suite.

Il avait saisi l'homme au collet, le soulevait presque :

-"Tu es malade ? dit-il. De quoi souffres-tu ?"

Il le plaqua au mur d'une main et de l'autre il fouilla les poches de sa gandoura.

Il eut tôt fait de jeter à terre un revolver et un grand rasoir sale qui avait déjà dû égorger plus d'une victime.

D'un coup de poing énorme, il sortit l'homme de la pièce. Il le frappait maintenant, aveuglé par la colère. L'autre, blême et lâche, n'essayait même pas de rendre les coups, il reculait, il voyait sa dernière heure arriver ?

Adrien ne contrôlait plus sa fureur. Il avait envie d'envoyer le moudjahidine ad patres. Il se sentait capable de déchirer de ses mains le serpent hideux qui était devant lui. Des êtres qu'on prétend humains et qui sont capables de faire subir les pires sévices à une femme, de crucifier ou d'empaler des enfants !

Des monstres ! Sa droite le jeta à deux pas. Il ne pouvait pas avoir de pitié ! Des vipères qu'il fallait écraser.

-"Arrête ! supplia Elise. Mamita vient de lancer un appel à Damiette, les militaires vont arriver. Arrête ! Ne sois pas comme eux !"

Comme eux ?... Un dernier direct fit passer la barrière du bassin au terroriste et l'envoya plonger dans l'eau glacée de la source. Adrien se calma. Il ne serait jamais comme eux.

Kader sortit le fellagha de l'eau, le tint en respect tout en l'insultant. Adrien se retourna vers les femmes :

-"Et vous, vous n'avez rien dit ! Elle se dévoue à vous soigner depuis trente ans et vous n'avez rien dit ! Rentrez chez vous, elle ne vous soignera plus."

-"*Ya Maalem,*" répondit la plus courageuse d'entre elles, nous avions peur, il aurait égorgé nos enfants..."

Alors, il entraîna Elise dans la cuisine, ils se courbèrent tous deux pour passer la porte métallique coulissante. Là, il ouvrit les bras, la serra contre lui et, pour la première fois depuis le drame, depuis plus de trois mois, il pleura enfin !

Les larmes brûlantes qui le consumaient ravinèrent ses joues...Il sanglota longtemps. Il lui demanda pardon à mots haletants entrecoupés de sanglots, pardon d'être si malheureux, d'avoir touché le fond de l'abîme sans prendre conscience qu'elle lui restait, qu'Arnaud lui restait et qu'Isabelle aurait souhaité qu'ils soient entourés d'amour.

A l'entrée de la cuisine, Mamita les observait; elle regardait sa fille. Elise se redressait maintenant comme une plante desséchée à laquelle on donne enfin de l'eau. Elle se ressourçait à l'amour de son époux. Avec lui, elle pourrait continuer sa route, attendre Arnaud, espérer la Paix.

La nuit qui suivit ces événements, la maison des Peyrac brûla. Le feu de l'anathème purifia la montagne tragique, réduisit en cendres les traces du massacre.

L'armée intervint, ne trouva aucun indice de présence humaine et laissa les flammes anéantir ces vestiges de la haine et de la souffrance.

Jean put revenir contempler les lieux de son malheur. Il n'y subsistait plus qu'un amas informe de poutres calcinées, s'anéantissant chaque jour davantage dans une ombre obscure, morne et profonde, qui ressemblait à la nuit.

Pourtant, la nature impitoyable semait dans les champs une herbe nouvelle et odorante parsemée des taches éclatantes des tendres fleurs du printemps. Les points d'or de la *vinaigrette* se mêlaient, joyeuses, aux longues tiges des asphodèles dont la blancheur immaculée contrastait avec les clochettes carminées des premiers coquelicots d'une couleur à faire pâlir d'envie les plus beaux rubis.

Et dans la vaste clarté des beaux jours revenus, le printemps chantait : "Regardez, je suis là ! M'aimez-vous encore, vous qui ne me voyez plus ? Je suis bien là avec ma palette magique, les bouquets de lumière que j'agite pour vous apporter la sérénité. Écoutez un instant le poème de la création..."

Pauvre printemps de guerre, qui aurait pu prêter attention à ta beauté au milieu des embuscades, des offensives et de la félonie ? Il était bien inutile de fleurir la Kabylie où, dès la première quinzaine d'avril, une nouvelle escalade fit de nombreux morts parmi la population et les militaires.

Où étais-tu, printemps, lorqu'on enlevait des personnalités politiques pour les assassiner ? Que faisais-tu tandis que les caïds et les gardes-champêtres étaient abattus ? Lorsque, dans la seule région de Médéa, pendant ton mois de gloire et de triomphe, plus de quarante fellahs habitant des mechtas sans défense furent décimés, pourquoi t'es-tu voilé la face ?

Pendant que tu perdais ton temps à parer de couleurs somptueuses une nature que plus personne ne contemplait, le sang de Melouza recouvrait les plaines fleuries... Pourquoi n'es-tu pas parti sur la pointe des pieds, emmenant ton gai cortège, lorsque quatre cents messalistes furent égorgés par leurs frères de sang ?

Elise ne voyait plus le printemps. Elle ne s'apercevait même pas de la couleur du temps. Chaque jour, elle restait immobile, attentive, les mains jointes, devant le transistor, à l'heure des informations. Elle apprit ainsi que le terrorisme s'étendait jusqu'à Paris où M. Ali Chekkal, qui avait fait admettre par l'O.N.U. que, l'Algérie faisant partie intégrante de la France, les troubles dans ce pays étaient une affaire interne, venait d'être assassiné à la sortie d'un match où il avait accompagné le président Coty.

Son meurtrier, lors de son arrestation, avait déclaré :

- "*J'ai éliminé le dernier musulman ami de la France.*"

En entendant cela, Elise se mit à pleurer en disant :

-"Seigneur, combien de milliers d'Algériens vont encore tomber à cause de leur attachement à la France qu'ils considèrent toujours comme leur Mère-Patrie ?"

Elle tremblait pour Sélim et Adrien s'inquiétait aussi pour Kader et sa famille. Vingt fois, il avait proposé à la famille Kouïder de venir s'installer près d'eux et vingt fois Kader avait refusé certain d'être plus menacé en se plaçant sous la protection des Roumis.

Elise, malgré l'opposition de son époux, continuait à prodiguer autour d'elle assistance et soins. L'épreuve qui l'avait si douloureusement frappée l'incitait, au contraire, à se dévouer davantage.

Dès le matin, elle s'affairait, le coeur près de sa fille bien-aimée qui l'observait, elle en était certaine, de Là-haut. Éclairée en dedans par l'amour vivant en elle et au dehors par l'éclat du soleil printanier, elle parvenait encore à communiquer aux autres réconfort et foi et, grâce à elle, Adrien espérait retrouver un jour, dans un monde meilleur, l'enfant chérie qui lui manquait tant.

Mais, sur cette terre de misère, le souffle de la haine faisait encore des victimes partout. En juin 1957, Alger connut encore d'ignobles attentats.

Cette fois, les bombes furent placées par de pseudo-employés de l'E.G.A. (Électricité et gaz d'Algérie) dans trois socles de lampadaires situés dans les rues les plus passantes d'Alger. Entre dix-huit heures vingt-cinq et dix-huit heures trente, les lampadaires explosèrent. Julien, une fois de plus, courut vers l'explosion la plus proche. On releva, ce jour-là, huit morts et quatre-vingt-huit blessés, mutilés à vie.

En rentrant chez lui, les yeux remplis d'horreur, Julien pleurait. -"Ils sont devenus fous, dit-il à Hélène, ils ne font plus aucune distinction. Les bombes ont explosé aux arrêts d'autobus, à la sortie des bureaux et il y a autant de morts arabes que français."

Vinrent les fêtes de Pentecôte. Julien et Hélène choisirent de les passer à la Vigie, pour fuir l'abomination de la ville martyre et retrouver leur souffle face à la mer qu'ils aimaient tant.

Le dimanche soir, alors qu'ils observaient, assis sur le sable, le disque d'or qui disparaissait à l'horizon en faisant miroiter sur la baie des glacis d'améthyste et de cornaline, une bombe de forte puissance explosa, sous leurs yeux, au casino de la Corniche, au-dessus du toboggan et des grottes où ils avaient vécu tant de moments heureux.

Quand la déflagration, énorme, envahit les rochers, la plage et la baie, Julien regardait la mer... Soudain sa vue se brouilla... La lumière incandescente devint métal en fusion. Il n'y avait plus de mer devant lui, seulement le cratère d'un volcan où bouillonnait un feu allumé par la haine qui soulevait des flammes d'enfer.

Le chef d'orchestre fut pulvérisé par l'explosion. Il y eut sept morts et quatre-vingt-cinq blessés dont dix devaient décéder par la suite. Hélène fut prise d'une crise nerveuse tandis que Julien se portait au secours des victimes.

Il revint dans la nuit, livide et tremblant, encore halluciné par les visions apocalyptiques qu'il conservait en mémoire. Les blocs opératoires fonctionnèrent toute la nuit pour pratiquer des amputations. L'abomination continuait.

Il n'y avait qu'un lieu, un seul, où il pourrait se remettre de ses angoisses et de ses épreuves. Le week-end suivant, il emmena Hélène à Aïn Bou Djenaâ

Ils arrivèrent le samedi vers midi. Leurs amis les attendaient. Une triste complicité dans la douleur s'était établie entre Julien et Adrien. Ce dernier connaissait l'affection paternelle du pharmacien pour Isabelle et il lui semblait que l'absence de sa princesse se faisait moins lourde quand Julien était là pour la porter avec lui.

Après le repas, on discuta un peu. On commençait toujours par discuter des crises ministérielles, des égarements gouvernementaux, pour évoquer ensuite l'horreur au quotidien, celle dans laquelle le pays était plongé depuis bientôt quatre ans.

Vers trois heures, ils entendirent vrombir un moteur et virent arriver une Jeep de l'armée, conduite par le lieutenant Déroulède un jeune officier basé à Damiette.

En le voyant venir ainsi, à l'improviste, Elise s'affola :

-"Mon fils ! Seigneur, mon fils ! Il est arrivé quelque chose à Arnaud ?"

-"Non, Madame, rassurez-vous pour votre fils, mais..."

Il se tournait vers Adrien, l'air triste et gêné de colporter d'aussi dramatiques nouvelles :

-"Monsieur de Courtenay, nous avertissons tous les colons d'avoir à se méfier. Ce matin, M. Saunal a été tué sur son tracteur à l'orée du petit bois, derrière sa maison."

Adrien et Julien partirent sans tarder. -"Enfermez-vous" dirent-ils aux trois femmes. Elise voulait les suivre, son époux s'y opposa.

Antoine Saunal avait attelé son scarificateur pour désherber ses vignes. Il avait démarré son tracteur et lorsqu'il tournait, en bordure du bosquet de chênes verts, derrière la maison, pour se diriger vers la plantation de cinsault, les rebelles, cachés dans le bois, l'avaient abattu d'une rafale de mitraillette dans le dos.

Madeleine avait entendu le crépitement des balles. Seule dans la maison close, elle était montée dans le mirador pour lancer ses fusées et elle avait vu un jeune Arabe, presque un gamin, verser un bidon d'essence sur le tracteur.

Après, ils avaient mis le feu à la forme affalée sur le volant. Les flammes étaient montées tout de suite, hautes et drues. A l'odeur du gasoil s'était ajoutée celle de la chair brûlée et Madeleine, épouvantée, figée par la peur, aurait voulu hurler mais aucun son ne sortait de sa bouche !

Alors, elle était restée là, immobile, à regarder ce brasier attisé par le vent du sud qui soufflait depuis le matin.

Il était presque midi. En plein jour ! Ils attaquaient maintenant les fermiers en plein jour ! Madeleine avait cru qu'ils pénétreraient dans la maison et la tueraient aussi. Mais ils avaient vu les fusées. Ils s'enfoncèrent dans le bois et l'armée arriva bientôt.

On les poursuivit, on les chercha partout... Peine perdue, ils avaient disparu.

L'armée s'occupa du transport du corps calciné à la morgue. L'enterrement eut lieu le lundi. Chaque voisin proposa à Madeleine de la recevoir, de l'héberger. Elle ne voulut rien entendre. Même Mamita ne parvint pas à dialoguer avec elle. Déséquilibrée, traumatisée à vie, elle se réfugia à Blida, dans un monastère, voulant combattre l'atrocité de la mort de son époux par la prière.

Et pendant ce temps, chaque jour, sous la caresse du soleil, naissaient de nouvelles fleurs. La nature riait, de plus belle, offrait des promesses d'espérance en un avenir auquel on ne croyait plus. Des touffes de coquelicots jetaient une note écarlate dans la verdure des prés tandis qu'une multitude d'oiseaux berçaient d'un chant d'amour la fête du renouveau que l'on ne voyait plus.

CHAPITRE XXV

L'homme s'habitue à tout, même au malheur. On vivait en Algérie, au jour le jour, sans savoir ce que le lendemain réserverait à chacun. Il fallait se fier à la Miséricorde Divine pour continuer sans trembler les travaux quotidiens. Les récoltes étaient bonnes, le temps propice. Aïn Bou Djenaâ eut même cette année-là la visite de cigognes égarées qui firent leur nid sur le toit de la dernière des cinq maisons.

C'était une chose très rare de les voir arriver à une telle altitude. En temps normal, elles n'allaient pas plus loin que Médéa et s'installaient, bien en vue, près du coq de l'église qu'il fallait, après leur départ, débarrasser du manteau d'herbes mortes dont elles l'affublaient en construisant leurs résidences secondaires.

Elise considérait comme une faveur la visite de ces voyageuses mais Méryem, dès qu'elle les vit, se répandit en lamentations.

-"*Bouh ! Ya sadek bel ardj* ! (Bouh ! mauvais présage : les cigognes !) Ce n'est pas bon qu'elles viennent ici, Lalla, elles annoncent des malheurs plus grands encore."

-"Au contraire, répondit Elise, j'ai toujours entendu dire qu'elles portaient bonheur à leurs hôtes."

-"Écoute, chuchota mystérieusement la skharia, ce ne sont pas de vrais oiseaux, mais des tolbas ayant rompu le jeûne du Ramadan que le Ciel a punis en les transformant ainsi. Regarde-les bien quand elles se mettent sur une patte et qu'elles claquent du bec. Elles dressent la tête vers le

Paradis, elles sont en prière. Ce sont des tolbas, je te dis, qui pleurent pour retrouver leur forme humaine."

-"Veux-tu bien te taire, oiseau de mauvais augure ! Entre et viens boire un café au lieu de débiter tes sornettes."

Un peu dépitée de n'être pas prise au sérieux, Méryem accepta volontiers une tasse de café brûlant et reprit le chemin de la mechta en marmonnant une des étranges mélopées de son cru, destinée à exorciser les effets nocifs de la venue des cigognes.

Après son départ, Elise, douloureusement sensibilisée par la tragédie qui frappait sa famille, se sentit mal à l'aise et inquiète. Elle alluma la radio et attendit avec impatience l'heure des informations.

On annonçait la capture de Yacef Saadi, le principal responsable de la rébellion urbaine et de la multiplicité des bombes qui avaient brisé tant de vies, fauché tant de jeunes victimes innocentes.

Au cours de cette arrestation mouvementée, trois parachutistes avaient été tués et le colonel Jeanpierre grièvement blessé.

D'autres parents éprouvés auraient pu ressentir une satisfaction morale à l'annonce de cette capture, pas Elise. Elle joignit les mains et se mit à prier pour les êtres égarés qui, au nom d'une quelconque idéologie, semaient, sans pitié aucune, des engins destructeurs parmi d'innocentes victimes.

Mais, au-delà de la mort qui frappait encore, cette nouvelle marquait peut-être la fin d'un calvaire effrayant. Privé de son chef, le terrorisme urbain, l'horreur sans transition, l'explosion quotidienne de l'enfer parmi les hommes, disparaîtrait peut-être enfin.

Elise éteignit l'appareil, et assise toute droite sur sa chaise, elle fut prise d'un tremblement. Quand cette conjoncture maudite s'arrêterait-elle vraiment ? Une fois de plus, elle s'en remit au Ciel et se leva péniblement pour s'occuper de sa mère et de son époux dont l'absence, pour les travaux agricoles indispensables, l'inquiétait sans cesse depuis la mort du père Saunal.

Mais les succès des parachutistes de Bigeard furent bénéfiques en zone urbaine, le F.L.N. se replia bientôt vers les frontières tunisiennes et organisa, à partir de la Tunisie, des attaques surprises auxquelles les troupes françaises ne pouvaient pas riposter car leurs agresseurs se réfugiaient immédiatement au-delà des postes frontières.

L'hiver 1958 arriva très lentement : peu de neige à Noël sur les sommets de l'Atlas. Un ciel gris si bas que les prières s'y perdaient, une ambiance morose et, de temps en temps, comme pour rallumer le feu de la haine qui se consumait dans le morne climat hivernal, des attaques surprises, des militaires tombés dans des embuscades, des avions mitraillés depuis la Tunisie.

Les crises ministérielles françaises étaient lassantes pour l'opinion publique et démoralisantes pour toutes les populations d'Algérie qui ne voyaient pas d'issue à la situation.

L'Assemblée Nationale voulut mettre en place une loi-cadre qui ne donna satisfaction à personne car il s'agissait d'un remembrement n'apportant aucune solution à la crise.

Malgré le danger qu'il y avait à circuler dans la campagne, Hélène et Julien montaient souvent voir leurs amis. Ils ne se risquaient plus à voyager au crépuscule comme ils le faisaient naguère en prenant la voiture dès la fermeture de la pharmacie, ils partaient le lendemain, en plein jour, perdaient bien souvent des heures à attendre la formation d'un convoi encadré par les militaires français pour traverser les gorges de la Chiffa, mais lorsqu'ils arrivaient, Julien serrait la main d'Adrien en tentant de faire passer dans ce contact toute sa douloureuse solidarité.

Les deux hommes partaient ensuite pour une courte promenade à pied, et s'ils appréciaient la beauté des lieux comme autrefois, Adrien sentait le poids de son fusil armé sur l'épaule et Julien, malgré lui, restait aux aguets.

-"Comment ça va ?" demandait Adrien. En disant ces mots, il observait son ami, il lisait ses pensées et prévenait toute dissimulation de sa part.

Ces deux êtres étaient devenus si proches qu'Adrien devinait les sentiments les plus secrets et les actions les plus cachées du pharmacien et il se servait des uns pour connaître les autres. Julien le savait bien, mais il essayait de ruser, de crâner, comme d'habitude en disant:

-"Ca va mieux, bien sûr. La bataille d'Alger est gagnée."

Mais il voyait le regard sceptique d'Adrien et il craquait soudain :

-"Tant de morts ! Tant de misères ! Des gens qui viennent à la pharmacie commander des béquilles pour des enfants amputés ! Toute cette souffrance ! Et maintenant, de jeunes troufions qui se font tuer tous les jours aux frontières tunisiennes. Où est l'issue ? Je ne la vois pas."

En janvier, l'hiver s'installa. Une pluie froide tombait sur tout le pays et se transformait sur les sommets en une neige tellement verglacée qu'on marchait avec peine et que les fractures osseuses se multipliaient dans les douars et les mechtas.

On apprit, durant ce triste mois, le massacre de toute une patrouille française aux abords de Sakhiet-Sidi-Youssef en Tunisie par des rebelles qui avaient franchi la frontière, accompli leur forfait en toute impunité et emmené quatre prisonniers en piteux état vers leurs bases tunisiennes.

Des batteries anti-aériennes étaient installées dans cette ville et prenaient pour cibles les avions français.

A la trentième intervention du genre, la France réagit enfin en bombardant les positions F.L.N. de Sakhiet, situées au centre de la petite ville, et ils ne purent, hélas, éviter de faire, par ricochet, d'innocentes victimes civiles...

A Alger, on suivait les nouvelles avec angoisse. Lorsque les Dabadie montaient, sous la pluie, à Aïn Bou Djenaâ, la famille se regroupait sous la suspension, autour du transistor offert par Isabelle, et écoutait avec inquiétude les nouvelles diffusées par Radio-Alger.

-"Vous verrez, dit Adrien, ils vont en profiter pour internationaliser le conflit Algérien !"

-"En tout cas, à coup sûr, nous allons retomber dans une nouvelle crise ministérielle, rétorqua Julien. Qui sait combien de temps cela va durer ? Vous savez, à Alger, une rumeur circule. On dit que la France devrait faire appel à un héros de la dernière guerre, de Gaulle, par exemple".

-"Ce que j'en pense! s'exclama Adrien avec véhémence, j'en pense la même chose qu'en 1942 ! As-tu oublié nos discussions, ici, sous la lampe, sur les magouilles du temps passé ?"

-"Non, mais actuellement, on se désespère, on ne sait plus à qui se vouer !"

Adrien sourit. Il savait qu'à Alger, tous les Français et bon nombre de musulmans faisaient de l'ultra-patriotisme. La passion dévorait la ville blanche. Dans des réunions animées, surchauffées même, on échafaudait mille projets, plus incroyables les uns que les autres, pour sauver le Pays en danger.

La presse française qualifiait d'activistes ces patriotes prêts à tout pour garder l'Algérie Française. Mais alors, s'il en était ainsi, Julien était activiste ! Lounès était activiste ! Tout Alger était activiste ! Oran et Constantine étaient activistes ! Toutes les petites villes d'Algérie, toutes les populations rurales et citadines étaient activistes et brûlaient d'en faire la preuve.

Naturellement, l'affaire de Sakhiet provoqua un tollé mondial ! Les milliers de victimes du terrorisme en Algérie n'avaient pas eu droit à la moindre compassion ! Les raffinements des supplices infligés à des êtres sans défense, à de tout jeunes enfants n'avaient pas chatouillé la Conscience Universelle ! Et voilà qu'elle se réveillait, soudain, pour pleurer les soixante-dix morts de Sakhiet...

Certes leur perte était déplorable. Toute vie innocente fauchée par la guerre est inacceptable ! Mais les Pieds-Noirs auraient aimé que justice soit rendue à leur pays supplicié et que leurs pauvres morts tombés sous la bombe du terroriste ou le couteau de l'égorgeur provoquent autant de réprobation que les autres.

La France justifia l'intervention militaire. Au soir de celle-ci, le ministre de la Défense Nationale, M. Chaban-Delmas déclarait :

"*Nos aviateurs n'ont pas fait autre chose que d'exercer un droit de légitime défense... Il faut de nouveau insister sur le fait que la Tunisie est devenue une base logistique opérationnelle très évoluée et que, sans son intervention incessante, les opérations en Algérie auraient déjà connu leur terme*".

Mais, comme le craignait Adrien, sur le plan international, une mission de conciliation vit le jour. Elle était chargée de rapprocher les points de vue français et tunisien.

Cette mission anglo-américaine, dite de *bons offices* se mit rapidement en place.

A Alger, *Messieurs bons offices*, comme on appelait déjà l'Américain Murphy et l'Anglais Beeley, n'étaient pas très bien vus. On craignait que leur mission, à caractère uniquement relationnel, ne se transforme en arbitrage.

Pourtant c'était bien le piège dans lequel la France était entraînée!

"*Ou les Français sont disposés à parler de l'Algérie, ou il n'y aura pas de bons offices*", disait-on en Tunisie.

Il s'ensuivit, en France, une nouvelle crise ministérielle, inquiétante, dangereuse parce que tout le monde était mécontent.

De plus en plus, Alger souhaitait la mise en place d'un Gouvernement de Salut Public qui saurait empêcher toute ingérence étrangère et restaurer la grandeur de la France.

En mars, Julien s'absenta souvent, rentra assez tard chez lui. Il participait à la préparation d'une manifestation en avril et à la rédaction de tracts.

Elle eut lieu le 26 avril, dans la dignité, cette manifestation qui se voulait apolitique, dirigée contre personne mais d'où fusèrent des cris incitant l'armée à prendre le pouvoir dans la France ingouvernée.

Les étudiants, les anciens combattants, la foule des patriotes, tous chantaient *la Marseillaise* et, après le dépôt d'une gerbe au monument aux morts, un serment fut demandé par les organisateurs aux manifestants.

Et Julien et Hélène, dont les mains mêlées s'accrochaient aux grilles du square Laferrière, comme avec Isabelle le jour des tomates de Guy Mollet, s'associèrent de tout leur coeur, du plus profond de leur âme, à l'engagement solennel de la foule entière:

"*Nous faisons le serment de rester à jamais français et de répondre présent chaque fois qu'un appel nous sera lancé pour défendre l'Algérie Française* !"

Lorsqu'ils montèrent à Aïn Bou Djenaâ, le premier week-end de mai, ils étaient enthousiastes. La situation évoluait ; ils le sentaient, il y aurait un sursaut patriotique à Alger.

On parlait de plus en plus d'une prise de pouvoir de l'ancien chef de la France Libre. On évoquait une nécessaire révolution nationale et beaucoup y pensaient en France, devant l'attitude de nombreux officiers ayant fait savoir qu'ils approuvaient entièrement la manifestation d'avril.

-"Tu te rends compte ? disait Julien à Adrien, l'armée est avec nous. Nous allons pouvoir éviter l'investiture de ce Pflimlin qui veut brader notre pays ; tu verras, nous nous en sortirons !"

-"Hélas ! répondait Adrien, les révolutions se font à Paris, pas à Alger, il faudrait que la France soit solidaire..."

On lisait et on commentait le dernier numéro du *Courrier de la colère* de Michel Debré. C'était un appel direct au général de Gaulle:

"*Nous comprenons la réaction de ces hommes. Nous la partageons car ils ont, non seulement fait de ce territoire inculte un pays prospère, mais ils ont aussi généreusement arrosé de leur sang tous les champs de bataille où le sort de la France était en jeu*".

Jean Heilligenstein vint les voir, ce dimanche-là. Lui aussi s'inquiétait de la situation explosive.

-"Frantz veut descendre à Alger, cette semaine. Il paraît que les gens sont prêts à tout pour empêcher ce Pflimlin de constituer son ministère ! Dire que c'est un Alsacien comme moi et qu'il parle déjà de pourparlers pour brader notre pays à une minorité de rebelles !"

Cette réflexion fit rire Julien :

-"Oh ! fils ! Débraye ! Descends de la voiture !... C'est pas l'Alsace qu'il veut brader, c'est l'Algérie dont il n'a rien à foutre..."

Et celui qu'on appelait depuis quarante ans dans le pays l'Alsacien, eut cette phrase qui fit monter les larmes aux yeux d'Elise.

-"Je le sais bien ! Mais vois-tu, Julien, l'Algérie, c'est mon Alsace à moi".

Julien le prit amicalement par les épaules :

-"Ne t'inquiète pas, vieux frère. Frantz n'aura qu'à venir chez nous. Je veillerai sur lui comme un père, et nous aurons tous de bonnes surprises, fais-moi confiance".

Julien était presque joyeux et cette humeur allègre, que le pharmacien ne manifestait plus depuis longtemps, intrigua Adrien.

Un peu plus tard, dans la soirée, après l'avoir attentivement observé, il remit à son ami un porte-documents de cuir.

-"Tu es très discret, mon vieux, mais je sais que tu travailles à la réhabilitation du Pays. Prends cette serviette, elle appartenait à Isabelle. Je pense qu'elle serait heureuse de savoir que tu t'en sers pour transporter les tracts de cette Algérie Française qu'elle aimait tant".

En acceptant ce souvenir, Julien affirma d'une voix émue :

-"Adrien, j'ai soixante piges, je prends de la bouteille, mais j'essaie tout de même d'agir en Français, en patriote et... je ne te l'ai jamais dit mais je fais tout cela en mémoire d'Isabelle".

-"Je le sais, répondit l'autre d'une voix sourde, n'oublie pas que je suis des vôtres aussi, si jamais tu as besoin de moi".

Les Dabadie repartirent pleins d'espoir vers des événements qu'ils pressentaient comme historiques.

Tandis qu'à Alger, tous vivaient sur des charbons ardents, M. Pflimlin maintenait son intention de se présenter le 13 mai devant l'Assemblée Nationale.

Ce jour-là, dès le matin, un tract fut distribué à Alger par le comité de vigilance :

"Français d'Algérie, Européens et Musulmans, le sursaut national doit partir d'Alger et pour la seconde fois, en quinze ans, l'Algérie sauvera la France... La population entière de nos communautés se rassemblera en masse au plateau des Glières à quinze heures, à l'heure même où se réunit l'Assemblée Nationale, afin de manifester son opposition à une investiture inacceptable".

Julien et Hélène en oublièrent de prendre leur repas de midi. Ils descendirent allègrement vers le monument aux morts pour s'installer aux premières loges.

Vers quinze heures, dans tout Alger, les commerçants baissent leurs rideaux. Pour la première fois, depuis longtemps, il ne s'agit pas d'enterrer les morts ou de subir un nouveau cataclysme. L'air est léger, parfumé. On a l'impression que ce mardi de printemps se transforme soudain en un dimanche de fête. En un gala joyeux et frémissant. En un quatorze juillet qu'on anticipe. En une kermesse d'avant les événements qui ont tant fait saigner le pays.

Comme en d'autres temps, les étudiantes, aux jupes froncées et colorées, affinées par de larges ceintures qui leur font une taille de guêpe, arborent fièrement des foulards, des rubans noués en lavallières tricolores. La jeunesse chante *la Marseillaise*, les plus âgés se contentent du cri mille fois répété, repris en choeur d'une seule voix immense qui envahit la terre, traverse la mer et cogne aux Cieux :

"Algérie Française ! Algérie Française !..."

De la Pointe-Pescade à Fort-de-l'eau, comme sur toutes les hauteurs d'Alger, c'est un concert de klaxons au rythme obsédant des trois coups d'avertisseur brefs et des deux prolongés : "Al-gé-rie Fran-çaise" qui se répètent inlassablement en une litanie sans fin, en une folle redite, mais il est bon d'être fou quand on a l'espoir au coeur !

Au cours de cette manifestation patriotique, il est prévu de rendre hommage à trois jeunes soldats du contingent, prisonniers du F.L.N. qui viennent d'être fusillés par l'ennemi, après une parodie de jugement !

La fièvre monte peu à peu et l'on entend dans la foule d'autres cris tels que : *Pflimlin-démission ou Chevallier au poteau.*

Depuis le début de la guerre, les Algérois, à l'instar des Indiens comanches, envoient spontanément au poteau tout ce qui, de près ou de loin, peut être entaché de velléités d'abandon, ou soupçonné de trahison envers ce pays éprouvé, qui est français et entend bien le rester !

Donc, ce jour-là, c'est Jacques Chevallier qui s'y colle ! Au poteau, le maire d'Alger dont l'attitude ambiguë inquiète ses administrés ! Le temps est merveilleux, étincelant, à peine rafraîchi par la brise qui porte loin la proclamation du comité de vigilance diffusée par un haut-parleur monté sur la voiture radio !

"*Les vrais assassins des trois soldats français tués en Tunisie par le F.L.N. ne sont pas les rebelles. Ce sont les intellectuels, les politiciens qui, depuis toujours, ont soutenu la cause des tueurs. Nous ne les désignons pas à votre mépris mais à votre colère*".

La foule grossit de minute en minute. Peu avant dix-huit heures trente, un défilé d'anciens combattants conduit par Raymond Laquière, ancien président de l'Assemblée Algérienne, se fraie difficilement un passage à travers la foule.

Le président Laquière dépose une gerbe au monument aux morts et il est suivi de près par les officiels, les généraux Salan et Jouhaud en tête, frénétiquement applaudis par l'assistance en délire qui place toute sa foi en l'armée.

Et soudain, un cri part de la foule, repris par le haut-parleur et par des milliers de voix :

"*Tous au Gouvernement Général !*"

L'appel est entendu. La foule se rue vers le Forum tandis que les C.R.S. chargent. Les gens refluent en désordre, mais courageusement, dans la fumée des grenades lacrymogènes, au milieu des gaz qui les empêchent de respirer et les font pleurer à chaudes larmes, les Pieds-Noirs repartent à l'assaut du bâtiment. Julien est parmi eux, son mouchoir devant la bouche ; il avance.

Les étudiants lancent des pierres contre l'imposant édifice. Des vitres se brisent. Rien ne peut ralentir l'ardeur des patriotes. Ce ne sont pas quelques giclées de gaz lacrymogène qui les feront reculer. La foule hurle à présent :

"C.R.S. - S.S. ! C.R.S. - S.S. !"

L'assistance est ivre, saoule de soleil, de bonheur et de patriotisme ! C'est aujourd'hui qu'elle peut enfin proclamer qu'elle existe ! Que ce magnifique pays français qui est le sien existe en elle ! Comme une vague portée par la mer immuable qui lui fait face, elle se rue à l'assaut.

Les C.R.S. se retirent. Des centaines de manifestants s'engouffrent dans le ministère. Les fenêtres s'ouvrent. C'est l'hymne à la joie ! L'enthousiasme des heures de Gloire ! Le triomphe du bon droit ! Par brassées régulières, une pluie de documents s'abat sur le Forum. Il est dix-neuf heures quinze, le Gouvernement Général est pris. La foule entonne *laMarseillaise* et *le Chant des Africains*...

Une nouvelle Bastille vient de tomber !

Toute la nuit, Julien veilla parmi les manifestants, debout au milieu de la foule immense massée sur le forum, guettant les silhouettes de ceux qui, derrière les vitres, établissaient la composition du Comité de Salut Public qui sauverait l'Algérie Française.

En ombre chinoise, il reconnut Pierre Lagaillarde, président du mouvement étudiant, à sa mâchoire anguleuse et à son collier de barbe, le général Massu à ses gestes plein d'énergie, ses lunettes et son nez busqué et un jeune homme athlétique dont la morphologie puissante évoquait pour Julien la stature d'Adrien, Léon Delbecque, qui, depuis quelques mois, racolait à Alger toutes les bonnes volontés pour ramener au pouvoir le général de Gaulle, seul garant de l'Algérie Française, d'après lui.

Pendant cette nuit d'espoir et de folie, l'Algérie tout entière s'enflamma. De toutes les villes et de tous les villages parvenaient des dépêches. Tout le monde se ralliait, proposait de monter des Comités de Salut Public.

Cette veille étoilée, tiède et embaumée fut passionnante et passionnée. Aucun des manifestants ne ressentit la fatigue, mais à l'aube, on apprit que l'Assemblée Nationale avait investi le Gouvernement Pflimlin grâce aux voix communistes accordées par crainte des fascistes d'Alger !

L'aurore jeta une douche glaciale sur le brûlant espoir de la population. Julien était anéanti ! Une fois de plus, la France n'avait rien entendu ! Elle voyait des extrémistes là où il n'y avait que des patriotes prêts à tout pour lui garder son plus beau fleuron. Il sentit la fatigue de cette nuit blanche et quitta le Forum en silence, tête basse. Est-ce que cette flambée de passion patriotique servirait au pays ? N'allait-on pas retomber dans la situation d'hier, aggravée par les flottements d'une métropole qui ne comprenait rien à rien ?

Mais le mouvement était lancé ! Comme un sursaut de patriotisme, comme un acte de foi, comme un cri d'amour clamé à la face du monde entier !

Si certains le souillèrent de complots, de magouilles, de tractations politicardes et d'alliances secrètes, nul n'y prit garde. Cassandre n'était pas à Alger ce jour-là, ni les jours suivants ! C'était seulement la fête de la Lumière pour un peuple, hier encore, aveuglé par une guerre sans nom, la fête de l'Espérance de toutes les communautés confondues.

La journée du 14 mai renforça le mouvement dont le général Salan prit la tête. Les délégués de toutes les villes et de toutes les régions convergeaient vers Alger.

De Ben-Chicao, le maire se déplaça, en personne, pour demander à Adrien de Courtenay de faire partie du Comité de Salut Public du village. Celui-ci accepta, à condition qu'à son nom soit accolé celui d'un autre ancien combattant dont la fidélité à la France n'était plus à prouver, Kader Kouïder.

Le 15 mai au matin, annoncé d'une façon théâtrale par Delbecque, le général Salan prononça, du balcon du Forum, un discours qui provoqua l'unanime ovation des manifestants, dont certains, pourtant, l'avaient conspué, l'avant-veille, à son arrivée au Gouvernement Général.

"*Honneur et Patrie* ! cria le grand Léon, *voici le général Salan* !"

Adrien écouta avec attention, sur son transistor, le discours de celui qu'on appelait le mandarin.

Pour apporter les preuves de ses liens indéfectibles à la terre d'Algérie, il évoquait son fils, mort à Alger en 1943 et enterré au Clos Salembier.

Adrien, dont la Princesse reposait au cimetière de Ben-Chicao, en reçut un coup au coeur. On est sincère quand on évoque de tels faits ! Salan ne trahirait jamais l'Algérie Française, il en était certain.

"*La victoire, c'est la seule voie de la grandeur française* disait Salan *je suis donc avec vous tous. Vive la France ! Vive l'Algérie Française !*"

Il y eut un temps de silence, temps pendant lequel Salan quittait le balcon où il fut prestement ramené par la main de Delbecque (d'aucuns affirmèrent que c'était plutôt par son revolver) pour ajouter "*Vive le général de Gaulle !*"

Ce dernier cri traversa la Méditerranée, pénétra dans l'Elysée, envahit l'Assemblée Nationale et persuada la métropole que, seul, l'ancien chef de la France libre pouvait sauver l'Algérie Française.

A Alger, le grand Léon manoeuvra habilement. L'armée n'aimait pas de Gaulle, les Pieds-Noirs n'aimaient pas de Gaulle. Ils gardaient au coeur un souvenir détestable des magouilles de 1942 pour le pouvoir et la gloire alors que l'Armée d'Afrique se sacrifiait pour délivrer la France.

Ils n'aimaient pas de Gaulle, mais ils adoraient Soustelle. Et Soustelle était gaulliste, gaulliste et fervent adepte de l'Algérie Française. Alors, sur son nom, sur le crédit de coeur qu'il avait auprès des Algérois, se construisit le complot qui devait faire du général le pilier de la présence française en Algérie.

Tout en haïssant les pratiques gaulliennes, le peuple d'Algérie ne put s'empêcher de penser qu'une victoire du général signifierait l'anéantissement de la rébellion et la possibilité pour l'Algérie de vivre de nouveau en paix pour la plus grande prospérité de la France.

Le 16 mai, le Comité de Salut Public de Ben-Chicao vint grossir les rangs des manifestants qui se succédaient sans arrêt sur le Forum comme la foule se rend sur les lieux d'un miracle, celui d'une résurrection. La Résurrection de l'Algérie Française !

Adrien, Elise et Mamita suivaient, en voiture, le car bondé qui se dirigeait vers la ville blanche. Les passagers agitaient des drapeaux tricolores. Les gorges de la Chiffa retentirent des cinq coups de klaxon qui se répercutèrent contre les parois abruptes pour porter jusqu'au fond de l'oued, jusqu'aux maquis perdus où se terraient quelques fellaghas déconfits, le cri des deux communautés unanimes et étroitement liées !

"*Al-gé-rie Fran-çaise ! Al-gé-rie Fran-çaise !*"

Mais ils n'étaient pas au bout de leurs surprises. Ils connaissaient Alger la Blanche, ils découvrirent Alger la Cocardière !

On n'y trouvait pas une fenêtre, pas un balcon, pas une terrasse qui n'arborait son drapeau bleu, blanc, rouge. La casbah était bleu, blanc, rouge. Toute la ville n'était plus qu'un immense drapeau tricolore, sous lequel fraternisaient tous les enfants de l'Algérie.

Il n'y avait plus de Pieds-Noirs, d'Européens, d'Arabes ou de Kabyles. Il n'y avait plus que des Français, qui s'ouvraient fraternellement les bras. Il n'y avait plus que des frères unis pour sauver leur pays. Ce n'était plus seulement la fête de la résurrection, c'était aussi celle de la fraternité.

Le commandant Mahdi déclarait avec enthousiasme à une foule exaltée :

"*Nous lutterons jusqu'au bout contre les fellaghas à la solde de l'étranger*".

Quel référendum, quel vote dirigé ou non, pourrait jamais avoir la valeur de cette éclatante démonstration d'attachement à la Mère-Patrie ? C'est seulement lors de ces journées historiques que le peuple d'Algérie a pu enfin s'exprimer, aux yeux du monde entier, sans crainte et sans contrainte.

Au printemps 1958, l'Algérie, depuis 1947 province française par décret gaullien et partie intégrante du territoire national, est venue, par amour, s'offrir à la France.

On déposa chez Hélène une Mamita réticente, qui avait bien espéré fêter ses quatre-vingts ans au Forum, puis on rejoignit la délégation de Ben-Chicao.

Méryem avait alors près de soixante-douze ans. Elle avait néanmoins tenu à être du voyage. Elle monta vers le Gouvernement Général avec autant d'allégresse que les autres. Elle vit les femmes musulmanes qui brûlaient symboliquement leur voile sur le Forum, affirmant ainsi leur volonté d'exister en tant que françaises, et, brusquement, cette vieille sorcière des montagnes perdues ôta son *haik* des grands jours, le mit au feu avec les autres et se redressa fièrement en criant :

"Djezaïri Françaouia !"

Elle était belle, vibrante de foi et de patriotisme, la vieille Mauresque ! Elise,attendrie, l'embrassa, les larmes aux yeux. On n'efface pas ainsi, en semant la terreur, cent trente ans d'amour ! La touchante Méryem était sa soeur autant qu'Hélène. Tous les enfants de l'Algérie étaient des frères unis par la passion qu'ils éprouvaient, tous, pour leur pays.

Alger vécut dans l'allégresse ces moments historiques. Le lundi, la famille de Courtenay repartit, quittant à regret la capitale en liesse. Pour eux, l'ombre d'Isabelle les avait suivis vers cette ville qu'elle aimait tant et s'était réjouie avec eux de cette fête du renouveau. On avait prié, le dimanche, dans toutes les églises d'Algérie, avec une foi renouvelée à la source de l'espérance. Toutes les populations étaient convaincues de la fin prochaine du cauchemar.

-"Arnaud rentrera bientôt, j'en suis sûre, dit Elise sur le chemin du retour. Il fondera une famille à Aïn Bou Djenaâ et nous resterons près de lui jusqu'à ce que Dieu nous rappelle auprès de notre fille bien-aimée".

-"Espérons-le", répondit brièvement Adrien.

Soustelle arriva à Alger le 17 mai. Depuis le jour de son retour où la foule s'enflamma d'allégresse, l'ancien gouverneur général célébra la fraternisation non seulement dans les manifestations grandioses, émouvantes et exaltées d'Alger, d'Oran et de Constantine, mais aussi, dans les petites villes, à Tizi-Ouzou, à Bône et dans la Mitidja.

Partout, on l'acclamait avec fougue ! On criait aussi spontanément : "*Vive Salan ! Vive Massu ! Vive de Gaulle !*"

Durant ses déplacements, il s'arrêta un jour dans un petit village de la Mitidja pour téléphoner à Alger. Tous les poteaux téléphoniques avaient été coupés la veille ! Soustelle, intrigué, voulu savoir pourquoi les Arabes du douar tout proche avaient commis cet acte de sabotage.

Le responsable du douar s'avança vers lui en disant :

"*Salamalik Sidi Gobernor ! Vive l'Algirie Francise ! Ji va spliqui por toi. Ici, ji souis tos dis francis ! Les fellaghas li viant citte nuit dans li fillage et ji dis por nos autes : coupi li poteaux ou on vos cope la tite. Alors, on choisi, on coupi li poteaux. Ya sidi Gobernor, akarr'bi, c'it miox être di francis aux poteaux coupis que dis francis qui en a bas la tite !*"

Le 24 mai, la Corse rejoignait l'Algérie sur les chemins de la dissidence et de l'honneur.

Après les tergiversations, la situation se décantait rapidement à Paris ; l'ermite de Colombey avait fait savoir dès le 16 mai qu'il était prêt à assumer les pouvoirs de la République. Le 27 il déclara :

"*J'ai entamé hier le processus nécessaire à l'établissement régulier d'un gouvernement républicain*".

Cette déclaration sibylline n'inquiéta pas outre mesure le peuple d'Algérie qui avait retrouvé son unité et sa cohérence.

Nul ne s'inquiéta de savoir de quelle façon un homme, qui n'est pas l'élu de la nation, peut accéder au pouvoir par les voies légales s'il n'est pas appelé par le président de la République.

M. Pflimlin démissionna le 28 mai. Le 1er juin, l'Assemblée Nationale investit le général de Gaulle des pouvoirs de la république par 329 voix contre 224, tandis que Me Isorni, député indépendant, disait à la tribune :

- "*Que Dieu le garde de lui-même !*"

Un souffle historique brûlant balaya l'Algérie. Le général de Gaulle se rendit à Alger le 4 juin et fut ovationné de façon délirante par la population.

La ville était pavoisée, une foule immense déferlait sur le parcours du cortège officiel. Le général déposa une gerbe au monument aux morts, puis, dans un concert de klaxons auquel répondait la formidable rumeur des sirènes des bateaux ancrés au port, se rendit à bord du croiseur De Grasse où il fit son premier discours :

"Il s'est développé dans cette grande ville française un grand événement, celui d'une rénovation et d'une fraternité".

Dans la soirée, lorsqu'il parut au balcon du Forum, des milliers d'Européens et de musulmans l'attendaient depuis des heures, déchaînés, frénétiques, hurlant : *"Algérie Française ! Soustelle avec nous ! Vive Salan ! Vive de Gaulle !"*

L'ovation qui l'accueillit, énorme, surprit l'ancien chef de la France libre qui n'avait jamais reçu un accueil aussi enthousiaste, aussi chaleureux, aussi vibrant d'espoir.

"Je vous ai compris ! dit-il à cette foule qui depuis le matin ne scandait que deux mots : *Algérie Française ; je vois que la route que vous avez ouverte en Algérie est celle de la rénovation et de la fraternité.*

Eh! bien, de tout cela, je prends acte au nom de la France et je déclare qu'à partir d'aujourd'hui, la France considère que, dans toute l'Algérie, il n'y a qu'une seule catégorie d'habitants : il n'y a que des Français à part entière avec les mêmes droits et les mêmes devoirs ".

Le lendemain, à Bône, il proclama :

"L'Algérie est une terre française, organiquement, aujourd'hui et pour toujours".

Et à Mostaganem, sous les applaudissements :

"Merci du fond du coeur, le coeur d'un homme qui sait qu'il porte une des plus lourdes responsabilités de l'Histoire. Merci d'avoir témoigné pour moi en même temps que pour la France.

Vive l'Algérie Française ! Vive la République ! Vive la France!"

Et après avoir entendu le général, chacun rentra chez soi, le coeur empli d'espoir, ivre d'enthousiasme et de ferveur.

L'immense majorité des populations française et musulmane, tous les partisans de l'Algérie Française étaient pleinement rassurés. Partout, dans toute l'Algérie, les discours de leur libérateur avaient été clairs, évidents, tangibles, manifestes, réels...

Un Grand Homme, au Grand Nom, investi des pleins pouvoirs d'une Grande Nation, avait pris envers eux un engagement solennel.

Ils savaient maintenant que le général de Gaulle et la France tout entière derrière lui considéraient l'Algérie comme une terre organiquement française pour toujours et le cri d'alarme et de douleur qui avait si longtemps déchiré leur gosier relevait maintenant d'un passé révolu.

L'Algérie était et resterait française dans les siècles des siècles.

Pour toujours, avait précisé de Gaulle, leur sauveur !

CHAPITRE XXVI

Allongé sur le dos, dans l'obscurité, silencieux, immobile, Adrien ne parvenait pas à trouver le sommeil. Huit mois s'étaient écoulés depuis les journées exaltantes d'un printemps qu'on avait cru miraculeux. Hélas ! Le déroulement des événements semblait confirmer ses craintes de voir l'élan patriotique de tout un pays asservi à des imbroglios politiques.

Le temps avait passé. On était déjà en fin janvier 1959 ! Cette nuit-là, il s'inquiétait surtout pour Kader, parti le matin même à Berrouaghia afin de vendre des brebis, mais, malgré lui, son insomnie était peuplée, à nouveau, de fantômes noirs et visqueux qui assaillaient son âme et bouleversaient son esprit.

Les lendemains du 13 mai n'avaient pas été ceux qu'attendait l'Algérie !

Au soir du 5 juin 1958, Léon Delbecque avait prononcé à Radio-Alger une allocution alarmiste s'élevant contre *Les princes du système* qui espéraient étouffer la Révolution.

Ces phrases provoquèrent un malaise en Algérie. L'entourage du général de Gaulle voulait-il saboter le mouvement patriotique du 13 mai ?

A ce moment-là, on espérait encore voir Soustelle reprendre ses fonctions. Peu importait qu'il fût nommé ministre résident ou à un autre poste, pourvu qu'il soit là pour défendre le pays jusqu'au bout.

On chuchotait à Alger que, dans la soirée du 4 juin, Soustelle s'était rendu plein d'espoir au Palais d' Été, espérant se voir confier le ministère de l'Algérie.

C'est la mort dans l'âme qu'il devait quitter ces lieux, un peu plus tard, après un refus catégorique du grand homme de lui accorder ce poste.

-"*Ce n'est pas ce que nous attendions*", disait la population. Mais comme l'espoir est tenace chez les Méditerranéens, le référendum fut un succès considérable pour le général de Gaulle.

Avec 79,25 % de *oui*, ce fut une belle victoire pour l'ancien chef de la France Libre. Le vote négatif d'un homme d'honneur, dans un coin perdu de la montagne tellienne ne pouvait avoir aucune incidence sur le destin de l'Algérie Française qu'on avait espéré glorieux et qui se révélait cruel.

Le 3 octobre 1958, à Constantine, le général de Gaulle énonça un plan de transformation des trois départements français d'Algérie qui laissa la population indifférente et blasée.

Le 23, il parlait pour la première fois de *la Paix des braves*.

Adrien avait bondi :

-"Les braves ! Quels braves ? Ceux qui attaquent en force les fermes isolées ? Ceux qui tirent lâchement dans le dos de leurs victimes ? Ceux qui massacrent et mutilent les patrouilles et les éclaireurs militaires quand ils sont en nombre inférieur ? Les égorgeurs ou les poseurs de bombes ?"

-"Calme-toi, disait Elise, chaque fois qu'une main est tendue pour la Paix parmi les hommes, le Ciel se réjouit".

Mais dans son for intérieur elle ajoutait -"De là à les considérer comme des braves !... Cela ne paraît pas possible !"

Adrien avait l'impression que la France qu'il aimait parlait maintenant la langue de la dissimulation et cette langue de bois lui était inaccessible.

Comme des revenants, secouant leurs suaires, les vieilles réalités malsaines se couvraient d'une apparence neuve, le mensonge épousait les événements d'Algérie et la trahison se vernissait de libéralisme.

En octobre, ordre fut donné à tous les militaires, y compris le général Salan, de quitter les Comités de Salut Public, puis Challe remplaça Salan et la Cinquième République succéda à la Quatrième...

En ce début d'année, la prise de pouvoir du général de Gaulle fut assortie, dans le cadre de la munificence gaullienne, de nombreuses mesures de grâce, dont les principaux bénéficiaires furent les plus dangereux fellaghas, ceux qui avaient commis ou fait commettre, en Algérie, des exactions relevant de crimes de guerre.

Généreusement, le nouveau Chef de l'État libérait, entre autres, Yacef Saadi ! La population d'Algérie ressentit cette libération comme une injure à toutes les innocentes victimes des bombes déposées à Alger sur l'ordre de ce dernier !

-"Et demain ? se disait Adrien, en se remémorant les événements inquiétants qui avaient suivi le magnifique élan de patriotisme du 13 mai, quand la population musulmane aura perdu la foi, jusqu'où la situation se dégradera-t-elle ?"

Plongé dans ses sombres pensées, il n'osait pas regarder sa montre de peur de réveiller Elise dont il entendait la respiration régulière à ses côtés.

Le jour se montrerait bientôt, par l'interstice des volets clos et il se lèverait à pas de loup pour préparer le café.

Mais soudain, il entendit des crissements de pneus sur l'aire à battre tandis que la lumière des phares balayait la fenêtre. Une voiture dans la nuit ? Non, plusieurs. Il entendait même des bruits de camions. Il se leva d'un bond, arma son fusil, tandis qu'Elise sursautait en demandant ce qui se passait.

Il entrouvrit les volets, observa l'aire à battre, avec précaution. C'étaient les militaires français. Il reconnut le lieutenant Déroulède accompagné de soldats et de harkis des unités de chasse.

Rassuré, il ouvrit la fenêtre : - "Que se passe-t-il ?"

-"Bonjour, Monsieur de Courtenay. Est-ce que tout va bien ? Nous avons reçu un appel de détresse émanant du douar, en bas de chez vous, au bord de l'oued. Vous n'avez rien entendu ?"

-"Rien d'anormal. Et pourtant, je ne dormais pas. Seulement les plaintes de chacals affamés, de temps à autre."

-"C'est peut-être un piège. Nous allons nous en approcher discrètement".

A ce moment, le silence de la nuit fut déchiré par une plainte qui semblait venir d'un lointain abîme et se rapprocher, de plus en plus, jusqu'à devenir une clameur de désespoir !

Elise s'affola :

-"Méryem ! C'est Méryem ! Je reconnais sa voix ! Seigneur ! il est arrivé malheur à Sélim !"

-"Il faut vite aller à la mechta au-dessus, dit Adrien ; je vous accompagne".

Il s'habilla à la hâte, les rejoignit prestement. Elise n'avait pas bougé. Elle était livide, tremblante... Elle ne réagissait plus.

Ils rencontrèrent la vieille femme, qui venait au devant d'eux, les yeux écarquillés, les cheveux défaits, en trébuchant sur les racines et les rochers :

-"Ils ont enlevé les enfants ! Ils ont enlevé mon fils ! Où est Lalla Stoutriss ! Ils ont enlevé son enfant !"

En l'entendant crier, Elise ouvrit la porte et se précipita, en chemise de nuit, à sa rencontre :

-"Méryem ! Qu'y a-t-il ? Ils ont tué Sélim ?"

Elle hurlait aussi et ne s'en apercevait même pas. La vieille secoua la tête :

-"*Fissa... fissa...*, dit-elle aux soldats, ils ont enlevé tous les jeunes de la mechta et Sélim, mon fils, celui de Lalla Stoutriss, la lumière de mes yeux, la joie de ma vieillesse ! Il faut les retrouver".

Les soldats ne comprirent pas très bien qui était ce Sélim, fils de deux femmes, une Mauresque et une Française, qui venait de perdre connaissance.

Méryem s'arrêta de crier. Adrien porta Elise dans la maison. Mamita s'agitait. Elle fit absorber à sa fille quelques gouttes de cognac et la pauvre femme, lentement, reprit connaissance, comme dans un cauchemar...

-"Sélim ! dit-elle. Non, mon Dieu ! Isabelle... et puis Sélim !"

Elle était plongée dans une détresse à faire pitié. Domptant son chagrin, la vieille skharia essaya de la rassurer :

-"Ils ne vont pas le tuer, on les retrouvera peut-être. Ils enlèvent les jeunes hommes pour en faire des combattants de l'ALN. Oh ! Lalla ! Tu me connais... J'ai voulu refuser, les empêcher, et Sélim m'a dit : -"Non, grand-mère, je vais avec les moudjahidines, c'est mon devoir. Dis à ma mère que je reviendrai et que la paix est pour bientôt". Et il est parti avec eux. Volontairement, tu te rends compte ? Pourquoi ?"

-"Pour te sauver la vie, sans doute, répondit Elise en pleurant, que va-t-il arriver maintenant ? Pourvu que les soldats les retrouvent ! Ayez pitié, Mon Dieu ! Rendez-moi mon enfant aux yeux de gazelle".

Pendant la nuit du samedi au dimanche, les fellaghas avaient enlevé tous les jeunes gens en âge de tenir un fusil. C'était le recrutement à la mode rebelle. On suivait ou on était égorgé ainsi que les membres de la famille qui s'interposaient.

Les femmes de la mechta comme celles du douar avaient voulu crier, implorer. Fatma Hocine, là-haut, avait eu le nez coupé d'un coup de rasoir ! Au douar, en bas, on déplorait deux morts, égorgés ! Tamou Chirkaoui à laquelle on reprochait la mort de son fils dans l'armée d'Afrique et le vieux Belkacem qui avait tenté de prendre son fusil !

Toute la semaine, Sélim restait à Médéa, chez son oncle. Il ne rentrait que le week-end et la fatalité avait voulu que, juste cette nuit-là, les fellaghas fassent une descente dans la mechta !

Adrien participa activement aux recherches. Comment pouvaient-ils disparaître ainsi, emmenant avec eux une vingtaine de jeunes gens inexpérimentés ?... Ils le pouvaient encore ! On fouilla les routes et le chemin du sud, vers la Tunisie où les kidnappés avaient sûrement été transférés... Rien ! Des plaques de neige vierges de toutes traces humaines, des pierres emmêlées dans un chaos minéral, des racines torturées, des chênes verts impassibles, une nature sauvage, abrupte et aucune trace des jeunes vies capturées.

Lorsque Kader revint, il fallut lui avouer que son fils avait été pris en otage par le FLN. A nouveau, il ouvrit les bras et Adrien le serra contre lui avec la rage de l'impuissance !

-"J'ai cherché ton fils pendant trois jours, *Khouïa*. Je ne dors plus depuis. Nous retournerons ensemble dans la montagne et dans les souks. Hélas ! je ne sais pas quelle direction ils ont prise !"

Kader regarda Adrien. Il voyait son ami si malheureux, si désespéré par ce sentiment d'inefficacité, de culpabilité même, qu'il chercha à le rassurer malgré sa propre angoisse.

-"Tu sais, *Khouïa*, Sélim est un garçon intelligent. La façon dont il est parti le prouve. Le message qu'il a laissé pour ta femme aussi. Il va faire le gros dos et attendre passivement la fin de la guerre. Ton fils, aussi, est dans le djebel ! Allah les protégera tous les deux et nous n'avons plus qu'à les attendre".

Et cet hiver 1959 s'enfuit très vite. La nature se faisait douce comme si elle avait le pouvoir d'effacer les peines par la caresse de la brise printanière. Sur les failles arides du Ravin rouge, les teintes violettes et mauves s'adoucissaient, s'ocraient, insensiblement. Puis naquirent les forêts bleutées, l'herbe verte. Les ramures s'étoffèrent et les arbres et les roseaux se remirent à chanter la mélodie du renouveau.

Arnaud vint en permission en mai. La ferme s'était fleurie en son honneur. Les lilas embaumaient l'atmosphère et les fleurs des champs se dressaient sur son passage pour conjurer le maléfice qui frappait l'Algérie.

Les deux ans et demi qu'il avait déjà passé dans l'armée avaient fortifié le jeune homme. Il était maintenant caporal mais dans ses yeux limpides, une lueur nouvelle s'était allumée.

C'était comme le reflet d'un monde secret et austère, d'un magma, à la fois pourri et impitoyable, le tout tempéré par le courage qu'il tenait de son père et la générosité inculquée par sa mère.

Rien ne pouvait réconforter Elise comme la présence de son fils. Elle s'abreuvait de son image, se réchauffait sur son épaule, le faisait parler, le faisait rire et pendant quelques instants fugaces réapparaissait sur ses lèvres le sourire lumineux qui avait enchanté l'enfance du jeune homme.

Arnaud donnait de bonnes nouvelles. Le général Challe, vénéré des soldats, était en train de gagner la guerre. Sur le plan militaire, la pacification totale était en marche.

Aïn Bou Djenaâ n'était plus le même jardin d'Eden, depuis le début de la guerre et les attaques surprises qui pouvaient avoir lieu n'importe où et n'importe quand. Malgré tout cela, Hélène et Julien venaient le plus souvent possible passer un jour ou deux avec leurs amis. Quand ils surent qu'Arnaud était en permission, ils ne résistèrent pas au plaisir de monter le voir, comme au bon vieux temps où tous étaient si heureux de se retrouver en ces lieux.

Malgré la douceur des soirées printanières, c'était sous la lampe, volets fermés, qu'on prenait le repas du soir. La poésie avait déserté l'Algérie. La beauté du paysage, la brise vivifiante du soir, les glacis étincelants du soleil couchant sur le Ravin rouge, la montagne irisée par les vapeurs argentées du soir, tout cela appartenait au passé.

La guerre et son cortège épouvantable, la traîtrise, la douleur et la mort avaient refermé le cercle enchanté du bonheur passé, ce passé qu'on évoquait avec ferveur, qui survivait au fond de l'âme, comme le feu sous la cendre.

Elise était désemparée par le rapt de Sélim... Ne pas savoir où se trouve un être cher ainsi enlevé, ne même pas pouvoir affirmer qu'il était encore en vie, c'était pour elle un nouvel écrasement qu'elle supportait difficilement.

Arnaud l'aida cependant, à mieux comprendre la souplesse de caractère du jeune homme.

-"Quand nous étions au lycée Ben Cheneb, lui dit-il, nos camarades avaient surnommé Sélim *caméléon* parce qu'il avait cette merveilleuse faculté de s'adapter à toutes les situations et de sortir, à son avantage, de toutes les polémiques. Il donnait l'impression d'épouser totalement l'opinion des professeurs ou de n'importe quel autre interlocuteur, mais cela ne changeait rien à sa façon de penser et il attendait le moment propice pour la faire valoir".

A son habitude, mais avec un rien d'amertume, Julien s'esclaffa :

-"Si on t'écoute, fils, tu vas bientôt nous dire que Sélim va faire rallier le F.L.N. à la cause de l'Algérie Française !... Arrête de raconter des *tchalefs* (mensonges). Remarque que s'il pouvait nous sortir du bourbier, comme Aglaé..."

Arnaud sourit à son tour. Aglaé ! C'était une vieille jument complètement aveugle que son père gardait à la ferme, estimant qu'elle avait gagné le droit d'y mourir de sa belle mort. Sélim et lui avaient environ onze ans, quand, par ennui peut-être, un beau jour d'été, ils avaient décidé de libérer l'animal de sa longe pour voir comment elle se dirigeait.

Aglaé avait galopé un peu au hasard, s'avançant brusquement vers le bassin à demi rempli d'eau dans lequel elle était tombée.

Tandis qu'Arnaud se désespérait, autant pour l'animal que pour la sanction paternelle qu'il savait d'avance sévère, Sélim plongeait dans le bassin, s'assurait qu'Aglaé n'était pas blessée, puis il ne pensa qu'au moyen de la tirer de ce mauvais pas.

Il alla chercher des planches dont il fit une passerelle. Mais la jument, craintive, refusait d'y monter. Alors, il grimpa sur son dos, l'encouragea d'une voix persuasive, pendant qu'Arnaud tirait très fort la longe que le petit malin avait vite placée sur le licol et, après une heure d'efforts et de supplications, Aglaé consentit enfin à sortir de son bain !

Quand Adrien remonta des vignes en contrebas, la jument broutait paisiblement et les garçonnets jouaient aux billes. Aucune trace du drame que venait de vivre leur cœur d'enfant ne subsistait.

-"Eh bien ! ce jour-là, sans Sélim, c'est Papa qui aurait retiré Aglaé du grand bassin !" avoua Arnaud.

Mais Sélim était maintenant confronté, on ne savait où, à des fellaghas fanatiques et sanguinaires. Comment pourrait-il se sortir de ce cloaque ?

L'angoisse étreignait chacun des convives... On ne la montra pas et la conversation, à bâtons rompus, dévia vers d'autres sujets.

On parla de Salan, auquel, lors de son éviction, le général de Gaulle avait fait miroiter le poste d'Inspecteur Général des Armées assorti de la Médaille Militaire... Il avait vainement attendu d'accéder à la fonction promise et, déçu, avait été contraint de prendre sa retraite !

-"Rappelez-vous, remarqua Adrien. De Gaulle avait nommé Giraud Inspecteur des Armées et tout le monde sait ce qui lui est arrivé par la suite !"

Julien raconta la cérémonie du premier anniversaire du 13 mai à laquelle il avait assisté seul, par devoir, Hélène ayant refusé de l'accompagner.

Le nouveau ministre résident, Paul Delouvrier, avait célébré cet anniversaire en faisant un discours très Algérie Française.

Il rappela l'allocution du 4 juin, dans laquelle de Gaulle affirmait solennellement, au nom de la France, que tous les habitants d'Algérie étaient des Français à part entière.

Sa déclaration et celles qui suivirent, même celle de Massu, recueillirent de très maigres applaudissements d'une foule peu nombreuse.

-"D'ailleurs, observa Hélène, Alger n'avait même pas pavoisé !"

-"Pavoiser pourquoi ? renchérit son mari. Quand on entend déjà parler d'une paix négociée avec un ennemi vaincu qui ne représente pas le dixième de la population, on se dit que les gars de Bab el Oued ont raison d'appeler le 13 mai *la fête des cocus* !"

Arnaud rejoignit son régiment et la vie reprit son cours normal. Les tragédies se fixaient douloureusement dans le cœur des éprouvés. Il fallait continuer sa tâche en ayant toujours présents à la mémoire les drames qui détruisaient les lieux comme les gens.

Puis vint le mois de septembre et le 16, par un discours prononcé à la face du Monde, le général de Gaulle, sans même consulter le parlement, donna enfin la recette de la sauce à laquelle il avait l'intention d'assaisonner l'Algérie, la sauce référendaire.

Quatre ans après le retour à la paix, il offrirait au pays le choix entre *trois* solutions :

"Ou bien la sécession...

"Ou bien la francisation complète...

"Ou bien le gouvernement des Algériens par les Algériens appuyés sur l'aide de la France..."

Ainsi, de Gaulle bafouait la parole donnée en son nom et en celui de la France seize mois plus tôt !

Sur la foi de cet engagement dix millions de *Français à part entière*, selon sa propre expression, lui avaient confié une mission, et une seule : sauver l'Algérie Française.

L'attitude du Chef de l'État équivalait à un reniement du mandat pour lequel il avait été investi.

D'ailleurs par qui avait-il été appelé au pouvoir ? Par dix millions de Français ? Dix millions d'Algériens ou dix millions de parias comme on commençait à le penser dans les deux communautés.

Dans *L'écho d'Alger*, Alain de Sérigny faisait le commentaire suivant :

"*Une scandaleuse satisfaction a été donnée au F.L.N. puisque des citoyens habitant le territoire de la République se voient offrir, par un triple choix d'ailleurs, l'éventualité, c'est-à-dire la possibilité, de s'en séparer !*"

Les propositions incongrues et indignes du président de la République créèrent une polémique entre le ministre Delouvrier et le général Challe. Pour ce dernier, le combat et les sacrifices de l'armée ne pouvaient et ne devaient mener qu'à l'intégration.

Julien était atterré ! Une angoisse affreuse s'emparait de lui... Il avait cru voir la fin d'un cauchemar alors que les traîtres enlaçaient en silence le pays supplicié dans des chaînes forgées aux enfers !

Son bouleversement était tellement lisible sur son visage que de nombreux clients arabes le réconfortaient et lui donnaient l'assurance de leur attachement à la France.

-"Ne vous inquiétez pas autant. N'oubliez pas que, dans les trois options, il y a celle de la francisation. Même si le F.L.N. et ses adeptes votent l'indépendance, même si, dans le meilleur des cas, ils atteignent le chiffre de deux millions de votants, même si de Gaulle, en se parjurant, ne veut pas nous donner la nationalité française, c'est nous qui allons la prendre car nous serons au moins huit millions à voter pour la francisation !"

La Saint-Sylvestre 1959 fut mélancolique... Certains commençaient à perdre la raison devant la complexité de la situation et le contraste existant entre le succès des militaires et l'extension du terrorisme auquel le F.L.N. était contraint pour montrer qu'il était toujours là.

Julien avait opté pour la maxime : Aide-toi, le ciel t'aidera. Il avait adhéré au F.N.F (Front National Français), ainsi nommé par antithèse au Front de Libération Nationale de la rébellion.

D'ailleurs, il n'était pas le seul. Des médecins, des professeurs, des commerçants, des intellectuels, la jeunesse étudiante et les territoriaux, tous les patriotes d'Alger, qui estimaient que la Patrie était en danger, adhérèrent à ce mouvement.

Avant de rentrer chez lui, le soir, Julien faisait un tour à la Brasserie du Forum pour entendre dire que tout n'était pas perdu par le fondateur du mouvement, Jo Ortiz.

Il y rencontra, un jour, un groupe de députés pieds-noirs qui rentraient de Paris où ils venaient d'être reçus à l'Élysée.

Ils avaient fait part au Chef de l'État de leur inquiétude car Paris faisait la sourde oreille à tout projet de campagne pour l'Algérie Française et ils avaient eu la douleur d'entendre celui-ci leur répondre :

- "*Croyez-vous que je veuille faire français neuf millions de mendiants ?*"

Ces mendiants, comme il le disait, faisant preuve d'un intolérable racisme à l'égard de ceux qui avaient été bons à verser leur sang pour délivrer la France pendant les deux guerres mondiales, avaient servi de tremplin à son retour au pouvoir, et lui, qui symbolisait la grandeur de la France, était prêt à les abandonner aux mains des égorgeurs du F.L.N. !

Chez *l'oncle Jo*, on avait une véritable vénération pour le général Massu car on savait qu'il aimait les Algériens, tous les Algériens, sans différence de race ou de communauté. Sa présence calmait les passions et rassurait les Français comme les Arabes.

Paris, pourtant, comme pour provoquer une hémorragie dans l'Algérie Française, rappelait un à un tous les officiers favorables à la cause.

On avait vu partir Jouhaud, Vanuxem, puis Salan ! Alors, on était prêt à se battre pour garder Massu.

Et l'heure de la disgrâce de Massu arriva avec l'affaire Kempski. C'était un journaliste allemand auquel le général Massu avait confié sa déception devant la conduite du Chef de l'État qui ne comprenait rien aux musulmans si attachés à la France.

Le 18 janvier 1960, un des plus importants journaux allemands titrait sur cinq colonnes à la une : Massu, porte-parole du mécontentement croissant de l'Armée d'Algérie à l'égard de la politique du général de Gaulle.

Ceci fit l'effet d'une bombe. Paris rappela immédiatement le général Massu. Simultanément, on apprenait que Georges Bidault était désormais interdit en Algérie ! C'en était trop ! Alger s'insurgea à nouveau.

Le 23 janvier, la grève fut générale. Lagaillarde et ses hommes investirent l'Université. Des jeunes manifestants bloquaient la rue Michelet, les C.R.S. les dispersèrent avec violence. La jeunesse affirma : -"*Nous reviendrons, demain.*"

Le lendemain, ce fut l'effervescence. M. Ortiz rejoignit très tôt le P.C. du F.N.F. dans l'immeuble de la Compagnie Algérienne et bientôt, dans tout Alger, circula le même mot d'ordre : Manifestation à 11 heures. Un à un les territoriaux sortirent de chez eux, en treillis et en armes, après un dernier baiser à leur femme et à leurs enfants. Courageusement, ils allèrent vers leur destin, comme ils s'étaient élancés, en Italie et en Provence, vingt ans plus tôt pour délivrer la France.

Julien fit comme eux. Avec pour toute arme une trousse à pharmacie complète, il embrassa Hélène, morte d'inquiétude, et retrouva ses jambes de vingt ans pour descendre la rue Michelet.

La foule attendait, silencieuse, trop silencieuse ! Quand Julien entra dans l'immeuble de la Compagnie Algérienne, tout était organisé. Des militants, armés, veillaient sur les terrasses, protégeaient le P.C.

Il y avait là vingt mille Algérois en colère qui patientaient difficilement. Des jeunes gens, armés de pics, commencèrent à dépaver la rue d'Isly, la rue Michelet, la rue Charles Péguy et montèrent des barricades.

La colère se diffusait dans l'atmosphère. La ville se soulevait comme ses pavés. Tous les habitants soutenaient l'émeute et toutes les maisons alentour fraternisaient avec les combattants.

Ces barricades, on ne voulait les évacuer qu'après avoir reçu l'assurance que l'Algérie, organiquement française, le resterait pour toujours. C'était une insurrection, pas une échauffourée. Et les insurgés souhaitaient sortir de là vainqueurs ou morts ! C'était la seule issue possible !

Le général Challe fit appeler Jo Ortiz pour une entrevue qui fut brève mais au cours de laquelle il lui donna des assurances sur le maintien de l'Armée en Algérie.

Il lui donna aussi une autre assurance, celle qui aurait dû empêcher le drame ! Il était sincère en la donnant, ne pouvant prévoir le comportement aveugle de ses subordonnés :

"Si vous vous bornez à manifester dans les rues, je vous promets que les gendarmes et les gardes mobiles ne descendront pas vers vous et resteront au Gouvernement Général".

A seize heures trente, Hattab Pacha, maire de la Casbah, s'adresse à la foule, du balcon du P.C. Ortiz :

"L'Algérie est une province française et je m'engage à faire de la casbah d'Alger le plus beau fleuron tricolore de la France".

Vers dix-huit heures, brusquement, une fusillade. Ordre vient d'être donné aux gendarmes mobiles de charger ! Ils descendent du Forum au pas de charge pour *nettoyer* les barricades à la mitraille. Leurs premières balles atteignent un territorial qui meurt sur le coup !

Alors, les insurgés ripostent tandis que s'élève un drapeau tricolore taché du sang de la première victime de cette folie, un gars de Bab el Oued, Hernandez.

C'est l'horreur ! Le patriotisme et les principes sont matés à coups de mitraillette ! C'est la guerre civile ! Contresens hideux ! La France, faite pour défendre ses fils, est en train de les étouffer ! Julien vacille... Il crie : -"Ne tirez plus !" ne sachant plus très bien s'il s'adresse aux manifestants ou aux gendarmes. En tout cas, il s'adresse aux Français.

C'est le député Mourad Kaouah, ceint de son écharpe tricolore, qui s'avance vers les gendarmes :

-*"Soldats, ne tirez plus !"*

Pour se faire une juste idée de cette horrible lutte, il faudrait imaginer un incendie. Les combattants flamboyaient, les cœurs flamboyaient, les âmes se consumaient au feu de la révolte... La trahison, la félonie avaient rendu les patriotes fous... Fous au point d'être poussés au fratricide !

La fusillade avait duré vingt minutes. Vingt longues minutes de folie qui firent onze morts parmi les manifestants et huit chez les gendarmes.

En présence des gueules ouvertes et sanglantes de la guerre civile, oser attester l'humanité, vouloir prouver qu'au-dessus des révolutions et des conflits terrestres il y a la protection des faibles par les forts, le salut de ceux qui sont en danger, est une élucubration de l'âme !

Quelle utopie que de penser à faire valoir ces choses magnifiques dans le sang, la douleur et le chaos de la guerre !

Sortant de leur égarement, réalisant avec peine que des Français leur avaient tiré dessus et qu'ils avaient riposté, les Pieds-Noirs se précipitèrent au secours des blessés, dans les deux camps.

Julien s'affairait, courait, donnait les premiers soins, faisait des pansements. Il s'avança vers un gendarme qui avait la main en sang :

-"Ne me touche pas, Pied-Noir pourri !" vociféra celui-ci.

Et Julien recula... Est-ce l'irréparable ? Pourquoi les forces de l'ordre avaient-elles tiré, avec l'intention de tuer, sur des patriotes français qui ne demandaient qu'une chose, rester français ? Lui, Julien Dabadie, dont les grands-parents venaient de Vendée, n'avait-il plus le droit de se dire français sans qu'on lui tire dessus ? Il ne comprenait plus rien !

Le général Challe décréta l'état de siège de ce camp retranché qui résista huit jours, sous une pluie battante, dans la fange et la boue.

La nature pleurait comme le cœur des hommes ; de lourds nuages noirs remplissaient tout l'horizon et la nuit tombait très vite, étendant sur ce fortin un ciel d'encre, sans étoiles, comme un immense linceul sur le merveilleux pays qu'avait été l'Algérie Française.

Là-bas, à l'Élysée, on avait décidé que cette révolte-là serait écrasée sans aucune pitié. Certains préconisèrent même d'envoyer les chars d'assaut contre les barricades.

Le Chef de l'État ne décolérait pas. Pour qui se prenaient donc *les braillards d'Alger* pour oser prétendre dicter sa conduite à l'Autorité Suprême ?

Ortiz avait posé ses conditions, celles du pays tout entier :

-"*Que le général de Gaulle reconnaisse l'Algérie province française et nous déposerons les armes*".

Et le grand homme avait répondu :

-"*Ma politique ne changera pas. L'insurrection doit être abattue. Il n'y aura pas d'impunité.*"

Lagaillarde pensa au suicide mais ses compagnons l'en dissuadèrent. On put convaincre Ortiz de disparaître. Pour lui, de Gaulle avait précisé : pas d'impunité. Il aurait été exécuté ! Le premier février, à bout de nerfs et de forces, les insurgés se rendirent. A leur tête, Lagaillarde portait le drapeau français. Et devant ces patriotes épuisés mais fiers, les paras du premier R.E.P. s'inclinèrent et présentèrent les armes !

Tous les insurgés se constituèrent prisonniers, montèrent dans des camions de l'armée et prirent la direction du camp de Zéralda. Julien était glacé. Il se rendit comme ses compagnons mais son cœur était vide et déchiré... Que restait-il de leur foi, de leur éthique ?

Après le tourbillon fulgurant du combat, ils allaient maintenant vers un bourbier inconnu. Ils tombaient d'un cercle infernal dans un autre !

Et la ville blanche, autrefois heureuse et opulente, noyait doucement sa splendeur passée dans de noirs sables mouvants. Elle tâtonnait dans l'invisible et se perdait dans les veines obscures d'une nuit sans fond.

CHAPITRE XXVII

Les vendanges étaient terminées. Jamais la vigne n'avait encore produit autant de beau raisin doux et sucré.

Le faranah, dont les grains pulpeux prenaient la couleur du soleil, avait été vendu en un temps record. Son goût savoureux était aussi apprécié que sa robe dorée.

La nature devenait de plus en plus clémente. Ainsi la terre voulait compenser la guerre par des fêtes saisonnières luxuriantes, celle des moissons, où les blés aux grains rebondis donnaient le meilleur d'eux-mêmes dans une odeur à la fois savoureuse et violente, puis celle des vendanges qui avait rendu Adrien et Kader ivres d'un travail âpre, tenace, austère et de l'étreinte farouche de l'astre du jour dans les champs.

Moissonneurs, vendangeurs, dans un bain de lumière, ils se sentaient plus près du Ciel et comprenaient qu'au-delà du fruit de leur travail humain, la Puissance Divine disposait de la chair et du sang des fils d'Algérie pour une autre moisson qu'ils espéraient bien être celle de la fraternité retrouvée.

En octobre, la nuit tombe très vite. On venait de livrer les dernières remorques de raisin. Les mains de Kader comme celles d'Adrien avaient la couleur violette de la lie.

Ils discutèrent un moment près du bassin, puis chacun, fatigué, regagna sa demeure.

-"A demain, *Khouïa*" dit Adrien.

-"A demain, *Inch'Allah* !" répondit Kader en grimpant vers la mechta.

La nuit avait déjà étendu son manteau étoilé sur la montagne. Les hommes étaient épuisés. Ils s'endormirent très vite, rompus de fatigue.

Soudain, surpris en plein sommeil, Kader entendit à sa porte un bruit confus, un cliquetis métallique. Des hommes en armes ! Des hommes en armes rôdaient autour de sa maison !

Il réveilla Méryem, mit un doigt sur sa bouche, roula la vieille femme dans une couverture et l'allongea derrière les fagots et les plats, dans la cuisine.

-"Surtout, ne bouge pas, quoi qu'il arrive", recommanda-t-il.

Puis, il s'approcha de la porte et cria d'une voix forte :

-"*Ouach bik ? Ouach ini ?*" (qu'y a-t-il ? Qui est là ?)

-"Sors, Kader Kouïder ! répondit une voix inconnue ; nous t'apportons des nouvelles de ton fils ".

On aurait parlé à Kader de la révolution nationale, des glorieux moudjahidines, même de la guerre sainte, il aurait attendu derrière sa porte, le fusil dans une main et le couteau dans l'autre. On lui aurait dit : *Nous voulons ta vie*. Il aurait répondu : *Venez la prendre*. Il aurait lutté, il se serait battu... Au lieu de cela, de quoi lui parlait-on ? de son fils.

La chair de sa chair qu'on lui avait ravie ! Le bonheur de ses vieux jours ! Sa constance, sa pérennité ! Son fils ! Et il tomba dans le piège.

Il n'était pas plutôt dehors, qu'en un éclair, dans la pénombre, il comprit son erreur... Les fellaghas étaient au moins trente, cinquante peut-être. Il fut assailli, appréhendé, happé par des mains rudes, violentes, haineuses.

Un coup de crosse lui fit mordre la poussière. Il n'eut pas le temps de se relever qu'un coup de pied dans la poitrine le plaqua à nouveau au sol et lui fit perdre le souffle. Il étouffait. Ils le saisirent et l'entraînèrent.

Il n'eut pas une plainte, pas un gémissement. Où l'emmenait-on ? Où le traînait-on plutôt en courant ? Ses pieds ne touchaient plus la terre. Ses jambes s'écorchaient, au passage sur les rochers. Il sentit une odeur d'eucalyptus. On approchait de la ferme d'Adrien.

Les hommes s'arrêtèrent. Il ne distinguait pas leurs visages. Juste des treillis, des casquettes et une odeur fauve de corps mal lavés.

Celui qui paraissait être le chef le frappa au visage. Sa bouche s'emplit de sang.

-"Si tu veux sauver ta vie et celle de ton fils, tu vas appeler *Bou Chodrob* (l'homme au fouet). Il y a trop longtemps qu'il nous nargue et sa maison est une forteresse imprenable. Il faut qu'il ouvre et, à toi, il ouvrira".

Kader tremble. Il sait qu'il va mourir ! Jamais il ne consentira à tendre un piège au frère que la vie lui a donné ! On l'entraîne près du bassin où, tout à l'heure, il devisait paisiblement avec Adrien.

Pourquoi les chiens n'aboient-ils pas ? Ils ont dû être tués... ou empoisonnés. Il ne sait plus très bien. Un son de cloche violent, aigu, perce ses tympans.

On le porte devant l'entrée blindée !

-"*Alkha* ! (appelle !)" ordonne le chef des moudjahidines d'une voix sourde.

S'il appelle Adrien, celui-ci lui ouvrira, c'est certain. Il condamnerait ainsi, à coup sûr, son ami de toujours, son compagnon d'arme, à la plus atroce des morts, torturé, émasculé, égorgé sous les yeux de sa femme...

-"*La* ! (non)" dit-il fermement.

Les lilas sont entourés d'un petit mur de pierres taillées qu'il a érigé, il y a trente ans, avec Adrien, après les avoir retirées des terres incultes.

Un des hommes détache une grosse pierre, un autre l'imite. Il en assène un coup vigoureux sur le front de Kader dont le turban tombe à terre.

-"Nous allons t'éclater la tête si tu ne l'appelles pas".

Il sent un liquide tiède couler sur son visage tandis que la douleur s'irradie jusqu'au cou, jusqu'aux épaules.

-"*Alkha lou !*" (appelle-le) répète le chef.

S'il l'appelle, ils tueront aussi Lalla Elise, avec des raffinements sadiques. Ils la violeront tous, ils lui couperont les seins... Elle qui a nourri Sélim ! Elle qui a donné son sang à Aïcha ! Elle si bonne, si douce, si compréhensive avec tous... Lalla Elise, l'ange de ces lieux !

Kader serre les dents, ses traits se contractent en un masque livide et ses yeux deviennent fixes. Il voit la mort. Il essaye de douter mais soudain un clair pressentiment qui ressemble au regard bleu d'Elise anéantit son incrédulité. Il va mourir.

Mais sa vie, on ne la lui prend pas, il l'offre. Il la donne de grand cœur pour ces êtres qu'il aime comme un frère et une sœur... Ses amis ne souffriront pas par lui, il se met à prier "*Allah Akhbar !*" dit-il faiblement.

Il sent quelque chose se désancrer en lui, se déplacer et s'élever.

Plus qu'un seul mot, le dernier.

A genoux, il lève la tête vers ses bourreaux et répète en français cette fois : - "Non !"

Alors, ils se déchaînent, ils frappent, frappent encore :

-"*Alkha ! Alkha lou ! Beni kelb !*" (appelle ! appelle-le ! fils de chien !).

La tête du pauvre Kader craque comme une coquille de noix. Il s'écroule, mais les autres frappent comme des déments. Sa boîte crânienne explose sous les coups. Le voyage aux limites de la douleur et de l'épuisement physique est terminé. Il n'a pas poussé un seul cri !

Kader plane maintenant au-dessus de cette terre de misère, mais son âme clame encore : -"Non !"

Non à la haine ! Non à la guerre ! Non à la trahison ! Non à la folie des hommes ! Non au crime, au vice, à la rébellion à la perdition, à l'enfer ! Non ! Non ! mille fois non !

Ils traînèrent le corps supplicié devant la porte de la maison, puis s'éloignèrent, furieux de n'avoir pas atteint leur but.

Quand Adrien s'éveilla, à l'aube, ce matin-là, il fut surpris par le profond silence qui s'étendait sur la ferme. L'espace était empli de silence. On n'entendait pas un souffle, pas un grillon, pas un oiseau. Il semblait que la nuit, la profonde nuit africaine, ait conclu un pacte avec la nature pour envelopper la montagne dans un silence de mort.

Adrien se sentait mal à l'aise. Il fit un effort sur lui-même, alluma, comme chaque jour, le feu dans la cuisinière, mit la bouilloire à chauffer pour préparer le café, fit sa toilette et s'habilla.

Soulevant le suaire des ténèbres, l'aurore embrasa enfin le ciel de ses premières lueurs indécises et nacrées. Le temps était nuageux. Au-delà des crêtes, qui retrouvaient leurs formes arrondies, flottaient de grands voiles de vapeurs humides. Adrien mit sa veste, prit son fusil en bandoulière, ouvrit la porte, puis la trappe métallique, comme il le faisait chaque matin.

Devant lui, quel était cet homme allongé ? Il sortit, regarda le corps mutilé, la tête en bouillie, les mains tachées par les vendanges et eut un haut le cœur !

Kader ! Une chape glacée s'abattit sur lui ! Kader ! On avait assassiné son ami, son frère ! Comment pouvait-il souffrir encore autant alors qu'il croyait avoir touché le fond de l'abîme ? S'il pouvait s'ôter le cœur, se refroidir à jamais, s'arracher les entrailles, effacer les astres du ciel, alors il pourrait, enfin, calmer sa douleur...

Il avait perdu tout sens de l'orientation, il s'entendit hurler :

-"La Mecque ! Où est la Mecque ?"

Elise, réveillée par ses cris, vint jusqu'à la porte et comprit.

On avait tué Kader, le compagnon de toujours, le fidèle entre tous !

-"C'est là, dit-elle, au soleil levant".

Puis, retenant les sanglots qui montaient à sa gorge, elle alla fébrilement fouiller son armoire à linge pour en sortir un drap d'épaisse toile qu'elle avait brodé de ses mains.

Elle gardait ce drap pour être son propre linceul. Elle le déposa, en tremblant, près d'Adrien, évitant de regarder le mort car la lueur épouvantée du regard de son époux lui faisait deviner qu'il s'agissait d'un meurtre particulièrement horrible.

-"Mets le corps dans ce drap, dit-elle, Méryem risque de venir, il ne faut pas qu'elle le voie ainsi".

Puis elle entra et alla actionner l'émetteur afin d'appeler l'armée.

Avec d'infinies précautions, comme s'il avait peur de réveiller le mal intolérable, Adrien plaça la dépouille suppliciée de Kader dans la toile blanche. Il la positionna vers l'astre du jour dont le disque cuivré s'élevait lentement au-dessus des sommets déchiquetés. C'était un matin tragique, déjà teinté de sang, qui ne parvenait pas à percer le sortilège de l'aurore.

Kader lui avait dit un jour :

-"Si tu es présent quand je mourrai, *Khouïa,* n'oublie pas de placer mon corps face à La Mecque !" et c'était la dernière chose qu'il puisse faire pour son ami... la dernière !

Il leva les yeux au ciel ! Un ciel froid, presque métallique, un ciel de cristal qu'il avait envie de briser.

-"N'y a-t-il personne là-haut pour prendre en compassion l'agonie du pays martyrisé ?" cria-t-il.

Puis il pleura. Agenouillé près du défunt, il implora mentalement la Puissance Divine, celle qui régissait tout, la Mecque et les Arabes, la Croix et les Chrétiens...

-"Ayez pitié de nous tous ! Ayez pitié de ce peuple qui meurt sous la torture et sombre dans la folie ! Ayez pitié de l'Algérie !"

Les militaires arrivèrent au moment où Aïn Bou Djenâa, la fraîche, la belle, s'éveillait à la vie, faisait entendre le rire cristallin de ses cascades tandis que les fleurs de l'automne ouvraient au soleil leurs corolles carminées.

Ils chargèrent dans leur camion la forme atrophiée sous son drap blanc qui se teintait maintenant, par endroits, de taches écarlates et partirent vers Médéa tandis que les premiers ouvriers arrivaient et que les moutons, étonnés de ne pas voir leur berger, réclamaient à grands bêlements sonores, leur ration quotidienne.

Et l'autre, là-bas, à l'Élysée, il devait s'éveiller aussi, après une paisible nuit de repos. Pensait-il à l'Algérie ? Aux morts de la nuit dans ce pays ? Certainement pas !

Il ne devait penser qu'à son prestige, à sa grandeur. Il devait être satisfait de sa popularité auprès des métropolitains qui le considéraient comme un ange de Lumière. Qu'importaient pour lui les millions de *mendiants* qui le découvraient comme un prince des Ténèbres !

Il fallut bien apprendre à Méryem, en lui épargnant les détails odieux, le décès de son fils ! Elle commença par hurler à la mort pendant de longues heures, évoqua la malédiction des cigognes, puis elle se calma et ne parla plus.

C'était une femme brisée ! Elle ne voulut pas quitter sa maison dans la mechta, et s'accrocha à l'espoir de revoir un jour son petit-fils, ce qui lui permit de survivre au drame. Solitaire et névrosée, elle devenait maladroite, se brûlait souvent en allumant son kanoun, et développait insensiblement un complexe de persécution qu'elle exorcisait à grand renfort d'incantations mystérieuses et de décoctions magiques.

Quand il apprit ce nouveau malheur, Julien se libéra davantage pour proposer son aide à Adrien. Jean Heilligenstein fit de même et tous deux se retrouvèrent, pleins de sollicitude envers leur vieil ami.

Adrien les regardait tous les deux, le Pied-Noir hâbleur et l'Alsacien timoré. Il était sensible à leur présence, touché par leur amitié, mais ceux-ci ne pouvaient pas, ne pourraient jamais remplacer dans son cœur l'autre, l'Arabe.

Cet Arabe, qui ne parlait même pas la même langue que lui, qui n'avait ni la même religion ni la même éthique, était pourtant son frère, depuis quarante ans !

Ils avaient combattu pour la même cause. Ils avaient la même Patrie, le même sens de l'honneur et l'absence de Kader désespérait profondément Adrien.

Il ne voulait pas être consolé de sa perte. Il porterait sa croix.

-"Merci mes amis, dit-il à Jean et à Julien, nous vivons tous un calvaire, chacun doit en endurer sa part".

En disant cela, il observait Julien vieilli et amaigri. Après les barricades, Julien avait passé trois mois dans un camp d'internement, autrefois réservé aux fellaghas prisonniers, peu à peu tous libérés par la grâce présidentielle et remplacés par des patriotes français !

Il avait fallu trois mois pour que les autorités reconnaissent que ce pharmacien s'était borné à donner les premiers soins aux blessés et lui rendent la liberté.

Si Julien restait éprouvé par la tragédie qu'il venait de vivre, ses sentiments n'avaient pas varié d'un pouce. Il était toujours ce nationaliste passionné qui refusait de perdre son pays mais demeurait, en même temps, viscéralement attaché à sa Patrie.

Le F.N.F. ayant été dissous, un nouveau mouvement avait été créé pour la défense du territoire national, par le Bachaga Boualem : le F.A.F. (Front pour l'Algérie Française) auquel Julien avait adhéré.

La politique de décolonisation pratiquée par le Chef de l'État désorientait toutes les communautés algériennes. Pour les Arabes, la parole de la France n'existait plus et ils considéraient avec inquiétude, quand ce n'était pas avec angoisse, les tractations entre le Gouvernement Français et le F.L.N.

Comme le F.L.N., devant tant de considération gaullienne, aurait eu tort de ne pas précipiter les choses, un gouvernement provisoire de la République Algérienne avait été créé... au Caire !

Le référendum du mois de janvier 1961 fut un modèle dans le genre machiavélique ! On ne disposait que d'une seule réponse, un seul *oui* ou un seul *non*, pour deux questions, qui pouvaient, très logiquement, obtenir une réponse différente !

Oui à l'autodétermination, les Algériens le voulaient bien, ils aimaient la démocratie.

Mais en même temps, dans l'équivoque et dans la confusion, il fallait approuver, par la même et unique réponse, la création d'un gouvernement algérien ! Nouvelle innovation de de Gaulle qui faisait ainsi, comme à son habitude, passer des vessies pour des lanternes.

Quand l'orgueil et l'absurdité d'un seul homme entraînent un pays tout entier dans une réalité dégradante et dans une épreuve indigne, l'idéal patriotique se retrouve et rayonne.

En Espagne, l'O.A.S. (Organisation de l'Armée Secrète) mouvement de résistance française en Algérie, qui deviendra plus tard l'expression du désespoir de ce pays, était en cours de gestation.

Les Arabes attendaient, dans une cruelle expectative ! Les Pieds-Noirs se sentaient devenir fous et le temps s'écoulait, morne et étouffant, ponctué uniquement par des attentats touchant les deux communautés, puisque le F.L.N. n'avait plus que ce moyen d'expression, sans que personne ne puisse augurer de l'avenir.

Le 11 avril, le Chef de l'État Français déclarait le plus légèrement et le plus naturellement du monde :

"L'Algérie nous coûte, c'est le moins qu'on puisse dire, plus cher qu'elle ne nous rapporte... C'est pourquoi, aujourd'hui, la France considérerait avec le plus grand sang-froid une solution telle que l'Algérie cessât d'appartenir à son domaine, solution qui, en d'autres temps, aurait pu paraître désastreuse pour nous et que, encore une fois, nous considérons avec un cœur parfaitement tranquille".

Le cœur du grand homme devait certainement être constitué du granit le plus dur pour affirmer ainsi sa sérénité devant l'abandon et la trahison de millions de patriotes français et musulmans, qui n'avaient jamais hésité à verser leur sang pour la France et qui, maintenant, après avoir fait la prospérité de la Mère-Patrie, méritaient d'être abandonnés *parce qu'ils lui coûtaient cher !*

Et puis, ce qu'on espérait comme un miracle arriva. Les hommes les plus décorés de France, les plus grands chefs militaires, les êtres les plus pétris d'honneur et de patriotisme se révoltèrent devant tant de duplicité et d'ingratitude. Dans la nuit du 20 au 21 avril, ce fut le putsch des généraux.

Alger se réveille, le 21 dans un concert d'avertisseurs. Toutes les places fortes sont prises, la presque totalité des représentants du gouvernement en Algérie sont faits prisonniers. Les parachutistes circulent dans les rues, gardent les édifices publics et fraternisent avec la population.

Pourtant la population d'Algérie a été tenue à l'écart du mouvement. Elle doit avoir recours à ses transistors pour savoir ce qui se passe exactement.

Les généraux Challe, Jouhaud, Zeller et plus tard, Salan, ces vivants symboles de la gloire et du prestige de la France, ceux-là mêmes que de Gaulle qualifiera de quarteron de généraux en retraite, se sont engagés dans les voies de l'honneur et ont pris le pouvoir en Algérie.

Mais la France, atteinte d'anamorphose, ne suit pas. Elle ne comprend pas. Elle s'insurge aussi, mais contre l'Algérie et décrète la grève générale.

Les militaires du contingent, sensibles à la propagande que diffuse à longueur de journée, sur les ondes, le gouvernement gaulliste, ne suivent pas le mouvement ou restent attentistes et réticents.

Le 25 avril, c'est la fin, quand le général Challe décide de se rendre ! Les autres choisissent de poursuivre la lutte dans la clandestinité.

C'est, à la fois, la voie de l'honneur et celle de la déraison. Mais leur résistance, leur révolte, dans le respect de la parole donnée et des engagements de la France, restent empreintes, aux yeux du monde entier, de prestige et de grandeur.

Immédiatement, dans un pays qui se veut généreux comme la France, des voix s'élèvent pour déclarer que l'esprit révolutionnaire ne produira que la souffrance et, dans un sens, c'est bien vrai.

Mais alors, pourquoi promettre vainement pour trahir ensuite la parole donnée en cédant à l'esprit révolutionnaire, terroriste, barbare, fanatique d'une minorité à laquelle on donne tous les droits qu'elle ne possède pas démocratiquement ?

Julien et Hélène, comme tous les Algérois, suivent sur leur transistor le déroulement de la situation. L'émetteur de Radio-Alger, France V, rebaptisé Radio-France par les insurgés, les informe régulièrement.

Tout à coup, dans l'après-midi, ils entendent une voix pathétique et essoufflée qui hurle sur les ondes :

"Algérois ! Tous au Forum ! Vite ! Il faut empêcher la trahison de l'emporter".

Julien se lève et fourrage dans les tiroirs de son bureau. Il en sort un vieux revolver et son chargeur, acheté pour son épouse, en 1939, au moment où il la laissa seule, lors de son départ sous les drapeaux, et qui dort parmi ses souvenirs, depuis ce temps-là.

Hélène s'inquiète, veut l'accompagner, ou l'empêcher de sortir. Elle implore :

-"Nous sommes vieux ! Tu es vieux !"

Il répond :

-"Je suis français !"

Et il s'en va vers le Forum, son arme dans la poche. S'il pouvait donner sa vie dans l'instant pour servir la cause française, il le ferait avec joie, avec ivresse, avec exaltation !

Devant le ministère, il est bousculé, porté par une foule dense dans laquelle se côtoient des territoriaux, des parachutistes et des civils.

On lui donne un papier plié en quatre :

-"Restez aux ordres, vous êtes réquisitionné par le général Salan".

Puis, quelques heures après, c'est l'effondrement. Les gens quittent la place, à regret, par petits groupes, têtes basses.

Julien, désemparé, se réfugia, avec un groupe de territoriaux dans le tunnel des Facultés. Ils n'avaient pas fait la moitié du chemin, quand la première voiture de gendarmerie s'y engouffra, à vive allure, sirène bloquée en une menace suraiguë, intensifiée par les parois, résonnant terrifiante et implacable, paralysant les pauvres hommes las qui s'enfuyaient. D'autres véhicules suivirent dans les deux sens. Fouille brutale, menottes et coups. Ils étaient pris.

Avec les autres prisonniers, Julien fut transporté à la caserne des Tagarins où commença bientôt son *interrogatoire*.

Pour les gendarmes, cet homme de soixante-trois ans, armé d'un revolver rouillé qui n'avait jamais servi et porteur, comme tous les autres, d'un ordre de mission ronéotypé signé Salan, ne pouvait être qu'un dangereux terroriste.

Il fut placé dans une petite cellule, dont les murs, s'arrêtant à cinquante centimètres du plafond, permettaient de communiquer avec une multitude de cachots individuels semblables dans lesquels étaient enchaînés d'autres patriotes, français ou arabes, territoriaux ou civils.

Et la fraternité jouait. Dans un chuchotement, on se présentait, on se donnait du courage.

Seuls, les gémissements des premiers interrogés qu'on rejetait, pantelants, comme du bétail, dans leurs cellules, troublaient la monotonie de ces messes basses.

Et parfois, en entendant les plaintes de son proche voisin, un petit gars de Bab el Oued s'insurgeait :

-"Salauds ! Fumiers ! La putain de la grande Zohra !"

Quand vint le tour de Julien, il sentit son courage revenir, comme un cheval réagit sous la cravache. On lui banda les yeux et on l'emmena dans une pièce où plusieurs hommes *s'occupèrent* de lui. Il fit la connaissance de la gégène, de la bassine d'eau (était-ce un lavabo ?) où on vous maintient la tête à la limite de l'asphyxie.

Un homme posait des questions dès qu'il retrouvait son souffle !

-"Comment t'appelles-tu ? Où habites-tu ? Qui sont tes chefs ? Où se planquent-ils ? Des noms, nous voulons des noms ?"

Il répondait invariablement !

-"Je m'appelle Julien Dabadie, j'ai soixante-trois ans, je suis français et pharmacien, rue Michelet".

Et c'était reparti pour un tour. Des questions, toujours des questions, sur des sujets que le pauvre Julien ignorait.

-"Où sont les armes volées aux C.R.S. ?"

Il répétait inlassablement, en une obsédante litanie :

-"Je m'appelle Julien Dabadie, j'ai soixante-trois ans, je suis français..."

Un gendarme le coupa, un jour :

-"Français ? Tu n'es pas français, tu es pied-noir ! Et les Pieds- Noirs, ça ne mérite pas de vivre !"

Depuis ce jour, il ajouta :

"... je suis pied-noir, français, d'origine vendéenne..."

On plaçait sa tête dans une sorte d'étau et on serrait, parfois jusqu'à l'évanouissement !

"Je m'appelle Julien Dabadie..."

Un jour, au milieu d'une souffrance de bête, il pensa à Adrien. Cela le stimula, il put alors ajouter :

"... et je n'ai pas peur de vous !"

Les interrogatoires durèrent une semaine. Une longue et douloureuse semaine pendant laquelle, les hommes torturés ne mangeaient pas, étant seulement conduits, une fois par jour, sous bonne garde, dans des toilettes cimentées, à la turque, qui comportaient un robinet d'eau froide auquel ils pouvaient s'abreuver.

Huit jours après, ayant décliné plus de cent fois son identité sous la torture, quand Julien entendit : *On n'en tirera rien, foutez-moi ça au trou !* Il sut que son calvaire était terminé. Lui, qui n'était déjà pas très gros, devait avoir perdu une vingtaine de kilos et ne tenait plus sur ses jambes !

On l'envoya à Barberousse, la prison d'État. C'était, en haut de la casbah, une énorme citadelle, impénétrable, à l'immense porte métallique, aux hautes murailles crénelées autour d'un chemin de ronde.

Hélène, qui n'avait jamais été dans ce quartier, découvrit la route de Barberousse qui montait, comme un chemin de croix, depuis Bab el Oued, jusqu'à la bâtisse aux murs bruns.

Elle connut les autorisations de visite, les files d'attente parmi les parents de prisonniers de droit commun ou de fellaghas, les parloirs aux doubles grilles, espacées environ d'un mètre et quand elle vit l'état lamentable de son époux, elle n'en dormit plus !

Elle frappa à toutes les portes, prit un excellent avocat, rencontra des gardiens compréhensifs et un directeur bienveillant... Elle voulait qu'on donne à son mari les soins dont il avait besoin. Rien n'y fit, elle dut attendre la visite du médecin attaché à la prison et celui-ci, sans aucune sollicitation, dès qu'il vit l'état pitoyable de Julien, le transféra à l'hôpital Mustapha, dans le quartier des prisonniers dits *politiques*, où enfin, on le soigna !

Cette détention-là fut moins insupportable. Hélène pouvait voir son mari, rester un moment à son chevet, lui apporter des fruits, des aliments qu'il aimait.

Il se remit, lentement. Ni la torture, ni l'emprisonnement n'avaient eu raison de ses sentiments patriotiques et il s'accrochait, comme ses compagnons, au nouveau, au dernier espoir de tout un peuple : au dehors, l'O.A.S. veillait.

Dans le pavillon hospitalier, c'était un huis clos, mais les parents, les infirmiers, tous ceux qui pouvaient circuler librement, racontaient les derniers événements.

Tandis que le général Challe était condamné à quinze ans de détention criminelle, l'O.A.S., dont le général Salan était devenu le Chef et le porte-drapeau, s'était organisée.

Lors de la prononciation du verdict qui le frappait, Challe s'était écrié :

"Derrière nous, il y aura d'autres officiers. C'est une partie de votre armée que vous aurez à juger !"

Et c'était strictement exact. La répression se poursuivait. Les généraux, toute l'élite de l'Armée Française, se succédaient sur le banc dit *d'infamie* où l'on chantait *la Marseillaise*. Mais à Alger, le mouvement s'installait, et s'il était parfois poussé à des actions extrémistes et violentes, il mit aussi en place un service de presse et d'information et parvint bientôt à diffuser des émissions pirates de radio et de télévision.

Sur les murs d'Alger fleurissaient les inscriptions :

"O.A.S. frappe où elle veut, quand elle veut - O.A.S. veille - O.A.S. vaincra."

L'O.A.S. frappait, inévitablement. Elle était contrainte de recourir aux méthodes terroristes puisqu'on ne lui laissait aucun autre choix. Mais elle agissait avec discernement, s'efforçant de ne pas faire de victimes innocentes.

Ses dirigeants savaient que cette guerre infâme ressemblait à une hydre dont il fallait couper la tête pour éviter qu'en un clin d'œil, comme la course d'un météore, toute flamme éteinte se rallume.

La mission de résistance de l'O.A.S., soutenue par tout un peuple, était malheureusement entachée par les actions directes et incontrôlables de certains jeunes gens qui exprimaient leur désarroi, leur révolte et leur protestation par une violence aveugle et inhumaine qu'on imputait ensuite à tort à l'organisation.

Ainsi Lounès Abouadaou, l'associé de Julien, qui était un ardent partisan de l'Algérie Française, fut abattu par un jeune exalté, alors qu'il circulait rue Michelet, simplement parce qu'il était arabe !

Julien et Hélène en furent profondément bouleversés. Ils décidèrent de fermer définitivement la pharmacie et ils attendirent la suite des événements, lui sur son lit d'hôpital et elle, cloîtrée dans son appartement.

Quand elle n'allait pas voir Julien, Hélène passait son temps à écouter les bruits de la guerre, à localiser, à leur intensité, les lieux des explosions : -"Tiens, la déflagration a fait trembler les vitres, ce ne doit pas être très loin... rue Alfred Lelluch, peut-être ? Est-ce les fells ? Est-ce les nôtres ?"

Et d'autres fois, elle s'installait sur son balcon et regardait Alger. La ville gangrenée, la ville martyre, s'étendait toujours somptueuse jusqu'à la mer turquoise et impassible.

-"Alger, disait-elle, je n'en peux plus ! La peur sur le terreau de l'angoisse transforme ta jeunesse en tueurs durs et impitoyables. Ma conscience se révolte et réprouve. Alger, reprends-toi ! Nous allons droit vers un abîme".

Julien fut jugé en octobre, par un Tribunal d'Exception, chargé de faire preuve de la plus grande sévérité envers les patriotes.

Il fut condamné à six mois de prison. Il les avait déjà accomplis. L'avocat parla de levée d'écrou, de formalités. Hélène attendait le cœur battant.

Elle se rendit à Barberousse, patienta longtemps, vainement, cheveux au vent, frissonnante, devant ce grand portail de fer, jusqu'au moment où un gardien, gêné, vint l'avertir que son époux avait été transféré au camp de Béni-Messous.

Il devait y rester jusqu'à Noël. En décembre, une commission de la Préfecture de Police décida enfin, avec la plus grande magnanimité, sa remise en liberté pour les fêtes.

Cet homme âgé et malade venait de passer neuf mois emprisonné, après avoir été torturé, à la suite d'un grand élan d'amour envers une Mère-Patrie qui, insensiblement, se transformait en Marâtre.

Dès que Julien sortit de Béni-Messous, Hélène, sans lui laisser le temps de souffler, l'emmena à Aïn Bou Djenaâ.

Elle prétexta que le climat de la montagne lui ferait le plus grand bien, qu'Elise et Adrien avaient besoin d'être soutenus dans leur malheur. Mais, en réalité, ce qu'elle voulait surtout, c'était l'éloigner d'Alger, de cette poudrière insensée où il était devenu presque habituel de côtoyer les morts sur le bitume et où, de grève en grève et d'explosion en explosion, la répression se faisait chaque jour plus abjecte envers les patriotes français.

De Gaulle se souciait tellement de leur bien-être, qu'il venait de mettre à leur service un nouvel organisme spécialisé performant, dont les membres pratiquaient une nouvelle forme d'expression raffinée des supplices à la mode vietnamienne : *les barbouzes.*

Ces agents indochinois, à la solde du Gouvernement Français, étaient désormais chargés des interrogatoires de tout suspect de patriotisme français, de tout partisan de l'Algérie Française, qu'il soit coupable ou innocent, arrêté par délation ou les armes à la main !

Ils faisaient des victimes à la pelle... Beaucoup de partisans français ne résistaient pas à leurs interrogatoires et mouraient sous la torture dans les villas mises à leur disposition sur les hauteurs d'Alger, à El Biar ou à la Bouzaréah.

Les dernières fêtes de fin d'année des Français d'Algérie furent ponctuées d'actions d'éclat du F.L.N. qui intensifiait, à nouveau, le terrorisme urbain, sous le regard impassible des patrouilles militaires, qui se comportaient maintenant envers les Pieds-Noirs comme de véritables troupes d'occupation.

Alger ne pavoisait plus car les drapeaux français étaient décrochés par les soldats ou les gendarmes qui n'hésitaient pas à les souiller et à les fouler aux pieds !

Pourtant l'O.A.S veillait toujours. Elle voulait être la vérité du lendemain mais elle n'avait d'autres moyens d'action que ceux employés par les mensonges du passé. Son héroïsme était occulté par la violence dont elle devait faire preuve. Elle combattait les espions, elle exécutait les traîtres à la cause française et, ce faisant, elle se servait de la mort comme d'autres l'avaient fait avant elle.

Elle ne semblait plus avoir foi dans le rayonnement de sa force irrésistible et incorruptible. Elle maniait une arme à double tranchant, frappant avec l'un mais se blessant à l'autre.

Là-haut, face au Ravin rouge, le temps s'écoulait plus paisible. On vivait dans l'incertitude du moment suivant mais pas dans la crainte. Dans une période aussi troublée, seule la foi peut aider à atteindre la sérénité. Elise et Adrien étaient pétris de la vraie foi, celle qui soulève les montagnes et arrête la prolifération de la haine.

CHAPITRE XXVIII

Pour Noël, Elise cuisina pendant une semaine afin d'offrir aux militaires métropolitains cantonnés à Ben-Chicao et à Damiette pâtés en croûte, bûches pâtissières et corbeilles d'oreillettes, comme elle le faisait tous les ans depuis le début des hostilités. Hélène l'aida avec cœur. Enfin une action qui ne touchait pas à la guerre, mais à la joie d'une jeunesse, elle aussi, éprouvée !

Adrien y ajouta quelques cartons de bon vin et ils allèrent, tous, faire leur distribution le 24 décembre. Elise avait un sourire éclairé par l'azur de ses yeux et un mot de réconfort pour chacun. Les militaires l'aimaient.

On connaissait les épreuves de la famille de Courtenay et on trouvait admirable la bonté et la force de caractère de cette femme dont la fille était morte dans une explosion, dont le fils guerroyait dans les Aurès, dont le fils adoptif avait été enlevé par les fellaghas et qui, malgré toutes ses épreuves, avait encore le courage de réconforter les jeunes recrues !

La neige ne fut pas abondante cette année-là. Elle tomba fin janvier, tandis qu'en France, sourd aux cris d'agonie du pays martyrisé qu'on se préparait à brader aux mains d'une minorité de terroristes, le fossoyeur creusait hâtivement la tombe de l'Algérie Française.

Lorsqu'Arnaud venait en permission, il évoquait, avec inquiétude, un certain laxisme parmi les soldats de son régiment, qui appelaient de leurs vœux des accords de cessez-le-feu entre de Gaulle et le F.L.N., n'y voyant que le prélude à leur prochaine démobilisation.

-"Ils ne sont pas tous comme ça, c'est certain, mais je vous assure que beaucoup d'entre eux raisonnent maintenant de cette façon".

Julien explosait :

-"Et quand elle aura perdu l'Algérie, la France, qui appellera-t-elle au secours lors d'un nouveau conflit mondial ? Coincée entre deux pays qui ne pourront pas l'aider, l'Italie et l'Espagne, face à la toute-puissante Allemagne, tu peux me dire ce qu'elle fera alors la Mère-Patrie ? Elle fera *tchouffa* (elle s'effondrera) !"

-"C'est plutôt nous qui sommes en train de faire *tchouffa* comme tu dis si bien", observait Adrien avec amertume.

Et, rageur, il continuait ses travaux, taillait sa vigne comme un forcené, ne laissant aucune mauvaise herbe, aucun champ inculte, se jetant dans le travail comme d'autres se noient dans le désespoir.

Après un mois de repos, Julien voulut rentrer chez lui et rien ne put le faire changer d'avis. Alger lui manquait, ses amis lui manquaient. Il voulait revoir la ville blanche et reprendre sa place parmi les milliers d'anonymes qui luttaient en silence.

Alger avait encore changé pendant leur absence ! Le temps était froid et le ciel prenait la couleur de l'acier. Les voitures n'avaient plus le droit de circuler après vingt et une heures. C'était le temps des hold-up et des nuits bleues, festival de plasticages qu'on imputait invariablement à l'O.A.S., ce qui n'était pas toujours vrai.

On allait vers une issue fatale, on le savait, on le sentait. L'O.A.S. durcissait sa position tandis que le F.L.N. redoublait de cruauté. On ne pouvait plus circuler dans les rues sans buter sur des cadavres, victimes des uns ou des autres. Les gens passaient, indifférents.

On s'était habitué à vivre parmi les morts qui faisaient désormais partie du paysage. On s'écartait seulement devant les flaques de sang, mais on ignorait les yeux, fixes, exorbités et les bouches ouvertes dans une dernière clameur que l'on n'entendait plus.

Parfois, une bonne âme déposait un journal sur la tête des morts ou faisait un signe de croix, mais c'était rare. Alger perdait la foi.

Julien avait une impression affreuse : sa ville bien-aimée n'était plus qu'un cadavre en décomposition ! Le noir cancer de la guerre dévorait chaque jour davantage, en portant la souffrance à son paroxysme, des victimes qui ne pouvaient plus l'extirper, se savaient condamnées, mais luttaient toujours, pour le panache !

La nuit, à heures précises, le concert des casseroles éclatait dans toute la ville. Sur les balcons, sur les terrasses, devant les fenêtres ouvertes, en frappant deux casseroles l'une contre l'autre ou tout autre récipient métallique, des gens hallucinés, déconcertés, perdus, reproduisaient à l'infini les cinq coups éloquents de l'Al-gé-rie Fran-çaise.

Cette vague sonore envahissait la ville, s'enflait comme un chaos désespéré. C'était, à la fois, un appel au secours et l'expression d'une volonté farouche et d'une union sacrée de tous les Français d'Algérie, chrétiens ou musulmans.

Alger criait ! Alger hurlait : "Ecoutez-nous, nous sommes français ! Ce pays, la France l'a construit de bout en bout ! Les musulmans, que nous avons en charge, attendent tout de la France et de nous ! Ne nous abandonnez pas ! Ne les abandonnez pas !"

Et tandis que, jusqu'à la folie, les Algérois défonçaient leurs casseroles, des patrouilles militaires, pour faire taire cette clameur épouvantable, émanation de la colère de toutes ces âmes torturées, mitraillaient les façades des immeubles.

Les barbouzes enlevaient toute personne pouvant avoir des relations avec l'O.A.S., quelquefois les épouses ou les mères de ceux qui avaient choisi la lutte. On ne les revoyait plus : les supplices infligés ne le permettaient pas.

L'O.A.S. leur livrait une bataille sans merci. Certaines de leurs villas explosèrent et la population algéroise applaudit la destruction d'êtres aussi malfaisants.

Mais l'organisation connaissait aussi de lourdes pertes. L'armée française s'alliait aux fellaghas pour lutter contre les résistants. Des maquis s'ouvrirent dans le bled, en Oranie, dans le Constantinois et la nuit, les parois des gorges et des montagnes résonnèrent d'un chant nouveau, celui des partisans :

"*Ami, entends-tu le vol noir des corbeaux sur nos plaines...*

"*Ami, entends-tu le bruit sourd du pays qu'on enchaîne ?...*"

Le régiment d'Arnaud était cantonné près de Palestro. La rumeur courut qu'un maquis O.A.S., dirigé par un Kabyle, s'était installé dans la montagne.

-"Ils seront difficiles à déloger, disait-on, leur chef est natif de la région. Il en connaît toutes les grottes et toutes les caches".

Quand il entendit cela, le lieutenant de Courtenay alla trouver son commandant :

-"Commandant, si vous devez attaquer des maquisards de l'O.A.S., je vous rendrai mes armes, même si je dois être arrêté et accusé d'insoumission. Je suis français. Depuis cinq ans je me bats contre un ennemi de la France. Je refuse, aujourd'hui, de combattre mes frères français".

A sa grande surprise, le commandant lui répondit :

-"Cette décision vous honore. Personnellement, je pense comme vous et je crois aussi que de Gaulle est devenu mégalomane, complètement fou..."

On était en mars 1962. Le temps restait froid. Dans les gorges de Palestro, la pluie tombait en rafales et se chargeait par moments d'un flottement de cristaux neigeux qui s'intensifiait parfois en criblant de grésil les arbousiers et les chênes nains.

Arnaud avait eu vingt-six ans le jour de la reprise des négociations France-F.L.N à Evian. On disait que le cessez-le-feu était pour demain, mais les embuscades, les attaques surprises, les enlèvements et les meurtres de civils subsistaient toujours.

Le 17 mars, avant l'aube, le lieutenant de Courtenay prit la tête d'une patrouille de sécurité qui effectuait un contrôle des abords du camp. Après une marche parmi les chênes-lièges, ils descendirent vers l'oued en contrebas. Arnaud ne pouvait s'empêcher d'admirer la subtile et âpre beauté du paysage. La nuit, l'eau avait cette puissance de capter la lumière on ne sait où et de la changer en un reptile aux écailles brillantes qui serpentait au fond des gorges.

Brusquement, ils se trouvèrent face à face avec un groupe d'hommes en treillis et en armes. Arnaud les identifia immédiatement : les fells ! Puis il resta figé sur place. Parmi les visages sales et les yeux de braise haineuse, il venait de croiser un regard de biche, doux comme une caresse et brillant d'espoir : Sélim !

Déjà, en quelques secondes, les armes se dressaient, pointaient de part et d'autre. Sélim eut un clin d'œil pour Arnaud, puis il s'élança vers lui, le projetant contre terre, le couvrant de son corps. Dans le même mouvement, les fusils mitrailleurs crépitèrent. Une brève fusillade, intense ! Déjà, les fellaghas, en nombre inférieur, décrochaient.

Sélim enfouissait son visage dans le cou d'Arnaud. En lui, il reconnaissait déjà l'odeur d'Elise, celle de son enfance heureuse. Il avait risqué sa vie et il était vivant ! Il retrouvait les siens : "Mon frère ! disait-il éperdu, mon frère !" et de grosses larmes coulaient sur ses joues.

Les soldats français le relevèrent avec rudesse et se penchèrent sur Arnaud.

-"Vous n'êtes pas blessé, mon lieutenant ?"

Celui-ci fit un effort pour parler :

-"J'ai été touché dans le dos, sur le flanc gauche, il me semble. Je ne sens plus mes jambes".

-"Non ! hurla Sélim ; je t'ai plaqué à terre pour te protéger ! Arnaud, mon petit frère, tu ne peux pas être blessé, je ne veux pas !"

Déjà un caporal levait la main pour le faire taire, mais Arnaud, le visage enfoui dans la mousse humide, l'arrêta de la voix.

-"Ne le touchez pas surtout. C'est mon frère de lait. Il a été enlevé par les fellaghas. Protégez-le, veillez sur lui".

Il fit un effort pour se retourner, ressentit une intense douleur qui irradia jusque dans sa tête et perdit connaissance.

Lorsqu'il fut au courant de l'affaire, le commandant dit à Sélim !

-"Crois-moi, il vaut mieux pour toi que tu sois considéré comme un fellagha capturé au combat. Sous peu, tu seras chez toi et tu n'auras, ainsi, rien à craindre des nouveaux maîtres de l'Algérie".

-"Cela m'est égal, répondit Sélim, je me moque de ce que vous ferez de moi, mais sauvez Arnaud ! Notre grande sœur est morte dans une explosion, maintenant Arnaud est blessé. *Ya ! Kh'é !* (Ah ! misère !) pitié pour notre mère, Yemmalise !"

On avait ramené Arnaud sur une civière de fortune. Un hélicoptère le transporta à l'hôpital Maillot. Les radios révélèrent une balle fichée entre la première et la deuxième vertèbre lombaire qui avait déjà provoqué un œdème important risquant de léser la moelle épinière.

L'intervention chirurgicale fut jugée trop délicate. Un avion de la Croix-Rouge le transporterait dès le lendemain au Val de Grâce, à Paris. Il fallait faire vite.

Avant son départ, le blessé demanda, d'une voix faible, qu'on avertisse M. Dabadie qu'il voulait voir d'urgence. Julien arriva comme un fou, le visage exsangue !

-"Julien, préviens mes parents, avec précaution. Dis-leur que tu m'as vu. On va m'opérer et je vais m'en sortir. Dis-leur aussi que mon régiment a récupéré Sélim sain et sauf".

Julien obtint de l'administration militaire l'autorisation d'avertir lui-même, avec ménagement, M. et Mme de Courtenay. Il passa prendre Hélène et ils partirent immédiatement pour Aïn Bou Djenaâ. C'était le 19 mars 1962. Le cessez-le-feu entrait en vigueur le jour même.

A midi, après avoir traversé des villes mortes, Blida, Boufarik, étant comme Alger paralysées par une grève totale, ils durent attendre à l'entrée des gorges de la Chiffa la formation d'un convoi. Ils attendirent longtemps car personne ne circulait ce jour-là.

Pendant ce temps, Elise et Adrien, avec désespoir, écoutaient les nouvelles sur leur transistor car le choc était tel qu'il n'y avait même pas de journaux !

Elise, n'y croyant pas elle-même, essayait de relever les points positifs de cet accord félon. La garantie des personnes et des biens assurait aux Français d'Algérie le droit de continuer à vivre en paix chez eux et de conserver leur patrimoine.

-"Si tu y crois, c'est que tu n'as rien compris ! disait Adrien avec colère. Quelle valeur peut avoir, pour des Arabes rebelles, un accord passé avec ceux qu'ils nomment les infidèles ? Aucune. Et l'autre, là-bas, qui ne prononce même plus le mot francisation ! C'est pourtant une des trois options qu'il s'est engagé à proposer, le monde entier en est témoin ! Mais il agit dans la plus totale illégalité. Il fausse tout, il truque tout, même les référendums !"

Il était presque midi. On frappa à la fenêtre de la cuisine. C'était Souad Idrissi, une mère de famille nombreuse, dont le mari était un fainéant, qui ne travaillait jamais et passait le plus clair de son temps à jouer aux dominos dans les cafés maures.

-"*Hamoualdik*, Lalla ! Donne-moi un peu de blé pour mes enfants qui ont faim..."

Elle montrait une boîte de conserves vide et ses yeux étaient pleins de détresse.

Adrien eut un geste d'impatience.

-"Je t'en prie, donne-lui son blé, pendant que je mets le couvert, dit Elise avec son irrésistible sourire.

Il ouvrit la porte, puis la trappe. Le temps était gris, froid, nuageux.

Il prit la boîte des mains de la jeune Mauresque et, à grands pas, comme à l'accoutumée, il se mit à marcher vers le hangar où se trouvait la réserve de blé.

Derrière la vitre de la cuisine, Elise le suivait des yeux. Elle vit, en même temps que lui, le camion militaire arriver.

Le lieutenant Déroulède ? Non. Elle ne connaissait pas ce camion et les hommes en armes qui en descendaient avaient la peau bien bronzée.

Des Arabes ! C'était des Arabes qui venaient en plein jour, vêtus comme des militaires français, avec un camion qui paraissait appartenir à l'armée française.

Un coup d'œil à Mamita, qui crochetait paisiblement sur son fauteuil.

-"Ne bouge pas, Maman, nous avons une visite imprévue".

Elle sortit.

-"Rentre et ferme !" cria Adrien d'une voix de stentor.

C'étaient des fellaghas, elle en était certaine. Adrien semblait discuter calmement avec eux, mais ses mains tremblaient.

Elle connaissait ce tremblement. Ce n'était pas de la peur. Adrien mourait d'envie de leur sauter à la gorge et il se contenait.

Malgré l'interdiction de son époux, elle s'approcha. Elle était solidement attachée à lui, comme deux arbres, soudés l'un à l'autre. Elle se plaça résolument à ses côtés.

-"J'en suis propriétaire, parce que je l'ai achetée et payée. J'ai mis vingt-cinq ans à rembourser le prêt qui m'a permis cet achat ! disait Adrien.

-"Alors, c'est celui qui te l'a vendue qui est un voleur, répondit le chef des fellaghas ; Adresse-toi à lui. Cette terre est algérienne, elle nous appartient. Nous la reprenons, aujourd'hui sans violence puisque le cessez-le-feu est signé. Vous avez un quart d'heure pour faire vos valises".

-"Elle ne vous appartient pas plus qu'à nous. Vous l'aviez conquise avant nous, c'est tout. L'Algérie n'a jamais été la patrie des Arabes".

Elise regardait tour à tour son époux, qui s'efforçait de garder son calme, le fellagha pétri de haine qui lui faisait face et un homme, jeune et barbu, dont elle aurait juré qu'elle connaissait le visage.

Adrien lui répéta : "Rentre à la maison, va t'occuper de ta mère !"

Sa mère, par la fenêtre, avait aperçu les fellaghas, compris le danger et elle avait fait fonctionner l'émetteur pour appeler l'Armée au secours.

Au comble de l'inquiétude, elle sortit à petits pas et vint rejoindre sa fille et son gendre.

-"Fais rentrer ta mère, elle va prendre froid !" cria désespérément Adrien.

Mais Elise ne l'entendit pas. Elle ne voyait qu'une chose, il était en danger et elle devait rester près de lui. A son âge, et à travers toutes ses épreuves, elle avait pour lui plus que de l'amour, un attachement naturel, viscéral. Elle ne le quitterait pas. Il s'en rendit compte, avec une immense affliction et s'adressa d'un ton conciliant au chef fellagha.

-"C'est bien, nous allons préparer nos bagages et partir".

-"Les deux femmes restent ici, dit le moudjahidine. Toi, va prendre tes papiers et faire tes valises".

Adrien pâlit :

-"Tu sais comment sont les femmes. Je ne trouverai rien en place, c'est à elles de faire les bagages".

A ce moment, Elise identifia le jeune barbu. C'était Rachid Sahraoui, un de ses anciens élèves.

-"Rachid, lui dit-elle en arabe d'une voix où perçaient, malgré elle, son énervement et sa colère, tu te rappelles ce que je t'ai appris sur le respect des engagements ? La République Algérienne vient de s'engager, envers la France, à respecter les personnes et les biens. Explique-le à ton chef qui est complètement bouché."

Rachid était angoissé. Il vit une lueur meurtrière s'allumer dans les yeux de son commandant. "Elle va se faire descendre !" pensa-t-il et comme il aimait bien son ancienne institutrice, il essaya de la faire taire :

-"*Scout, Lalla stoutriss* !"

Le chef avait armé son fusil. Adrien, voyant le danger, tenta d'attirer l'attention du terroriste sur lui et se mit à l'insulter :

-"*Ya bahaloul, rohou fissa !*" (imbéciles, fichez le camp !)

L'arme crépita en lançant de courtes flammes. Elise s'était jetée contre son époux avec la rapidité de l'éclair. Les balles qui visaient Adrien à la poitrine l'atteignirent à la tête.

Elle s'affaissa doucement en glissant contre le corps de l'être aimé, laissant une traînée sanglante sur sa veste.

Avec un hurlement de bête sauvage blessée, Adrien bondit sur le fellagha, les mains en avant, et Rachid, pour éviter que l'autre ne l'abatte aussi, lui assena un violent coup de crosse sur la nuque qui l'étendit inerte près de sa femme.

Mamita regardait sa fille et son gendre étendus à terre. Les cheveux d'Elise collaient à ses tempes, rougis soudain comme des pinceaux séchés dans une couleur écarlate. Ses mains pendaient roides et mortes.

Alors la vieille dame poussa un cri effrayant qui ne pouvait être donné qu'à une mère. A la fois farouche, âpre et vibrant, il glaça, malgré eux, ces hommes endurcis.

Puis elle les regarda, les yeux noyés de larmes, avec une expression dont toute lucidité s'était enfuie, en leur disant :

-"En voilà des manières !"

Les soldats de Damiette arrivaient. Ils virent le désastre, ramassèrent les corps d'Adrien évanoui et d'Elise morte, les placèrent dans leur camion qui prit la route de Médéa. Ils firent, ensuite, asseoir la vieille dame dans la Jeep. Elle répétait inlassablement : "Ce ne sont pas des manières !"

-"Que s'est-il passé ?" demanda le lieutenant Déroulède au chef fellagha.

-"Ils nous ont attaqués, c'est de la légitime défense", répondit laconiquement ce dernier.

Déroulède serra les dents. Il avait une envie folle d'ouvrir le feu sur ces tueurs qui venaient froidement d'abattre une des meilleures femmes qu'il ait connues.

-"Légitime défense ! grogna-t-il ; ils n'étaient pas armés !"

L'autre lui fit un sourire :

-"Allons, allons, c'est le cessez-le-feu et nous allons occuper cette ferme qui est vacante".

Depuis midi, l'armée française avait reçu l'ordre très strict de ne plus intervenir : il était treize heures. Le lieutenant remonta dans la Jeep. Il pleurait.

Il devait être environ quatorze heures quand la voiture de Julien atteignit Loverdo. Une patrouille les arrêta à la sortie du village :

-"Où allez-vous ?"

-"Pas très loin, à Aïn Bou Djenaâ, chez M. de Courtenay".

-"N'y allez pas. Un drame est arrivé tout à l'heure. M. de Courtenay est blessé, son épouse est décédée. Ils ont été, tous deux, transportés à l'hôpital de Médéa".

Hélène poussa un cri d'oiseau affolé. Julien tapait à grands coups de poing impuissants sur son volant en proférant une bordée d'injures !

La voiture fit demi-tour dans un crissement de pneus. Quand Adrien reprit connaissance, Julien était à son chevet.

-"Julien... les mots s'arrachaient de son cœur comme les météorites d'une planète perdue... Elise !... Elise !... Ils l'ont tuée !"

Le pharmacien ne cachait plus ses larmes. Il était redevenu un enfant. Un enfant égaré, abandonné dans une jungle impitoyable par une mère indigne qui ne voulait plus, ni de lui, ni de ses frères et le condamnait, sans pitié, au sort le plus cruel !

On avait diagnostiqué chez Adrien un traumatisme crânien sans fractures radio-visibles qui nécessitait une hospitalisation de vingt-quatre heures pour observation.

-"Elle s'est jetée devant moi ! Elle a donné sa vie pour moi ! Comment puis-je vivre sans elle ? Aide-moi à sortir d'ici, pousuivit-il avec effort, le meurtrier d'Elise, je veux le déchirer de mes propres mains ! Après, peu importe ma propre vie. Elle est finie !"

Julien leva brusquement la tête.

-"Je comprends, seulement, tu ne le feras pas".

Parce que l'autre, incrédule, le regardait comme s'il s'estimait trahi, il reprit :

-"Tu dois t'occuper d'Arnaud. Il est blessé. On l'a transporté à Paris et, à l'heure qu'il est, on est peut-être en train de l'opérer".

Il tentait désespérément de remplacer la souffrance de son ami par une autre épreuve sur laquelle il aurait la faculté d'agir et d'influer, souhaitant que, par cette action, il puisse, plus tard, atteindre l'apaisement.

-"Ton fils risque de ne plus jamais retrouver l'usage de ses jambes. Il ne s'en sortira pas tout seul. Il n'y a que toi qui puisse le soutenir dans l'invalidité qui le frappe, si jeune".

Puis, il ajouta :

-"Je vais prévenir ta sœur pour qu'elle se rende à son chevet. Tu la rejoindras plus tard quand Elise reposera auprès de... sa princesse !"

Adrien ferma les yeux. Il ne dit plus rien, accepta les soins et l'immobilisation.

Plus tard, avec une solide escorte militaire, Julien se rendit pour la dernière fois à Aïn Bou Djenaâ désormais occupée, en complète violation des accords d'Evian, par des membres de la wilaya. Par honte, plus que par pudeur, ils n'étaient pas encore entrés dans la maison d'habitation. Julien et Déroulède y pénétrèrent.

Dans le four, le gratin dauphinois avait brûlé, puis la cuisinière s'était éteinte. Julien entassa pêle-mêle des vêtements pour Adrien et la vieille dame, il chercha les papiers d'identité, prit la bible et le drapeau, donna le fusil au lieutenant français.

-"Il n'en a plus besoin, dit-il, aujourd'hui, lui et moi, nous déposons les armes. La mort de Madame de Courtenay est notre coup de grâce".

Entre Hélène et Julien, Adrien assista à l'enterrement d'Elise. Jean Heilligenstein suivait, écrasé de chagrin, brisé par ses épreuves propres et celles de toute l'Algérie. Les militaires avaient remplacé les pompes funèbres.

Les voisins vinrent peu nombreux, les gens avaient peur, une peur qui s'amplifiait et devenait panique. Déjà certains colons abandonnaient leurs terres dans la crainte de connaître le même sort que la famille de Courtenay.

Adrien, blême, ne prononçait aucune parole. Quand le père Chabanis déclara qu'Elise avait toujours eu le monde pour patrie et l'humanité pour nation, il hocha seulement la tête en un douloureux acquiescement.

Il regarda la tombe ouverte et y ensevelit, avec sa bien-aimée, ses dernières larmes... Des larmes, symbole d'une souffrance telle que, de la terre où elles tombèrent, elles rejaillirent jusqu'aux cieux.

Il détourna son regard du Ravin rouge qui ruisselait comme un fleuve de sang. Il déposa là sa vie personnelle, il déposa son bonheur, il le renferma dans ce tombeau. Désormais, il vivrait dans le froid, il sombrerait doucement dans l'abîme du malheur.

Les colons, qui aimaient pourtant bien Elise, n'avaient pas osé braver le danger pour l'accompagner dans son dernier voyage. D'autres le firent.

En sortant du cimetière, Adrien vacilla soudain. Julien le soutint avec force, pensant à un malaise, mais il s'aperçut bientôt que le regard de son ami s'accrochait au vallon déjà verdoyant, face à lui et scruta l'horizon.

Etait-ce une hallucination ? Le vallon tout entier bougeait. Une multitude de couleurs vives et bariolées, parsemées de taches brunes et blanches dévalait vers eux.

Et soudain une foule immense envahit le village. Incroyablement silencieuse et digne, elle avançait vers le cimetière. Toute la mechta, une grande partie du douar était là, malgré la peur et les moudjahidines qui les observaient, avec stupéfaction.

Tous ces pauvres gens pleuraient *Lalla Stoutriss* et élevaient au rang de martyre celle dont l'idéal avait toujours été l'amour ! En ce jour de deuil et de tristesse, cet amour qu'elle avait prodigué sans compter rayonnait encore dans leurs yeux obscurcis par les larmes !

Ils s'arrêtèrent près de la grille. Des jeunes femmes avaient sacrifié leur chevelure qu'elles y nouèrent. D'autres tendaient leurs jeunes enfants comme si leur bienfaitrice, de son tombeau, pouvait encore les bénir et leur venir en aide.

Adrien, profondément ému par ce témoignage d'attachement, n'avait plus qu'une seule idée, fuir au plus tôt ce paradis, désormais perdu, dont l'ange s'en était allé.

Ils repartirent vers Médéa, où Mamita, profondément choquée, les attendait à l'hôpital. Hélène entra dans sa chambre. Le traumatisme avait été tellement violent que la vieille dame se trouvait, depuis, dans un état de sénilité doublé d'une amnésie totale des derniers événements.

Dès qu'elle vit Hélène, elle éleva de véhémentes protestations qui glacèrent le cœur de la pauvre femme :

-"Hélène ! J'ai plaisir à vous voir, mais que font ma fille et mon gendre ? Sont-ils trop occupés pour venir me voir ? Ah ! vraiment, ce ne sont pas des manières !"

Il ne restait plus qu'à entrer dans son jeu pour ne pas la perturber davantage :

-"Je suis venue vous chercher, Mamita, nous vous descendrons à Alger où l'on vous soignera beaucoup mieux. Votre gendre nous accompagnera."

-"Mon gendre seul ? Et ma fille, alors ?"

-"Elle est déjà à Alger".

-"Avec Isabelle, j'espère".

-"Oui, avec Isabelle", affirma Hélène qui cachait mal son émotion.

Chez eux, une autre nouvelle dramatique les attendait. Arnaud avait été opéré. Les médecins avaient tenté l'impossible, mais les lésions de la moelle épinière étaient irréversibles ! Arnaud, paraplégique à vingt-six ans, ne marcherait plus jamais !

C'était la fin... Non seulement celle de l'espoir, mais aussi celle des hommes d'honneur qui avaient choisi la lutte armée pour la renaissance du pays et qui ne pouvaient plus qu'exhiber les foetus morts de leurs illusions perdues !

Ils retrouvèrent Alger en pleine ébullition. On était en train d'exterminer l'O.A.S. et pour l'organisation comme pour la population, c'était aussi le coup de boutoir final.

Depuis le 23 mars, le quartier de Bab el-Oued était transformé en ghetto. Mais ce ghetto ressemblait davantage à un camp d'extermination ! Les hommes de l'organisation s'y étaient, paraît-il, retranchés et ils avaient combattu les gendarmes venus les déloger.

Les *jusqu'au-boutistes* comme on les surnommait maintenant, ceux que la trahison et le mensonge avaient rendu fous, luttaient encore, le dos au mur, jusqu'au dernier, jusqu'au bout du patriotisme, jusqu'au bout de l'honneur et, suprême déchirement, ils en étaient réduits à lutter contre leurs frères !

Car la Mère-Patrie, épousant la folie et l'aveuglement d'un seul homme, brisait l'attachement, l'éthique et les principes moraux de ses fils à coups de mitraillettes et de *bazookas*.

Bab el-Oued connaissait l'abjection de la guerre civile ! Sans ravitaillement, sans médicaments, les gens voyaient leurs portes fracturées, leurs enfants malmenés, blessés, quand ils n'étaient pas tués.

Partout, et sous les plis du même drapeau, des Français s'entre-déchiraient. On fit appel aux blindés, à l'infanterie et Bab el-Oued, exsangue, fut écrasé !

On ne comptait plus les morts dont la morgue regorgeait et les blessés répartis dans tous les hôpitaux et toutes les cliniques de la ville. Julien et Adrien eurent toutes les peines du monde à faire admettre, pour un court séjour, Mamita à la clinique Lavernhe où un neurologue, ami des Dabadie, s'efforça d'améliorer son état.

Lorsqu'ils revinrent chez Julien, l'armée était en train de perquisitionner dans l'immeuble. Ils se précipitèrent dans l'appartement.

Sous les yeux effarés d'Hélène, les militaires vidaient les placards et les armoires, jetaient à terre linge et provisions.

L'un deux accrocha une glace entourée d'un cadre gravé en cristal de Bohême qui se brisa avec fracas sur le carrelage.

Un tout jeune appelé, imberbe, riait aux larmes en déversant sur les matelas des bouteilles d'huile d'olive, sorties du placard de la cuisine.

-"L'huile d'olive, c'est leur odeur naturelle, à ces bougnouls pourris..."

On demanda à voir les pièces d'identité de chacun. Quand Adrien présenta la sienne, on trouva anormale l'adresse qui y figurait.

-"S'il est de Ben-Chicao, dans le Titteri, qu'est-ce qu'il fout à Alger ?"

Hélène, qui n'avait pas bronché pendant le saccage de sa maison, explosa :

-"Qu'est-ce qu'il fout... qu'est-ce qu'il fout... Le 19 mars, le F.L.N. l'a expulsé de chez lui en tuant sa femme ! Vous êtes capables de vous acharner sur les Pieds-Noirs, de les traiter comme des ennemis, mais les accords d'Evian sont violés au premier jour de leur entrée en vigueur et vous trouvez ça normal !"

Le militaire parut quelque peu ébranlé par ce raisonnement, puis il trouva la parade en s'adressant directement à Adrien :

-"Eh ! Ben ! Pour qu'ils vous foutent à la porte comme ça, qu'est-ce que vous avez dû leur faire comme mal !"

Adrien ne répliqua pas. Son cœur, éclaté comme une plaie inguérissable, ne réagissait même plus sous les mensonges et la calomnie.

La nuit, pourtant, une espèce de brume visionnaire s'emparait de lui et l'hallucination du drame effrayant qu'il venait de vivre le saisissait, reprenait sa réalité.

Il entendait, comme un râle au fond d'une tombe, un crépitement de mitraillette... Il voyait confusément les ombres de ces êtres primitifs et impitoyables... Et le Ravin s'empourprait, les arbres frissonnaient, la fièvre montait jusqu'aux nues, jusqu'à ce qu'apparaisse un spectre, extrémité qui le faisait reprendre conscience dans un gémissement de douleur : Elise !

Il avait l'impression qu'elle était présente dans un coin de cette chambre obscure, présente et lumineuse, presque à hauteur du plafond.

-"Adrien, notre *Petit bonheur* a besoin de toi, aide-le ! Il est infirme pour la vie ! Va vite le rejoindre et donne-lui le courage de vivre ! Occupe-toi aussi de ma mère. Pars vite, je t'en supplie", disait à son cœur la forme de lumière.

Leurs places sur l'El Mansour furent retenues pour le 28 mars.

Le 26, en début d'après-midi, accompagné de Julien, il rendit visite à Mamita, afin de préparer sa sortie, le lendemain.

Ils revenaient de la clinique Lavernhe, se dirigeant vers la grande poste, lorsqu'ils furent canalisés par des militaires qui installaient des barbelés et des chevaux de frise, pour contrôler une manifestation de solidarité avec le quartier supplicié de Bab el-Oued.

Julien s'inquiétait pour son ami.

-"Que fait-on ? demanda-t-il.

-"On y va, répondit Adrien, après-demain j'aurai quitté l'Algérie pour toujours, je peux bien manifester aujourd'hui pour nos martyrs".

La foule était immense, passionnée, éprouvée et désarmée. Beaucoup de femmes portant leurs filets à provisions, des couffins où elles avaient entassé du lait condensé, de la farine, du sucre, du café. Les habitants de Bab el-Oued étaient affamés !

On chantait *la Marseillaise*. On a toujours chanté *la Marseillaise* dans les départements français de l'Algérie, jusqu'à ce qu'ils meurent.

Julien chantait aussi ; il regardait Adrien, droit, impassible. Lui ne pouvait plus chanter mais les paroles du chant lui perçaient le cœur :

-"*Qui viennent jusque dans nos bras égorger nos fils et nos compagnes !*"

La foule s'engagea dans la rue d'Isly.

Soudain, on entendit quelques coups de feu qui semblaient venir de haut. On tirait sur la foule d'un immeuble, dans le but évident de jeter les manifestants affolés contre les tirailleurs qui les observaient pour contraindre ceux-ci au massacre.

Et le carnage se déclencha ! Les fusils mitrailleurs allumèrent les flammes de la géhenne ! Les hommes, les femmes, les enfants tombaient comme des mouches ! Les mitrailleuses lourdes, en un inhumain délire d'extermination, tiraient aussi, sans discontinuer, dans un tumulte d'enfer, en arrosant la foule qui s'était jetée à terre !

Le sang se répandait partout ! Écarlate et poisseux, il giclait sur les murs et teintait de rouge les caniveaux qui, par endroits, débordaient en flaques carminées et brillantes sur le bitume. Un drapeau français traînait dans le sang.

Adrien était resté debout, envahi par une de ces émotions supérieures à l'homme qui fait qu'on oublie même de se défendre.

Il s'empara du drapeau, l'agita en criant :

-"Tuez-moi ! Mais tuez-moi ! Pourquoi ne me tuez-vous pas ? Qu'est-ce qui retient votre main ? Ce n'est pas la pitié, vous n'en avez aucune. C'est plutôt le fait que je n'ai pas peur de vous".

-"Tue-moi, Mère-Patrie, par la main des soldats que tu as armés contre tes fils ! Il vaut mieux que je disparaisse plutôt que de souffrir mille morts que je ne peux supporter".

Les balles sifflaient à ses oreilles mais aucune ne l'atteignit. Cible offerte à la haine et à la mort, il fut miraculeusement épargné comme s'il avait bénéficié d'une Protection Céleste.

-"Couche-toi, fils !, criait Julien, allongé dans un caniveau sanglant, non loin de là. Mais couche-toi donc, espèce de *façabruta* ! (tête de mule)"

Quand le tumulte cessa, douze minutes plus tard, Adrien comprit que la dame à la faux n'avait pas voulu de lui. Il l'avait bravée, implorée pendant cette longue descente au royaume des ténèbres, pendant laquelle, un officier français hurlait à en devenir fou :

"Au nom de la France, Halte au feu !..."

Mais les armes ne s'étaient pas arrêtées. Systématiquement, impitoyablement, on avait exterminé les Pieds-Noirs ! Au nom de la France ! Le Chef de l'État n'avait-il pas donné ordre d'arrêter les manifestations patriotiques par *tous les moyens*, répétant une seconde fois, pour bien se faire comprendre, *je dis bien, par tous les moyens* !

Soudain, Adrien vit un tirailleur indigène, qui, muni d'un pistolet, circulait parmi les corps à terre, achevant consciencieusement les blessés.

Il se précipita sur lui, le saisit à la gorge et d'un formidable coup de poing, l'envoya se fracasser contre le trottoir sanglant avant qu'il n'ait eu le réflexe de se servir de son arme contre lui.

En douze minutes d'abjection, fut porté l'ultime coup mortel atteignant les Pieds-Noirs, celui que la munificence gaullienne accordait à l'Algérie Française !

Douze minutes pour deux cent quatre-vingts morts et blessés dont certains à mort, toute une foule pacifique et désarmée, les *braillards d'Alger* comme les avait surnommés le Prince de l'équivoque, dont de jeunes enfants, des adolescents, de nombreuses mères de famille. Tel était le bilan du premier des multiples massacres perpétrés après la glorieuse fin de la guerre d'Algérie.

Adrien et Mamita embarquèrent vers onze heures, le surlendemain. Julien les avait accompagnés, en voiture, jusqu'aux grilles du port dont il s'était vu interdire l'entrée.

Ils avaient eu le temps de lire sur les murs de la ville, le dernier message de l'O.A.S., celui qui déchirait, qui faisait mal, qui disait que tout était perdu sauf l'honneur :

"*Debout, les parias !*"

Trahis, bafoués, rejetés, abandonnés ! Voilà ce qu'ils étaient désormais, des parias, condamnés à choisir entre leur Marâtre et une mort certaine.

Mais ils étaient encore debout ! Il ne leur restait plus qu'un désir, plus qu'un espoir, témoigner au monde et à la France surtout de l'œuvre magnifique accomplie, en son nom, par leurs pères, et de la trahison dont ils étaient victimes également, en son nom, tout en lui rappelant le sang versé dans toutes les guerres par amour pour elle.

Un peu comme des enfants, injustement punis, qui diraient à leur mère :

-"*Je n'ai été coupable envers toi que d'un excès d'amour ! Comprends-moi et rends-moi justice !*"

Au moment de franchir la passerelle, Mamita fit une moue désapprobatrice et s'adressa à haute voix à Adrien :

-"Vous n'y pensez pas, mon gendre, monter à bord sans ma fille ! Mais quelles sont ces manières ?"

-"Laissez passer les autres, m'sieu, si vous attendez vot'femme." dit à Adrien l'homme qui se trouvait derrière lui.

-"Ma femme a été assassinée par les fellaghas la semaine dernière..." répondit doucement Adrien.

Et de l'un à l'autre, les gens colportaient ce drame, s'apitoyaient.

-"La pauvre vieille, sa fille est morte et ça l'a rendue maboule !"

-"Pauvres de nous !"

Quand il eut installé Mamita, Adrien monta sur le pont et regarda s'éloigner la ville blanche dans l'éclat de la lumière matinale jusqu'à ce qu'elle ne soit plus qu'une ligne infime à l'horizon, un point minuscule, un mirage qui sombra soudain dans l'immensité du bleu profond de la mer.

Le voyage fut calme, bref, déchirant... Les gens se lamentaient un peu, puis rappelaient leurs souvenirs heureux :

-"Mama mia ! les cassouelas qu'on s'est tapé sur la plage des Bains-Romains, Dé !"

-"Et, qui c'est qui va la faire, ma récolte ? Ma meilleure récolte depuis trente ans !"

Et la terre réapparut. Le ciel était bleu, il faisait soleil.

Adrien contemplait maintenant l'autre face du visage de Janus, celle qu'il ne reconnaissait plus. Le bateau entra dans le port, s'approcha du quai.

Mais quels étaient ces manifestants qui, sur le quai, brandissaient une large bande de tissu portant une inscription en lettres rouges ?

Les premiers exilés, arrachés à leur terre natale après huit années d'enfer, se sentirent émus. La Métropole les accueillait avec bienveillance, avec générosité. Cela ne pouvait pas être autre chose qu'un message de bienvenue pour ceux qui avaient tant souffert !

Lorsque le calicot fut lisible, chacun se sentit submergé par une vague de désespoir ! Les femmes pleuraient ! Les hommes se courbaient, effondrés !

Ces bannis, qui avaient tout perdu, qu'on avait condamnés à ne plus jamais revoir leur pays, débarquaient-ils vraiment en France, terre d'accueil et d'humanisme réputée pour sa magnanimité, et, de surcroît, leur Mère-Patrie ?

Des hommes, un petit groupe agressif de Français, qui n'étaient pas différents d'eux, les mêmes, peut-être, que ceux qui les acclamaient frénétiquement à la fin de la dernière guerre mondiale, scandaient d'une voix haineuse la phrase inscrite sur leur banderole :

"Les Pieds-Noirs à la mer !"

Adrien avait tout perdu...L'amour venait de lui être arraché, la tendresse l'avait quitté si brusquement qu'il en demeurerait brisé pour le restant de ses jours... Même l'amitié lui avait été ravie dans un cauchemar... Le destin impitoyable le condamnait maintenant à assister aux souffrances du seul être cher qui lui restait... Il avait tout perdu, mais le sort cruel ne lui ravirait jamais l'identité qu'il revendiquait maintenant comme seul panache : être pied-noir !

Il appartenait désormais, corps et âme, à la composante la plus courageuse du peuple français, celle qui avait reconstitué l'armée française, qui s'était toujours battue pour la délivrance et la prospérité de cette Patrie qu'elle choisissait encore dans la douleur et dans l'exil. Pied-Noir, c'était devenu un titre de noblesse authentique, le seul que porterait désormais le descendant des Courtenay !

Bombant fièrement le torse, malgré son désespoir, il saisit doucement le bras de sa belle-mère et commença à descendre la passerelle en la soutenant avec affection.

Mamita, anxieuse, se laissait guider par son gendre. A terre, elle ne voyait que des visages hostiles, remplis de haine... Elle avait déjà vu des expressions semblables... Elle ne se souvenait pas très bien où, mais il n'y avait pas longtemps.

Alors, pour calmer son angoisse, fermement maintenue par la main d'Adrien qui la faisait avancer avec prévenance, elle se mit à prier, à haute voix.

Les épreuves traversées l'avaient rendue à demi-folle. La mort de sa petite-fille avait fait exploser son vieux cœur dans l'ignoble déflagration !

Celle de sa fille, sous ses yeux, que son subconscient refusait au point de faire sombrer sa raison, avait achevé de la briser ! Elle ne se rendait plus très bien compte de ce meurtre affreux mais le portait obscurément en elle.

Devant l'animosité, d'où qu'elle vienne, son dernier refuge était celui de la foi.

Tandis qu'autour d'elle, d'autres éprouvés versaient des larmes brûlantes, elle récitait le *Notre Père*.

Et, lorsque cette veuve de guerre, dont l'époux reposait à Verdun, posa, pour la première fois, le pied sur la terre métropolitaine, elle disait :

- "*Pardonnez-nous nos offenses, comme nous pardonnons à ceux qui nous ont offensés*".

EPILOGUE

Une Patrie se compose des morts qui l'ont fondée,
Aussi bien que des vivants qui la continuent

Ernest RENAN

Sélim Kouïder ne gravissait plus la montagne d'un pas aussi alerte qu'autrefois. Il s'essoufflait et atteignait la mechta dans un état de fatigue extrême, les jambes douloureuses et les muscles tendus. En un mot, il vieillissait, bien que déniant à toute sa famille le droit de faire un tel constat.

Néanmoins, quand il abordait le dernier vallon et les maisons se profilant enfin à l'horizon, il reprenait miraculeusement courage, les yeux fixés sur le petit marabout, qui dominait, tout en haut, blanchi à la chaux, éblouissant, et dont le dôme arrondi faisait penser à une énorme moitié d'orange posée sur quatre piliers, reliés par trois murs arrondis.

Une sensation délicieuse s'emparait de lui. Le *marabout de l'Ange de la source* était un lieu de pèlerinage, où les femmes des douars alentour venaient accrocher de multiples offrandes, mais pour lui seul, c'était une autre chose, plus intime et plus sacrée à la fois, un secret d'amour dont il n'avait jamais parlé à personne.

A cause de cela, il n'avait jamais voulu quitter son coin de montagne. Sa femme lui avait donné huit enfants qui avaient grandi, qui s'étaient mariés et, à leur tour, ils lui avaient donné tant de petits-enfants qu'il n'en savait jamais le nombre exact !

Ses enfants étaient partis s'établir en des lieux plus cléments, son épouse l'avait supplié de les suivre, mais il ne voulait rien entendre.

"Enfin, disait Chérifa coléreusement, qu'est-ce qui te retient ici ? Il n'y a même pas d'eau !"

C'était vrai ! Il n'y avait plus d'eau ! Après le départ de l'Ange, les sources et les cascades avaient continué de couler quelque temps, comme poussent encore les cheveux sur le tête des morts, puis elles s'étaient taries.

Alors, il parlait du Ravin rouge frangé, dans la brume d'été, de teintes s'irisant du noir au rose... Il parlait des brises matinales si lourdes du parfum des fleurs sauvages... Il parlait du soleil émergeant des montagnes et baignant toute chose comme une chair frémissante sous un baiser enflammé...

Mais il se gardait bien d'évoquer les heures bleues de son enfance si lointaines et si proches, pourtant, dans sa mémoire où elles brillaient, toujours aussi lumineuses.

Lorsqu'il était rentré chez lui, à la fin de la guerre, son monde était dévasté ! Son père, le vieux Kader avait trouvé la mort dans des circonstances dramatiques et l'Ange de la source, sa mère adoptive, Yemmalise, avait été, elle aussi, sacrifiée sur l'autel de la haine !

Son chagrin fut immense, mais l'époque était tellement troublée qu'il ne pouvait même pas le montrer.

Peu après son retour, avait eu lieu le Référendum d'Indépendance. Une mascarade, une félonie, qui avait trompé le peuple.

Il se souvenait de ce fatidique dimanche où, guidant lentement la vieille Méryem, il s'était présenté, comme tous les autres, au bureau de vote de Ben-Chicao. Les pauvres gens se pressaient, partagés entre l'espoir et la crainte. Les militaires français étaient toujours là, mais ils laissaient commettre tant d'exactions sans réagir qu'une peur latente s'était emparée de tous les esprits. On chuchotait que tel ou tel ancien combattant avait été mis à mort dans des conditions effroyables. Il y avait, au douar, près de l'oued, des harkis qui se terraient dans des caches et n'osaient plus en sortir.

Il fallait que la France intervienne, vite et énergiquement. Pour cela, un seul et ultime recours, ce vote promis où chacun avait bien l'intention de se prononcer pour la Mère-Patrie qui saurait protéger ses enfants.

Sélim le croyait aussi. Dans son désespoir, il n'avait qu'un souhait... Qu'Adrien et Arnaud rentrent chez eux, afin qu'ensemble ils puissent panser leurs blessures dont celle si récente et si vive du meurtre de sa mère bien-aimée.

Face à des soldats impassibles au regard revanchard et haineux, il s'était dirigé vers la table sur laquelle se trouvaient les bulletins.

La France ! La francisation définitive payée par tant de sang. Il allait enfin pouvoir la saisir, la tenir dans ses mains. Il s'approcha et un sanglot monta à sa gorge. Deux bulletins, seulement deux bulletins et tous deux n'offrant qu'un seul choix, celui de l'indépendance, de la séparation, de la rupture !

-"*Ouara França di el mok ?*" (où est la France de ta mère ?) chuchotait sa grand-mère en le tirant par la manche...

La France de sa mère ? Où était-elle ? Dieu Tout Puissant, où avait-elle disparu, à jamais, noyée dans la traîtrise et dans le mensonge ?

C'est à ce moment-là qu'il avait compris. Comme des millions de pauvres gens autour de lui, il était abandonné, triplement orphelin, de ses parents, de sa mère adoptive, de cette patrie lointaine qui se révélait n'être pas la sienne et qui, sans pitié, condamnait à un sort cruel ceux qui avaient cru en elle.

Il s'était appuyé au mur chaulé et froid... la sueur qui perlait sur son front était glacée... Son âme était vide... L'amour avait fui. Il avait l'impression que le sol se dérobait sous ses pieds. C'était fini ! Il faudrait vivre une nouvelle vie silencieuse faite de régression et de résignation... Fini ! L'espoir même était mort.

Près de lui, des voisins l'avaient doucement interpellé :

-"*Ya, Sélim, Ouara França ? França di el mok ? França di Lalla stoutriss ?*"

-"*Mout*" (morte), avait-il répondu.

Abandonnés, trahis, les Algériens n'eurent plus qu'une seule ressource : hurler avec les loups !

Et tandis que les tueurs tuaient à tour de bras, les pilleurs pillaient !

Le silence avait remplacé les clameurs de la journée, lorsqu'on forçait les portes des maisons des *Roumis* et qu'on s'emparait avec avidité de leurs pauvres trésors en poussant de grands cris de joie.

Ya ! Ahia F.L.N. ! avait-on crié toute la journée.

Les portes fracturées battaient au vent du sud, les maisons, et même l'église du village fantôme, étaient dévastées.

Demain, on s'en prendrait aux morts, on descellerait les pierres tombales, on ouvrirait les cercueils.

Parmi les ossements des infidèles, on trouverait bien quelques bijoux, quelques alliances, quelques prothèses dentaires en or...

Dans la nuit douce et tiède qui suivit le premier jour de l'Algérie Algérienne, Sélim prit une grave décision. Il appela son oncle à l'aide et celui-ci, après bien des hésitations, accepta de lui rendre le service qu'il demandait.

Car, au milieu du cimetière des *Roumis*, se trouvait une tombe sacrée pour Sélim !

Dans le ciel d'encre, la lune pâle s'était levée. La lune de Mahomet. Un petit croissant où s'enfermait une étoile.

Sélim et son oncle se glissèrent silencieusement dans la nécropole abandonnée, sous le suaire velouté de la nuit. Ils ouvrirent un caveau, en sortirent deux cercueils, les déposèrent à tâtons à l'arrière d'une camionnette en stationnement, qui s'enfonça rapidement dans la nuit, vers la mechta.

Il fallut ensuite monter les deux bières, à bras d'homme, jusqu'au sommet de la montagne.

L'oncle était épuisé, tremblant, mais il tint parole et aida son neveu jusqu'au bout.

Jusqu'au sommet, où furent descendus côte à côte dans une fosse oblique, tapissée de lauriers, les deux cercueils d'Elise et d'Isabelle de Courtenay.

Dans la nuit, éclairé par la torche électrique de l'oncle, Sélim déposa d'autres feuilles de laurier sur le sépulcre improvisé et la terre d'Aïn Bou Djenâa le recouvrit bientôt de sa chaleur.

-"Personne ne profanera jamais la tombe de ma mère bien-aimée et de la grande sœur si chère à mon cœur" assura Sélim.

Et dès le lendemain, il se mit à construire le petit marabout auprès duquel il devait passer toute sa vie.

Sa grand-mère, Méryem, toute cassée et marchant avec peine, inclinée sur son bâton, vint accrocher la première offrande. La longue tresse de ses cheveux blancs qu'elle venait de couper en témoignage de reconnaissance envers l'Ange de la source.

Depuis ce temps, Sélim venait souvent s'asseoir près du tombeau. Le pays allait mal. A la terreur des premiers jours avait succédé l'abandon des cultures, la compromission des hommes.

Et l'Algérie s'était enlisée dans l'anarchie, les luttes fratricides, la pauvreté, la déchéance...

Il n'y avait plus d'Ange en ces lieux, tout s'effritait entre les doigts, les vignes, abandonnées, s'étaient rabougries et desséchées, les ronces avaient envahi les champs autrefois dorés par les blés mûrs. Il n'y avait plus de fruits, plus de verdure, rien qu'une nature sauvage qui reprenait ses droits et qui s'assoupissait, brûlante sous l'haleine flamboyante du soleil d'été.

Le Ravin rouge, immuable, restait la seule beauté de ce paysage désolé. Il s'empourprait toujours au crépuscule, incendiant les alentours d'une houle carminée qui s'étalait en vagues irisées d'améthyste.

Trente ans après, il vint un soir, courbé sous le poids des épreuves et de l'âge, se recueillir près du dôme blanc. L'air passait par les arêtes déchiquetées du Ravin rouge comme à travers un crible.

A nouveau, c'était le chaos ! Chaque jour, des hommes tombaient. Le souffle de vie qui passait en ces lieux redevenait tragique, lugubre et lorsqu'on cherchait la puissance lumineuse de l'Amour, on ne trouvait que les facultés ténébreuses de la haine et du fanatisme.

"Oh ! Yemmalise ! soupira Sélim, si tu m'entends, dis-moi où est l'amour"

Et l'écho du Ravin rouge lui répondit :

"Si un jour, vous cherchez l'Amour et ne le trouvez plus,

demandez-le au vent, à l'étoile, à la vague, à l'oiseau,
demandez-le au temps qui passe, à tout ce qui s'enfuit,
à tout ce qui chante, à tout ce qui gémit et à tout ce qui rit.

Et le vent, l'étoile, la vague et l'oiseau vous répondront :

Hommes de ce pays, l'Amour est dans la montagne
mais il se cache aussi dans votre cœur,
il est là, éclatant dès que la vie s'élève,
il est présent autour de vous et en vous.

Si vous savez le trouver,
il reviendra inonder de ses bienfaits,
la terre d'Aïn Bou Djenaâ,
et l'Algérie tout entière".

INCH'ALLAH !

HYMNE AU SOUVENIR

Trente ans, il y a trente ans déjà...
A l'âge où nos heures décroissent comme brûle un flambeau,
Il est temps de s'arrêter, fatigué,
Pour contempler l'œuvre de sa vie,
La trace qu'on a laissée,
L'arbre qu'on a planté.

Nos mains l'avaient planté dans notre terre natale,
Il tendait vers le ciel ses ramures profondes,
Il abritait les jeux de nos enfants,
Sous ses branches retentissaient leurs rires,
Il s'étalait dans la tendresse,
Il avait l'attrait du bonheur,
L'OLIVIER DE LA PAIX.

Mais cet arbre planté de nos mains,
Cachait des forêts où se terraient des loups,
Enfonçant ses racines dans une terre au goût de cendre,
Il reste déserté en même temps qu'embrassé,
Et les fruits qu'il donne, sous un ciel sans aurore,
Sont cueillis par notre âme et non plus par nos mains.

L'étoile du berger perce ses branches noires,
Pour chercher à ses pieds nos heures évanouies,
Mais elle ne trouve plus dans cet ensemble obscur,
Presque englouti dans l'infini sans bornes,
Que des sources taries.

Quoi ? Direz-vous. Vous vous plaignez ? Est-ce une plainte ?

Non, ce n'est pas une plainte, mais UN CRI DE DOULEUR !

Et, trente ans après, sur les rives de la Garonne,
Je chanterai encore le psaume de la lamentation des exilés.
On m'a dit : "Etrangère, comprends-tu notre langue ?"
"Etrangère, pourquoi n'es-tu pas noire ??"
"Chante, étrangère, chante une chanson de ton pays..."

Alors, j'ai pris la plume qui me sert de harpe,
Mais trente ans après, mes mains tremblent toujours,
Mon cœur se serre d'angoisse, mes yeux se voilent de larmes,
Au souvenir de Toi, Algérie Bien-Aimée,
Au souvenir de Toi, ma terre, palpitante comme une chair,
Au souvenir de Toi, mon ciel à l'azur le plus pur,
Au souvenir de Toi, mer turquoise qui scintilles en mon cœur,
Au souvenir de Vous, chaleur et amitié,
Au souvenir de Vous, mes frères
TOUS MES FRERES.

Et je dis à tous ceux qui me croient étrangère,
A tous ceux qui m'ont rejetée,
A ma Mère ou à ma Patrie,
A cette Mère qui fut une Marâtre,
A ceux qui ne m'aiment pas,
Qui ne m'ont pas acceptée,
Qui m'ont ostracisée,
Qui ont vendu ma terre natale comme l'Iscariote vendit le Christ,
Pour la Puissance, par traîtrise et par haine,

A ceux qui ont chassé, il y a trente ans, nos vieux de leurs maisons
Et les ont laissé mourir, déracinés, sur une terre froide et ingrate
Dans l'indifférence, sans chaleur, sans soleil, ni compassion

A ceux qui ont humilié, il y a trente ans, les hommes de ma race,
A ceux qui les ont bâillonnés, emprisonnés, torturés, assassinés,
A ceux qui ont abandonné, il y a trente ans, les hommes de mon Pays,
Aux mains des égorgeurs et des esclavagistes,

A ceux qui ont tant menti à nos jeunes, sous prétexte de les instruire,
Qu'ils ne savent plus quel est leur Pays,
Et que, parfois, confondant mensonges et vérité,
Ils ont eu honte de nous, de notre œuvre, de notre sang et de nos larmes

A ceux qui ont encore des cimetières pour espérer,
Mais qui ont oublié nos cimetières profanés,

Je dis à ceux-là : "NOUS AVONS PARDONNE".
Bien qu'ils n'aient JAMAIS sollicité notre pardon.

Mais aussi, à tous ceux qui nous ont soutenus et aidés,
Qui ont marché avec nous dans les voies de l'honneur,
En mettant leur peau au bout de leurs idées,

A tous ceux qui n'ont pas épousé la trahison,
A tous ceux qui n'ont pas applaudi à la mort d'un peuple,
Car les peuples meurent aussi quand ils n'ont plus ni chair ni sang,

A tous ceux qui nous ont réchauffés,
D'une parole amicale quand nous avions si froid au cœur,
A tous ceux qui ont tendu une main chaleureuse,
Aux exilés perdus dans la neige de cet hiver d'holocauste,

A ceux qui ont su mettre un peu d'amour dans leur ciel gris,
Pour ranimer nos spectres exsangues et nous donner le désir de survivre

A ceux qui ont marié leurs filles avec nos fils,
Pour que la vie reprenne, que la vie continue,
A ceux qui nous ont offert une Patrie pour remplacer un Pays,

A ceux-là, au nom de tous les miens, je dis "MERCI"
Ils nous ont apporté l'apaisement sans oubli.

Car nous NE POUVONS PAS OUBLIER.
Oublier tous nos morts,
Paysans dits "colons", soldats ou harkis,
Ou simples habitants de notre Pays,
Qui faisaient confiance à la Mère-Patrie,
Et sont tombés sous la mitraille,
Le couteau de l'égorgeur,
Ou la bombe du terroriste.

En leur mémoire, je chante encore le psaume des exilés,
Sans amertume, ni désespoir,
Sans haine, ni espoir de revanche.

Oh ! Algérie Française,
Si jamais je t'oubliais...
Si j'oubliais ta terre bénie au goût de miel,
Si j'oubliais ton ciel qui faisait croire aux Cieux,
Si j'oubliais cet après-midi de mars,
Où furent massacrés nos femmes, nos fils et leurs enfants nouveau-nés,
Abattus à la mitraille,
Sur l'ordre d'un cruel tyran,
Alors qu'ils portaient des drapeaux Français,

Alors qu'ils agitaient des rameaux d'olivier,
LES INNOCENTS

Si j'oubliais ce jour funeste de juillet,
Où les rues d'Oran toussaient, crachaient et vomissaient le sang,
Sous les yeux d'une Mère indigne et impassible,
Le sang de ses enfants suppliciés rejaillissant sur les murs,
Sur les murs de la ville et ceux de ma mémoire

Que ma langue s'attache à mon palais,
Que les bras me tombent,
Que mes yeux ne voient plus la lumière,
Celle qui est sous le boisseau,
Mais qui éclatera un jour
SI JAMAIS, ALGERIE FRANCAISE
JE T'OUBLIAIS...

Inspiré de la lamentation des Exilés
Psaume 137

Achevé d'imprimer par Corlet Numérique - 14110 Condé-sur-Noireau
N° d'Imprimeur : 5931 - Dépôt légal : juillet 2001 - Imprimé sur DemandStream
Imprimé en UE